A lembrança de nós

DANI ATKINS

A lembrança de nós

tradução
Ana Rodrigues

HARLEQUIN
Rio de Janeiro, 2024

Copyright © 2024 by Dani Atkins. Todos os direitos reservados.
Copyright da tradução © 2024 by Ana Rodrigues por Editora HR LTDA.
Todos os direitos reservados.

Título original: *Memory of Us*

Todos os direitos desta publicação são reservados à Casa dos Livros Editora LTDA. Nenhuma parte desta obra pode ser apropriada e estocada em sistema de banco de dados ou processo similar, em qualquer forma ou meio, seja eletrônico, de fotocópia, gravação etc., sem a permissão dos detentores do copyright.

      Copidesque   Rebeca Benjamin
         Revisão   Mariana Gomes e Julia Páteo
            Capa   Julio Moreira | Equatorium sobre capa original de Jessie Price
   Diagramação   Abreu's System

CIP-BRASIL. Catalogação na Publicação
Sindicato Nacional dos Editores de Livros, RJ

A89L

Atkins, Dani

A lembrança de nós / Dani Atkins ; [tradução Ana Rodrigues]. – 1. ed. – Rio de Janeiro : Harlequin, 2024.
384 p. ; 23 cm.

Tradução de: Memory of us
ISBN 9786559704255

1. Romance americano. I. Rodrigues, Ana. II. Título.

24-93022
CDD: 813
CDU: 82-31(73)

Índice para catálogo sistemático:
1. Romance americano   813
Meri Gleice Rodrigues de Souza – CRB-7/6439

Harlequin é uma marca licenciada à Editora HR Ltda. Todos os direitos reservados à Editora HR LTDA.

Rua da Quitanda, 86, sala 601A – Centro,
Rio de Janeiro/RJ – CEP 20091-005
Tel.: (21) 3175-1030
www.harpercollins.com.br

Para Dusty,
Melhor ouvinte.
Melhor amigo.
Melhor cão.

2011—2023

Pois não há amiga como uma irmã.
Christina Rossetti

PRÓLOGO

Eles poderiam ter sido qualquer um.
Poderiam ter escolhido estar ali em um horário diferente, em um dia diferente ou poderiam até mesmo ter ido a uma praia diferente. Foi o acaso que os fez desviar o veículo 4x4 da pista estreita para as dunas naquele local exato.

Preso ao bagageiro no teto do Range Rover, estava um bote laranja robusto e um par de remos. Na traseira do carro, havia uma caixa de equipamento e duas varas de pesca de última geração. Mas os homens não eram pescadores. O jornal da região os chamaria de "anjos da guarda", mas a ocupação deles na vida real era mais prosaica: eram médicos.

Os dois tinham deixado as camas aconchegantes e as esposas adormecidas na luxuosa hospedagem de temporada e se esgueirado pela casa escura como garotos entusiasmados, determinados a viver uma aventura.

O dr. Adam Banner, médico de emergência, estava ao volante. Ele sorria enquanto tomava um gole de café quente da garrafa térmica e seguia pela areia ondulada em direção à beira da água.

Ao seu lado, o dr. Phillip Digby, anestesista e pescador extremamente competitivo, propunha uma aposta sobre quem pegaria mais peixes naquela manhã, quando viu a luz dos faróis iluminar alguma coisa.

— Espera um pouco. O que era aquilo?

Com um dos pés já passando do acelerador para o freio, Adam tirou os olhos das dunas desertas e se virou para o homem no assento do passageiro, seu amigo mais antigo.

— O que era o *quê*?

Phil balançou a cabeça e se esticou no assento para espiar através da extensão escura de areia e mar, interrompida apenas pela linha de ondas brancas e espumosas onde a água e a costa colidiam.

— Tinha alguma coisa ali, à esquerda. Perto da restinga.

Adam desacelerou o carro e olhou para a escuridão.

— Que tipo de coisa? — perguntou ele.

Ele estremeceu sem querer, lembrando-se do aviso que recebeu de um veterano local no pub na noite anterior, depois de ouvir os planos de pesca dos dois. "Vocês têm que ter cuidado com onde andam naquela restinga", o homem mais velho tinha aconselhado, aceitando alegremente a cerveja que Adam lhe ofereceu. "Já vi sugar um homem até a cintura."

Phil estava com a testa franzida.

— Não sei bem o que era. Parecia um monte de tecido amontoado ou alguma coisa assim.

— Deve ser só uma vela de barco velha e rasgada, arrastada pela maré — disse Adam.

Mesmo assim, ele já estava dando a volta com o carro em um círculo lento, tentando capturar com a luz dos faróis o que quer que Phil acreditasse ter visto.

— Ali! — gritou Phil, o tom triunfante.

Na margem do facho dos faróis, correndo o risco de passar despercebido, algo *realmente* balançava ao vento. Era alguma coisa pálida, que tremulava como uma bandeira. Daquela distância, parecia frágil demais para ser parte de uma vela grossa de lona encerada. Mais parecia um amontoado de capas para móveis.

Sem dizer nada, Adam virou o carro naquela direção, sentindo a consistência da areia começar a mudar quanto mais se aproximavam do objeto misterioso. O carro estava mais baixo naquele momento, afundando nas dunas, que sugavam os pneus até mesmo de um veículo como o deles, construído para terrenos difíceis.

As rodas estavam começando a patinar, buscando tração, então Adam deu de ombros, derrotado, e parou o carro, deixando o objeto que iriam investigar sob a luz direta dos faróis. Em um acordo tácito, os dois homens desceram e estenderam a mão ao mesmo tempo para os pesados casacos acolchoados que haviam jogado no banco de trás. Eram cinco horas da manhã de um final de janeiro e nenhum dos dois precisava de termômetro para saber que a temperatura estava abaixo de zero.

Eles andaram a passos rápidos e determinados, imitando inconscientemente o modo como percorriam os corredores do hospital. "Os médicos da vida real não correm como nas séries de TV", tinha dito Adam à esposa, certa vez. Ela era viciada em dramas médicos. "E depois de vinte anos como médico, nunca disse aquele 'Agora!' tão usado nas séries", acrescentou, só para garantir.

— Deve ser só entulho — declarou Phil, puxando o pé para soltá-lo da areia gulosa.

— Se for só isso, você me deve um novo par de tênis — disse Adam, soltando o próprio pé com um ruído oco. — Na verdade… — Ele não conseguiu terminar a frase. Porque, naquele momento, viu o pé da mulher.

Nenhum dos dois se lembraria de ter atravessado os últimos vinte metros que os separavam da vítima. Mas o fizeram em disparada. Phil pegou o celular e praguejou baixinho por causa da ausência de sinal, enquanto Adam se ajoelhava ao lado da mulher inconsciente. Ela estava deitada na restinga, usando uma camisola fina de algodão, com uma perna nua, exposta às intempéries, e a outra afundada na lama.

— Merda! Não tem sinal aqui — constatou Phil, deixando o aparelho de lado e correndo para se juntar a Adam, que já balançava a cabeça enquanto procurava a pulsação na base do pescoço longo e esguio da mulher.

Em uma coreografia elegante, Phil colou o ouvido nos lábios azulados dela. Nenhum sopro de respiração aqueceu seu rosto, o peito não subia nem descia. Ele pegou a mão da mulher, e deu tapinhas na parte de trás, como se procurasse uma veia.

— Oi? Oi? Você consegue me ouvir? — gritou, mas ela não reagiu.

— A gente precisa de um terreno mais firme para a reanimação cardiopulmonar — disse Adam, com os dentes batendo por causa do frio.

Provavelmente existia alguma técnica eficiente para arrancar alguém daquela lama restritiva, mas nenhum dos médicos sabia qual era. Por isso, os dois passaram as mãos por baixo das axilas da mulher e a puxaram bruscamente, cientes de que costelas poderiam ser curadas, articulações deslocadas poderiam ser realinhadas, mas não havia como se recuperar quando a questão era falta de oxigenação no cérebro.

— Toma. Vê o meu — sugeriu Adam, e jogou o celular para Phil antes de se curvar sobre a mulher.

Aquilo era o que ele fazia. Era seu trabalho. No entanto, em todos os anos desde que havia se formado, aquela era a primeira vez que tentava ressuscitar alguém fora de um hospital.

A caixa torácica da mulher se ergueu com a força das primeiras ventilações de resgate, mas não conseguiu continuar a respirar sozinha quando ele parou. Havia um tremor incomum nas mãos de Adam quando ele as pressionou no centro do peito dela e começou a fazer compressões. Enquanto o amigo ventilava os pulmões da mulher e forçava seu coração a fazer o sangue circular pelo corpo de forma ritmada, Phil tentava mais uma vez conseguir sinal com os celulares.

— Preciso voltar à estrada para chamar uma ambulância — avisou.

Adam desviou o olhar da paciente, o suor escorrendo pelo rosto por causa do esforço. Como era possível que estivesse sentindo frio apenas alguns minutos antes?

Phil havia se voltado na direção do carro quando um lampejo de lembrança o paralisou.

— Naquele pub ontem à noite. Não havia uma cabine para desfibrilador na parede externa?

A lua saiu de trás de uma nuvem, iluminando a expressão de esperança no rosto de Adam.

— Tinha mesmo! E o pub fica a apenas alguns quilômetros daqui.

Phil levou quinze minutos para chegar ao pub, ligar para a emergência, conseguir o código para liberar o desfibrilador da cabine e voltar para a praia. A visão dos faróis do carro atravessando a praia escura foi uma das melhores coisas que Adam já tinha visto na vida. Seus braços pareciam em chamas e sua respiração estava irregular, mas o ritmo das compressões e ventilações não havia vacilado, nem por um segundo.

Ele mal tinha olhado para a figura inerte na areia, cuja vida tentava desesperadamente salvar, mas olhou naquele momento, enquanto Phil abria depressa o desfibrilador. O dispositivo se destinava a mãos muito menos habilidosas que as deles, mas mesmo assim os homens seguiram as instruções da máquina como se não tivessem feito aquilo mais vezes do que gostariam de lembrar.

Adam estremeceu quando Phil rasgou a camisola da mulher para alcançar a pele nua e viu o tom de mármore mosqueado do torso. Ele manteve as compressões até o último segundo e parou apenas quando Phil gritou o comando:

— Afasta.

Quando o desfibrilador informou que um batimento cardíaco havia sido encontrado, Adam não se envergonhou das lágrimas que escorriam pelo rosto. E elas continuavam a escorrer quando o som bem-vindo de uma sirene distante anunciou a chegada da ambulância.

1

O zumbido do avião era um sonífero. Eu não esperava conseguir dormir, mas acabei dando um jeito de deslizar várias camadas abaixo da superfície do sono até que um grito de pânico me acordou. Há várias coisas na vida que a gente nunca quer ouvir: um berro amedrontado em um voo comercial é uma delas, e o telefone nos acordando no meio da noite é outra. Eu tinha passado por ambas as experiências nas últimas quatro horas.

Enquanto eu me atrapalhava com o botão para retornar o assento à posição vertical, percebi que não era a única passageira perturbada pelo grito. Várias luzes estavam acesas acima dos assentos, iluminando seus ocupantes como atores em palcos escuros. Demorei mais do que deveria para perceber que, enquanto *eu* ainda olhava em volta para tentar descobrir quem havia gritado, os olhos de todos os outros passageiros estavam voltados para *mim*. Se fosse preciso mais alguma prova, um membro da tripulação de bordo caminhava a passos determinados pelo corredor em minha direção. O avião 747 estava escuro o bastante para disfarçar meu rubor, mas, mesmo assim, eu conseguia sentir meu rosto queimando.

A comissária de bordo falou em voz baixa, sem dúvida para evitar perturbar meus companheiros de viagem, embora aquele cuidado provavelmente fosse desnecessário depois da minha explosão barulhenta.

— Está tudo bem, senhora? — perguntou ela, com um tom gentil.

Assenti, pega de surpresa pela gentileza. Àquela altura, eu teria lidado melhor com raiva ou irritação. A compaixão poderia facilmente me fazer desmoronar.

— Desculpe. Eu devo ter tido um pesadelo. Não queria acordar todo mundo.

O sorriso da comissária surgiu de imediato.

— Tudo bem. Geralmente ninguém dorme bem em voos na madrugada. A senhora ficaria surpresa com a quantidade de passageiros que têm pesadelos quando estão voando.

Dei um sorrisinho amarelo, porque meu pesadelo continuava comigo, mesmo depois de eu despertar gritando.

— Posso lhe servir alguma coisa para beber ou para comer?

Balancei a cabeça, recusando a oferta de comida como havia feito várias horas antes, logo após a decolagem. Meu relógio biológico ainda estava no horário de Nova York e nada acostumado a fazer uma refeição no meio da noite.

— Acho que vou jogar uma água no rosto — falei, enquanto levantava os olhos e confirmava com alívio que o banheiro mais próximo estava desocupado.

Murmurei um pedido de desculpas constrangido aos passageiros nas filas ao redor — muitos ainda me olhavam com curiosidade, talvez esperando um novo ataque para distraí-los. Não haveria mais nenhum, eu tinha certeza disso. O sono me escaparia pelo resto da noite, até que o avião pousasse em Heathrow.

Depois de fechar a tranca, eu me recostei pesadamente na porta do banheiro. O lugar era pequeno como um sarcófago e, depois de várias horas de voo, se transformara em um ambiente quase desagradável. Peguei algumas toalhas de papel do dispensador e as coloquei embaixo da torneira de água fria antes de pressioná-las no meu rosto quente. *Ninguém* fica bem sob uma iluminação tão forte, mas a faixa fluorescente no alto era pouco lisonjeira sobretudo com minha pele pálida. As sardas que poderiam lembrar pó de ouro em um dia bom pareciam respingos de lama.

Aquela era uma analogia infeliz.

Ela estava coberta de lama... nos pés tinha uma grossa camada.

A voz de minha mãe ficou gravada em minha memória, e suas palavras ainda estavam comigo a doze mil metros de altitude.

Encarei meu reflexo como se nunca o tivesse visto antes. Meu rosto estava encovado e meus olhos pareciam enormes — não do jeito fofo de um personagem Disney, mas arregalados e assustados, como estiveram ao longo das últimas quatro horas. Meu cabelo castanho parecia opaco e escorrido e precisava muito do xampu que lhe fora prometido pela manhã. Mas os planos para o dia tranquilo que eu pretendia ter haviam sido apagados pelo telefonema frenético de minha mãe no meio da noite.

Jeff ouviu o toque do telefone antes de mim. Ele abaixou seu braço esquerdo, que estava jogado de qualquer jeito por cima dos nossos travesseiros, para me sacudir e me acordar.

— Seu celular tá tocando — murmurou ele, o sotaque do Brooklyn desaparecendo nos travesseiros enquanto Jeff desviava o rosto do som.

Mesmo depois de quatro anos nos EUA, eu ainda demorava um pouco a entender o sotaque do inglês do país, mas sabia a que ele se referia.

Franzi o cenho enquanto pegava o aparelho, reparando primeiro no horário, então na identidade de quem estava ligando: era minha mãe, Esme. Alguns velhos amigos do Reino Unido ainda erravam o cálculo do fuso horário, acrescentando horas quando deveriam subtrair, mas minha mãe, não. Havia relógios acertados para o horário de Nova York por toda a casa dela.

Saí da cama, tremendo no ar frio do meu apartamento. Peguei um cardigã pesado pendurado nas costas de uma cadeira e me aconcheguei nele enquanto corria para o corredor estreito, atendendo a ligação no caminho.

— Mãe? — O hábito colocou um ponto de interrogação no final da frase, embora o aparelho já a tivesse identificado.

Eu não tinha ideia do motivo para ela estar ligando, mas já havia uma sugestão de tremor na minha voz.

O som peculiar do outro lado da linha não tinha nada a ver com problemas de sinal do celular ou ondas sonoras distorcidas. Levei vários segundos para processá-lo, porque em todos os meus 31 anos, eu só tinha ouvido aquilo algumas vezes antes. Ela estava chorando.

— Mãe, o que foi? O que aconteceu?

Mais lágrimas, então uma frase confusa, impossível de decifrar.

Eu tinha gravitado na direção do radiador velho no corredor, que mantinha o calor muito depois de os outros canos terem esfriado, mas um terror congelante disparava pelas minhas veias. Era quase como se eu já *soubesse*.

— Aconteceu alguma coisa? Você tá doente?

Minha mãe de 73 anos tinha a constituição física de um pardal frágil, mas a personalidade de um boi robusto.

— Não sou eu. É Amelia — disse ela, ainda em lágrimas.

Meus joelhos ficaram bambos e deslizei lentamente pela parede ao lado do aquecedor.

— Mimi? — perguntei, o apelido de infância emergindo dos cofres da minha memória.

Eu não a chamava assim desde os 6 anos de idade, quando minha língua finalmente tinha conseguido dominar o nome da minha irmã mais velha.

— Ela foi hospitalizada. É de onde eu estou te ligando — respondeu minha mãe e, pela primeira vez, reparei no eco na ligação e no som de fundo desconhecido.

— Ela tá doente? Sofreu um acidente? — disparei logo meus piores medos, como se fossem as balas de um revólver.

— Sim... e... bem, não, não foi exatamente um acidente. É que ela se perdeu, ou pelo menos é o que acham.

— Enquanto dirigia? — questionei, tentando desesperadamente juntar as peças em uma história cujo sentido eu conseguisse entender.

— Não. Enquanto ela caminhava pela praia. Durante a noite.

Havia fatos confusos em excesso para assimilar naquelas poucas frases.

— Eu não tô entendendo, mãe. O que ela estava fazendo vagando pela praia no meio da noite em janeiro? Amelia devia estar congelando. E como ela se perdeu? Ela conhece a praia perto do chalé como a palma da mão.

— Não sei, Lexi. Nada disso faz sentido. *Ela* não está falando coisa com coisa. Tiveram que sedar sua irmã porque ela estava ficando muito aflita.

De todas as coisas terríveis que minha mãe tinha dito durante nossa ligação, aquela foi a que mais me assustou. Amelia era a irmã sensata. A "alma antiga", era assim que todos a chamavam quando, com apenas 16 anos, ela havia se tornado a rocha em que tanto minha mãe quanto eu nos apoiamos depois de perdermos meu pai em um trágico e inexplicável acidente. Minha irmã sempre tinha sido a pessoa a quem eu recorria. Foi Amelia quem me ensinou a usar absorventes internos, a resolver equações de segundo grau e até a fazer baliza — algo que meu instrutor de direção não esperava que eu conseguisse aprender. Eu sempre fui a sonhadora da família, que vivia com a cabeça enterrada nas páginas de um livro. Mas Amelia tinha saído praticamente adulta do útero.

A ideia da minha irmã mais velha, tão dona de si, vagando perdida em uma praia no inverno — a mesma praia onde ela caminhava todos os dias do ano — era simplesmente inconcebível.

— Estão preocupados que ela possa estar com hipotermia — continuou minha mãe. — Ela estava gelada demais quando a trouxeram, sabe?

Olhei pela janela do corredor, onde Nova York já estava sob quinze centímetros de neve. A última vez que Amelia tinha me visitado no inverno, eu impliquei com ela, dizendo que se agasalhava como uma exploradora do Ártico sempre que caminhava um quarteirão além do apartamento.

— Ela foi encontrada pouco antes do amanhecer, na restinga — contou minha mãe, com a voz trêmula enquanto descrevia uma situação incompreensível. — Estava menos um grau do lado de fora, mas ela vestia só uma camisola, e estava descalça.

— Que merda...?! — falou Jeff, piscando zonzo, quando acendi as luzes do teto. — O que é que tá acontecendo? — perguntou, pegando o celular na mesa de cabeceira. — Meu Deus, Lexi, são duas e meia da manhã.

— Preciso arrumar a mala — declarei, com a voz tensa, enquanto puxava a mala de cima do guarda-roupa.

A bagagem quicou no colchão, acertando o pé de Jeff, que como sempre havia invadido minha metade da cama.

— É por causa daquele telefonema? — perguntou Jeff.

Ele ainda estava com a mente lenta de sono, enquanto eu estava à flor da pele, cheia de adrenalina.

— Era minha mãe no telefone — falei, enquanto pegava aleatoriamente um punhado de roupas da cômoda e jogava a esmo na mala. — Amelia foi levada ao hospital. Acham que ela está com hipotermia.

Jeff passou a mão pelo cabelo cheio e loiro, já desgrenhado por causa dos travesseiros.

— Merda. Que péssimo. Achei que a Inglaterra era mais molhada do que fria...

Tirei uma braçada de suéteres de uma gaveta e joguei na direção da mala. A maior parte deles encontrou o alvo. Ao perceber que aquele não era o momento para discutir o clima da minha terra natal, Jeff se esticou para pegar a cueca descartada e saiu da cama.

— Posso fazer alguma coisa? — perguntou, pegando mais uma vez o celular. — Quer que eu procure os voos disponíveis?

Meu sorriso agradecido desapareceu antes mesmo que ele visse. Eu já estava me vestindo para a longa viagem para casa enquanto ele ia até a cozinha fazer um café que eu duvidava que teria tempo para beber.

Quinze minutos depois, eu estava ao lado de uma mala volumosa que provavelmente estava acima do limite de peso e cheia de roupas erradas. Não importava. Amelia e eu usávamos o mesmo tamanho. Se precisasse, eu poderia pegar qualquer coisa emprestada com ela.

— Passaporte? Cartão de crédito? Celular? — enumerou Jeff, olhando para a bolsa pendurada no meu ombro.

Assenti. Não tínhamos conversado muito enquanto eu corria pelo apartamento, guardando os produtos perecíveis na geladeira e escrevendo um bilhete para passar por baixo da porta do zelador quando saísse. Eu não tinha ideia de quanto tempo ficaria ausente e, quando Jeff perguntou o que eu faria em relação ao trabalho, eu o encarei como se ele estivesse falando uma língua estrangeira. O trabalho nem tinha passado pela minha cabeça, não do jeito que decerto aconteceria com ele se a situação fosse invertida.

— Vou ligar para eles quando pousar e explicar o que aconteceu — falei, pegando o notebook em um reflexo tardio e guardando na bagagem de mão.

— Péssima hora pra isso acontecer, com a proposta do novo cargo e tudo mais — comentou ele.

O olhar que lancei em resposta falava por si só. Família era tudo para mim, algo que Jeff nunca tinha entendido.

— Tenho certeza de que vai ficar tudo bem — afirmei, com uma confiança que poderia muito bem ser equivocada.

Trabalhar como editora nos Estados Unidos era muito diferente de trabalhar como editora no Reino Unido, e oportunidades como a que eu acabara de ter no trabalho eram raras.

O elevador vacilante do prédio, que tinha um prazer perverso em aterrorizar os moradores, tremeu de forma assustadora enquanto nos levava até o térreo. Mantive os olhos fixos no indicador dos andares ao longo de toda a descida. *Não dá defeito. Essa noite não. Agora não.* Era um bom pedido tanto para o elevador temperamental quanto para mim. Acabamos chegando ao saguão de entrada sofrendo apenas um sacolejo de fazer os ossos tremerem.

Mal notei o ar frio da noite batendo no meu rosto enquanto descíamos correndo os degraus íngremes até a rua.

— A melhor opção para conseguir um táxi é, provavelmente, no cruzamento — anunciou Jeff, suspendendo a mala da neve congelada que cobria a calçada.

Espiei entre os flocos de neve em busca de um táxi amarelo-canário, do tipo que tanto me fascinava quando me mudei para Nova York, como se eu não esperasse mesmo que existissem fora dos filmes e séries de TV.

— Tem um ali! — exclamei, e comecei uma corrida desnecessária, que as solas lisas das minhas botas não conseguiriam aguentar.

— Cuidado com a calçada!

O grito de alerta de Jeff chegou tarde demais para impedir que meus pés deslizassem como os de um personagem de desenho animado antes de eu voar. Caí na superfície gelada com o tipo de impacto que deixaria um hematoma. Mas não foi a dor que me levou às lágrimas, e sim a ansiedade implacável e uma sensação de mau presságio tão intensa que era praticamente sufocante. Eu me levantei com a velocidade de uma patinadora artística caída.

— Você tá bem? — perguntou Jeff, com a mão já levantada para chamar um dos muitos táxis que passavam pelo cruzamento.

Exatamente como ele havia previsto. Eu já morava na cidade havia quatro anos, mas nunca tinha me sentido menos nova-iorquina do que naquela noite.

Disse o meu destino ao motorista e fiquei olhando enquanto ele colocava minha bagagem pesada no porta-malas do táxi.

— Quer que eu vá com você? — sugeriu Jeff, e eu me virei tão rápido para encará-lo que quase caí no chão novamente.

— Sério? — perguntei, sentindo as lágrimas que eu lutava para conter já turvando a minha visão diante da generosidade da oferta. — Você faria isso?

Houve um silêncio constrangedor seguido por uma disputa para ver qual de nós pontuaria meu erro primeiro.

— Ah, entendi. Você quis dizer até o aeroporto.

Burra, burra, burra. Eu me censurei, porque sabia que não tinha sido rápida o bastante para conseguir disfarçar a decepção no meu rosto. É *claro* que Jeff não estava se oferecendo para pegar um avião e viajar mais de cinco mil e quinhentos quilômetros através do Atlântico comigo. Nosso relacionamento era intermitente demais para aquele tipo de compromisso.

— Ou eu poderia só pegar um táxi daqui para a minha casa — completou ele, sem muita convicção.

O motorista, que já tinha guardado a mala, me lançou um olhar solidário. Até mesmo estranhos conseguiam ver que Jeff e eu não iríamos durar. Por que estávamos demorando tanto para perceber isso também?

— Obrigada. Seria bom ter companhia até o aeroporto.

— Sem problema — disse Jeff, segurando meu cotovelo para me ajudar a entrar no banco de trás do táxi. — Podemos dar uma olhada nas opções de voo que encontrei.

Não prestei a atenção que deveria durante o percurso de quarenta minutos até o aeroporto. Falei alguns *aham* e *uhum*, enquanto Jeff listava as várias rotas que tinha encontrado online, mas meus olhos continuavam fixos nas janelas do táxi, por onde Nova York ia desaparecendo sob um manto de neve. Estaria frio daquele jeito na praia onde minha irmã tinha sido encontrada? Será que uma mulher de 39 anos, saudável e forte, conseguiria se recuperar de uma hipotermia? E, antes de mais nada, o que tinha levado Amelia a sair madrugada adentro?

Aquelas perguntas sem resposta ainda passavam pela minha cabeça quando paramos diante do terminal de embarque. Antes que eu pudesse pegar a carteira, Jeff já estava pagando a corrida de táxi. Era um gesto gentil e me recusei a pensar que ele estava fazendo aquilo por culpa.

— Boa sorte — disse o motorista, depois de pegar minha mala e depositá-la na calçada, ao meu lado. Optei por acreditar que ele se referia à minha viagem para casa, e não ao meu relacionamento.

A cidade que nunca dorme já tinha feito jus à reputação nas ruas, e as coisas estavam igualmente movimentadas no agitado terminal do aeroporto. Eu já sabia, pela pesquisa de Jeff, que estava cinco horas adiantada para pegar um voo direto, mas aceitaria qualquer outro que reduzisse em pelo menos alguns minutos o meu horário de chegada em Londres.

Jeff era alto e corpulento, tinha sido jogador de futebol americano na universidade, e naquele momento usou as antigas habilidades de esportista para abrir caminho entre a aglomeração até o balcão da companhia aérea. Conseguimos chegar lá sem colidir com uma única mala de rodinhas ou carrinho cheio de bagagem. A boa notícia era que não havia fila à minha frente, a ruim era que isso acontecia porque quase não havia mais opções de voo disponíveis.

— Talvez você *devesse* esperar por um voo direto? — sugeriu Jeff, a bela testa franzida depois de ouvir a rota em zigue-zague pelos céus que o representante da companhia aérea acabara de propor. — Você pode até conseguir um lugar na classe executiva se esperar um pouco.

Foi aquele o momento em que percebi que o amor compartilhado por comida chinesa e por filmes de arte e o sexo incrível não seriam o bastante para nos manter juntos pelo resto de nossas vidas. Jeff era filho único e não era muito próximo dos pais, nem geográfica nem emocionalmente, enquanto eu estava exatamente no extremo oposto do espectro. Era verdade que eu morava a milhares de quilômetros de Amelia e de minha mãe, mas os laços que me ligavam a elas nunca tinham sido tão fortes quanto naquele momento.

Ignorei Jeff e me virei para a mulher atrás da tela de acrílico.

— Eu realmente não me importo com o lugar onde vou me sentar. Pode me colocar no porão com a bagagem, se essa for a única opção. Só me ajuda a chegar em casa o mais rápido que puder. Por favor. — Deslizei meu passaporte e o cartão de crédito pelo balcão e nem estremeci com o preço exorbitante da passagem de última hora.

— Só ida? — perguntou a representante da companhia aérea, com os dedos já voando sobre o teclado a uma velocidade impressionante.

— É. Acho que sim.

Ouvi a inspiração de Jeff, mas não me virei — estava ocupada demais trocando minha mala por um cartão de embarque e seguindo as instruções da mulher para "correr como uma louca" até o portão correto.

Eu estava totalmente sem fôlego por causa da corrida para conseguir dizer metade das coisas que provavelmente devia ter dito a Jeff. Tudo aquilo teria que esperar. Mas talvez ele tenha sentido, porque havia algo apressado e distante no beijo que me deu.

— Obrigada por vir comigo — falei, já seguindo em direção à barreira automática.

— Me avisa quando pousar — gritou quando o portão me cuspiu no embarque.

Já parecia haver um continente entre nós.

2

Londres estava fria, enevoada e molhada, e imediatamente me senti em casa de uma forma que Nova York, apesar de todos os esforços e do fascínio que provocava, jamais conseguiu. Aquele parecia o tipo de dia em que a companhia aérea com certeza perderia minha mala, ou que seríamos desviados para algum aeroporto nas Midlands, no centro da Inglaterra, por causa do mau tempo. Mas, por um milagre, correu tudo bem. Pela primeira vez *na vida*, minha mala foi a primeira na esteira de bagagem, e até as filas sinuosas no controle de passaporte se moveram com uma velocidade surpreendente.

Era verdade que a família à minha frente no balcão do aluguel de automóveis pareceu demorar demais escolhendo o modelo do carro — então, levaram o mesmo tempo para decidir qual cadeirinha de criança precisavam. Meu pé sapateava involuntariamente de frustração, mas contive a impaciência e aproveitei o tempo para mandar mensagens para minha mãe e para Jeff, avisando que eu tinha pousado em segurança. A resposta aliviada da minha mãe chegou quase na mesma hora, mas de Jeff só recebi silêncio. Tínhamos planos para um brunch com amigos e ingressos para assistir a uma partida de hóquei no Madison Square Garden. Jeff era um grande fã do New York Rangers. Eu? Não muito. É claro que não havia motivo para ele cancelar os planos, mas não pude deixar de me perguntar quem estaria ao lado dele no assento que deveria ser meu.

A família indecisa na minha frente finalmente terminou de escolher e eu cheguei ao balcão. Aceitei fosse lá o que eles tinham a oferecer, o que acabou sendo um carro maior e mais potente do que qualquer coisa que eu já havia dirigido antes. Passei ao representante da locadora de veículos a minha carteira de motorista do Reino Unido, grata porque o formulário que preenchi não perguntava: *E há exatamente quanto tempo você não dirige?*

Saí do estacionamento do aeroporto com toda a confiança de uma aprendiz de 80 anos em seu exame de direção. Fazia anos que eu não dirigia um carro e teria preferido não fazer aquilo à noite, em uma noite chuvosa e enevoada, como era o caso. Mas em algum lugar de Somerset, minha irmã mais velha estava deitada em uma cama de hospital, gravemente doente, e eu teria rastejado os quinhentos quilômetros para encontrá-la se essa fosse a única maneira de chegar lá.

Torci os lábios diante da ideia. Aquele era o tipo de comentário exagerado que eu provavelmente sugeriria excluir de um manuscrito. Mas essa não era uma história que eu pudesse editar ao meu gosto. Estremeci e liguei o aquecedor do carro no máximo, mas continuei a sentir frio.

Parei apenas uma vez na viagem de três horas. Tinha dormido menos de quatro horas no último dia e meio e sabia que era uma loucura, além de perigoso, continuar a dirigir cansada daquele jeito. Saí da rodovia, precisando de café forte como um touro.

Os postos de serviço eram excessivos em tudo. Claros demais, barulhentos demais e cheios demais de pessoas que não tinham ideia de que aquele era um dos dias mais assustadores da minha vida. Minha memória não parava de me levar de volta ao passado, a outro dia também candidato àquele título. E, de repente, eu tinha 8 anos de novo, e estava vendo minha mãe ficar subitamente muito pálida, enquanto o telefone caía de sua mão depois que ela atendeu à ligação que destruiu nossa pequena família feliz. Por que parecia que toda notícia devastadora começava com um telefonema terrível?

Eu praticamente inalei dois espressos com um pouco de leite vaporizado na lanchonete do posto de serviço, bebendo os dois na sequência, como se estivesse participando de alguma disputa, então me levantei e pedi um terceiro copo para viagem. Dei uma última olhada no sanduíche que tinha comprado, com só um cantinho mordiscado. Era um desperdício, mas o amassei dentro da embalagem e joguei na lixeira mais próxima.

A neblina estava ainda mais densa quando saí do posto de serviço e perdi minutos preciosos procurando o carro alugado, que voltou a surgir melancolicamente na neblina antes que eu conseguisse descobrir onde o havia estacionado. Decidi que não faria mais paradas até chegar ao hospital, o que talvez fosse um plano bobo, dada a quantidade de líquido que eu acabara de consumir.

A única coisa boa sobre as condições atrozes de direção foi que elas me forçaram a focar apenas na estrada. Mas, assim que cheguei ao hospital, foi como se uma aldrava tivesse sido aberta para liberar minhas emoções. Até ali, eu vinha me concentrando só em chegar o mais rápido possível, mas agora sentia o pânico correndo em minhas veias como um vírus.

O estacionamento de vários andares do hospital tinha centenas de vagas livres, mas ainda assim consegui estacionar mal, ocupando duas vagas, na ânsia de chegar até minha família. Mandei uma mensagem rápida para minha mãe — "Cheguei" —, então fui depressa até a escada, seguindo as placas para a entrada principal.

O saguão do hospital devia parecer muito diferente durante o dia. Estaria cheio de pacientes, visitantes e funcionários circulando. Os quiosques estariam bem iluminados e abertos ao público, em vez de escuros e desertos, fechados atrás de grades de metal. E, com certeza, teria alguém sentado atrás do balcão de informações que poderia ter apontado o caminho para a enfermaria onde estava Amelia.

Havia uma estranheza perturbadora ali que me deu a sensação de estar em um estúdio vazio, esperando alguém gritar "Ação!". Não me assusto com facilidade, mas me sobressaltei quando o silêncio foi quebrado por um barulho alto atrás de mim. Eu me virei no momento em que as portas de metal do elevador se abriram e, por um instante, não me dei conta de que a mulher pequena e de aparência cansada que saiu dali era minha própria mãe. Até ela chamar meu nome.

Eu me joguei nos braços dela, ou ela se jogou nos meus, não saberia dizer exatamente. Minha mãe sempre tinha sido mais magra do que as duas filhas, pequena e delicada como nós não éramos. Mesmo assim, quando crianças, nos agarrávamos a ela por causa de um joelho arranhado ou de um pesadelo assustador, como se fosse uma amazona. Fiz a mesma coisa ali, no hospital, inalando todos os aromas da minha mãe que nunca tinha me dado conta da falta que sentia até o momento em que os reencontrei. A fragrância forte do spray de cabelo que sempre ficava presa no fundo da garganta, a doçura do perfume que usava e o cheiro que era só dela. Os braços que me envolveram estavam quentes. Era estranho, mas eu não tinha percebido o quanto estava com frio até o abraço dela começar a me aquecer.

— Como ela tá? — perguntei, ignorando o "oi, tudo bem", embora não nos víssemos há mais de oito meses.

— Deram alguma coisa para ajudar ela a dormir — contou.

Para uma professora de primário aposentada, aquela foi uma resposta evasiva digna de um político.

— Mas ela tá bem? Pesquisei sobre hipotermia no Google. Pode ser muito perigoso.

Algo mudou nos olhos da minha mãe. Aquilo me colocou em alerta, mesmo antes de ela pegar minha mão.

— Que tal a gente se sentar ali, que é mais tranquilo? — sugeriu ela, acenando na direção de um conjunto de assentos vagos em semicírculo, no canto mais distante da sala.

Olhei ao redor do saguão. Estava silencioso em *todos os lugares*.

— O que foi, mãe? Qual é o problema?

— Vamos pra lá, vamos sair do caminho — insistiu minha mãe.

Além de um faxineiro solitário que estava à toa, encostado em seu carrinho enquanto checava o celular, o lugar era todo nosso.

— Por favor, Lexi — falou ela, e só então ouvi o tremor em sua voz.

Eu me deixei cair na cadeira dura de plástico com tanta rapidez que senti um choque na coluna. Minha mãe se sentou na cadeira ao lado, com a cautela de uma pessoa idosa. Aquilo era um fato preocupante, que guardei para avaliar em outro momento. Ela estendeu a mão novamente para pegar a minha. As mãos dela estavam quentes e secas, enquanto as minhas estavam frias e úmidas de medo.

— A situação… a situação é um pouco mais grave do que eu disse ao telefone.

Tive a sensação de que meu coração parou de bater, como se todas as artérias que o ancoravam tivessem sido cortadas. Minha irmã fora encontrada em uma praia no meio da noite, perdida, confusa e hipotérmica. Quão mais grave aquela situação poderia ficar? Eu não fazia ideia.

— Amelia não estava acordada quando a encontraram.

— Como assim? Ela estava dormindo?

Minha mãe balançou a cabeça, como se estivesse frustrada. Eu não tinha certeza se comigo ou com ela mesma.

— Quero dizer que ela não estava consciente.

As palavras me atingiram como uma bofetada.

— Ela tinha desmaiado? Foi por causa do frio?

Minha mãe suspirou e as palavras que tanto evitava finalmente saíram de sua boca.

— Ela não estava respirando, Lexi. Quando foi encontrada na praia, Amelia tinha parado de respirar. E não sabem por quanto tempo ela ficou sem oxigênio.

Pisquei várias vezes, como um animal assustado por um farol. Continuei tentando pensar em algo mais articulado para dizer do que "Ah, meu Deus", mas, no fim, foi só o que consegui formular.

— Tecnicamente, ela estava... estava...

Minha mãe não conseguiu concluir a frase. Que mãe conseguiria? Terminei por ela.

— Morta?

Ela assentiu uma única vez.

— Por que eu não soube disso?

Nossos olhos se encontraram. Os dela cinza-claro, os meus — como os de Amelia — de um azul-celeste profundo.

— Eu não queria te contar nada disso antes de você entrar no avião. Não queria que você passasse todas aquelas horas no ar com essa imagem na mente.

Balancei a cabeça, porque não foi aquilo que perguntei. Repeti com mais ênfase.

— Por que eu não *soube* disso? Eu deveria ter sabido... aqui.

Levei o punho ao peito, na altura do coração. Sob os dedos cerrados, podia senti-lo disparado de forma alarmante.

Minha mãe abaixou os olhos para o colo. Não tinha resposta para aquilo. Mas a verdade era que ninguém jamais tinha sido capaz de explicar a curiosa ligação que Amelia e eu tínhamos. Era só algo que dávamos como certo.

— Os homens que a encontraram eram médicos. Foi mesmo um milagre — falou ela, a voz pouco mais que um sussurro, enquanto procurava o lenço de papel que tinha enfiado na manga. — Eles fizeram respiração boca a boca, então deram choques com uma daquelas máquinas. Fizeram o coração dela voltar a bater.

— Você sabe quanto tempo ela ficou desse jeito?

Minha mãe balançou a cabeça.

— Pode ter acontecido pouco antes de eles a encontrarem, ou ela já podia estar daquele jeito há muito mais tempo.

Os pensamentos giravam na minha mente enquanto eu tentava formular uma frase que não incluísse as palavras "dano cerebral" — não tinha certeza se para proteger à minha mãe ou a mim. Era verdade que eu ganhava a vida editando ficção romântica, mas era uma grande fã de thrillers. E, em algum lugar nos cofres do meu inconsciente, eu provavelmente sabia muito bem quanto tempo levava para que um dano irreparável ocorresse quando o coração parava de bater. Deixei de procurar a resposta porque não queria mesmo saber.

— Posso vê-la?

— É claro. O pessoal da enfermagem tem sido muito gentil, eles explicam tudo o que estão fazendo. Mas você precisa se preparar, Lexi. Amelia está ligada a máquinas e monitores, e tem fios e tubos por toda parte... — Ela se interrompeu com um soluço e a puxei para mim.

Ficamos ali abraçadas, sem dizer nada, nos balançando para a frente e para trás nas cadeiras duras de plástico enquanto um tsunami de medo se abatia sobre nós.

Subimos de elevador até o andar da UTI em silêncio. Nossos passos ecoavam com um som oco no corredor de linóleo e, sem percebermos, nossas vozes se transformaram em sussurros semelhantes ao tom que usaríamos em uma igreja.

— Você conseguiu falar com ela? — perguntei, sentindo os pés vacilarem quando vi a porta dupla da ala de tratamento intensivo.

— Não. Disseram que ela estava muito desorientada e angustiada, e que tinham dado alguma medicação para acalmá-la antes de eu chegar aqui. Que estava fora de si. E ficava chamando por alguém.

Eu me virei para minha mãe com os olhos cintilando de lágrimas.

— O meu nome? Foi o meu nome que ela chamou?

Não sei o que foi mais doloroso, se a verdade ou a mentira pela qual minha mãe rapidamente a substituiu.

— Acho que deve ter sido.

3

Abri a porta e entrei na unidade seguindo uma faixa de luz que vinha do corredor. Minha mãe já havia me dito em que cama Amelia estava e fui na ponta dos pés até lá, andando o mais rápido possível. Minha mãe, que nunca quebrava regras, tinha apontado para a placa ao lado da porta que dizia que só era permitido um visitante por cama.

— Já passei horas com Amelia — falou ela, e achei que dava para ver a tensão de cada minuto daquele tempo em seus ombros curvados. — Vá se sentar com ela um pouco. Vou esperar aqui.

Amelia era uma entre quatro pacientes da UTI. As luzes no teto estavam apagadas, mas cada cama era iluminada pelo brilho amarelo e suave de uma luz noturna. Todos os pacientes tinham seu próprio profissional de enfermagem exclusivo, que ficava de guarda ao lado da cama. Não havia como criticar a atenção do hospital com os pacientes, mas eu odiava saber que Amelia precisava daquilo.

— Sou irmã dela — sussurrei, cambaleando um pouco quando enfim parei ao lado da cama, onde Amelia parecia perdida e vulnerável sob um emaranhado de parafernália médica.

Minha mãe tinha feito o possível para avisar, mas eu ainda não estava preparada para aquela quantidade de equipamentos ligados a ela.

— Como ela está? — perguntei, desviando os olhos de Amelia para encarar o enfermeiro.

— Ah! — Ele pareceu chocado quando a luz acima da cama iluminou meu rosto.

Seus olhos foram de mim para a paciente e de volta para mim, como se ele não conseguisse acreditar no que via. Aquela era uma reação tão comum que eu quase já nem me dava conta. Peguei a mão de Amelia, tomando cuidado para evitar a cânula cravada em sua pele branca e macia.

— Ela está confortável — respondeu o enfermeiro, finalmente se recuperando do susto.

Fiquei olhando para minha irmã com um sorriso choroso, reparando nos tubos intravenosos em ambos os braços e na bolsa pendurada ao lado da cama, que presumi ser alimentada por um cateter em algum lugar. Eu duvidava que "confortável" significasse a mesma coisa para o enfermeiro e para mim.

— Mimi — chamei, com a voz embargada. — Sou eu. Lexi. Estou aqui agora.

Eu me concentrei em suas pálpebras com veias azuis, desejando que se abrissem, mas elas nem sequer tremeram diante do som da minha voz.

— Sua irmã está profundamente sedada agora — explicou o enfermeiro. — Precisávamos mantê-la calma e ela estava muito abalada assim que chegou.

Balancei a cabeça, tentando, sem sucesso, assimilar o que ele estava me dizendo. Amelia era o epítome da calma. É bem provável que o rosto da minha irmã esteja ao lado da definição da palavra "tranquila" em um dicionário.

— Essa não é minha irmã.

Naquele momento, o enfermeiro ficou realmente surpreso, como se a evidência dos próprios olhos fosse irrefutável. Estendi a mão e afastei o cabelo do mesmo rosto que via no espelho todas as manhãs.

— Estou querendo dizer que esse comportamento não se parece em nada com a minha irmã. Ela não é assim.

O enfermeiro assentiu, compreendendo.

— Você precisa lembrar que ela passou por uma experiência muito difícil. O corpo dela precisa de tempo para descansar e se recuperar.

— E a mente de Amelia? — perguntei, entrelaçando os dedos aos dela como havíamos feito mil vezes antes.

Nossas mãos, como tudo em nós, pareciam praticamente idênticas — isso é, desde que se ignorasse a enorme agulha enfiada no dorso da mão dela.

— Os médicos vão poder dar mais informações sobre isso amanhã — respondeu o enfermeiro em uma saída diplomática.

Fiquei apenas meia hora. Teria passado o resto da noite lá sem nenhum problema, e não acho mesmo que teriam me pedido para sair. Mas eu tinha plena consciência de que, do outro lado das portas da UTI, estava sentada uma mulher de 73 anos que havia vivido seu próprio trauma naquele dia. E tinha quase certeza de que só havia uma forma de convencê-la a deixar o hospital: dizer que eu precisava descansar um pouco.

Era estranho ter que receber instruções para conseguir chegar à nova casa da minha mãe. Quando passamos pela entrada da nossa antiga rua, senti uma pontada de saudade da casa onde cresci. Sei que tinha ficado grande demais só para minha mãe, e que o jardim passara a dar muito trabalho, mas, de repente, tudo o que eu queria era entrar naquela garagem conhecida e subir as escadas que rangiam, então me refugiar no meu antigo quartinho, enfiado embaixo do beiral.

— Pode estacionar em uma das vagas para visitantes — orientou minha mãe quando paramos diante da bela propriedade de um único quarto.

Aquelas casas eram chamadas de "casas iniciais", embora, no caso da minha mãe, provavelmente fosse o último lugar que ela chamaria de lar. Pensar naquilo era tão triste que me deu vontade de chorar, por isso passei mais tempo do que o necessário tirando a bagagem do porta-malas, até ter certeza de que meus olhos estavam secos.

"Ela vai ficar feliz lá quando estiver devidamente instalada", lembrei de Amelia ter dito. *Quando tivemos essa conversa? Um mês atrás? Há mais tempo? Eu falei com ela depois do Natal?*, me perguntei com uma onda de vergonha. Amelia tinha incentivado que eu me concentrasse mais na minha vida em Nova York, e eu fui burra de deixar passar nossos telefonemas semanais. Como pude priorizar alguma outra coisa que não minha irmã? Sangue do meu sangue. *Literalmente* sangue do meu sangue. Pensar naquilo me pesava ainda mais do que a mala que eu estava me esforçando para carregar pela soleira da porta. Como Jeff tinha conseguido fazer com que aquela mala parecesse tão leve? Afastei o pensamento como uma mosca irritante. Da última vez que chequei, Jeff ainda não havia respondido à minha mensagem. O fato de eu nunca me referir a ele como "meu namorado" de repente pareceu fazer muito mais sentido a uma distância de cinco mil quilômetros. Mas ainda assim, quanto tempo alguém leva para digitar uma mensagem dizendo "espero que esteja tudo bem"?

— Você deve estar com fome — disse minha mãe, me levando com gentileza do corredor estreito até a sala.

Minha resposta foi um grunhido evasivo porque comida era a *última* coisa que eu queria, e cuidar de mim era *tudo* o que ela queria fazer.

— Estou morrendo de vontade de tomar uma xícara de chá — falei, percebendo tarde demais que não podia ter escolhido uma figura de linguagem pior mesmo que tivesse passado a noite toda procurando por uma. Nós duas fingimos não reparar na minha gafe.

— Então senta e fica à vontade que eu vou preparar pra você.

— Que tal a gente inverter isso, mãe, e *eu* preparar uma xícara de chá pra *você*? — sugeri, a mão já na maçaneta da porta da cozinha.

— Você não sabe onde as coisas estão guardadas — retrucou ela com firmeza. Então, com um toque do seu antigo humor, acrescentou: — E essa porta vai dar na copa, não na cozinha.

Eu sorri e senti um grande alívio por ainda me lembrar de como fazer aquilo.

— Tá certo. Mas só chá, mãe. Não quero comer nada.

Instantes depois, ouvi o barulho da água enchendo a chaleira e inclinei a cabeça em expectativa enquanto esperava pelo som de pratos e talheres. E foi exatamente o que ouvi. Ao que parecia, eu comeria alguma coisa, no fim das contas.

Enquanto esperava que minha mãe voltasse, olhei ao redor da sala da casa nova. Era estranho ver tantas coisas de que eu me lembrava realocadas em um lugar totalmente desconhecido. Era como se pedaços do meu passado tivessem sido encaixados em um novo quebra-cabeça — não combinavam muito bem, mas era preciso fazer parte da família para entender completamente por que não. Quase como se estivesse sendo atraída por uma força magnética, me vi caminhando em direção à lareira. Não era um cantinho de tijolos como a que tínhamos antes, mas uma abertura cuidadosamente cercada por azulejos com um aquecimento a gás imitando chamas. Mas não foi a fonte de calor que chamou minha atenção do outro lado da sala, e sim a coleção recém-emoldurada de fotos de família que se erguia com orgulho acima dela.

Meus olhos ardiam quando peguei a última fotografia de nós quatro, tirada poucas semanas antes do dia em que meu pai, um pescador experiente que havia pescado na mesma enseada durante décadas, de alguma forma tinha sido surpreendido pela maré e se afogado. Na foto, minha mãe está com um sorriso radiante para a câmera, o braço ao redor da cintura do meu pai, aconchegada ao marido, a cabeça alguns centímetros abaixo do ombro dele. Do outro lado estava Amelia, aos 16 anos, já uma cabeça mais alta que minha mãe. Eu completava o grupo, os braços e pernas magros e o rosto sardento, com uma janelinha onde deveria estar um dente incisivo no sorriso. Estendi a mão, traçando o contorno de cada rosto com o dedo. Eu me demorei mais no rosto da Amelia, então no do meu pai.

— Cuida dela, pai — sussurrei.

Consegui engolir três bolinhos com manteiga, que tinham um gosto tão apetitoso quanto a embalagem em que estavam guardados. Mas pelo menos aquilo pareceu convencer minha mãe de que eu não estava prestes a desmaiar de fome.

— Esses sempre foram os seus favoritos — disse ela, enquanto recolhia os pratos melados de manteiga.

Na verdade, não eram os *meus* favoritos. Eram a guloseima preferida de Amelia para a hora do chá e era raro minha mãe cometer aquele tipo de erro. Mas levando em conta o momento que vivíamos, não era nenhuma surpresa. Devia ser difícil separar as histórias da infância quando a filha mais nova era a cara da mais velha, que tinha nascido oito anos antes. Houve vezes em que até eu precisei me esforçar para saber para qual de nós estava olhando nas fotos antigas do álbum de família.

Tinha se tornado mais fácil na adolescência, quando passei por um período rebelde que se materializou em estilos de cabelo extravagantes em tons de vermelho jamais encontrados na natureza. Deslizei os dedos pelo meu cabelo na altura dos ombros, há muito já de volta à cor natural. Eu nem conseguia me lembrar por que havia tentado tanto ultrapassar todos os limites ou desobedecer a todos os horários determinados para chegar em casa naquela época. Amelia disse, uma vez, que achava que eu estava tentando criar o maior abismo possível entre nós para impor minha individualidade. Olhando em retrospecto, e depois de já ter lido bastante sobre o assunto, ela devia estava certa. Esse parece ser um fenômeno bem comum entre gêmeos — mesmo gêmeas tão surpreendentemente únicas quanto nós.

No fim, a necessidade de parecer diferente, de *ser* diferente, não era nem de longe tão forte quanto os laços que nos uniam como irmãs. Eu ainda sentia a força daquele vínculo, talvez com mais intensidade do que Amelia jamais havia sentido. Apesar da nossa semelhança exterior, nossa personalidade permaneceu totalmente diferente. Amelia tinha jeito com números, um dom, na verdade — no seu dia mais medíocre, ela lembra o irmão do protagonista do filme *Rain Man*. Mas, para mim, a matemática continuava a ser um enigma que eu não tinha interesse em resolver. Eu costumava me perguntar se durante a fertilização *in vitro*, quando as células se dividiram na placa de Petri, ela de alguma forma teria ficado com todos os genes matemáticos, deixando para mim apenas os da linguagem.

Parecia inevitável que Amelia acabasse estudando matemática na universidade, fosse laureada e trabalhasse na área de finanças. Quase tão inevitável quanto o fato de a garota que estava sempre com um livro nas mãos acabar trabalhando no mercado editorial, enfim tendo ao alcance as oportunidades com as quais nunca ousou sonhar.

O chá tinha esfriado no bule e nossa conversa andava em círculos, em um esforço de evitar a incerteza do prognóstico de Amelia.

— O que não entendo — falei, olhando para uma fotografia recente de minha irmã como se pedisse a ela que me ajudasse — é que raios fez Amelia sair de casa no meio da noite. — Eu culpava o trabalho e a falta de sono pela minha lista de possibilidades dramaticamente curta. — Será que estava tentando fugir de alguém? Talvez alguém estivesse tentando invadir a casa dela? Ou quem sabe a casa estivesse pegando fogo? Ou ela pode ter ouvido alguém pedindo ajuda e saído para ver do que se tratava?

Minha mãe me amava demais para dizer que as sugestões eram absurdas.

— Pensei mais na possibilidade de ela estar colocando alguma coisa na lixeira, no lado de fora da casa, e sem querer ter se trancado do lado de fora e saído em busca de ajuda.

— Hum… sim, é verdade. Isso *faz* mesmo mais sentido — admiti.

— Só que não foi isso — revelou com um suspiro preocupado. — Sabe, depois de confirmarem a identidade de Amelia, a polícia foi até a casa dela pra verificar.

Endireitei o corpo no assento, já de volta ao território dos thrillers mais sombrios.

— O que eles encontraram?

— Nada — respondeu ela. — Absolutamente nada. Disseram que tudo parecia estar em ordem, a não ser pelo fato de a porta da frente estar escancarada. Ela não ficou trancada do lado de fora, Lexi... podia ter entrado quando quisesse.

Caímos em um silêncio inquieto, interrompido apenas pelo tique-taque persistente do relógio no console da lareira. Eu estava tão ocupada repassando cenários impossíveis na mente que nem me dei conta de que os movimentos da minha mãe estavam ficando cada vez mais lentos até pararem por completo. Só quando ouvi um ronco baixo e delicado vindo dela é que percebi que ela havia adormecido ali mesmo, na poltrona, ainda segurando a xícara de chá.

Eu me levantei e tirei gentilmente a xícara das suas mãos. Era uma peça favorita do passado e fiquei surpresa ao ver que havia sobrevivido aos anos e à mudança de casa. A cerâmica pintada não era mais de um vermelho forte, e as palavras "Eu te amo, mamãe", tinham quase desaparecido depois de mil ciclos na lava-louças, mas naquela noite em especial minha mãe provavelmente resolvera resgatar a xícara do fundo do armário. Achei fácil imaginar por quê.

— Vem, mãe — falei, despertando-a com delicadeza. — Vamos para a cama.

Ela subiu a escada com movimentos esquisitos, um degrau de cada vez, como uma criança que tivesse acabado de dominar aquela arte. *Aquilo era algo novo?*, eu me perguntei. Era a segunda vez naquele dia que a idade dela me preocupava. Minha reação automática foi que devia perguntar a Amelia a respeito, e foi terrível me dar conta de que ela talvez não fosse capaz de me dizer o que estava acontecendo, nem no dia seguinte, nem no outro, ou, talvez, até mesmo nunca. Era um pensamento medonho para se ter na cabeça durante o resto da noite.

Eu senti o coração pesado de nostalgia enquanto descia a escada carregando a roupa de cama que havia encontrado no armário do corredor.

Arrumei uma cama no sofá, ciente de que, se minha mãe estivesse no comando ali, haveria dobras impecáveis, como nas camas de hospital. O que me fez pensar em Amelia, deitada sozinha e assustada em uma cama de hospital. Era uma projeção, é claro. Eu não fazia ideia se era assim que minha irmã estava se sentindo. Os remédios que tinham lhe dado deviam ser fortes o bastante para derrubar um cavalo, então ela não devia estar sentindo nadinha.

Eu mesma não tive como desfrutar daquele luxo quando desliguei o abajur de luz fraca e me acomodei na cama improvisada. Cada vez que fechava os olhos, só conseguia ver a praia onde Amelia se perdera de forma misteriosa. Eu conhecia a restinga onde ela havia sido encontrada. Ficava a menos de quinze minutos a pé da casa dela. Como Amelia não conseguira encontrar o caminho de volta? Era como se eu estivesse entrando nos pensamentos da minha irmã enquanto visualizava um céu iluminado pela lua, sentindo os respingos da água salgada no rosto e a sensação áspera da areia e das pedras sob meus pés descalços. Abri os olhos. Eu estava mesmo vendo o que Amelia tinha visto? Será que ela estava atravessando o abismo de tempo e espaço entre nós e me contando como tinha sido, ou aquilo era apenas o resultado da imaginação fértil de alguém que tinha lido muitas histórias de suspense?

As pessoas ao nosso redor costumavam se sentir desconfortáveis quando falávamos sobre aqueles episódios de emoções e sensações compartilhadas. Então, ao longo dos anos, aprendemos que era melhor guardar aquelas histórias para nós mesmas. Mas a verdade era que não havia nenhuma explicação lógica para o modo como Amelia sentira uma náusea inexplicável durante vinte e quatro horas antes de saber que eu estava sofrendo uma intoxicação alimentar em Nova York. Ou como eu fiquei prostrada de dor, uma dor muito pior do que a de Amelia, quando *ela* teve apendicite.

Mais abalada do que queria admitir, rastejei e estendi a mão até o celular para checar a hora. Por mais cansada que me sentisse, eu ainda estava funcionando no horário de Nova York, onde eram — fiz um cálculo rápido — apenas nove da noite. Senti uma onda de irritação quando vi que Jeff ainda não havia me respondido.

Amelia não ficaria surpresa, pensei com um sorriso triste. Eu havia sentido uma frieza inegável entre ela e Jeff na última vez que minha irmã me visitou. Não que já tivéssemos compartilhado o mesmo gosto para homens e, por mais parecidas que fôssemos, sem dúvida parecíamos atrair tipos totalmente diferentes. Amelia sempre procurou parceiros sérios, com opiniões políticas bem definidas. Ela chegou até a namorar um parlamentar por cerca de seis meses antes de perceber que ele estava muito mais comprometido com a carreira do que com ela. Amelia só saía com alguém quando tinha vontade e parecia completamente feliz com uma série de relacionamentos transitórios. Então, não muito depois do seu último aniversário, ela fez uma afirmação insana sobre ser velha demais para cometer a tolice de moldar a própria vida para se adequar a um homem. Amelia gostava das coisas do jeito que estavam; apreciava a liberdade de dormir na diagonal na cama de casal, de ter poder absoluto sobre o controle remoto da TV ou de comer feijão enlatado e frio no jantar, caso lhe apetecesse. Ser solteira combinava com ela.

Mas aquilo não a impedia de criticar *minha* vida amorosa.

"Você escolhe homens que já chegam com prazo de validade", tinha comentado Amelia, com a falta de sutileza da qual apenas uma irmã pode se safar. "É quase como se escolhesse os caras de propósito, sabendo que não servem para você."

"Isso é injusto", argumentara eu.

Amelia me deixara sem reação ao parecer triste de repente.

"Não, não é, Lexi."

Eu me lembro de ter sentido a garganta apertada de um jeito que era quase impossível engolir quando ela agarrou minha mão e perguntou:

"Você não quer compartilhar a vida com alguém?"

"Compartilhei minha vida toda com *você*", respondi, sem saber por que a minha voz tinha ficado trêmula do nada.

"Não é a mesma coisa e você sabe disso", retrucara ela. "Além disso, moro do outro lado do Atlântico, então estou longe de ser considerada uma companhia adequada."

"Quilômetros não contam entre nós duas. Você sabe disso", falei.

A lembrança daquelas palavras voltou à minha mente, forte e potente. Tentei alcançar Amelia em meus pensamentos, esperando que de alguma forma ela sentisse aquele contato, ouvisse e usasse aquilo para encontrar o caminho de volta para nós.

O sono me atingiu como um trem de carga que eu não estava esperando. Acordei cerca de cinco horas depois com o som da água do chuveiro. Alonguei pouco a pouco meus membros rígidos, me vendo obrigada a reconhecer que, com quase um metro e oitenta, eu era alta demais por vários centímetros para dormir no sofá.

Peguei o celular e digitei ansiosa o número do hospital. Ainda estava aguardando um retorno e imaginando todo tipo de complicações médicas quando ouvi os passos da minha mãe na escada. Ela foi direto para a cozinha, e eu a segui alguns minutos depois. Quando viu o celular na minha mão, seus olhos buscaram os meus, a expressão tensa. Balancei a cabeça e sorri.

— Acabei de telefonar para o hospital e falei com a enfermeira-chefe da ala onde ela está.

Minha mãe torcia o pano de prato que estava segurando, como se quisesse secá-lo. Peguei a mão dela.

— Eles estão satisfeitos com a recuperação de Amelia e muito mais tranquilos em relação à temperatura corporal dela agora. Na verdade, esperam que ela receba alta da UTI ainda essa manhã e que a sedação comece a ser reduzida.

De repente, nós duas estávamos chorando de novo, do jeito que eu sabia que sempre faríamos depois de receber notícias — boas ou ruins. Nós nos abraçamos e agradecemos em silêncio aos médicos, ao destino e talvez até ao meu pai por aquelas lágrimas serem de felicidade.

4

Tudo no hospital parecia diferente daquela vez. Para começar, estava lotado. Nos elevadores que levavam às diversas alas do hospital, havia outros visitantes, fáceis de identificar pelas flores e uvas que carregavam. Dei um sorriso melancólico para minha mãe, que estava do outro lado do elevador. Estávamos chegando de mãos vazias, mas eu esperava que Amelia não se importasse.

Seguimos uma série diferente de placas indicativas quando chegamos ao oitavo andar. UADC. Uma nova sigla que estava prestes a fazer parte do nosso vocabulário cotidiano. Unidade de Alta Dependência de Cuidados. Com sorte, Amelia não passaria muito tempo ali. A sinalização era confusa e eu estava quase pedindo informações a uma enfermeira que passava quando uma voz familiar soou em um tom que eu com certeza não conhecia. Lancei um olhar preocupado à minha mãe enquanto, inconscientemente, nós duas acelerávamos o passo.

— Ora, *alguém* deve saber onde estão.

A voz vinha de um quarto no final do corredor, mas era alta o bastante para ser ouvida a certa distância. E não lembrava nada a cadência habitual de Amelia — era desafinada, como uma música fora do tom.

— Alguém procurou onde estão?

Não havia dúvidas sobre a ansiedade na voz de minha irmã, e eu só podia presumir que ela estava perguntando por nós.

— Eu não tenho certeza. Vou perguntar de novo. Por favor, não se preocupe, srta. Edwards. Vamos encontrar.

Uma enfermeira júnior saiu do quarto, o rosto muito ruborizado, com desconforto e constrangimento visíveis.

— Por favor, pare de me chamar assim. Me chamo...

— Amelia! — gritei, passando pela jovem enfermeira envergonhada, como se fosse uma especialista em desativação de bombas a caminho de desarmar um artefato prestes a explodir.

Minha irmã parecia, ao mesmo tempo, terrível e maravilhosa. Seu rosto estava pálido, a não ser por duas manchas de um vermelho forte nas bochechas — frutos, deduzi, da conversa afrontosa com a enfermeira que já havia desaparecido no corredor. Havia olheiras escuras sob os olhos e os lábios estavam secos e rachados. Fiquei tão satisfeita em vê-la acordada que ignorei completamente a lividez doentia.

— Lexi? — disse ela, piscando enquanto me encarava, como se eu fosse uma miragem. — Que porra você tá fazendo aqui?

Foi difícil formular uma resposta com todos os alarmes que soavam na minha cabeça. Amelia nunca praguejava. Ela era o tipo de pessoa que arrumava eufemismos para xingamentos — como "fofa-se" ou "caracolis" —, o que me fazia rir da cara dela sem dó.

— Estou aqui para ver você. É claro — falei, já correndo em direção à cama.

Precisei dar um jeito de passar pelos tubos presos a gotejadores e fios ligados a monitores, mas teria sido necessário mais do que aquilo para me impedir de envolvê-la nos braços. A sensação de abraçar Amelia era a mesma, a forma como ela retribuiu o abraço também, mas, por baixo do odor antisséptico de hospital, achei que conseguia detectar o cheiro salgado da água do mar na sua pele.

— Meu bem, é tão bom te ver acordada. Como você está? — disse minha mãe, com a voz embargada. — A gente estava tão preocupada.

Recuei um passo e senti a garganta apertada enquanto via nossa mãe quase perder as forças diante do alívio de pegar a filha nos braços. Depois de ser liberada do abraço, Amelia se deixou cair contra a montanha de travesseiros empilhados atrás dela, como se sua energia tivesse se esgotado do nada. Seus olhos foram da nossa mãe para mim, a expressão agitada, e depois — curiosamente — até a porta.

— São só vocês duas?

Segui o olhar dela até o batente vazio da porta, para onde Amelia olhava com urgência.

— Isso. Somos só nós.

Tinha algo esquisito ali. Nossa mãe estava se sentando na cadeira de visitas ao lado da cama de Amelia e não pareceu notar que havia algo errado, mas, para mim, foi como se todos os íons no ar tivessem de repente sido eletrizados com a carga errada. E a pergunta seguinte de Amelia não ajudou em nada a diminuir minha preocupação.

— O que eu tô fazendo aqui? Ninguém me conta por que estou no hospital.

— Você não sabe? Não se lembra? — indaguei, com a sensação de estar pisando em ovos.

Tinha que haver um motivo para os médicos ainda não terem lhe contado nada sobre o que tinha acontecido.

— Você desmaiou — expliquei com cautela, enquanto puxava uma cadeira para o outro lado da cama e me sentava.

— Desmaiei? — Amelia parecia incrédula, como se eu pudesse estar inventando aquilo. — Quando? Onde?

— Ontem. Em casa — apressou-se a dizer nossa mãe, balançando de leve a cabeça quando meus olhos encontraram rapidamente os dela por causa da mentira.

O rosto de Amelia se contraiu e pude ver lágrimas marejando seus olhos.

— Não me lembro de nada. Por que não consigo me lembrar?

— A memória vai voltar — garanti, e, então, peguei a mão dela e apertei com carinho.

Eu não tinha ideia se voltaria mesmo, mas Amelia estava ficando nervosa e não era preciso ter um diploma de medicina para saber que aquilo não seria bom para ela.

Amelia olhou para nossas mãos unidas e seus olhos cintilaram com uma expressão que não compreendi.

— E onde estão meus anéis? O que eles fizeram com meus anéis?

O tom da voz dela estava voltando a ficar cada vez mais alto. Soltei a mão dela e me abaixei para abrir o armarinho ao lado da cama. Na prateleira de baixo havia um saco plástico transparente, onde pude ver a camisola encharcada de Amelia. Pensei em pegá-lo, mas logo mudei de ideia. A camisola estava rasgada e coberta de lama e areia e, se ela não se lembrava mesmo de ter estado na praia, no meio da noite, não era daquele jeito que deveria descobrir.

— Não tem nada aqui — falei, decidida a mentir. — Seus anéis são valiosos?

Acho que nunca recebi um olhar tão fulminante em toda minha vida.

— É *claro* que são.

— Então pode deixar que eu vou perguntar a alguém — garanti, já me levantando. — Talvez guardem objetos valiosos assim em um cofre.

Apertei o ombro da minha mãe quando passei e senti a tensão percorrendo seu corpo franzino. Ela podia até estar sorrindo para a filha mais velha, mas estava tão ciente quanto eu de que havia algo muito errado ali.

Fui em direção ao posto de enfermagem, procurando pela jovem que tinha fugido do quarto de Amelia quando chegamos. Agora, parecia provável que minha irmã a tivesse despachado mais cedo em busca de seus anéis, e não da família. Com tantas outras coisas com que se preocupar naquele instante, eu só não conseguia entender por que Amelia estava tão obcecada com algumas joiazinhas.

Não consegui encontrar a enfermeira que eu procurava, mas alguém que eu desconfiava ser muito mais experiente emergiu de uma salinha mais além do balcão.

— Você deve ser irmã da srta. Edwards — declarou a mulher com um sorriso bondoso. — Peço mil desculpas por não estar aqui quando chegou. Queria que tivéssemos tido a chance de trocar uma palavrinha antes de você entrar.

Senti a barriga apertada de um jeito desagradável.

— Sobre Amelia?

Balancei a cabeça diante da minha pergunta absurda. *Óbvio* que era sobre Amelia.

A enfermeira-chefe assentiu e havia certa preocupação em seus olhos que me perturbou.

— O clínico que está cuidando dela esperava poder conversar com você e com a sua mãe hoje, mas infelizmente foi chamado para outra emergência.

Tentei esconder minha decepção. Estava desesperada por respostas, mas parecia que teríamos que esperar um pouco mais para conseguir alguma.

— Estamos bastante ansiosas para conversar sobre o que aconteceu com minha irmã… e o que isso significa.

— Tenho certeza de que ele vai poder sanar todas as suas dúvidas — garantiu a enfermeira, e pegou uma pasta com o nome de Amelia na frente.

— Ela parece bastante angustiada e ansiosa. — Eu sabia que me sentiria uma tonta por fazer a próxima pergunta, mas tinha feito uma promessa a Amelia. — E está muito preocupada com o desaparecimento de algumas joias. Por acaso, você sabe se elas foram guardadas em algum lugar?

Algo nos olhos da mulher mais velha me disse que aquela não era a primeira vez que ela ouvia falar dos supostos itens desaparecidos.

— Sua irmã não estava usando nenhuma joia quando a trouxeram. Verifiquei pessoalmente com a outra ala do hospital.

Abri a boca para falar, mas me distraí quando vi minha mãe aparecer na porta do quarto de Amelia. Seus olhos buscavam por alguém com uma expressão de urgência. Por mim.

Eu já estava correndo na direção dela, lançando um "com licença" apressado por cima do ombro. Já fazia um bom tempo que não via minha mãe tão assustada. Ela me segurou pelo cotovelo e me levou de volta até o quarto da minha irmã.

Então, colocou um sorriso totalmente falso no rosto e se virou para a filha mais velha.

— Amelia, você pode descrever os anéis para Lexi, como acabou de descrever pra mim?

Amelia balançou a cabeça como se só então tivesse percebido que havia nascido em uma família de tontas.

— Vocês duas sabem como eles são. Já viram mais de mil vezes. Um anel simples de ouro branco e um solitário de diamante. Como vocês não lembram da minha aliança de casamento e do meu anel de noivado?

— Pra você — falei, e coloquei em cima da mesa dois copos da máquina de venda automática, com um líquido marrom-escuro dentro.

— Isso é chá ou café? — perguntou minha mãe, pegando a xícara mais perto dela. Sua mão ainda tremia.

— Possivelmente um híbrido dos dois — respondi, e fiz uma careta quando tomei um gole. — Mas é quente e doce.

Eu não estava mentindo. Havia sachês de açúcar suficientes no copo da minha mãe para causar cáries, mas eu tinha quase certeza de que era aquilo que se deveria dar a alguém que está em choque. E minha mãe sem dúvida se encaixava naquela definição — seu rosto tinha assumido uma palidez doentia, uma aparência emaciada que me preocupava demais. Ela parecia quase tão mal quanto Amelia.

O refeitório do hospital tinha sido uma boa opção. Estava muito mais vazio do que a cafeteria animada do saguão. No refeitório, a correria do almoço já havia passado e a do início da noite ainda não havia começado, o que nos dava a privacidade de que precisávamos para conversar.

— Eu não sabia o que dizer a ela — desabafou minha mãe, passando um lenço já úmido nos olhos. — Minha própria filha… e eu não tinha ideia do que dizer para ajudar.

— Qualquer coisa que nós disséssemos estaria errado — afirmei, e mordi o lábio inferior enquanto a cena que abalara nosso mundo se repetia mais uma vez na minha mente.

"O que você quer dizer, Mimi, com anel e aliança de *casamento*?", eu tinha perguntado.

"Estou falando do anel de noivado e da aliança que Sam me deu dois anos atrás, no dia em que nos casamos", declarou Amelia com um suspiro sofrido, como se minha idiotice tivesse acabado de atingir novas profundezas. Minha mão tremia quando peguei a dela.

"Amelia, meu bem. Você não é casada", falei com o máximo de gentileza.

Amelia soltou minha mão como se eu a tivesse escaldado.

"É *claro* que eu sou casada. Por que está dizendo que não sou? Pelo amor de Deus, você foi nossa madrinha. Como pode ter se esquecido disso?"

"Porque nunca aconteceu", retruquei, e me virei para nossa mãe, que tinha levado a mão ao pescoço como se estivesse diante de um acidente em andamento.

Amelia também se virou para ela.

"Por que Lexi está dizendo essas coisas? Diz que ela tá errada, mãe."

"Eu… eu…", balbuciou, perplexa, os olhos indo de uma filha agitada para a outra.

"Foda-se isso tudo", murmurou Amelia. Ela estendeu a mão, segurou um punhado de fios que a conectavam aos monitores e arrancou dos eletrodos. "Tenho que sair daqui."

Tudo pareceu acontecer ao mesmo tempo. Alarmes tinham soado e eu comecei a gritar com Amelia, tentando impedi-la de tirar as agulhas intravenosas dos braços. Mãos fortes pousaram nos meus ombros, me afastando da cama. Um enfermeiro corpulento e de aparência séria começou a conversar gentilmente com Amelia. Ela parou de se debater e começou a chorar. Acho que o momento mais doloroso foi quando minha irmã olhou para nossa mãe e para mim com os olhos cheios de lágrimas recriminadoras.

"Onde Sam está? Por que ele não está aqui?"

Passos rápidos soaram no corredor e a enfermeira-chefe entrou, o olhar percorrendo o quarto em uma avaliação rápida.

"Acho que a srta. Edwards precisa de um tempinho para que possamos acomodá-la de novo", avisou a mulher.

Amelia balançava a cabeça de um lado para o outro, enquanto protestava com um grito queixoso:

"É *sra. Wilson*. Meu nome é Amelia Wilson."

— Amelia sequer *conhece* alguém chamado Sam Wilson? — perguntei à minha mãe no refeitório.

— Não sei, Lexi. Eu nunca tinha ouvido esse nome antes. — Minha mãe pegou outro lenço de papel e assoou o nariz baixinho. — Ela com certeza não é casada com ele, isso posso garantir.

Dei uma risada trêmula, como vidro quebrando, porque não havia nada engraçado, nem de longe, naquela situação.

— Isso deve ser só uma reação aos remédios que ela está tomando — garanti, cruzando os dedos por baixo da mesa, porque não tinha ideia de que aquele era mesmo o caso. — Quando ela parar de tomar a medicação, vai ficar tudo bem.

— E se não for a medicação? E se isso for consequência do tempo que o coração dela parou de bater?

Estremeci quando me dei conta de que não era o único membro da família que tinha pesquisado na internet sobre os efeitos devastadores da falta de oxigênio no cérebro.

— Não vamos colocar o carro na frente dos bois — falei, sabendo que a frase era uma das poucas coisas que poderiam colocar um sorriso desanimado nos lábios da minha mãe naquele momento.

— Essa era uma das frases favoritas de seu pai.

Apertei a mão dela com carinho.

— Eu sei.

Daquela vez, a enfermeira-chefe estava esperando para nos emboscar antes de chegarmos ao quarto de Amelia. Ela nos levou até a sala no posto de enfermagem. Foi como ser convocada para a diretoria na escola.

— Não vou prender vocês aqui por muito tempo — prometeu a mulher, vendo nossa hesitação.

Recusamos a oferta de "sentem-se", o que ela já parecia estar esperando. A enfermeira assentiu, então respirou fundo.

— Amelia está muito mais calma agora. Ministramos um sedativo leve, por isso talvez a encontrem um pouco sonolenta quando voltarem.

— Mas ela ainda está... delirante? — Eu não gostava da palavra, mas não consegui pensar em outra para usar no lugar.

— Talvez *confusa* seja a melhor maneira de encarar a situação. — Os olhos da enfermeira se voltaram involuntariamente para um retrato de família que estava em cima da mesa coberta de papéis. Dentro da moldura de madeira havia a fotografia de um homem e duas crianças sob um céu ensolarado. — Amelia está convencida de que é uma mulher casada. Ela acredita tanto nisso quanto eu acredito que as pessoas nessa foto são minha família.

Era incompreensível e assustador..., mas, acima de tudo, era um problema impossível de resolver no momento, e eu era uma especialista em solucionar problemas.

— Mas Amelia nunca nem *quis* se casar. Ela é muitíssimo independente. Entre tantas coisas com que poderia fantasiar, por que isso?

A enfermeira-chefe nos fitava com olhos gentis.

— Não faço ideia. Com sorte, dr. Vaughan talvez possa dar mais informações quando o virem. Ele sem dúvida vai querer traçar a linha de investigação clínica e neurológica que pode beneficiar a sua irmã.

De repente, o futuro parecia muito sombrio e assustador e, sem me dar conta, peguei a mão da minha mãe e apertei com força.

— Entendo que esse tipo de situação seja muito difícil para os membros da família. Mas, a menos que a equipe responsável por sua irmã aconselhe o contrário, acho que a melhor coisa agora seria concordar com o que Amelia acredita ser verdade.

— Está dizendo para fingirmos que podemos ver alguém que na verdade não está lá? — perguntou minha mãe, incrédula.

A enfermeira-chefe balançou a cabeça.

— Amelia não está tendo alucinações. Ela não está vendo pessoas invisíveis, está apenas relembrando um passado diferente daquele que aconteceu de verdade. Por enquanto, acho mais importante evitar angustiá-la do que convencê-la de que está errada.

Os olhos de Amelia se voltaram para a porta, cintilando, quando ouviu o som dos nossos passos. Foi difícil não ficar arrasada pela decepção em seus olhos quando se deu conta de que éramos nós — a família dela, as pessoas que mais a amavam, mas não quem ela esperava ver.

O bipe de um de seus monitores aumentou em um crescendo preocupante, e uma culpa espessa como bile ameaçou me sufocar. Mas eu faria ou diria o que fosse preciso para ajudar minha irmã a ficar boa. Se ela quisesse alegar que preto era branco, não ouviria qualquer discordância da minha parte.

— Como você está se sentindo? — perguntei, e me inclinei para lhe dar um beijo no rosto.

Um tubo nasal que fornecia oxigênio havia sido acrescentado durante nossa ausência, e eu soltei com cuidado uma mecha de cabelo que estava presa por baixo.

— Sonolenta — murmurou Amelia.

Nossa mãe se adiantou para se acomodar na cadeira de visitantes, mas eu me sentei na lateral da cama e levantei a mão de Amelia para entrelaçar meus dedos aos dela.

— Já tiveram alguma notícia de Sam? — indagou ela.

Seus olhos — idênticos aos meus em todos os sentidos — capturaram meu olhar. Era um teste. Mas eu não tinha a menor intenção de falhar.

— Ainda não. Com sorte, teremos alguma em breve.

Ela assentiu e algo se passou entre nós. Eu não a decepcionaria de novo.

— Acho que deve ser a diferença de fuso — comentou Amelia, a voz sonolenta.

— Como?

— Ele está trabalhando em Nova York no momento, lembra?

Nossa mãe levantou a cabeça na mesma hora, enquanto eu tentava ao máximo parecer despreocupada, o que não é fácil quando se sente o coração disparado no peito. Ainda bem que não era *eu* quem estava presa aos monitores, ou já haveria uma equipe de emergência entrando às pressas no quarto àquela altura.

— Nova York? Nossa, que coincidência.

Amelia deu de ombros, como se até aquele momento nem tivesse lhe ocorrido que eu também trabalhava em Nova York. Tinha a sensação de estar participando de um jogo muito perigoso e não tinha a menor ideia de quais eram as regras. Aquela situação toda era muito perturbadora.

— Acho que talvez vocês duas possam ir para casa agora. Estou me sentindo muito cansada e só quero dormir — disse Amelia, dando um enorme bocejo, como um gato.

— É uma boa ideia, meu bem — concordou nossa mãe, e se levantou para dar um beijo de despedida na filha mais velha. — Descanse um pouco agora. Amanhã estaremos aqui de novo pra te ver.

— Eu estava pensando em ficar na sua casa, se você não se importar. — propus enquanto me levantava. — O sofá da mamãe não é a cama mais confortável do mundo.

Amelia assentiu, já fechando os olhos.

Peguei o celular e abri o aplicativo de notas.

— Tem alguma coisa de casa que você gostaria que eu trouxesse amanhã?

— Roupa de dormir, escova de cabelo, produtos de higiene pessoal...
— sugeriu nossa mãe.

Digitei depressa uma lista.

— Quer mais alguma coisa? — perguntei à Amelia.

Com muita dificuldade, ela forçou os olhos a se abrirem mais uma vez.

— Meu medalhão com o relicário. Aquele grande, de prata, que ganhei da vovó — disse ela. — Tem minha foto favorita de Sam dentro dele.

— Ótimo. Medalhão — repeti, mantendo os olhos fixos na tela do celular, enquanto adicionava o item à lista.

Por sorte, Amelia não conseguiu ver a fileira de exclamações e pontos de interrogação que coloquei ao lado.

5

O chalé de Amelia podia ser a casa dos sonhos de uns ou o pior pesadelo de outros. Se a pessoa gostasse de isolamento, do grasnar constante das gaivotas e de uma rua tão estreita que não havia outra opção a não ser dar ré caso algum veículo estivesse vindo na direção contrária; então o antigo chalé de pesca de 200 anos de idade, localizado diretamente na praia, seria uma versão do paraíso. Mas se fosse uma pessoa que tivesse passado os últimos quatro anos na agitação de uma cidade que anuncia com orgulho a própria insônia, talvez o lugar não tivesse o mesmo apelo.

Minha mãe tinha insistido em encher duas sacolas grandes com comida dos armários dela quando a levei do hospital para casa.

— Tenho quase certeza de que Amelia deve ter alguma coisa na geladeira ou no freezer. E, se não tiver, é possível que passe por uma dezena de supermercados no caminho até lá.

Minha mãe estalou a língua de um jeito que havia aperfeiçoado ao longo dos anos até se tornar uma forma de arte.

— Você não está na Big Apple agora, lembra? Aqui as lojas não ficam abertas vinte e quatro horas por dia. E com certeza não vai ter para onde telefonar pedindo para que entreguem uma pizza às duas da manhã.

Puxei-a para um abraço e dei um beijo estalado em seu rosto.

— Acho que alguém talvez tenha assistido a programas americanos demais na TV — brinquei. — Moro lá há quatro anos e nunca pedi entrega de comida de madrugada.

Minha mãe abaixou os olhos para as sacolas abarrotadas, claramente ansiosa para adicionar mais provisões.

— Eu só quero cuidar de você.

Havia tanta culpa materna naquela declaração que meu coração ficou apertado.

— Nada disso é culpa sua, mãe. O que quer que tenha acontecido com Amelia não foi por algo que você fez ou deixou de fazer.

— Mas tem que *haver* uma razão para o que aconteceu.

— Tenho certeza que sim. E vamos acabar descobrindo. Para começar, esse cara, dr. Vaughan, precisa nos dar algumas respostas.

— Esse *cara* — zombou minha mãe com gentileza. — E você acha que Nova York não te influenciou em nada?

Minha mãe tinha certa razão, porque sem dúvida me senti como uma turista perdida cerca de quarenta e cinco minutos depois, quando deixei para trás a rua principal e os subúrbios e segui em direção ao litoral. Já tinha ficado hospedada com a minha irmã várias vezes ao longo dos anos, portanto o caminho deveria ser conhecido, mas no escuro — sem ajuda de postes de luz ou pontos de referência — tudo parecia diferente. E era bastante perturbador. Tinha sido daquele jeito com Amelia, quando ela se perdeu de forma irremediável na praia, de madrugada?

Aquela possibilidade era mais chocante do que o solavanco dos pneus do carro quando deixaram o último trecho de asfalto e passaram para a estrada de terra batida e areia que marcava a etapa final da minha jornada até a casa da minha irmã.

Os faróis iluminaram o contorno do telhado e soltei um pequeno suspiro de alívio. Reduzi a velocidade, estacionei na garagem, ao lado do carro de Amelia, e desliguei o motor, satisfeita. No entanto, por mais grata que me sentisse por ter chegado ao meu destino, não saí logo de cara do carro, apenas abri a janela do lado do motorista. O silêncio e a escuridão pareciam extraterrestres, como se eu estivesse em outro planeta. Era o oposto da sensação que tinha na minha casa em Nova York. Pela primeira vez, me dei conta de como era estranho que Amelia e eu, tão parecidas em tantos aspectos, tivéssemos escolhido morar em locais tão contrastantes. Apesar da beleza tranquila de Somerset, eu não conseguia me imaginar abandonando a vida em uma das cidades mais interessantes do mundo para morar ali.

Depois de algum tempo, a necessidade de esticar as pernas superou a estranha hesitação de entrar na casa da minha irmã.

— Você está sendo irracional — disse a mim mesma, e me sobressaltei ao ouvir o modo como minhas palavras ecoaram junto à trilha sonora das ondas que batiam na costa.

Dei um ou dois minutos para os meus olhos se ajustarem e, então, a escuridão aveludada começou a se definir no contorno de tufos de grama e de intermináveis dunas. Eu me virei na direção da casa de Amelia e dos outros três chalés que compartilhavam aquele trecho de praia. As construções ficavam a alguma distância umas das outras, na areia, e sempre me lembravam das casinhas do jogo Banco Imobiliário, jogadas de forma aleatória em um lugar a que não pertenciam.

Três dos chalés estavam na mais absoluta escuridão. Aquilo não era nenhuma surpresa, já que dois deles eram alugados por temporada e ocupados por um fluxo constante de visitantes nos meses de verão, mas costumavam permanecer vazios naquela época do ano, esperando a mudança das estações. O chalé no final da fileira pertencia ao *último lobo do mar deste trecho da costa* — ou, ao menos, era assim que Amelia sempre descrevia seu vizinho idoso irritadiço. Na verdade, ela sabia muito pouco sobre Tom Butler, o pescador aposentado que tinha morado ali a maior parte da vida, e pelo visto era assim que ele gostava.

Arrastei a mala até a casa e procurei no bolso do casaco a chave reserva que minha mãe tinha tirado do molho gigantesco que carregava consigo para todo o lado. Não tinha ideia de que fechaduras abriam, mas a chave de bronze cintilante deslizou com facilidade na fechadura.

Experimentei uma breve sensação de insegurança ao me aproximar da porta da casa, certa de que a entrada estaria coberta por uma fita zebrada, estampada com as palavras POLÍCIA. NÃO ULTRAPASSE. Ri de nervoso quando não vi nada daquilo. *Quem era* mesmo que estava assistindo (ou lendo) thrillers demais? Minha mãe já tinha dito que a polícia não havia encontrado nada estranho quando visitara o chalé, por isso, só tinha fechado a porta e ido embora. O que significava que não havia motivo algum para meu coração estar quase saindo pela boca enquanto eu abria a porta.

— Porque não traz as coisas mais pesadas... você é muito mais forte do que eu! — gritei por cima do ombro para um companheiro imaginário.

Parei na soleira da porta, a adrenalina sendo liberada no meu corpo, pronta para fugir se fosse necessário, mas o chalé estava silencioso e, mais importante, completamente vazio.

Mesmo assim, peguei um martelo de carne do jarro onde ficavam alguns utensílios de cozinha e brandi como um porrete enquanto subia a escada bamba até o andar de cima. Cada degrau rangia enquanto eu mantinha uma conversa unilateral com meu amigo musculoso inexistente no térreo. Por fim, precisei admitir que a polícia tinha feito bem seu trabalho — ou o suposto intruso na casa era tão surdo que seria fácil me esgueirar por trás dele para fugir.

A porta do quarto da Amelia estava aberta, e me aproximei da cama. Estava desfeita, os travesseiros ainda com marcas da cabeça dela, o edredom jogado para o lado como se ela tivesse se levantado com pressa. A cena falava por si só. Vi na mesa de cabeceira, aberto virado para baixo, um best-seller do momento — eu mesma o recomendara pouco antes do Natal. Girei o livro, e dei um sorriso triste quando notei que ela estava prestes a chegar à parte boa.

— Sempre uma editora — murmurei para mim mesma com uma risada não tão firme quanto eu gostaria.

O quarto tinha o cheiro de Amelia e a vontade de me jogar na cama dela e enterrar o rosto nos travesseiros era preocupante de tão forte. *Para com isso*, disse a mim mesma com firmeza. *Ela vai voltar rapidinho. Vai melhorar.* Tem *que melhorar.*

O banheiro também não me deu nenhuma pista sobre o que havia acontecido no chalé duas noites antes. Nem o segundo quarto, embora encontrar a cama já arrumada e uma pequena pilha de toalhas limpas na poltrona tenha me abalado um pouco. Era quase como se ela estivesse me esperando.

Arrumei a cama de Amelia antes de descer para pegar o resto das minhas coisas no carro. Não tenho ideia de por que pareceu importante fazer aquilo, só sabia que era.

Liguei para minha mãe para avisar que tinha chegado em segurança e percebi que não havia visto duas novas mensagens de Jeff. Tínhamos conversado por pouco tempo no início do dia e, embora ele tivesse feito todas as perguntas certas e dito todas as coisas certas, algo em toda a conversa pareceu estranho. Era preocupante como aquilo parecia importar tão pouco agora que havia um oceano entre nós. Ou talvez sempre tenha havido, e eu só precisasse da distância física para perceber. Eu tinha consciência de que já fazia algum tempo que nosso prazo de validade havia acabado, mas aquilo não tornava mais fácil encarar o fracasso. Nunca tornava.

Desembalei a coleção de mantimentos de emergência da minha mãe, que ficaram apertados na geladeira e nos armários já bem abastecidos da Amelia. Eu estava afastando algumas coisas para abrir espaço na prateleira inferior da geladeira quando descobri a caixa de cerveja escondida atrás de duas embalagens de suco. Fiquei encarando meu achado por tanto tempo que a geladeira começou a apitar irritada para que eu fechasse a porta. Amelia não bebia muito, a não ser por uma taça de vinho de vez em quando. Ela alegava que não gostava do sabor da bebida alcóolica. Aquela era, sem dúvida, uma das diferenças mais esquisitas entre nós. E ela com certeza não bebia cerveja. Mas alguém bebia. Puxei a caixa para a frente da prateleira. Estava com duas latas faltando. Quem tinha bebido? Sam?

Fechei a porta da geladeira com força diante daquela ideia maluca, como se quisesse prendê-la lá dentro. Não *havia* Sam nenhum, disse a mim mesma com intensidade. Eu concordaria de bom grado com qualquer fingimento necessário que os médicos sugerissem, mas era só isso, fingimento. Sam Wilson era um marido fantasma e, quanto mais rápido conseguíssemos exorcizá-lo da cabeça de Amelia, melhor.

Depois de passar grande parte do dia no hospital absurdamente superaquecido, eu estava doida para tomar um banho antes de dormir. No entanto, quinze minutos frustrantes depois, ainda não tinha conseguido ligar o aquecedor velho. Fiquei encarando irritada o equipamento que não tinha reagido a uma enxurrada de palavrões e a duas pancadas retumbantes, que machucaram muito mais a mim do que a caldeira.

Era fora do normal para mim, mas eu podia sentir lágrimas de desespero ardendo nos meus olhos diante daquela derrota.

— Você só tá cansada — disse a mim mesma — e um pouco agitada — acrescentei com uma risada nervosa ao perceber que estava falando sozinha de novo.

Procurei na mala o pijama mais quente que eu havia levado e vesti às pressas, enquanto a velocidade do vento continuava a aumentar do lado de fora, atirando grãos de areia contra as vidraças, soando como arranhões das unhas de um invasor. De repente, o sofá minúsculo da minha mãe não pareceu uma opção tão ruim.

Eu me enfiei embaixo do edredom e puxei a coberta até o queixo. Depois de algum tempo rangendo e gemendo, o chalé enfim ficou em silêncio, mas o vento e o mar estavam mais barulhentos do que nunca. Amelia alegava que o som das ondas era relaxante e que embalava seu sono, mas estava tendo o efeito oposto em mim — mesmo estando cansada o bastante para dormir em pé! Acabei desistindo e acendi o abajur de cabeceira.

Eu tinha falado com minha gerente em Nova York no início do dia e, embora ela tivesse sido solidária ao concordar que eu tirasse "alguns dias" — que seriam deduzidos das minhas férias —, também fez questão de me lembrar de que, muito em breve, a empresa precisaria de uma decisão sobre a oferta de emprego que havia me feito. Eu entendia a urgência. A promoção à editora-executiva, com meu próprio selo, era uma grande oportunidade, pela qual a maior parte dos editores seria capaz de matar. Mas aqueles editores não tinham que enfrentar o dilema de se estabelecer a milhares de quilômetros de distância dos entes queridos. Os últimos quatro anos em Nova York pareceram uma longa aventura de trabalho, mas aceitar a promoção era assumir o compromisso de fazer dos Estados Unidos meu lar a longo prazo, e era aquilo que estava me impedindo de tomar uma decisão.

Embora eu estivesse no modo "fora do escritório", ninguém tinha se dado ao trabalho de avisar ao meu corpo, que continuava a seguir com determinação o horário dos Estados Unidos. Por isso, decidi fazer bom uso da minha insônia e ler um dos muitos originais pendentes para análise aguardando no meu Kindle.

Duas horas depois, estava na metade de um romance, mas não tinha conseguido guardar o nome de qualquer um dos personagens. Aquele poderia vir a ser o próximo best-seller do setor ou um lixo completo, eu não tinha ideia. Minha mente não parava de se desviar da trama e voltar para a alegação inexplicável da Amelia, como um avião sem ter onde pousar. Por que o inconsciente dela tinha criado um marido fictício? Aquele

Sam poderia ser alguém que ela conhecia mesmo na vida real? Alguém que ela não quisera mencionar à família? Será que Amelia poderia estar tendo um affaire secreto?

De todas as perguntas que circulavam na minha cabeça, aquela sem dúvida era a mais absurda. Amelia não faria aquilo. Mas a verdade era que, se alguém me perguntasse se ela sairia para caminhar na praia de madrugada, eu também teria respondido "não".

Adormeci com o princípio de uma dor de cabeça que ainda persistia quatro horas depois, quando um bando de gaivotas barulhentas decidiu que já era hora de eu acordar. Ainda bem que o aquecedor, que não havia cooperado na noite anterior, tinha mudado de ideia e decidiu esquentar um tanque inteiro. Pelo menos metade daquela água foi consumida sob os jatos de um chuveiro tão quente que saí do boxe envolta em uma nuvem de vapor, como nos filmes, com a pele em um novo e curioso tom de rosa-lagosta.

Eu tinha arrumado a mala para aquela viagem com tanta pressa que muitos dos meus produtos indispensáveis de higiene ainda estavam no banheiro em Nova York. Mas Amelia tinha crescido com uma irmã mais nova que a todo momento pegava suas coisas emprestadas, e era muito reconfortante estar fazendo aquilo de novo. Durante minha busca no banheiro dela, desencavei um nécessaire vazio e comecei a guardar ali itens essenciais para levar ao hospital. Há uma linha tênue entre procurar e bisbilhotar, e percebi que a estava cruzando quando comecei a buscar coisas que não teriam qualquer utilidade para Amelia no hospital ou, para ser sincera, em qualquer outro lugar. Na prateleira do *meu* banheiro ficava a lâmina de barbear sobressalente de Jeff, seu gel de barbear e desodorante — e ele nem passava a noite na minha casa com tanta frequência. Mas o armário de Amelia não guardava nada parecido. Fechei o móvel e encarei meu próprio rosto na porta espelhada, na expressão uma mistura de culpa e alívio. Se Sam *fosse* real, aquilo significaria que eu não conhecia minha irmã tão bem quanto pensava. Mas, por outro lado, não dava para ignorar que a mulher que alegara que eu tinha sido sua madrinha de casamento dois anos antes era igualmente estranha para mim.

Havia comida suficiente na cozinha para alimentar um batalhão, e pareceu um desperdício eu só estar com vontade de comer uma fatia de torrada. Levei a torrada — e a caneca de café forte que tinha feito — até à porta da casa. O vento havia diminuído bastante durante a noite, mas ainda estava frio o suficiente para me fazer pegar o cardigã grosso que minha irmã deixara pendurado em um gancho ao lado da porta.

O céu estava do tom roxo escuro de um hematoma, mas pinceladas suaves de um rosa profundo tingiram o horizonte e começaram a ocupar cada vez mais espaço. O mar passou de preto a violeta quando o amanhecer afastou a noite do caminho. Eu já tinha visto alvoreceres em ambos os lados do mundo, mas nenhum havia me tirado o fôlego como aquele. Parecia primitivo e natural, com uma beleza rústica na praia que eu nunca tinha apreciado de verdade antes. Era como se estivesse vendo a cena através dos olhos de Amelia e não dos meus.

Eu me sentia estranhamente mais calma quando voltei para o chalé, como se não estivesse mais sozinha. Mesmo ela estando a quilômetros de distância, em uma cama de hospital, eu me sentia mais próxima de Amelia do que há muito tempo. Era uma coisa de irmãs... uma coisa de gêmeas, e nem havia me dado conta da falta que tinha sentido daquilo até reencontrar de repente a sensação.

Sempre foi motivo de discussão na nossa família se realmente *havia* uma conexão inexplicável entre Amelia e eu. "Elas são irmãs, só isso", lembro da minha avó materna, sempre muito prática, dizer depois de uma bufada autoritária. Aliás, aquele era o som com que ela terminava quase todas as frases.

"Elas são mais do que irmãs, são gêmeas", corrigia minha mãe, com firmeza.

Não posso dizer com certeza, mas imagino que aquilo fosse recebido com outro suspiro de desprezo.

"Isso não passa de bobajada científica."

Não esqueço os olhos da minha mãe encontrando os meus do outro lado da antiga e enorme cozinha, e do calor de seu sorriso. Eu era fruto daquela "bobajada científica", e Amelia também. E, desde muito pequenas, nós duas tínhamos consciência do quanto aquilo nos tornava especiais.

Meus pais queriam uma casa cheia de crianças, principalmente meu pai, que era filho único — ele tinha sido adotado quando bebê e cresceu ansiando por irmãos. Mas minha mãe não conseguia engravidar e meu pai — que teria lhe dado a lua se ela pedisse — concordou com prazer em tentar a fertilização *in vitro*, um procedimento que ainda era relativamente novo na época. E funcionou para eles. Como minha mãe era uma mulher muito pequena, os médicos decidiram implantar apenas um embrião e congelar o outro. Sempre me pareceu uma loucura que algum embriologista desconhecido tivesse escolhido que irmã nasceria primeiro e qual seria resfriada em nitrogênio líquido e armazenada até o momento certo.

"Você foi como a Bela Adormecida", disse minha irmã mais velha quando eu já tinha idade suficiente para questionar por que minha "gêmea" era, na verdade, oito anos mais velha do que eu.

"Então um belo príncipe apareceu para me acordar?", perguntei.

Amelia tinha zombado da ideia. Mesmo no início da adolescência, ela já se inclinava muito mais para a lógica do que para a magia.

"Você não precisava de nenhum herói idiota para te salvar", elucidou com desprezo.

O que tornava ainda mais confuso o fato de que, por algum motivo, das profundezas de seu inconsciente, minha irmã, ao que tudo indicava, criou um herói para si mesma.

6

Fiquei olhando para a bolsa de viagem em cima da cama da Amelia. Será que eu devia acrescentar mais uma camisola às três que já tinha guardado? As laterais da bolsa já estavam curvadas, em grande parte por causa das várias mensagens que começavam com "Ah, acabei de lembrar de..." que minha mãe tinha enviado durante toda a manhã.

— Produtos de higiene pessoal, calcinhas, chinelo, roupão — murmurei, checando os itens da lista no meu celular.

Dei uma última olhada ao redor do quarto da Amelia, peguei o livro na mesinha de cabeceira e coloquei em cima das roupas. Ao lado, havia um carregador pendurado, ainda conectado à tomada, mas não havia nenhum celular ali. Procurei por toda parte e até tentei ligar para o número dela, mas recebi uma mensagem irritante dizendo que "O número chamado não está disponível no momento".

— Ah, espero que ela não tenha perdido o celular de novo — apontou minha mãe, quando liguei para pedir sugestões sobre onde mais procurar. — Ela ficou muito chateada quando perdeu o aparelho umas semanas atrás.

Ficar chateada era a última coisa de que Amelia precisava no seu estado atual.

— Vou continuar procurando — prometi.

Eu estava ao lado da janela do quarto de Amelia, observando um bando de gaivotas descerem do céu em direção à praia. Meus dedos de repente apertaram meu próprio celular com força.

— Você acha que o celular dela pode estar em algum lugar na restinga? Talvez Amelia tenha levado naquela noite e deixado cair?

Minha mãe suspirou e, do nada, sua voz pareceu a de uma pessoa muito mais velha, o que me preocupou.

— Não sei, Lexi. Estou começando a me perguntar se *algum dia* vamos descobrir o que aconteceu naquela noite.

O celular não era o único item problemático da minha lista. Embora eu não o visse havia anos, sabia que reconheceria o medalhão imediatamente, com seus arabescos prateados elaborados. A Lexi de 10 anos o cobiçara desde o momento em que nossa avó — a mesma que vivia bufando — o havia dado a Amelia, no aniversário de 18 anos da minha irmã. Presumi que o encontraria no porta-joias que ficava em cima da penteadeira do quarto. Mas a fotografia dentro dele, de um marido que não existia, seria um pouco mais difícil de localizar.

Vários rostos haviam ocupado o interior daquele relicário ao longo dos anos: nossos pais, eu, animais de estimação muito queridos, até mesmo um ou dois namorados. Mas quem eu encontraria dentro dele agora? Fiquei surpresa ao perceber que minha mão tremia quando levantei a tampa do porta-joias. O medalhão estava ali, na bandeja de cima, aninhado em um compartimento forrado de veludo vermelho. A prata cintilou sob um fraco raio solar de inverno quando tirei o cordão da caixa. Era mais pesado do que eu lembrava, e meus dedos se atrapalharam com o fecho antes de, enfim, conseguir abri-lo. Não tinha me dado conta de que estava prendendo a respiração até soltar o ar em um suspiro longo e forte. Não havia nenhuma foto no relicário. Estava vazio.

Não sei quanto tempo fiquei parada ali, segurando a prova irrefutável de que Sam Wilson não existia. Eu costumava ser boa em tomar decisões, mas não conseguia decidir o que era pior: entregar a Amelia o medalhão vazio ou mentir e dizer que não tinha conseguido encontrá-lo.

— Como assim, não conseguiu encontrar? Você procurou no meu porta--joias?

Eu me virei ao lado da cama de hospital de Amelia, desconfortável, e me ocupei em afastar a jarra de água para dar espaço aos pertences que eu *havia* levado.

— Procurei — respondi, sem coragem de encarar a decepção nos olhos dela.

O medalhão foi a primeira coisa que ela pediu para ver, assim que cheguei. Achei que o celular perdido a incomodaria muito mais — com certeza seria o que *me* incomodaria —, mas ela estava obcecada pelo relicário.

— Eu só quero ver o rosto dele — desabafou Amelia, parecendo tão desamparada que seu sofrimento me deixou com os olhos marejados. Ela levou a mão até o ponto onde os eletrodos estavam fixados em seu peito. — Eu queria usar o cordão com a foto para poder ter Sam bem aqui.

— Talvez tenha caído em uma gaveta ou alguma coisa assim. Sinto muito, Amelia. Não tinha mais tempo para procurar porque não queria me atrasar para a visita.

"Sua irmã teve uma manhã um pouco difícil", informara a enfermeira--chefe quando eu estava a caminho do quarto de Amelia. "Eu só queria avisar que você pode achá-la um tanto mal-humorada." Aquele sem dúvida devia ser o eufemismo do século. "Ela ficou bastante aflita durante a ressonância magnética essa manhã, tanto que tiveram que deixar o exame de lado por hoje. Você sabia que Amelia sofre de claustrofobia?"

Eu não sabia. Mas, de repente, a sensação estranha que eu tinha experimentado algumas horas antes fez muito mais sentido. Em um minuto eu estava ótima, trabalhando com meu notebook, e no minuto seguinte meu coração acelerou de forma inexplicável e comecei a suar frio. Parecia que as paredes do chalé estavam se fechando ao meu redor, e tive que abrir a porta da frente e ficar parada na praia, respirando a maresia em arquejos. Então, tão depressa como havia começado, a sensação passou. Eu nunca tinha tido um ataque de pânico na vida e *talvez* tivesse sido isso que senti naquele momento. Mas as lembranças de ter cólicas menstruais quando não era eu quem estava menstruada, ou da dor no maxilar quando Amelia foi ao dentista com um abscesso especialmente desagradável, me fez pensar que poderia haver outra explicação.

Era claro que o dia impactara Amelia. Ela ainda tinha uma palidez terrível e, embora eu tentasse muito não olhar para os monitores aos quais estava conectada, era impossível não perceber que sua frequência cardíaca estava descontrolada — acelerada de maneira assustadora em um instante e, no minuto seguinte, desesperadamente baixa. Eu tinha assistido a episódios suficientes de *Grey's Anatomy* para saber que aquilo não podia ser bom.

— Ela não trouxe o medalhão — contou Amelia, decepcionada, para a enfermeira que tinha chegado para aferir sua pressão arterial.

— Ah, não tem problema. Tenho certeza de que verei esse seu lindo marido em breve — disse a mulher em um tom consolador, lançando um sorriso simpático em minha direção.

Você sabe que não existe marido, não é?, questionei em silêncio a enfermeira com os olhos. *Estamos só fazendo a vontade dela até que ela consiga separar a realidade da fantasia.*

Ou a enfermeira era uma atriz digna de um Oscar, ou ainda não tinha sido informada sobre o estado de Amelia.

— Sinto muito, meu bem — me desculpei novamente. — Prometo que vou procurar de novo quando voltar para sua casa mais tarde. Vou virar o lugar de cabeça para baixo até encontrar.

Os olhos da minha irmã encontraram os meus, e havia uma expressão neles que nunca tinha visto antes.

— Você não precisa fazer isso. Está no porta-joias, como eu disse. — Parecia que um desafio estava sendo lançado e engoli em seco, nervosa, com medo de aceitá-lo. — Passei a manhã contando a todo mundo como Sam e eu nos conhecemos.

O sorriso da enfermeira parecia totalmente natural, enquanto o meu era como uma máscara congelada.

— Que legal — comentei, tentando evitar que meus olhos se desviassem para a porta do quarto.

Minha mãe estava a caminho do hospital, de táxi; fazia muito tempo que eu não me sentia tão aflita esperando a chegada de um "responsável".

— É — disse Amelia com um suspiro que ficava entre a nostalgia e a exaustão. — Foi tão romântico, não foi?

Ela se virou na cama, parecendo desconfortável. Éramos duas.

— Como *você* descreveria Sam, Lexi? — perguntou Amelia.

Ela estava me testando. Os monitores às costas mostravam sua frequência cardíaca elevada. Mas, se eu estivesse sendo monitorada também, meus batimentos teriam ultrapassado os dela com facilidade.

— Ele é... é como um personagem saído de um livro romântico... um verdadeiro herói — declarei, afastando a gola do suéter do pescoço. Estava começando a ficar muito quente ali dentro.

— Bem, tenho certeza de que logo vou conhecê-lo — repetiu a enfermeira.

— Na verdade, você *pode* ver Sam hoje — anunciou Amelia. Senti um frio na barriga, do tipo que normalmente a gente só sente em elevadores que descem depressa. — Tem alguma papelaria no hospital? — indagou ela, do nada, e se virou para mim.

Assenti, para lá de confusa.

— Você pode comprar um bloco de desenho e alguns lápis pra mim? Assim eu posso desenhar ele.

Fiquei tão boquiaberta de espanto que devia parecer um peixinho-dourado no aquário.

— Você vai desenhar... Sam?

O nome parecia estranho na minha boca. Amelia se deixou cair de volta nos travesseiros.

— É a segunda melhor opção, já que você não trouxe o medalhão.

Amelia não sabia desenhar. Não digo isso de uma forma maldosa. É só um fato. Ela não sabia desenhar, assim como eu não era capaz de cantar nem de entender uma planilha. Eu tinha estudado arte no curso técnico, mas minha irmã mais velha escolhera a ciência. *Isso vai ser interessante*, pensei, enquanto descia de elevador até o saguão.

Demorei um pouco para encontrar os itens que eu tinha sido incumbida de comprar. Enquanto procurava, joguei algumas revistas de sudoku na cesta, além de duas barras do chocolate favorito de Amelia e uma embalagem de paracetamol. O último era para mim.

Para uma loja de lembrancinhas de hospital, havia uma variedade bastante ampla de materiais de desenho. Peguei um bloco de desenho tamanho A3 e várias caixas de lápis. A sacola parecia pesada, ou talvez fosse apenas o peso no meu coração, enquanto me dirigia mais uma vez aos elevadores. Pelo que eu sabia, o auge do estilo de desenho de Amelia era pessoas representadas como bonecos de palito, com mãos e pés em ângulo reto e grandes cabeças de balão. Eu já estava preocupada sobre como reagir quando o desenho que ela apresentasse mais parecesse um jogo de forca do que uma ilustração do marido.

Não tem marido, me lembrou sem rodeios uma voz na minha cabeça.

Cumprimentei minha mãe como se ela tivesse acabado de voltar de uma expedição ao Ártico.

— Você chegou! — comemorei, alegre, envolvendo-a em um grande abraço.

Minha irmã nos observava com atenção, por isso torci para que meu abraço extraforte a alertasse de que as coisas com Amelia não tinham se resolvido do jeito que ela esperava, mesmo depois de uma boa noite de descanso.

— A enfermeira estava me dizendo que você fez alguns exames essa manhã — comentei, hesitante, me virando para Amelia.

Os olhos de Amelia se desviaram com relutância da sacola na minha mão para encontrar os meus.

— É. Embora eu não saiba muito bem o que estão procurando, já que não consigo arrancar uma resposta direta de ninguém.

— Você ainda não consegue se lembrar de nada em relação à noite em que desmaiou?

Ela balançou a cabeça.

— Ou de estar na praia? — acrescentei, vacilante.

O terreno em que eu estava pisando subitamente pareceu tão instável quanto a restinga onde Amelia tinha sido encontrada.

— Por que raios eu estava na praia?

Aquela era uma ótima pergunta, mas que nenhum de nós poderia responder.

— Tenho a certeza de que, muito em breve, os médicos vão descobrir tudo.

A fé da minha mãe na sabedoria de qualquer pessoa formada em medicina sempre tinha sido inabalável, mas as filhas dela eram um pouco mais céticas. Os olhos de Amelia encontraram os meus e naquele único momento ela estava de volta — era cem por cento minha irmã mais velha inteligente, com seu raciocínio rápido e QI altíssimo. Ela estendeu a mão e eu achei, por pura tolice, que fosse para pegar a minha, mas Amelia apontou para a sacola da loja de lembrancinhas que eu carregava.

— Você trouxe o material de desenho que eu pedi? Vou fazer um esboço do Sam — explicou à nossa mãe.

— De cabeça? — Não pude resistir à pergunta.

Amelia me lançou um olhar que provavelmente deveria ser acompanhado por um balão de fala, como nos quadrinhos, com um *Dã!*

— Bem, é óbvio, já que ele continua em Nova York. Ainda não recebemos nenhuma notícia, não é?

Balancei a cabeça com tristeza, mas não pelos motivos que ela imaginava. Parecia que tínhamos dado um passo para a frente e dois para trás. A jornada de recuperação de Amelia ainda parecia impossivelmente longa.

Amelia virou o conteúdo do saco plástico em cima da cama e examinou por algum tempo a seleção de lápis que eu tinha comprado, parecendo saber mesmo o que estava fazendo. Aproximei a cadeira da cama quando ela começou a cobrir a folha de papel do início do bloco com traços longos e abrangentes. Demorei menos de dois minutos para perceber que Amelia não era apenas uma artista competente... ela era, na verdade, muito boa. Melhor do que eu, aliás, embora houvesse uma semelhança marcante em nosso estilo de desenho.

Diante dos meus olhos apareceu um horizonte, então dunas e um litoral. Ela olhou para cima algumas vezes, como se estivesse visualizando algo que nenhuma de nós conseguia ver, antes de voltar a atenção ao bloco de desenho equilibrado em seus joelhos. Minha mãe mantinha um fluxo constante de conversa, falando sobre pessoas que eu não conhecia, mas duvido que Amelia sequer estivesse ouvindo. Sua concentração aumentou quando ela deixou a praia de lado e, aos poucos, surgiu o contorno de uma figura na areia. A pessoa estava agachada, o peso do corpo apoiado em um joelho. Amelia demorou a fazer o esboço, preenchendo centenas de detalhes antes de se dedicar às feições do homem. Observei em silêncio o rosto do cunhado que eu não tinha enfim emergir.

Amelia estava certa, ele *era* bonito. Sua mandíbula era forte e as feições bem definidas — "esculpidas", era como provavelmente seriam descritas nas páginas de um romance. Eu nunca tinha usado o termo antes para descrever alguém na vida real, mas parecia cair como uma luva para a imagem da página.

Amelia tinha se curvado sobre o bloco de desenho para preencher os traços do homem com um cuidado meticuloso. Eu vi uma rede de pequenas rugas nos cantos dos olhos, a sugestão de uma covinha no queixo e o calor do sorriso. Um sorriso que se refletiu no rosto da minha irmã enquanto ela adicionava cada detalhe. Chocada e angustiada, vi em seus olhos o amor pelo homem que seu lápis havia criado. Aquela invenção do inconsciente de Amelia era sem dúvida tão real para ela quanto sua própria família.

— Era assim que ele estava no dia em que a gente se conheceu — falou Amelia, apontando o lápis para a espessa cabeleira escura do homem, soprada pela brisa. Ela ergueu o bloco com o braço estendido e virou-o em direção à luz. — É mais ou menos assim que ele está na foto do relicário — afirmou com um aceno satisfeito para o próprio trabalho. — Você vai ver quando trouxer o medalhão amanhã.

Engoli em seco, nervosa, e coloquei o que esperava ser um sorriso natural nos lábios. Então tentei de todas as formas mudar de assunto.

— Desde quando você é capaz desenhar assim? — perguntei, tirando o bloco das suas mãos para examinar o desenho feito com tanta habilidade. De perto, o estilo dela parecia ainda mais com o meu... a não ser pelo fato de que eu não pegava em um caderno de desenho havia anos.

— Não sei bem, acho que já faz um tempo — disse ela, e se recostou nos travesseiros, como se a obra de arte tivesse drenado parte das suas forças. — Eu sempre quis aprender, então encontrei um curso online e... — ela deu de ombros. — Descobri que tinha um talento oculto.

— Mas você nunca me contou isso.

Amelia disparou a cabeça na direção da porta, onde uma enfermeira tinha aparecido com um carrinho de remédios. Me perguntei com tristeza se ela fazia aquilo toda vez que ouvia alguém se aproximar.

— Tenho certeza de que já falei — replicou Amelia, estendendo a mão para pegar o copinho que a enfermeira havia preparado. Estava cheio de uma variedade de comprimidos coloridos, que ela engoliu juntos.

— Não — retruquei —, eu teria me lembrado se você tivesse dito isso.

— Teria mesmo? Como pode ter tanta certeza? Você conseguiu esquecer que eu tinha um marido.

Touché.

Assim que a enfermeira saiu do quarto, Amelia pegou mais uma vez o bloco de desenho. Nas duas horas seguintes, ela preencheu página após página com esboços. Sempre desenhos do homem na praia. Às vezes eram retratos em close, tão detalhados que eu quase conseguia ver a curva de cada cílio. Em outros, ele caminhava pela areia molhada, com as mãos enfiadas nos bolsos da calça jeans, o pulôver grosso protegendo-o do frio do inverno. O homem no bloco de desenho era alto e de ombros largos e parecia crescer de modo substancial na minha mente a cada novo desenho, a cada página virada. A maré e as sombras alongadas na areia pareciam indicar que era cedo em uma manhã de inverno.

De um jeito curioso, o último desenho de Amelia foi o mais surpreendente.

— Como pude esquecer de incluir Barney? — exclamou ela, desenhando depressa uma nova forma ao lado do homem que eu agora tinha certeza de que conseguiria reconhecer em qualquer lugar.

— Quem é Barney? — perguntei, tentando espiar por cima do bloco, que ela mantinha afastado de mim naquele momento.

— Barney — repetiu Amelia, balançando a cabeça diante da minha aparente amnésia. — Barney é o cachorro de Sam.

Segurei a borda do bloco e o inclinei na minha direção. Barney era de fato um cachorro. Um bobtail muito grande e peludo. No desenho, ele estava de pé sobre as patas traseiras, e com as duas enormes patas dianteiras pousadas bem no meio do peito de Sam.

— Eu… esqueci que Sam tinha um cachorro — murmurou nossa mãe, se esforçando ao máximo para dizer a coisa certa, embora não tivesse a menor ideia do que era a coisa certa a se dizer.

— É que nunca podíamos levar Barney pra sua casa. Ele sofre nas viagens de carro.

— E Barney está em Nova York com Sam agora? — questionei com cautela, torcendo para que, entre todas as perguntas que eu poderia ter feito, tivesse escolhido a que causaria menos angústia…

Infelizmente, não foi o caso.

— Não. Não dá para levar cachorros em viagens de trabalho. Ele está… ele está… no chalé? — perguntou ela, insegura.

Na fantasia de maridos imaginários eu poderia até embarcar, mas não na de cães imaginários.

— Não, meu bem, ele não está lá.

O rosto de Amelia se franziu como o de uma criança.

— Então onde ele está? Ele morreu? Barney morreu?

Eu não tinha ideia de como responder àquela pergunta e esperava que meu dar de ombros desolado bastasse.

— Por que não consigo me lembrar disso? Eu deveria conseguir. Mas parece que minha cabeça está cheia de buracos e todas as coisas importantes desaparecem lá dentro quando tento segurar uma delas. Por que isso está acontecendo comigo?

Amelia estava chorando naquele momento, e só quando senti o gosto salgado em meus lábios percebi que também estava. Eu a abracei e a embalei com gentileza.

— Não sei, meu bem, mas vamos descobrir. — Estendi a mão e peguei a da nossa mãe, que estava virada na nossa direção, completando o círculo da nossa família. — Vamos resolver tudo, eu prometo.

— Tenho certeza de que ele *está* ocupado — falei para a secretária da ala, no posto de enfermagem. — Mas a minha mãe e eu *realmente* precisamos falar com o dr. Vaughan. Agora mesmo. Hoje.

— Não é assim que as coisas funcionam... — começou a explicar a jovem, antes de ser interrompida por uma mão colocada com firmeza em seu ombro.

Eu estava tentando manter a voz baixa, mas é óbvio que a enfermeira-chefe tinha me ouvido mesmo à porta fechada.

— Vou conferir se ele ainda está no hospital e se pode conversar por alguns instantes com vocês — disse ela com um sorriso gentil para minha mãe (que *não* estava levantando a voz) e um aceno compreensivo para mim (que *estava* levantando a voz).

Era visível como Amelia estava exausta, por isso não protestou quando eu avisei que levaria nossa mãe para comer algo doce e enjoativo do café do saguão do hospital. Quase tive que arrastar minha mãe para fora do quarto.

"Não estou mesmo com a menor vontade de comer bolo, Lexi", protestou ela quando finalmente consegui convencê-la a sair até o corredor.

"Nem eu. Mas quero respostas. Portanto, vamos ver se conseguimos algumas."

O consultório do dr. Vaughan ficava dois andares abaixo da ala onde estava Amelia.

— Entrem, entrem — disse lá de dentro uma voz que parecia muito mais jovem do que eu esperava, em resposta à nossa batida.

Não era só a voz do dr. Vaughan que era jovem, o resto dele também. Eu esperava um médico que pudesse me dar todas as explicações com certeza. Queria um médico que já tivesse visto tudo e soubesse todas as respostas. Mas estava com medo, pela expressão nos olhos do homem à minha frente, enquanto ele apertava nossas mãos, de que a realidade pudesse ser um pouco diferente.

— Por favor, sentem-se, vocês duas — convidou ele, apontando para as cadeiras em um dos lados da mesa.

Com educação, o dr. Vaughan esperou até que estivéssemos sentadas antes de se acomodar em sua própria cadeira.

Havia pilhas de pastas de pacientes em sua mesa, o que me surpreendeu nessa era da informatização. De uma torre que parecia muito perto de tombar, ele pegou o arquivo mais no alto. Mesmo de cabeça para baixo, consegui ler o nome da minha irmã.

O médico abriu a pasta e passou algum tempo folheando a papelada ali dentro. Ele franziu o cenho algumas vezes diante do que quer que estivesse lendo, então cerrou e retorceu os lábios, como se estivesse tentando desalojar um caramelo persistente, enquanto passava o dedo por um gráfico que, mesmo que *estivesse* virado do lado certo, eu não teria como decifrar. Por fim, o dr. Vaughan suspirou, se recostou na cadeira e cruzou os braços sobre a barriga. Imaginei que ele devia ser pelo menos uma década jovem demais para que aquele movimento parecesse natural, mas pensei também que o homem devia achar que aquela posição lhe conferia seriedade.

Em algum lugar do consultório havia um relógio que tiquetaqueava irritantemente alto e, se o médico não tivesse rompido o silêncio naquele exato momento, eu mesma teria falado alguma coisa só para calar aquele som chato.

— Amelia é uma mulher de muita, muita sorte. — Aquela era uma boa frase para começar. — Na verdade, eu diria que ela é extraordinária. Ele com certeza não ouviria nenhuma palavra contrária a das duas mulheres do outro lado da mesa.

O dr. Vaughan abriu as mãos e se inclinou na nossa direção, apoiando os cotovelos na mesa enquanto se virava para minha mãe.

— Senhora Esme, imagino que foi informada do estado em que sua filha estava quando foi encontrada na praia e trazida de ambulância, não foi?

— Ela estava com hipotermia — replicou minha mãe, hesitante, como se estivesse respondendo a uma pergunta particularmente complicada no Show do Milhão.

— De fato. De fato — concordou o dr. Vaughan, balançando a cabeça como um professor em uma sala de aula. — O que é importante compreender é que, *neste* país, vemos poucos casos de hipotermia acidental.

Eu conhecia o termo das minhas buscas no Google, e sempre me pareceu um pouco absurdo, como se pudesse haver uma condição associada chamada "hipotermia intencional", em que a pessoa se colocava numa situação daquela de propósito.

— O que é ainda mais raro, pelo menos no Reino Unido, é a hipotermia diminuir tanto a temperatura central do corpo a ponto de induzir uma parada cardíaca.

— É quando o coração para de bater completamente — falei, para explicar à minha mãe, só para garantir, caso não estivesse fazendo as mesmas buscas no Google que eu. Mas como ela já estava pegando um lenço de papel na bolsa, acho que conhecia o termo, sim.

— Exato — confirmou o dr. Vaughan. — E é ainda mais raro quando, depois de um período indeterminado em que o paciente tecnicamente não está respirando, ele consegue ser ressuscitado com sucesso.

— Como foi o caso de Amelia — pontuei, e fiz uma pausa para dar um sorriso rápido à minha mãe, com a intenção de tranquilizá-la.

— Exato. Mas não quero dar a impressão de que já estamos totalmente fora de perigo. A medição do fluxo coronário de Amelia ainda é motivo de preocupação e é muito cedo para podermos dar um prognóstico satisfatório a longo prazo, que vejo que é o que vocês duas querem ouvir. O que *posso* garantir é que vamos monitorá-la de perto nos próximos dias e semanas.

— Pode haver danos a outros órgãos, dr. Vaughan, além do coração? — Hesitei antes de continuar, como se o fato de dizer as palavras em voz alta pudesse torná-las reais. — Ela pode ter sofrido algum dano cerebral?

Os olhos do médico se fixaram em uma folha do arquivo de Amelia.

— A tomografia computadorizada craniana feita na noite em que ela foi internada não indica nenhuma anormalidade, mas é claro que vamos fazer outros exames. Na verdade, há muitos exames que gostaríamos de fazer, mas precisamos ter em mente que a sua irmã passou por uma experiência muitíssimo traumática e que seu bem-estar emocional é tão importante quanto seu estado físico. Pelo que sei, ela ficou muito angustiada hoje, durante a ressonância magnética. — Ele fez uma pausa, como se estivesse avaliando as palavras seguintes e se perguntando até que ponto deveria ser sincero. — Vou ser cem por cento honesto com vocês duas. O caso de Amelia é o primeiro desse tipo que acompanho pessoalmente. Por isso, entrei em contato com colegas de um dos principais hospitais da Suécia, que têm muito mais experiência em lidar com esse tipo de quadro clínico.

Mordi o lábio, preocupada.

— E algum dos médicos na Suécia teve pacientes com... problemas de memória? — perguntei.

O dr. Vaughan assentiu lentamente.

— Alguns, sim. Um grande percentual de pacientes pareceu sair ileso do acontecimento... e outros estiveram clinicamente mortos por períodos de até seis horas, o que acreditamos *não* ter sido o caso de Amelia. Mas, sim, respondendo à sua pergunta, sei de pacientes que apresentam perda de memória que varia de leve a grave.

Balancei a cabeça.

— Não estou falando de *perda* de memória, doutor. Mas de novas memórias. Memórias falsas de coisas que nunca aconteceram.

Ele abriu a boca para responder, mas eu o silenciei pegando a ilustração que havia arrancado do bloco de desenho de Amelia.

— Minha irmã desenhou isso algumas horas atrás. É a foto de um homem que ela afirma ser o marido. Um homem que posso dizer com certeza absoluta que não existe.

— Você acha que ele está certo quando diz para a gente continuar a fingir com ela? — perguntou minha mãe, quando saímos pela porta giratória do hospital.

O contraste entre o ar superaquecido do hospital e o frio de janeiro foi suficiente para me deixar sem fôlego.

— Acho que ele não sabe *o que* sugerir, mãe — respondi desanimada.

— Pelo menos dr. Vaughan foi honesto o bastante para admitir que nunca tinha se deparado com um caso como o dela. Não que isso nos ajude muito. Ele parece seguro de que Amelia logo vai deixar essas fantasias de lado e vai se dar conta de que há coisas demais sem sentido para que tudo isso seja verdade. — Dei o braço à minha mãe. — Para começar, seria bom encontrar o celular de Amelia e provar a ela que *não* há um monte de fotos dela e de Sam.

— Mas o que vamos dizer a ela até lá? Temos que falar alguma coisa quando ela perguntar por que Sam não entrou em contato — refletiu minha mãe, enquanto tentava com dificuldade prender o cinto de segurança.

Estendi a mão e prendi o cinto para ela. Aquela seria a última vez que eu dirigiria o veículo alugado, que seria recolhido no dia seguinte. Dali em diante, passaria a usar o carro de Amelia. Fazia sentido e, infelizmente, por tudo o que o dr. Vaughan havia dito, ela não precisaria do carro no futuro próximo.

Esperei que a cancela do estacionamento levantasse, nos liberando, antes de voltar à pergunta da minha mãe.

— Precisamos encontrar um motivo plausível para ele não estar conseguindo entrar em contato com ela — falei.

— Talvez a gente possa dizer que o tal Sam foi sequestrado e que estamos tentando reunir o dinheiro do resgate?

Meus lábios se curvaram no primeiro sorriso espontâneo que eu dava naquele dia.

— Ouuuuu — sugeri, prolongando a palavra — poderíamos pensar em algo que não soasse como o enredo de um thriller da Netflix.

Minha mãe não ficou ofendida, mas reagiu à altura.

— Tipo...? O que você sugere?

Eu trabalhava no mundo da ficção. Provavelmente já ouvira milhares de tramas diferentes ao longo dos anos, com certeza eu poderia encontrar a solução em uma delas? Mas, quando permiti que meus pensamentos viajassem para o lugar onde trabalhava, a resposta veio da vida real e não das páginas de um livro.

— Já sei! Merle, que também é uma editora lá da empresa, acabou de voltar de uma estadia de dez noites em um retiro de silêncio no interior de Nova York. É um lugar onde as pessoas vão para meditar e recarregar as energias em silêncio absoluto. E o melhor é que o retiro insiste que não haja nenhum tipo de comunicação com o mundo exterior. Nada de telefones, de tecnologia, nadinha.

Eu me virei e sorri para minha mãe, como um mágico que encontrou o coelho e o tirou da cartola com sucesso. Infelizmente, ela não pareceu segura.

— Não tenho tanta certeza, Lexi. Não sei se esse é o tipo de coisa de que Sam gosta.

— Mãe — lembrei com gentileza —, *não* existe nenhum Sam.

Ela deixou escapar uma risadinha nervosa, e pareceu tão envergonhada que tirei uma das mãos do volante para apertar com carinho a dela.

— Eu sei — continuei. — A sugestão é uma merda. Mas pelo menos dá para encher linguiça quando a Mimi perguntar.

Uma prova de como minha mãe estava distraída foi o fato de nem sequer piscar quando eu falei palavrão — ela apenas concordou devagar com a cabeça.

7

A pizza não caiu bem. Eu devia ter tido mais juízo antes de pedir uma com adicional de pimenta *jalapeño* no restaurante onde minha mãe e eu paramos para jantar. Duas horas depois de desligar a luminária da cabeceira, eu ainda estava me revirando, incapaz de relaxar na cama de hóspedes extremamente confortável de Amelia. O jet lag já era ruim o bastante, mas associado à indigestão tornava quase impossível dormir.

Com saudade do antiácido que eu deixei em Nova York, joguei o edredom para o lado e corri pelas tábuas rangentes do piso em direção ao banheiro. Eu tinha visto uma embalagem velha de antiácido no armário e resolvi ignorar o fato de que o prazo de validade era de três anos antes — me sentei na borda da banheira de Amelia e mastiguei dois comprimidos com textura de giz. Apesar do frio congelante que deixava o banheiro parecendo um frigorífico, eu não tinha pressa de voltar para a cama. Não porque não estivesse cansada, mas porque sabia exatamente para onde os meus olhos se voltariam assim que eu fosse para o quarto.

Pensando melhor, talvez eu devesse ter colocado o medalhão de volta no porta-joias de Amelia, que era o lugar a que ele pertencia, em vez de levar para meu quarto. Mas estava com muito medo de esquecer "sem querer" de levar a peça comigo até o hospital no dia seguinte. *Até parece*, disse uma voz irônica na minha mente.

A importância do cordão e o impacto que teria no humor de Amelia começaram como uma preocupaçãozinha que, depois, como costumava acontecer com os medos insignificantes, teve um crescimento exponencial ao longo da madrugada insone.

A situação chegou a um nível que era quase como se aquele relicário oval estivesse me observando do outro lado do quarto, como um mau--olhado. Não era de admirar que eu estivesse com indigestão, pensei, me sacudindo mentalmente, antes de voltar ao quarto de hóspedes.

É claro que fui direto até o medalhão. Como não? Imaginei tantas vezes a cena do que aconteceria no dia seguinte, quando eu o levasse ao hospital, que o momento parecia mais uma lembrança do que uma previsão.

Eu conseguia me ver enfiando a mão no bolso e pegando o cordão. Via o brilho da prata sob as luzes fortes do hospital enquanto o relicário e a corrente caíam como uma pequena âncora na mão estendida de minha irmã.

Mas o que aconteceria depois era impossível de prever. Quando Amelia abrisse o relicário e o encontrasse vazio, eu mentiria mesmo e diria que a fotografia devia ter caído? Ou seria esse o momento de admitir, da maneira mais gentil e delicada possível, que, para começar, nunca houvera foto de Sam nenhum ali dentro? Ou o melhor caminho a seguir seria a opção três? Estremeci, me perguntando se eu era uma atriz boa o bastante para fingir que conseguia ver uma fotografia no medalhão vazio, caso Amelia dissesse que também conseguia. *A roupa nova do rei* sempre foi uma das minhas histórias favoritas quando criança, mas passar por uma situação semelhante na vida real, fingir que eu estava vendo algo que eu sabia não estar lá, me parecia perturbador e sombrio.

Acordei mais uma vez antes do sol raiar. Era um hábito novo e desagradável que eu estava ansiosa para abandonar. Infelizmente, o aquecedor — com o qual eu ainda não tinha conseguido fazer amizade — levaria duas horas até aquecer a água necessária para meu banho matinal. Como me sentia inquieta demais para voltar para a cama, decidi que o que eu precisava era de exercício. Jeff era um corredor fervoroso do Central Park e, de vez em quando, me convencia a acompanhá-lo para uma corrida matinal. Aquilo sempre me deixava com um humor melhor e mais positivo para o dia, o que sem dúvida me favoreceria no momento.

Eu não tinha colocado na mala nenhuma roupa adequada, mas encontrei um conjunto de legging e moletom no guarda-roupa de Amelia.

Me sentindo íntegra, joguei água fria no rosto e prendi o cabelo em um rabo de cavalo frouxo antes de vestir a roupa emprestada.

Estava mais frio do que eu esperava quando saí da casa. Conseguia ver o vapor do meu hálito se erguendo como balões de fala em uma história em quadrinhos, enquanto fazia alguns alongamentos sem prestar atenção — e devia estar fazendo errado, por sinal, mas, pela primeira vez, Jeff não estava por perto para me corrigir. Parei por um momento, esperando para ver se aquele pensamento seria seguido por uma pontada de saudade. Não foi, o que era algo em que a "eu do futuro" talvez devesse pensar. Mas naquele momento a única coisa na minha mente era a praia, a corrida e a alegria de ver outro nascer do sol enquanto os primeiros raios de luz do dia começavam a iluminar a areia.

Parei por um instante ao lado do portão baixo de madeira, que dava diretamente na praia. Se eu seguisse pela direita acabaria chegando à cidadezinha mais próxima, com a promessa de uma cafeteria aconchegante, onde poderia comer um docinho e tomar um café quentinho. O caminho da esquerda não levaria a lugar nenhum, apenas à restinga. Ignorei minha barriga roncando e escolhi a esquerda.

Como esperado, eu era a única pessoa na praia àquela hora. Mas não estava em busca de companhia, então, por mim, sem problema. Depois de cerca de dois minutos, diminuí a velocidade para um ritmo suave, porque correr na areia era muito mais difícil do que no asfalto. O mais importante, porém, é que eu ainda não tinha deixado de lado a esperança de encontrar o celular de Amelia na praia. É lógico que eu sabia que minhas chances de sucesso deviam ser menores do que as de ganhar na loteria, mas ainda assim me senti tentada a arriscar. Se Amelia tivesse instalado o aplicativo de rastreamento do aparelho ou se ele não tivesse sido desligado, talvez houvesse um fio de esperança para minha busca. Só que, levando em consideração que o celular já teria passado vários dias enterrado na areia ou na lama, seria um milagre se eu o encontrasse.

Mas aquela era uma manhã de milagres.

Tinham se passado quarenta minutos desde que eu havia saído de casa, tempo necessário para o sol ter chutado a lua para escanteio e tomado seu lugar no céu. Parei para recuperar o fôlego e olhei ao redor, distraída, curiosa para ver até onde eu tinha corrido. Então percebi que não era mais a única pessoa na praia. Perto da beira da água, onde a maré recuava aos poucos, uma figura alta corria na areia molhada.

Não consegui distinguir muita coisa a respeito da pessoa, a não ser o fato de que se movia em um ritmo leve que eu com certeza ainda não tinha dominado — e provavelmente também não estava com o rosto vermelho e suado, pensei, enquanto afastava mais uma mecha de cabelo úmido que havia escapado do rabo de cavalo. Eu me virei, prestes a retornar pelo caminho de areia que percorrera até ali, quando um som me imobilizou. E deteve a outra pessoa também, porque ela diminuiu a velocidade dos passos até parar, então se virou para o mar, como se estivesse esperando alguma coisa.

O som se elevou de novo, daquela vez mais fácil de identificar. E uma forma emergiu das ondas, com um coro de latidos altos e alegres. O barulho identificava o animal como um cachorro, mesmo ele sendo quase do tamanho de um burrinho. Fiquei paralisada, observando o animal parar na beira da água e se sacudir. Mesmo daquela distância eu podia ver a água espirrando em todas as direções, como um chafariz. O eco da risada de um homem foi carregado com clareza pelo vento.

E ali eu deveria ter me afastado, mas algo estava começando a se agitar dentro de mim. O homem. Aquela praia. O cachorro enorme.

O homem pegou uma bola e a arremessou de forma impressionante ao longo da areia molhada, e o cão disparou atrás dela como um foguete. O pelo do animal ainda estava úmido do mergulho no mar, mas não tanto que eu não conseguisse distinguir exatamente que tipo de cachorro era. Um bobtail.

O cão corria atrás da bola, o homem corria atrás do cão e, de repente — sem qualquer pensamento prévio ou decisão consciente — eu estava correndo atrás dos dois.

— Ei! Espera! — arquejei enquanto corria, mas meus pulmões estavam muito ocupados lidando com o aumento incomum de velocidade para me garantir o fôlego necessário para gritar.

E, de modo frustrante, as palavras ofegantes foram levadas pela brisa. O homem e o cachorro corriam ainda mais rápido do que eu jamais conseguiria alcançar, e a distância entre nós aumentava.

Cada músculo das minhas pernas parecia estar em chamas e a pontada na lateral do meu corpo parecia uma verdadeira facada, mas continuei correndo. Naquele momento, eu estava à beira da água, e meu tênis erguia pequenos borrifos enquanto eu chapinhava na espuma das ondas. Era mais fácil correr na areia molhada e compacta, mas mesmo assim eu nunca teria alcançado o homem se ele não tivesse pegado a bola de tênis amarela brilhante e atirado na água. O cachorro se jogou no mar com prazer e enfim eu estava perto o bastante para ele me ouvir chamando.

— Espera. Por favor, você pode esperar?

O homem ainda estava a cerca de cinquenta metros de distância, mas meu apelo o fez parar. Ele se virou, e senti meus joelhos cederem na mesma hora. De imediato, o homem começou a correr na minha direção.

O mundo girava loucamente e aquilo não tinha nada a ver com meus limites físicos. De algum jeito, acabei conseguindo ficar de pé de novo. As roupas esportivas elegantes de Amelia estavam molhadas e cobertas de areia, mas aquela era a menor das minhas preocupações naquele momento.

— Ei, tudo bem? — perguntou o homem, com um tom preocupado na voz.

Eu o encarei, de repente incapaz de falar.

— Se machucou? — continuou ele.

Balancei a cabeça com tanta violência que senti o golpe do meu rabo de cavalo atingindo primeiro um lado do meu rosto e depois o outro.

— Certo — disse o homem, sem parecer totalmente convencido, e recuou um meio passo quase imperceptível. — Você estava me chamando agora há pouco?

Assenti. Era impressionante. Amelia tinha conseguido capturar cada detalhe do rosto daquele homem. O esboço dela, que eu talvez tenha visto uma centena de vezes desde a tarde anterior, tinha literalmente ganhado vida e estava bem ali diante de mim.

— Você queria alguma coisa? — indagou ele. A voz dele era profunda e agradável, mas naquele momento parecia mais confusa do que preocupada.

Não sei bem o que ele esperava que eu fizesse ou dissesse, mas o homem pareceu definitivamente surpreso quando estendi a mão para apertar a dele.

— Sam — falei com confiança.

Um longo momento se passou antes que ele levantasse a mão para apertar a minha.

— Oi, Sam. É um prazer te conhecer.

Franzi o cenho.

— Meu nome não é Sam, é Lexi — expliquei em um tom encorajador, como se pudesse forçá-lo a dar a resposta certa. — Sou irmã de Amelia.

Havia algo nos olhos do homem e com certeza não era o lampejo de reconhecimento que eu esperava. Se eu não estava enganada, parecia muito com pânico.

— Acho que você deve ter me confundido com outra pessoa.

Balancei a cabeça, ciente de que eu parecia uma pessoa bastante perturbada.

— Não. É você. Tem que ser você.

Dessa vez não tive como negar que ele recuou outro passo. O cachorro recuperou a bola e o homem se abaixou, prendendo-o com rapidez de volta à coleira. Era óbvio que estava com pressa de ir embora.

— Você deve me conhecer. Não reconhece o meu rosto? — interroguei.

Mas na mesma hora me dei conta de que, com o sol diretamente atrás de mim, ele talvez não conseguisse distinguir minhas feições. Dei um passo para o lado e soltei o cabelo do rabo de cavalo, que minha irmã nunca usava.

— E agora? — insisti. — Você com certeza sabe quem eu sou, não?

Ele balançou a cabeça.

— Sinto muito, mas não sei. Você é famosa?

As palavras foram como um soco. Ele realmente não reconhecia meu rosto. O que significava que também não conhecia Amelia.

— Seu nome não é Sam, é? — perguntei, triste.

— Não, é Nick — respondeu o homem que, na mente da minha irmã, era casado com ela.

O cão ao lado dele latiu com impaciência. Pelo jeito, aquela caminhada estava parada demais para seu gosto.

— E ele não se chama Barney, não é?

O homem continuou a parecer perplexo.

— "Ele" na verdade é ela, e o nome é Mabel.

Agora foi minha vez de me afastar. Estava evidente que aquele homem não conhecia nem nunca tinha visto Amelia.

— Acho que a minha irmã talvez tenha visto você e Mabel aqui na praia. Ela mora perto daqui — tentei explicar.

Ele deu de ombros.

— É possível, embora eu não venha aqui com muita frequência.

— Você mora perto?

A expressão de cautela em seus olhos só aumentava, e eu dificilmente poderia culpá-lo.

— Não muito longe — falou Nick devagar, sem dúvida nada disposto a revelar mais do que aquilo.

— Sinto muito mesmo por ter te incomodado — acrescentei, erguendo as mãos como se estivesse me rendendo.

Eu já sabia que reviveria aquela cena por muito tempo, em toda sua glória humilhante.

Nick sorriu com educação e percebi que ele esperava que eu fosse embora. E eu teria feito exatamente aquilo, se naquele exato momento Mabel não tivesse ficado ainda mais impaciente com o homem ao lado e pulado, pousando as enormes patas dianteiras sobre o peito dele.

Arquejei. Era a exata pose do último desenho de Amelia. O cabelo escuro do homem balançava ao vento, o sol estava bem atrás dele, cintilando na água, tal como Amelia o havia capturado. A cena era tão idêntica ao desenho dela que era praticamente uma fotografia. Entreabri os lábios, chocada.

— Escuta. Sei que isso vai parecer loucura, mas você está com muita pressa de ir embora?

— Por quê? — questionou, prolongando a pergunta com bastante cuidado.

— Porque eu gostaria muito de tirar uma foto sua — falei, sentindo o rosto arder de vergonha. Aquilo parecia uma cantada muito barata.

— Você é fotógrafa? — perguntou Nick.

Ele passou a mão pelo cabelo e lá estava de novo, mais uma imagem tirada diretamente do bloco de desenho de Amelia.

Engoli em seco, nervosa.

— Não, eu trabalho na área editorial. Sou editora.

Nick ainda estava com o cenho franzido, tentando montar um quebra-cabeça que não fazia sentido algum.

— E o que você faz? — perguntei, tentando desviar a conversa para algo que soasse um pouco menos bizarro.

— Eu trabalho com animais — respondeu ele de forma evasiva. E aquela foi a deixa de que precisava para checar o relógio. — E provavelmente vou me atrasar se não for embora agora.

— Por favor — pedi, ciente de que minha voz estava embargada de repente, carregada de desespero. — Por favor, não vá. Posso só tirar uma foto sua? Se eu te explicar o motivo, vai parecer loucura.

— Claro — disse ele, com a sugestão de um sorriso nos lábios. — Porque tudo nessa conversa até agora pareceu completamente normal.

Deixei escapar uma risadinha nervosa. Ele não tinha concordado ainda, mas pelo menos também não tinha batido com uma porta fictícia na minha cara.

— Sei que isso não é problema seu, e também não tem nada a ver com você, mas se eu pudesse tirar só uma foto sua, isso seria muito, muito importante para minha irmã. — Fiz uma pausa, sabendo muito bem que aquilo devia soar como uma mentira, mesmo que fosse verdade. — Ela não está muito bem agora. Está no hospital.

— Sinto muito por isso — respondeu Nick, e havia compaixão suficiente na voz para me dar esperança. — E essa foto que você quer tirar... ajudaria mesmo? Seria tão importante assim para ela?

— Você não tem ideia — afirmei, com o tom intenso.

Ele olhou mais uma vez para o relógio, então deu de ombros de um jeito que dizia *Não acredito que estou fazendo isso*, e falou:

— Beleza, mas vamos ser rápidos.

O bom de ter examinado tão atentamente o desenho de Amelia era que eu sabia a posição exata que Nick precisava estar para a fotografia.

— Você pode se agachar, com um joelho apoiado na areia? — perguntei, correndo para mexer nas configurações de filtro da câmera do celular.

— Assim? — confirmou Nick, e riu quando Mabel aproveitou a proximidade para passar uma língua comprida no rosto dele. — Você quer a Mabel na foto também? — perguntou ele, bagunçando as orelhas da cadela.

— Não — respondi, enquanto checava e rechecava a imagem na tela do celular. — Barney não aparece nessa.

Nick tinha acabado de começar a me ver como alguém mais ou menos sã, mesmo depois de eu ter explicado a situação por alto para ele, então meu comentário foi um claro retrocesso. O tempo e a paciência dele estavam se esgotando.

— Se você pudesse chegar um pouco à esquerda para que o sol fique...

Ele fez o que eu pedi e, de repente, vi na tela do meu celular a foto de que eu precisava. O "momento decisivo", como diria um fotógrafo de verdade.

— E se você pudesse virar a cabeça para esse lado e sorrir como se estivesse olhando para alguém que *não* te deixa apavorado.

Nick riu ao ouvir aquilo, e foi então que tirei a foto.

Eu sabia, mesmo antes de checar, que estaria perfeita. E estava.

Sempre fui boa em tomar decisões difíceis, mas nos últimos tempos parecia ter perdido o jeito. Já era ruim o bastante estar indecisa em relação à promoção no trabalho, mas por ora eu tinha uma questão ainda mais urgente com que lidar: o medalhão. E, por algum motivo, aquilo parecia mais difícil do que decidir entre me mudar para Londres e dar andamento à minha carreira, ou apostar na possibilidade de o emprego dos sonhos de seis meses em Nova York se estender para algo permanente. Embora meus instintos nunca tivessem me decepcionado no passado, minha bússola moral interna estava girando sem controle naquele exato momento.

Pelo menos três vezes durante o banho, decidi entregar o relicário a Amelia com a fotografia de um estranho, mas logo mudava de ideia. O cereal ficou empapado na tigela, enquanto eu permanecia sentada diante da mesa da cozinha, pulando de uma estratégia para outra como uma ginasta mental. Teria sido muito mais fácil decidir se eu soubesse a resposta a uma pergunta crucial: aquilo melhoraria ou pioraria as coisas para Amelia? Eu conseguia entender por que tinham nos pedido para continuar com a farsa, mas a foto era diferente. Era um *endosso*. Ajudaria a construir uma base para a fantasia.

Em situações delicadas, meu reflexo era sempre pedir conselhos à minha irmã. Nunca havia me sentido tão perdida ou à deriva quanto naquele momento, quando me dei conta de que, daquela vez, estava mesmo sozinha.

Mas havia uma coisa da qual eu *tinha* certeza. Se Amelia fosse ficar no hospital por mais tempo do que tínhamos imaginado, eu precisaria fazer mais para ajudar minha mãe. O fato de que eu praticamente podia vê-la envelhecendo um pouco mais a cada dia me apavorava, e aquilo só pioraria. Eu jamais conseguiria evitar que ela se preocupasse com a filha mais velha, mas *poderia* aliviar um pouco do fardo sobre seus ombros. Quando enfim recebesse alta, Amelia precisaria de alguém para cuidar dela até que se recuperasse. E — quer minha mãe admitisse ou não — ela não seria capaz de fazer aquilo sozinha. Meus chefes esperavam que eu pegasse um avião de volta para Nova York em dez dias, mas, por mais que eu tentasse, não conseguia imaginar aquilo acontecendo.

No entanto, uma coisa com a que minha mãe *tinha* concordado sem qualquer problema foi dividir o extenso horário de visitas do hospital entre nós.

"Se você ficar com o primeiro turno", sugeri, "podemos ficar juntas no hospital por uma hora, mais ou menos, então eu fico por aqui até me expulsarem e apagarem as luzes."

"Acho que funciona", disse ela, inutilizando meu estoque de contra--argumentos persuasivos.

E, naquele momento, minha mãe estaria no hospital, pensei, enquanto conferia o relógio da cozinha e me curvava para calçar as botas. Ainda faltava uma hora ou mais para eu precisar sair, mas já tinha vestido o casaco quente e estava com um cachecol grosso ao redor do pescoço. O vento cortante de janeiro me atingiu como uma onda, tentando arrancar a porta da frente da minha mão quando a abri. Naquele dia, o mar parecia mais cinza do que azul e batia na orla em ondas furiosas e agitadas. Grãos de areia levantados pelo vento atingiam meu rosto e, mesmo assim, parei a caminho do carro para observar o clima adverso, mas estranhamente hipnotizante. Atrás de mim, cada vidraça balançava em sua moldura, com tamanha violência que me perguntei como o aglomerado de chalés à beira-mar havia resistido ao tempo e às intempéries por tantos anos.

Já em segurança dentro do carro de Amelia, chequei de novo minha bolsa para ter certeza de que tinha tudo de que precisava para cumprir minha missão. Estava tudo lá, assim como nas últimas cinco vezes que olhei. Se eu precisava de uma prova de que estava nervosa com meu plano, ela estava presente no meu recém-descoberto TOC.

Enquanto me afastava da casa, vi ao longe uma figura subindo a rua. O progresso era lento e o vento curvava seu corpo na forma da lua crescente, mas ele continuava caminhando, determinado. Imaginei que devia ser Tom Butler, o vizinho idoso e pescador de Amelia que morava no último chalé da rua.

Reduzi a velocidade até quase parar, querendo evitar atingi-lo com a areia levantada pelos pneus. Aquilo não impediu que o homem erguesse os olhos em minha direção com a expressão furiosa. Respondi com um aceno alegre e um sorriso que contrastava com o palavrão caprichado que murmurei baixinho.

E dizem que os nova-iorquinos são maus vizinhos.

Encontrei um quiosque fotográfico de autoatendimento na cidade próxima e, como estava com pressa, estacionei o carro em uma vaga privativa, rezando para não encontrar o pneu furado na volta. Vinte minutos depois, enquanto voltava correndo em meio a uma chuva repentina, vi alguma coisa presa embaixo de uma das palhetas do limpador. Xinguei baixinho e tirei o pedaço de papel encharcado do para-brisa, sem dar muita atenção ao que estava escrito ali até estar de novo dentro do carro. Por sorte, não era uma multa de estacionamento, só um panfleto muito encharcado da empresa em cujo pátio eu tinha estacionado ilegalmente. Era um lembrete nada sutil de que eu não devia estar ali.

O relógio do painel parecia um metrônomo enquanto eu tirava do envelope a fotografia que acabara de imprimir e olhava por um longo momento para Nick Seja Lá Qual For Seu Sobrenome, o belo estranho da praia, que por acaso era um sósia do meu cunhado imaginário, Sam Wilson.

Eu tinha me lembrado de levar uma tesourinha de unha e comecei a recortar rapidamente a fotografia para dar forma a ela. *Você tem certeza disso?*, questionou uma última vez meu Grilo Falante interior. Ignorei-o e inseri com cuidado a foto no relicário.

8

Meu coração disparado parecia prestes a sair pela garganta, e tudo o que eu tinha comido no dia de repente começou a dar cambalhotas na minha barriga em voltas rápidas. Fiz o possível para ignorar meus órgãos internos traiçoeiros quando saí do elevador e apertei a campainha para entrar na ala do hospital onde Amelia estava. Eu já começava a reconhecer os membros da equipe de enfermagem, e a enfermeira que me deixou entrar era uma das minhas preferidas.

— Boa tarde, irmã de Amelia — disse ela com um sorriso.

Antes, muito tempo atrás, eu teria me irritado com aquilo. Naquela época, eu não queria os restos da minha irmã — e isso incluía seu rosto. Agora era difícil lembrar por que aquilo me incomodava tanto, afinal, com o passar do tempo, aquele lembrete físico constante de como seria meu futuro parecera um presente único e mágico.

— Como ela está hoje? — perguntei enquanto espalhava grandes quantidades de desinfetante nas mãos.

— Amelia teve alguns momentos de instabilidade mais cedo — contou a enfermeira, escolhendo as palavras com muito cuidado. — Acho que ela está se sentindo frustrada e começando a desconfiar que, na verdade, ninguém acredita nela.

Apertei mais a bolsa contra a lateral do corpo.

— Com sorte ela vai se sentir um pouco melhor depois de hoje.

A enfermeira ergueu as sobrancelhas, mas preferi não entrar em detalhes. Eu não tinha contado a ninguém o que planejava fazer: nem a minha mãe, nem aos médicos, nem mesmo a Jeff, que ligou para saber como estavam as coisas quando eu estava a caminho do hospital. Embora ele estivesse mais interessado na data do meu retorno do que no progresso de Amelia. Na verdade, só havia uma pessoa que sabia sobre minha farsa — um homem chamado Nick —, e como era pouco provável que eu voltasse a vê-lo, ele não contava.

Havia olheiras escuras como as manchas de um panda sob os olhos de Amelia, mas eu sabia que tinham lhe dado um remédio para ajudá-la a dormir. A preocupação com a saúde dela me fez colocar de lado qualquer culpa pelo que eu estava prestes a fazer. Nada era mais importante do que fazer minha irmã ficar bem de novo.

— Oi pra você — cumprimentei, já deixando a bolsa e o casaco em cima de uma das cadeiras de visitantes e indo até a cama.

Abracei Amelia com força, ciente de que ossos que antes eram mais difíceis de alcançar estavam subitamente muito mais próximos da superfície.

Eu me inclinei, então, para dar um beijo no rosto da nossa mãe, sabendo, pelo modo como ela apertou minha mão, que a primeira parte da visita daquele dia não tinha sido tão tranquila. Bem, tudo aquilo estava prestes a mudar.

Os olhos de Amelia foram do meu rosto para a bolsa, em expectativa. Foi difícil ignorar a breve pontada de decepção diante da constatação de que nossa mãe e eu não lhe bastávamos mais. Ser eclipsada por um parceiro de vida teria doído, mas ser eclipsada por alguém que nem existia doía muito mais.

— Você olhou onde eu disse? — perguntou Amelia, a voz trêmula de urgência. — Conseguiu encontrar?

Eu tinha uma última chance de fazer a coisa certa. Só que já não sabia mais definir o que era o certo.

— Sim, encontrei — respondi, pondo nos lábios o que esperava que se passasse por um sorriso natural. — Não sei como não achei antes — acrescentei, enquanto abria a bolsa.

Mais senti do que vi a pergunta nos olhos da minha mãe quando peguei a caixa de veludo e abri a tampa. O momento pareceu carregado de déjà-vu quando tirei o medalhão do estojo e entreguei à legítima dona.

— Lexi? — chamou minha mãe, tão baixinho que mal consegui ouvi-la.

Ela estava olhando para mim com uma expressão preocupada no rosto. Balancei de leve a cabeça, de forma quase imperceptível, e voltei mais uma vez a atenção para Amelia, que agarrava o relicário como se tivesse medo de que ele pudesse ser arrancado dela de repente. Achei que ela se apressaria a abrir o fecho, mas Amelia se demorou, prolongando a grande revelação de uma forma quase teatral.

— Agora vocês vão ver... — disse ela por fim.

A expressão em seu rosto era um tanto misteriosa e, por um momento, a realidade e a fantasia se confundiram. Amelia tinha certeza de que o relicário continha uma fotografia do homem por quem ela se apaixonara e, de repente, eu não sabia se havia feito algo muito, muito estúpido. Mas era tarde demais para me preocupar com aquilo porque, com um clique baixo, o medalhão se abriu.

O tempo não chegou a parar de fato enquanto ela olhava a fotografia... mas parecia que tudo estava em pausa. O rosto de Amelia não revelava nada — e a verdade era que eu sabia melhor do que ninguém como identificar cada emoção naquelas feições.

O sorriso, quando apareceu, foi mais amplo, mais profundo e mais sincero do que qualquer coisa que eu já tivesse visto antes. Era o sorriso de uma noiva no dia do casamento, ou o de uma mãe quando seu bebê recém-nascido é colocado em seus braços pela primeira vez. Eu não havia vivenciado nenhuma daquelas coisas, nem Amelia, mas isso não parecia importar.

— Aqui está ele. Aqui está Sam — anunciou, a voz cheia de amor pelo estranho na fotografia, a mesma que eu havia colocado no relicário apenas trinta minutos antes.

Nossa mãe abria e fechava a boca como um peixinho-dourado. Ela estava claramente tentando encontrar alguma coisa para dizer. Pela expressão dela, eu sabia que tinha reconhecido a imagem no medalhão como sendo o mesmo homem que Amelia havia desenhado repetidas vezes no dia anterior.

— Mais tarde — sussurrei baixinho, em resposta à pergunta em seus olhos.

— E esse homem, esse estranho, deixou você tirar uma foto dele? Por que ele faria uma coisa dessas?

Entre todas as perguntas possíveis, foi aquela que minha mãe escolheu fazer. E era exatamente a que eu não havia pensado até aquele momento.

— Porque eu pedi...? — sugeri, sem muita convicção. Quando ouvi as palavras em voz alta, pareceu bastante estranho mesmo. — Talvez ele seja só um cara decente de verdade que gosta de ajudar donzelas em perigo.

Minha mãe soltou uma bufada clássica, que sem dúvida havia herdado da minha avó.

— Você não é lá a típica donzela indefesa... nem Amelia, por sinal. Bem, ela *geralmente* não é — corrigiu com tristeza.

— Não sei por que ele aceitou tirar a foto, mãe — falei, e levantei os olhos quando a campainha anunciou a chegada do elevador. — Só estou feliz por ele ter feito isso.

Amelia tinha ficado tão concentrada em examinar a fotografia do falso marido que mal ergueu os olhos quando eu disse que acompanharia nossa mãe até o saguão para levá-la em segurança até um táxi.

— E você tem certeza de que esse homem não conhece mesmo Amelia?

— Tanta certeza quanto é possível ter — confirmei, enquanto recuava para deixar entrar mais pessoas no elevador. — Não houve qualquer sinal de reconhecimento no rosto dele quando me viu. — Minha mãe assentiu devagar. — Embora eu ache que é provável que Amelia tenha o visto na praia alguma dia, mesmo que tenha sido só de passagem.

— Mas como ela se lembraria de um estranho com tantos detalhes? — perguntou minha mãe, fazendo o papel de advogada do diabo.

Todas aquelas horas assistindo a programas policiais na TV sem dúvida tinham aprimorado sua técnica de interrogatório.

— Não sei. Porque ele é muito bonito? — sugeri. — Ou talvez tenha sido o cachorro dele que chamou a atenção de Amelia.

— Barney — disse minha mãe.

— Mabel — corrigi.

Chegamos ao saguão, onde, do lado de fora da porta giratória, pude ver já parado o táxi que minha mãe tinha chamado.

— Vou falar com a enfermeira-chefe antes de ir para casa e contar a ela sobre o relicário — falei, enquanto dava um beijo no rosto da minha mãe e tentava ignorar o vago olhar de reprovação em seu rosto.

O que eu fiz?

Havia uma mudança em Amelia que um conjunto de monitores não precisava me confirmar. Ela parecia mais calma e em paz. Tanto a frequência cardíaca quanto a pressão arterial haviam baixado e, se aquilo se devesse de alguma forma à fotografia no relicário, então eu viveria feliz com minha farsa.

O medalhão estava no pescoço dela, a foto do estranho tão perto do coração quanto o emaranhado de fios dos aparelhos de monitoramento permitia. De vez em quando, minha irmã erguia os dedos e acariciava a joia de prata, como se para se assegurar de que ainda estava ali.

— Acho que isso vai ter que servir até ele voltar de Nova York. — Ela franziu o cenho. — Você tem certeza absoluta de que não mencionei nenhum detalhe sobre esse retiro de silêncio para onde ele foi?

Costumo enrubescer quando minto, e torci para que Amelia estivesse tão concentrada admirando a fotografia de "Sam" que não olhasse para cima e me pegasse na mentira.

— Não, você só disse que ele ficaria incomunicável por duas semanas.

Amelia balançou a cabeça.

— Não me lembro nem de ter tido essa conversa, mas a mamãe falou exatamente a mesma coisa mais cedo. — Ela suspirou, levou a fotografia aos lábios e beijou o rosto do estranho. — Mas estou tão feliz por você ter encontrado o medalhão — disse ela, e se recostou nos travesseiros, cansada, quando me inclinei para lhe dar um beijo de despedida. — Obrigada, Lexi. Eu sabia que você não me decepcionaria.

— Nunca — respondi, envergonhada ao ouvir as lágrimas em minha voz.

Amelia pegou minha mão e, por um momento, tudo no mundo pareceu voltar ao normal.

O vento uivava com ferocidade, assoviando ao redor da casa de Amelia e me fazendo lembrar de *O mágico de Oz*, pouco antes de a casa decolar. Espiei pela janela, mas a praia estava escura como breu e a chuva torrencial tornava impossível ver qualquer coisa.

Voltei para o sofá confortável onde tentava ler algumas coisas para o trabalho, mas parava toda vez que as luzes piscavam — aquilo estava acontecendo desde o fim da tarde, e a cada vez a eletricidade parecia demorar mais para voltar.

Peguei meu Kindle e tentei retomar a atenção na história, mas era um thriller romântico com um protagonista estúpido que tinha acabado de entrar no sótão para investigar um barulho inexplicável de batidas. *Como se alguém em sã consciência fosse fazer uma coisa dessas*, pensei. Naquele momento, como se seguindo a deixa, um barulho inexplicável de batidas ecoou pelo chalé.

Eu me levantei de um pulo, já olhando ao redor em busca da minha arma de confiança — o martelo de carne — antes de lembrar que estava no meio do ciclo de lavagem da lava-louças. Não havia nada na sala organizada e arrumada de Amelia que eu pudesse usar para me defender, a menos que estivesse planejando sufocar o invasor com uma das muitas almofadas do sofá.

As batidas pareceram ficar mais urgentes e, já me sentindo um pouco tola, enfim isolei o barulho do som da tempestade e percebi que as batidas vinham da porta da frente. O único mistério sem solução ali era o que alguém estava fazendo do lado de fora com aquele clima. Através do painel fosco na porta, eu mal consegui distinguir uma forma. Pelo contorno indistinto, achei que era um homem. Mas não *muito* alto, admiti, com um estranho sentimento de decepção.

Ali era Somerset, não Nova York, mesmo assim chequei novamente se o fecho de segurança estava no lugar antes de abrir uma fresta da porta.

Reconheci na mesma hora quem era. As roupas impermeáveis típicas de um pescador eram uma boa pista, e eu tinha visto o vizinho de Amelia usando aquela mesma gabardina mais cedo, naquele mesmo dia.

— Oi — falei pela abertura da porta, ainda relutante em abrir. *Você pode sair de Nova York, mas...*

— É terça-feira — anunciou com rispidez o homem à minha porta.

Como já estava me sentindo uma tola pela minha cautela excessiva de cidade grande, soltei a corrente e abri mais a porta. Com roupa impermeável ou não, ainda parecia que o homem tinha feito um desvio para andar pelo mar a caminho da minha porta. Gotas de chuva escorriam mais rápido do que lágrimas pelo seu rosto enrugado, e várias estavam prestes a pingar da ponta do nariz adunco. Pelo menos, eu esperava que fossem gotas de chuva.

— É terça-feira — repetiu, mal-humorado.

Eu o encarei, sem entender. Aquele homem tinha mesmo se aventurado a sair em uma tempestade torrencial só para me informar em que dia da semana estávamos? Amelia nunca mencionara que ele estava senil, mas com que frequência os dois conversavam?

O homem parecia esperar por uma resposta.

— É verdade — concordei, simpática.

— Você não colocou as lixeiras para fora. Vai encher de ratos de novo — reclamou num tom que só poderia ser descrito como um rosnado.

— Ah, sinto muito, eu não…

Ele interrompeu meu pedido de desculpas se aproximando mais um passo e me examinando através da luz fraca.

— Você não é ela, é? — A pergunta saiu meio como uma observação e meio como uma acusação.

Mesmo assim, fiquei impressionada. Havia membros da nossa própria família que não teriam notado a diferença sob aquela luz.

— Sua voz é diferente. E tem algo na sua boca que parece totalmente errado.

Eu não tinha certeza se tinha acabado de ser insultada, mas optei por não pensar a respeito naquele momento. O vizinho rabugento de Amelia podia parecer um velho lobo do mar, mas era evidente que não havia nada de errado com seus olhos.

— Meu nome é Lexi. Sou irmã de Amelia. Ela é a mulher que mora aqui — acrescentei, sem saber se minha irmã e o vizinho idoso já haviam se apresentado devidamente.

— Sei disso — disse o velho, em um tom desdenhoso. — A polícia mencionou o nome dela outro dia, quando estavam bisbilhotando por aqui.

"Bisbilhotar" não era bem o termo que eu usaria, mas deixei passar quando de repente me dei conta de que aquele velho mal-humorado poderia ser uma das poucas pessoas capazes de esclarecer o que tinha acontecido com Amelia naquela noite fatídica.

— O senhor se importa se eu perguntar se deu alguma informação a eles?

— Isso não deveria ser confidencial? — questionou o homem com astúcia.

Sem dúvida era outro detetive de poltrona, treinado por séries de TV. *Ele se daria bem com minha mãe*, pensei com ironia.

— Escuta, o senhor gostaria de entrar por um momento? Eu poderia preparar um chá para nós, ou alguma coisa assim — convidei, tentando não demonstrar o quanto estava ansiosa por qualquer migalha de informação.

O homem balançou a cabeça, me molhando sem querer com a água da gabardina.

— Não vi nem ouvi nada — murmurou ele de modo sucinto. — Foi isso que eu disse a eles, e não me importo de repetir para você. — O homem se virou como se já estivesse indo, então pareceu hesitar. — Onde ela está agora, sua irmã?

— Amelia está no hospital — expliquei, ouvindo o inconfundível toque de preocupação que se insinuou na minha voz. — Ela tem sorte de estar viva.

Os olhos do velho talvez já tivessem sido de um azul penetrante, mas os anos e o mar haviam diluído a cor. Sua boca se movia, como se ele estivesse mastigando a resposta, mas não conseguisse colocar para fora.

— Só não se esqueça de tirar as latas de lixo — ordenou o homem, por fim, e se virou mais uma vez para ir embora.

Ele esperou até chegar ao final da trilha de entrada da casa, quando eu já estava quase fechando a porta, antes de se virar para me encarar.

— Espero que ela melhore logo — acrescentou.

E, antes que eu pudesse expressar qualquer agradecimento, ele já tinha ido.

— Também espero — falei para mim mesma.

Eu me recostei na porta da frente, surpresa ao perceber um sorriso inesperado nos meus lábios.

9

— Então você *não* vai voltar na semana que vem?
 Havia um bom motivo para eu ter adiado por vários dias aquele telefonema, e não foi nada agradável ver que se desenrolava do mesmo jeito que eu tinha imaginado.

— Não sei como eu poderia voltar, Jeff. Não agora.

— É muito fácil, na verdade. Você liga para a companhia aérea, passa o número do cartão de crédito e, em troca, eles lhe dão um assento no avião.

O sarcasmo de Jeff era desagradável como o barulho de unhas sendo arrastadas em um quadro-negro.

— Não é que eu não *queira* voltar — falei, embora me perguntasse até que ponto aquilo era verdade. — É que não tenho como ir embora agora. Minha mãe e Amelia ainda precisam de mim aqui.

E eu preciso delas, reconheci em silêncio. Quando uma tragédia atinge as pessoas que a gente ama, é natural se unir, se apegar ainda mais à família que nos resta. Eu me lembro bem demais disso, porque foi o que aconteceu antes.

— Mas e o seu trabalho? Você batalhou tanto para conseguir essa oportunidade.

Jeff estava vindo com chumbo grosso naquele momento. E ele estava certo — eu tive que trabalhar mais do que qualquer outro membro da equipe para justificar cada degrau que havia subido na carreira.

— Eles estão sendo fantásticos — respondi, com o sorriso um pouco tenso quando me lembrei da outra ligação que também estava com medo de fazer, mas que acabou sendo muito melhor do que aquela. — Monica concordou em me deixar home office em regime de meio período durante as próximas semanas, até a gente saber como vão ficar as coisas com Amelia, e eles não estão me pressionando para tomar uma decisão sobre o cargo de editora-executiva.

Por ora, acrescentei calada.

— Estão sendo bastante sensatos — disse Jeff, em um tom que me fez achar que não estava falando sério. — Acho que só estou sentindo falta de você aqui em Nova York — falou, por fim.

Fiquei me perguntando se Jeff estava ciente de que o que acabara de dizer não era igual a falar que sentia saudade. Mas será que eu queria mesmo que ele dissesse aquilo quando eu não poderia — sendo bastante sincera — afirmar o mesmo?

— Talvez a gente precise sentar e conversar direito sobre as coisas quando você voltar — propôs Jeff, com o tom cauteloso.

Por sorte, a linha escolheu aquele exato momento para soltar um estalo de estática, o que me deu tempo para pensar se aquela conversa que ele estava sugerindo era do tipo *vamos terminar tudo*, ou do tipo *vamos morar juntos*. O que o fato de eu não ter a mínima ideia do que se passava na cabeça de Jeff dizia sobre nosso relacionamento?

— Claro — respondi, me acovardando e pegando o caminho mais fácil. — Vamos fazer isso quando eu voltar.

Meus dias tinham uma nova rotina. Eu acordava cedo todas as manhãs, enfim aceitando que eram as gaivotas, e não meu relógio biológico, que decidiam quando eu já havia dormido o bastante. Jogava água gelada no rosto, o que deixava minha pele rosada. Então, muito antes de o sol nascer, vestia a roupa esportiva emprestada e saía para uma corrida matinal. Jeff mal reconheceria essa minha nova versão — porque eu mesma tinha dificuldade de reconhecer. Mas, pela primeira vez na vida, comecei a entender por que correr podia ser viciante. Enquanto eu seguia ao longo da praia, à beira d'água, meus pensamentos pareciam de alguma forma mais claros e aguçados. As decisões com que eu me debatia no meio da noite pareciam encontrar uma forma de se resolver à medida que minhas pegadas marcavam a areia imaculada.

Nunca via uma alma enquanto corria. E disse a mim mesma que não queria mesmo ver. Ainda assim, por razões que preferi não examinar com mais atenção, todos os dias eu fazia meu trajeto na direção da restinga e não da cidade vizinha. De volta ao chalé, eu passava a manhã me atualizando em relação aos e-mails de trabalho, que pareciam se reproduzir como coelhos na minha caixa de entrada durante a noite.

Mas tardes e noites eram dedicadas a Amelia. Eu havia descoberto o caminho mais rápido para chegar ao hospital e tinha até uma vaga favorita no edifício-garagem. De algum jeito, o segurança da recepção principal descobriu que eu morava em Nova York e me cumprimentava todos os dias com um "E aí?", como se estivéssemos em *Friends*, o que eu ainda achava engraçado, embora pudesse ver a graça desaparecendo com facilidade ao longo do tempo.

Se eu tivesse qualquer dúvida sobre minha decisão de ficar, ela teria evaporado no momento em que contei à minha mãe que prolongaria a visita. Eu podia vê-la um pouco mais altiva, como se um grande peso tivesse sido retirado de seus ombros.

Se estivesse mais próxima do estado habitual, *mais Amelia*, tenho certeza de que minha irmã teria ficado encantada por eu permanecer com elas. Embora uma Amelia totalmente de volta ao normal talvez fosse me dizer para "colocar logo a bunda dentro de um avião, antes que você estrague sua carreira. Pelo amor de Deus, por que está hesitando em aceitar aquela promoção?". Era provável que ela também acrescentasse algum comentário incisivo sobre já estar na hora de ser dona do meu próprio nariz e parar de usar nossa família como desculpa para não me arriscar. Era mesmo estranho que Amelia e Jeff não se dessem muito bem, porque os dois com certeza pensavam da mesma forma.

A única coisa com a qual eu achava que nunca me acostumaria era a sensação de incerteza que sentia sempre que me aproximava do quarto de Amelia. Nos dias bons, eu saía do hospital dando passos alegres e esperançosos. Nos dias ruins, eu sentia o desânimo me cercando durante todo o caminho até o carro.

Como editora, as palavras sempre tinham me fascinado. Mas, naquele momento, o histórico de buscas do meu notebook estava cheio de termos que eu preferia jamais ter ouvido falar. *Quadro de confabulação* era o número um daquela lista.

— Nem parece uma palavra de verdade — reclamou minha mãe depois da nossa conversa com um dos muitos médicos envolvidos no tratamento de Amelia.

Eu tinha a sensação de que estávamos percorrendo todos os setores médicos do hospital, como se fosse um menu à la carte.

A jovem médica com cabelo tão loiro que era quase branco era do departamento de psicoterapia.

— O que vocês precisam entender — explicou ela em um tom paciente — é que quem apresenta um quadro de confabulação não está mentindo. Esses pacientes acreditam mesmo em tudo o que estão dizendo. Então, para Amelia, esse marido de quem ela fala é muito real. Na cabeça dela, ele existe de verdade.

— E essa coisa de confa… — começou a dizer minha mãe.

— Confabulação — completei baixinho.

Ela me dirigiu um sorriso agradecido.

— Você acha que isso aconteceu porque o coração dela parou de bater?

No espaço de menos de duas semanas, eu tinha percebido uma coisa que era verdade para todos os médicos que conhecemos: eles odiavam ouvir perguntas que não sabiam responder.

— É difícil dizer com certeza. Há muitas razões diferentes por que isso ocorre. — Ela estendeu a mão delgada e começou a enumerar nossos piores pesadelos na ponta dos dedos. — É sabido que distúrbios psiquiátricos, traumatismo cranioencefálico e até mesmo alguns tipos de Alzheimer podem causar isso.

Houve um longo momento de silêncio enquanto esperávamos para ver quem faria a pergunta crucial. No final, fui eu.

— E tem cura?

— Podemos *controlar* essa condição — respondeu a médica.

Balancei a cabeça.

— Será que minha irmã sempre vai acreditar que esse marido imaginário existe mesmo e só estou piorando as coisas ao encorajá-la a acreditar em algo que sabemos ser uma mentira?

O sorriso da médica foi tão fugaz que quase não vi.

— A palavra mais importante nessa frase é que você ainda está *encorajando* a sua irmã, em vez de rejeitar as afirmações dela. — Ela deixou escapar um suspiro baixo, quase inaudível. — Às vezes, os próprios pacientes começam a se dar conta de que os fatos a que estão se apegando não fazem sentido. Esse pode ser um ponto de virada decisivo.

— E outras vezes...? — perguntei, já sabendo a resposta, mas precisando ouvi-la em voz alta.

A médica não me decepcionou.

— Outras vezes, não.

Em termos físicos, Amelia estava começando a apresentar sinais de melhora. Para começar, estava ligada a muito menos aparelhos do que antes. O que significava que podíamos fazer caminhadas lentas e cautelosas pelo corredor do hospital, empurrando o fiel suporte de soro intravenoso ao nosso lado conforme avançávamos. Ela se agarrava ao meu braço naqueles momentos, com medo de me soltar. Eu me perguntei se minha irmã se lembrava de que estava fazendo a mesma coisa que eu quando ela me ensinou a nadar na piscina pública perto de casa. Ou de quando corria ao lado da minha bicicleta no dia em que as rodinhas enfim tinham sido removidas.

— Não me solte — pedia ela agora, repetindo as palavras que eu já tinha lhe dito, enquanto apoiava todo o peso em meu braço.

Respondi da mesma forma que Amelia tinha feito comigo tantos anos antes:

— Não entre em pânico. Eu tô te segurando. Tô bem aqui.

Eu só queria que apoiar mentalmente minha irmã fosse tão fácil quanto ajudá-la a caminhar ao longo daquele corredor.

Nas tardes, quando as sombras ficavam mais longas, os pensamentos de Amelia se tornavam melancólicos. De certa forma, era bom que nossa mãe quase nunca estivesse presente para ver o abatimento que a dominava, como uma segunda doença à medida que ficava cada vez mais cansada.

— Por que Sam está demorando tanto pra chegar aqui?

Aquela era uma pergunta frequente, feita quase todos os dias, por isso eu já tinha preparado um conjunto de respostas padrão.

Alguns dias, até funcionavam. Mas não naquele dia.

— Não é possível que ele ainda esteja naquele retiro idiota!

— Não sei, Mimi — falei, fingindo um súbito interesse pelas nuvens que passavam apressadas pela janela. Era sempre mais fácil mentir quando eu não precisava encará-la diretamente. — Uma das mulheres que trabalha comigo foi passar uma semana em um desses lugares e acabou ficando quase um mês. Algumas pessoas precisam de mais tempo para recarregar as baterias mentais do que outras.

— Ele não teria pedido para me avisarem se isso tivesse acontecido?

Senti uma enorme vontade de dizer "Bem observado", mas é claro que não podia. Minhas explicações eram tão furadas que quase pareciam uma peneira.

— Você está escondendo alguma coisa sobre Sam? — perguntou Amelia de repente, no fim de uma tarde.

Algo como ele não ser real, é isso o que você quer saber?, pensei com tristeza.

— Alguma coisa como?

— Aconteceu alguma coisa ruim com Sam que você não quer que eu saiba? Ele sofreu um acidente?

— Não — respondi, fazendo figa às costas para neutralizar a mentira, porque isso funciona mesmo quando a gente tem 30 e poucos anos, não é?

Amelia se recostou nos travesseiros e voltou a olhar para a janela, onde a luz do dia já desvanecia.

— Ele me deixou, Lexi? Foi isso que aconteceu?

Engoli em seco fazendo barulho. Aquele era um dos pontos de virada decisivos que os médicos disseram que poderiam acontecer?

— *Você* acha que ele te abandonou? — me esquivei, devolvendo com medo a pergunta para ela.

Amelia olhou para além da silhueta de prédios e fios telefônicos, parecendo enxergar alguma coisa diferente da vista. Então balançou devagar a cabeça.

— Não. E acho que, no fundo, você também não acredita nisso. Não depois de tudo o que contei sobre nós.

Eu me esforcei para colocar um sorriso que parecesse sincero no rosto. De alguma forma, recontar a história do romance dela com Sam tinha se tornado parte da nossa rotina. Talvez eu fosse melhor em ouvir e fingir do que nossa mãe. Fosse qual fosse o motivo, eu tinha acesso a um relato quase atualizado do relacionamento deles. As lembranças que minha irmã tinha de algo que nunca havia realmente acontecido eram muito surpreendentes, porque ela contava a história de amor deles com tantos detalhes que, às vezes, até eu ruborizava.

Eu sabia sobre o primeiro encontro deles, o primeiro beijo, até mesmo a primeira vez que tinham feito amor. Sabia de todos os lugares onde ele a levara — e até mesmo as roupas que Amelia tinha usado. Conhecia a história deles tão bem que poderia ter entregado a um ghost-writer e pedido para que escrevesse um livro sobre aquele romance.

O pensamento parecia o badalar de um sino que eu não conseguia silenciar.

— Mas não tenho nada que prove que qualquer uma dessas coisas tenha acontecido mesmo — disse Amelia com tristeza, a mão ao redor do relicário. — Há fotos nossas no celular dele e no meu também..., mas você diz que não encontraram o meu, e quem sabe onde está o de Sam.

Se Sam fosse mesmo um marido ausente, de carne e osso, em vez de alguém que só existia na cabeça de Amelia, eu teria perguntado se ela havia feito backup do celular na nuvem ou se poderíamos procurar por ele no Facebook. Na verdade, eu poderia ter sugerido uma dúzia de maneiras diferentes de localizá-lo, mas os médicos nos alertaram para não contestar muito a confabulação de Amelia.

"As dúvidas têm que partir dela", alertaram os médicos.

— Há tantas coisas que não consigo lembrar direito — confessou naquele momento, com um tom desamparado na voz. — Há buracos enormes na minha memória que me deixam apavorada. E se todas minhas lembranças de Sam forem sugadas para dentro desses buracos? E se tudo o que eu lembro for tirado de mim? O que vou fazer então? Como vou viver assim?

As lágrimas escorriam pelo rosto da minha irmã diante da ideia de perder alguém que nem existia. Eu deveria comemorar a possibilidade de a presença de Sam enfim ser exorcizada, mas não conseguia. Não quando via tão claramente como aquilo estava partindo o coração de Amelia.

— Isso não vai acontecer. Não vamos deixar que aconteça — confortei, enquanto a envolvia nos braços e a embalava como se fosse uma criança perdida.

Esperei para ver se o ar noturno gelado tiraria aquela ideia maluca da minha cabeça quando saí do hospital. Mas ela permanecia no mesmo lugar quando entrei na escada úmida do edifício-garagem e subi os vários lances até chegar ao carro. E continuou durante todo o trajeto de volta ao chalé, se recusando a ir embora mesmo quando tentei mergulhar em uma série que estava maratonando. Depois de trinta minutos, desisti do seriado. De todo modo, eu já conhecia o enredo, porque era baseado em um livro que tínhamos publicado dezoito meses antes.

— Seu vizinho é o assassino — revelei à heroína inocente antes de desligar a TV.

Tirei o notebook da capa e liguei. Então, abri um documento do Word em branco, e criei uma tabela com duas colunas. A primeira intitulei de "prós" e a segunda de "contras". Passei a hora seguinte as preenchendo. A de contras tinha pequenos comentários irritados como: "Você alimentaria a fantasia dela" e "Isso está impedindo Amelia de ver a verdade". Mas a outra coluna era muito mais gentil. Estava repleta de frases que diziam: "Isso a faria feliz" e "Poderia ajudar sua recuperação". Não demorou muito para eu perceber que a coluna de prós tinha o dobro do tamanho do que a do lado. No entanto, foi algo além da matemática que acabou me fazendo tomar a decisão. Foi minha anotação final no lado das vantagens. "Tenho que fazer isso, porque Amelia ama Sam... e eu amo Amelia".

Uma coisa era ter me decidido sobre aquela estratégia bizarra, mas outra totalmente diferente era executá-la. Primeiro, tive que decidir se queria contar a alguém o que estava planejando fazer. Tentei visualizar o rosto da minha mãe quando eu lhe dissesse: *Vou procurar o homem na praia, aquele que se parece com Sam de Amelia, e convencê-lo a posar para mais algumas fotos... dessa vez comigo.* Balancei a cabeça, já sabendo qual seria a reação. Seria muito melhor mostrar o resultado do plano a todos se — ou quando — eu conseguisse colocá-lo em prática.

E, na verdade, aquele seria meu maior obstáculo. Eu era honesta o bastante para enfim admitir que parte de mim sempre procurava de modo inconsciente pelo estranho na praia em todas as corridas matinais. Mas ele nunca mais tinha voltado àquela área desde o fatídico dia. *Pode mesmo culpá-lo?*, gritou a voz da minha consciência. *Você agiu como uma doida.* Peguei a taça de vinho e tentei silenciar a voz com álcool.

Vamos, pense, estimulei meu cérebro enquanto olhava para o cursor piscando na barra de pesquisa. *O que você sabe sobre ele? Tente lembrar. O que ele revelou?* Assim como todo mundo, eu adorava um desafio, mas aquele parecia *insuperável*. Tudo o que eu sabia era que seu primeiro nome era Nick, que ele morava não muito distante dali e que tinha uma cadela chamada Mabel. Digitei as parcas informações na barra de pesquisa e, como esperado, não consegui nenhum resultado. Havia algo mais, não havia? Outra coisa que ele tinha mencionado naquele dia. Mas, por mais que tentasse, não consegui evocar das profundezas do meu inconsciente o que seria.

Minha mãe sempre dizia que nada melhor para resolver um problema do que uma boa noite de sono. Então, eu dormi, mas a solução não surgiu por um milagre quando as gaivotas gritaram para me acordar na manhã seguinte. Também ainda não tinha surgido quando escovei os dentes nem quando tomei uma xícara de café forte antes de amarrar os tênis. Mas, então, me ocorreu como um raio de clareza enquanto eu corria pela praia, do jeito que sempre desconfiei que aconteceria.

Eu trabalho com animais. Foi o que ele disse. Não era muito, mas era alguma coisa. Um começo.

Meus pés voaram pela areia na pressa de voltar ao chalé. O relógio registrou meu tempo de corrida como um "recorde pessoal". Eu só torcia para que o mesmo pudesse ser dito do meu plano.

10

A lista estava surpreendentemente longa, mas mesmo assim continuei acrescentando coisas a ela. Embora fosse verdade que as últimas ideias eram um pouco forçadas. Qual era a probabilidade *real* de o homem alto e de cabelo escuro trabalhar em um circo ou ser adestrador de golfinhos? Mas as profissões que apareciam no alto da página do bloco de notas eram, com certeza, um bom lugar para começar minha pesquisa.

- Veterinário
- Tratador do zoológico
- Treinador de cão policial

Eu conseguia imaginar o homem da praia em cada uma daquelas profissões, sobretudo como policial. Havia algo nele que me fazia pensar na lei e na ordem ou em um soldado da paz.

Ignorei os e-mails de trabalho que eu realmente deveria responder, além do número alarmante de originais que deveria ler, preparei uma nova xícara de café forte e me sentei diante da mesa da cozinha de Amelia com o notebook.

Comecei pesquisando os sites de todos os consultórios veterinários da região, e ia direto para a aba "CONHEÇA A EQUIPE". Encontrei veterinários de todas as idades, formas e tamanhos, mas nenhum com olhos azuis penetrantes e cabelo preto.

Com apenas mais uma clínica na lista, minhas expectativas eram baixas quando acessei o site da The Willows. Cheguei depressa as fotos dos veterinários, mas nenhuma correspondia ao rosto do homem nos desenhos de Amelia.

Mais tarde, eu ficaria impressionada por ter chegado tão perto de fechar a janela do site da clínica antes que algo parecesse cutucar meu inconsciente. Cliquei, fazendo o caminho de volta pela galeria de imagens, e parei no mesmo lugar onde tinha começado, na foto de um veterinário que usava bata e gorro cirúrgicos, este último puxado tão para baixo que quase esbarrava nos óculos de armação escura. Era impossível ver a cor do cabelo dele, mas havia algo na metade inferior do rosto... Ampliei a foto até preencher toda a tela do notebook, então peguei o bloquinho de notas e usei para tapar a metade superior do rosto do homem, escondendo os óculos de armação preta que, por sua vez, encobriam os olhos dele.

Minha atenção foi atraída para a boca com o sorriso aberto e simpático, que eu também tinha visto aqueles lábios torcidos em uma expressão de humor irônico. Parecia quase desnecessário, mas peguei o celular e abri na foto que tinha tirado na praia. Coloquei a foto ao lado da imagem na tela do notebook.

— É isso! — falei baixinho, surpresa por ter conseguido encontrá-lo.

Continuei a balançar a cabeça, impressionada, e cliquei na seção de biografia ao lado da foto. Ali, soube muito mais do que ele estava disposto a revelar na praia. Li o texto várias vezes, como se fosse ser inquirida sobre ele mais tarde. Descobri que Nicholas Forrester era veterinário, membro da Royal College de cirurgiões veterinários, e tinha se formado pela Royal Veterinary College treze anos antes. Fiquei sabendo que a especialidade dele era cirurgia em pequenos animais — o que explicava a bata cirúrgica — e, o mais interessante, soube que, além de ser o veterinário-chefe, ele era o dono da clínica. Aquilo parecia um feito impressionante para alguém que era apenas sete anos mais velho do que eu — outro fato que descobri no texto. A biografia revelou ainda que os hobbies do dr. Nicholas Forrester incluíam passear com seu bobtail na praia (o que eu já sabia), além de tocar violão e ler nas horas vagas.

Cliquei na aba da galeria de fotos, na esperança de encontrar outra de Nick, mas eram, em sua maioria, fotos do interior da clínica e uma última imagem do exterior do prédio. Não havia ninguém para ouvir meu arquejo de surpresa, que soou extraordinariamente alto no silêncio da cozinha vazia de Amelia. As pernas da cadeira arrastaram no chão de lajotas quando a afastei da mesa, me levantei depressa, peguei as chaves do carro e corri em direção à porta.

Destranquei o carro, abri a porta, e me agachei junto ao assoalho. O panfleto estava no local exato onde eu o tinha guardado dias atrás, no bolso da porta do motorista. Estremeci ao pegá-lo, mas não porque estivesse com frio. O vento tentou arrancar o papel dos meus dedos enquanto eu o abria devagar. Não sei quanto tempo fiquei ali, agachada ao lado do carro, os olhos fixos no pedaço de papel que tinha na mão. Aquilo era estranho. Não. Mais do que estranho, era bizarro. Eu tinha passado por lá, na clínica veterinária The Willows. Na cidade que eu não conhecia, naquele estacionamento particular onde nunca deveria ter estacionado, de alguma forma, eu tinha conseguido chegar exatamente ao lugar que estava tentando encontrar. Estive bem ali, do lado de fora do consultório onde Nick Forrester trabalhava, e não conseguia nem começar a calcular quais seriam as probabilidades de uma coisa daquelas acontecer.

Paciência nunca foi uma das minhas virtudes. Sempre tive fama de ser a impulsiva da família. Portanto, ter que esperar vinte e quatro horas antes de ir mais uma vez à clínica The Willows foi motivo de grande frustração. Cheguei a pensar em escapar do horário de visitas daquela tarde no hospital. Mas a imagem de Amelia erguendo a cabeça esperançosa, como sempre fazia sempre que ouvia alguém se aproximar do quarto, me convenceu de que meu plano teria que esperar. Eu não seria mais uma pessoa que Amelia esperava e não aparecia.

Ao menos a demora me deu tempo para descobrir a melhor forma de apresentar minha proposta para lá de estranha. Eu cheguei a escrever o que diria, certa de que cada palavra deveria ser perfeita para gerar a compaixão e a solidariedade que eu precisava que Nick sentisse para que se dispusesse a ajudar uma desconhecida — embora a desconhecida em questão acreditasse que eles eram casados. Ensaiei meu discurso em voz alta várias vezes ao longo da noite, como sempre fazia antes de uma apresentação importante no trabalho. Naquela noite, cheguei a adormecer com as palavras passando pela minha mente.

Foi uma noite terrível. Meu sono foi perturbado por quase todos os sonhos ansiosos já descritos. Começou com aquele em que a gente está no palco e esqueceu completamente as falas. Depois, me vi dirigindo na contramão em uma rodovia, sem conseguir encontrar o retorno. Meu inconsciente até me fez chegar a uma entrevista de emprego vestindo pijama.

Cada minuto de descanso perdido era visível no espelho quando examinei meu reflexo na manhã seguinte. Nem mesmo uma revigorante corrida matinal conseguiria anular a péssima noite de sono. Eu tinha ficado um pouco além do meu tempo habitual na praia, examinando o horizonte em busca de um homem alto com um cachorro muitíssimo grande e peludo, porque teria preferido apresentar minha proposta em território neutro. No entanto, mais uma vez, a praia estava completamente vazia.

Eu me arrumei para o dia com um capricho extra. Cheguei a desenterrar uma pinça do fundo da mala e também passei um tempo fazendo cachos no cabelo, tentando criar algumas ondas "naturais" e "praianas". O que era quase uma piada, porque o verdadeiro efeito que a praia tinha no meu cabelo era horrível. Revirei meu nécessaire e encontrei uma sombra neutra e rímel. Apliquei ambos com cuidado e estudei o resultado antes de dar ao meu reflexo um pequeno aceno de aprovação. Uma camada de brilho labial de um rosa suave nos lábios e pronto.

Não parei para me perguntar por que tinha achado que caprichar na aparência me ajudaria a conseguir o que queria, só sabia que mal também não faria. Vesti uma calça jeans escura e um suéter vermelho pesado, cores que me valorizavam.

Chequei o horário de funcionamento no site da clínica veterinária, e já esperava que o estacionamento estivesse mais movimentado do que no outro dia, mas fui pega totalmente de surpresa quando tive que rodar várias vezes antes de enfim encontrar uma vaga. As pessoas desciam dos veículos a toda minha volta, puxando cães relutantes com o rabo enfiado entre as pernas ou carregando cestos com gatos que mostravam as garras e soavam como carpideiras. *Será que ninguém nunca queria entrar ali?*, me perguntei, enquanto caminhava nervosa até a entrada. A pulsação acelerada na base do meu pescoço deixava claro que eu talvez estivesse tão relutante quanto os visitantes de quatro patas.

A clínica tinha uma recepção clara, arejada e surpreendentemente grande. Também estava bastante cheia. Havia três pessoas na fila do balcão, esperando para serem atendidas, e uma rápida olhada na área de espera mostrou que todos os assentos já estavam ocupados. Me ocorreu tarde demais que aparecer no meio da manhã talvez não tivesse sido uma boa ideia.

Esperei na fila atrás de uma mulher embalando um cachorrinho fofo, de um adolescente com um coelho e de um homem com um pássaro que grasnava escandalosamente. Por fim, chegou minha vez.

— Bom dia — disse uma recepcionista ruiva, muito atraente, em um tom eficiente e enérgico. — Como posso ajudar?

— Eu gostaria de ver o sr. Forrester, por favor.

Os olhos dela se voltaram para a tela do computador.

— Tem horário marcado?

— Não. Sinto muito, não. Mas só preciso vê-lo por alguns minutos.

Seis minutos, na verdade, o tempo que cronometrei enquanto ensaiava o discurso.

A mulher balançava a cabeça como se eu tivesse acabado de dizer algo nada plausível.

— Lamento, mas a agenda do sr. Forrester está lotada esta manhã.

Eu tinha imaginado todos os tipos de obstáculos que talvez precisasse superar, mas, de modo ingênuo, aquele não fora um deles. Que tolice minha ter achado que poderia apenas aparecer e ser recebida. Mas não tinha chegado até ali para desistir tão facilmente.

— Não há nenhuma forma de ele conseguir me atender? Você não poderia me encaixar? Não me importo de esperar.

O olhar da mulher se voltou com uma expressão significativa para a sala cheia de clientes e seus animais de estimação, todos com horários marcados.

— Como pode ver, estamos muito cheios hoje. É uma emergência?

Mordi o lábio.

— De certa forma, sim, é.

Eu podia ver que estava irritando a mulher. E se recepcionistas de clínicas veterinárias fossem parecidas com suas colegas, as recepcionistas dos médicos, eu sabia que aquilo não era uma boa coisa.

— Que tipo de animal gostaria que fosse atendido? — interrogou ela, levantando-se um pouco da cadeira para examinar o que quer que pudesse estar sentado ao meu lado.

— É... Na verdade, não trouxe nenhum animal comigo. Eu nem tenho um. Não é por isso que estou aqui.

— Bem, sinto muito, *senhora*, mas como pode ver, estamos bem no meio dos atendimentos da manhã no momento. — Nos Estados Unidos, eu até gostava quando as pessoas me chamavam de *senhora*, mas a recepcionista pronunciou como se eu fosse um "acidente" que um dos clientes da clínica tivesse feito no chão. — Talvez possa voltar outra hora, mas acredito que hoje não vai conseguir vê-lo.

— Não vai conseguir ver quem? — perguntou uma voz que nos sobressaltou.

Eu e a recepcionista viramos a cabeça ao mesmo tempo na direção do corredor ao lado do balcão.

Nick Forrester estava ali, sorrindo com simpatia para a jovem bonita na recepção, e a expressão irritada e cansada que ela vinha me dedicando até então evaporou como se nunca tivesse existido.

Ele desviou os olhos para o outro lado do balcão e o tempo pareceu parar quando seus olhos pousaram no meu rosto. *Nick Forrester me reconheceu?*, pensei de repente. Eu com certeza parecia mais apresentável do que a corredora de rosto vermelho e rabo de cavalo que ele tinha conhecido na praia.

— É você — declarou ele, surpreso, enquanto eu soltava a respiração que nem sabia que estava prendendo.

— *Sou* eu — falei tolamente.

Eu podia sentir os olhos da recepcionista em mim como pequenos lasers e tinha certeza de que metade da sala de espera também estava atenta à cena interessante que se desenrolava diante deles.

— Encontrei você pela internet — confessei sem pensar. Era o tipo de comentário que faria qualquer pessoa sensata fugir correndo para bem longe, ou pedir uma medida protetiva à justiça. — Quer dizer, a clínica. Descobri onde você trabalhava.

Eu não estava me ajudando...

— Que interessante — disse Nick Forrester, franzindo o cenho acima dos óculos de armação preta, que faziam com que parecesse ao mesmo tempo conhecido e desconhecido. — E por que você estava procurando por mim?

Eu estava ruborizando — podia sentir o fluxo de sangue subindo do pescoço até o rosto, que provavelmente ficaria do tom exato do meu suéter.

— É... é um assunto meio pessoal — respondi, olhando ao redor para nosso público cativo. Eu falei o mais baixo que pude, mas sem dúvida despertei o interesse de toda a sala de espera.

— Ah, entendo — falou Nick, tirando os óculos e se abaixando para ler a tela do computador da recepcionista. — O sr. Barton já chegou com Dusty? — perguntou, olhando para o que eu só poderia presumir ser o sistema de agendamento.

Mesmo de cara feia, a recepcionista era atraente de uma forma irritante.

— Não. Ainda não — disse ela com relutância.

Nick Forrester endireitou o corpo e me deu um breve sorriso.

— Então consigo te dar dois minutinhos.

Dois minutos não seriam suficientes para eu fazer todo meu apelo, mas ao menos ele não estava me expulsando, o que era melhor do que eu poderia esperar, já que eu parecia perigosamente uma stalker ensandecida.

Eu o segui por um corredor bem iluminado, passando por diversas salas de exame antes de entrar no que parecia ser um híbrido de escritório e sala de descanso no final do corredor. O ar tinha um aroma cativante de café recém-feito que vinha de uma máquina de espresso de aparência cara no canto. Eu teria aceitado agradecida uma xícara se me oferecessem, mas parecia improvável que Nick fizesse isso. Em vez disso, ele se virou para me encarar e se recostou em uma mesa repleta de pastas, revistas e todo tipo de papelada. Suas longas pernas estavam esticadas, cobrindo metade do espaço disponível entre nós. As minhas, por sua vez, estavam começando a parecer um pouco menos estáveis, mas ele não me convidou para sentar. Eu estava dolorosamente consciente de que a contagem regressiva do meu cronômetro de dois minutos já estava em andamento. No entanto, a primeira coisa que saiu da minha boca não foi nada do que eu planejava dizer.

— Seus óculos — falei, apontando para a armação escura que ele ainda segurava na mão.

Nick abaixou os olhos para os óculos, como se estivesse quase surpreso ao vê-los ali, antes de voltar a colocá-los no rosto. Só então que percebi por que ele parecia tão familiar e também por que a ideia de Nick fazer parte da polícia não tinha me parecido tão estranha.

— Eles fazem você parecer o Super-Homem... ou melhor, você parece o Clark Kent quando ele finge que *não* é o Super-Homem. — Minha voz se apagou e me perguntei se alguém já havia arruinado os próprios planos de forma tão espetacular como minha língua rebelde parecia determinada a fazer.

Mas, em vez de me mostrar com educação o caminho até a porta, Nick me surpreendeu e começou a rir. Era um som rico e pleno, o tipo de risada quase contagiante.

— Essa não é a primeira vez que me dizem isso.

A tensão que fervia devagar dentro de mim passou para um fogo baixo.

— Você não estava usando os óculos no outro dia, na praia. Fica completamente diferente sem eles — comentei sem rodeios.

Ele encolheu os ombros largos.

— Eles atrapalham quando se salta de prédios altos — falou Nick com aquele sorriso irônico de novo —, ou quando se está correndo com um cachorro.

Ele tinha o tipo de senso de humor de que eu gostava, o tipo que não se importava em zombar de si mesmo. Aquilo era algo que Jeff nunca fazia. Contive aquela linha de pensamento antes mesmo de ela zarpar. Tinha a sensação de que comparar aqueles dois homens revelaria mais do que eu queria admitir.

— Por mais fascinante que seja ficar sentado aqui com você, conversando sobre óculos a manhã toda... — começou a dizer Nick.

Eu me recompus de forma abrupta.

— Claro, sim, sinto muito. Sei que você está muito ocupado.

Ele assentiu e o vi olhar rápido para o relógio.

Respirei fundo, triste porque meu roteiro cuidadosamente preparado teria que ser abandonado. Abri a boca, mas, antes que pudesse dizer uma palavra, Nick interrompeu com sua própria pergunta.

— Como está a sua irmã? A fotografia conseguiu o resultado que você esperava?

O tempo era curto agora, mas, por sorte, ele tinha aberto a porta sem perceber, o que me permitiu avançar para o propósito da minha visita.

— Ela está um pouco melhor — respondi, então sorri para ele. — E obrigado por se lembrar de perguntar por ela... na verdade, obrigada por se lembrar do nosso encontro anterior.

— Não é o tipo de coisa que se esquece num instante — apontou ele.

Aquela era uma declaração que poderia ser interpretada de várias maneiras diferentes, o que era preocupante. Escolhi acreditar que ele estava falando de forma positiva.

— A questão é que o que você fez por ela outro dia, posar para uma fotografia, bem... eu queria saber se você poderia fazer aquilo de novo... me deixar tirar não só uma foto, na verdade, mas talvez cerca de meia dúzia.

Eu de fato não tinha ideia de que reação estava esperando. Perguntas? Com certeza. O pedido de um tempo para pensar a respeito? Era bem provável. Talvez até um gentil: *"Claro, por que não?"* Mas não ouvi nenhuma das opções acima.

— De jeito nenhum — respondeu Nick em um tom absolutamente agradável.

Sua recusa me surpreendeu, porque eu achava mesmo que as coisas estavam indo muito bem até aquele momento.

— Eu... eu poderia te pagar... você sabe, pelo seu tempo — improvisei, piorando tudo na hora.

— Não, obrigado — recusou Nick, se afastando da mesa. Ele era mesmo tão alto assim, ou eu estava me encolhendo um pouco diante do meu fracasso? Próximos como estávamos, tive que inclinar a cabeça para trás para conseguir encontrar seus olhos. — Para ser completamente honesto, o outro dia foi bastante estranho.

Senti a garganta apertar e, quando falei, minha voz parecia prestes a falhar.

— Minha irmã *perdeu* alguém. Alguém que se parece com você.

— Você me disse isso no outro dia — me lembrou Nick, já caminhando em direção à porta.

— A foto que tirei da última vez... deu a ela uma grande sensação de conforto.

— Sem dúvida, uma *falsa* sensação de conforto — retrucou ele. — Como a sua irmã vai conseguir diferenciar realidade e ficção se você continuar mentindo para ela?

Era quase como se ele tivesse estado no chalé comigo quando eu fazia a lista dos contras.

— Escuta, eu sei que isso pode parecer uma maneira muito estranha de ajudar a minha irmã, mas você tem que acreditar em mim... eu a *conheço*, eu a conheço melhor do que qualquer outra pessoa no mundo. E acho que isso ajudaria mesmo, de verdade. Eu não estaria sugerindo se não estivesse convencida.

— E os médicos dela concordam com você? Eles autorizaram essa abordagem?

Minta. Minta. Minta, disse a mim mesma, mas de alguma forma o comando não chegou à minha língua a tempo.

— Não, eles não autorizaram. Mas isso não significa que não seja a coisa certa a fazer.

Nick estava perto da porta, segurando-a aberta para que eu passasse primeiro, mas meus pés haviam se transformado em pesos mortos nas extremidades das pernas.

— Sei que você quer fazer todo o possível para ajudar a sua irmã — acrescentou ele, num tom gentil. — E realmente admiro isso. Mas, se tiver escolha, sempre recomendo seguir a orientação de um médico.

Eu quase podia ouvir minhas esperanças desabando no chão. Nick era veterinário. Um homem de ciência e não de aço. Era *óbvio* que ele ficaria do lado dos médicos.

— E mesmo que eu não achasse essa ideia ruim de um jeito catastrófico — continuou ele —, também parece que seria um compromisso bastante pesado, em termos de tempo. E como você já viu na nossa recepção, estou sempre muito ocupado por aqui.

Olhei com desespero ao redor da sala, procurando por algo que pudesse me ajudar a fazê-lo mudar de opinião, e foi então que vi, no canto da mesa. Era um porta-retratos duplo, do tipo que abre como um livro. De um lado, uma versão muito mais jovem de Nick Forrester, ao lado de uma loira incrivelmente bonita, que segurava um bebezinho nos braços. Na outra metade, havia o que presumi ser uma fotografia muito mais recente. Como a maior parte das pessoas sem filhos, sou bastante ruim em imaginar a idade de crianças, mas achei que aquela parecia ter cerca de 7 ou 8 anos. Soube por intuição que a menina era o bebê da outra foto. Era tão óbvio que era filha de Nick que nem me preocupei em perguntar — a menina era igualzinha a ele.

É *claro* que ele não concordaria em ser fotografado, muito menos encenar uma série de poses românticas comigo. Nick era casado. Ele tinha uma família. Que droga eu estava pensando? A sanidade voltou, e com ela uma sensação de vergonha profunda que demoraria um pouco para desaparecer.

— Muito obrigada por me receber. E também por me ouvir. Sei que não precisava ter feito isso.

— Você despertou minha curiosidade — admitiu ele.

— Bem, sinto muito por tomar o seu tempo. Por favor, esqueça que vim hoje. Não vou te incomodar de novo — prometi, estendendo a mão para ele.

Para crédito de Nick, ele não hesitou antes de segurar minha mão. O aperto foi caloroso e firme, mas estava claro que encerrava nossa conversa naquele dia.

— Não foi incômodo nenhum — garantiu, enquanto nossas mãos se separavam. — E, como eu disse, isso não é o tipo de coisa fácil de esquecer.

Estávamos no corredor e eu saí andando depressa na frente dele, desesperada para sair dali. Pouco antes de entrarmos de novo na recepção, senti o toque breve da mão dele no meu cotovelo, me detendo.

— Eu desejo de verdade uma recuperação completa e rápida para sua irmã.

Foi como se um nó apertasse de repente minha garganta, me impedindo de responder, e quando consegui voltar a engolir já era tarde demais.

— Senhor Barton — chamou Nick, dirigindo-se a um homem de meia-idade que esperava nas cadeiras. — O senhor e Dusty gostariam de entrar agora?

11

Foi um daqueles clássicos momentos "Aha!", como se uma luzinha se acendesse na minha mente, esclarecendo tudo — o que era irônico, já que aconteceu poucos segundos antes de as luzes se apagarem. Eu estava aconchegada no confortável sofá de dois lugares de Amelia, com uma manta macia e fofa cobrindo minhas pernas e uma tigela de pipoca quente e gordurosa ao lado. Na televisão, Ryan Gosling remava de forma viril para levar Rachel McAdams de volta à terra firme sob uma chuva torrencial.

Do lado de fora do chalé, o clima parecia determinado a provar que podia ser bem pior do que o da tela, a tal ponto que aumentei o volume para abafar o uivo do vento. Talvez não fosse necessário, porque eu tinha visto *Diário de uma paixão* tantas vezes que quase conseguia citar de cor todas as falas do roteiro. Mas me perder naquela história conhecida era reconfortante, como voltar para casa. Eu estava no meu lugar feliz — e, de repente, meus pensamentos foram catapultados para longe da ação na TV.

A gente tinha saído em um barquinho a remo quando o céu pareceu vir abaixo de repente. Meu cabelo estava grudado na cabeça e o vestido azul que eu usava tinha se colado ao meu corpo como uma segunda pele. Mas nada disso importava, porque eu sabia que ele ia me beijar assim que voltássemos à terra firme. Eu apenas sabia.

Mas aquelas palavras não foram ditas por Allie, a personagem fictícia da famosa história de amor de Nicholas Sparks. Tinha sido daquele jeito que Amelia descrevera o primeiro beijo dela e de Sam.

Na tela, Ryan Gosling estava pressionando sua coprotagonista junto ao corpo, mas minha atenção estava em um lugar completamente diferente. Será que *todas* as supostas lembranças de Amelia, as que ela recontava com tanta riqueza de detalhes, tinham origem em obras do cinema ou da TV? Lembrei de mais algumas coisas que minha irmã havia dito e, com aquilo em mente, reconheci pelo menos duas de filmes famosos e outra tinha mais do que uma ligeira semelhança com uma cena de um best-seller clássico. A trama do caso de amor da minha irmã tinha sido cuidadosamente roubada das páginas de ficção e de um mundo de faz de conta, e a constatação era tão triste que tive vontade de me deitar em posição fetal e chorar por todas as coisas que não conseguia mudar ou melhorar na vida dela no momento.

Foi então que aconteceu. Um relâmpago iluminou a sala pelo tecido das cortinas, logo seguido por um dos trovões mais altos que já ouvi e, com um estalo súbito, a eletricidade caiu. Fiquei paralisada, como um coelho no meio da estrada, esperando a luz voltar, mas os segundos foram se passando e o chalé permaneceu na escuridão.

Desdobrei as pernas com cuidado e fiquei de pé. Havia alguma coisa macabra na total ausência de luz. Sem nem sequer o brilho ambiente da iluminação de stand-by de um aparelho elétrico, a sala parecia diferente. Olhei para as janelas e fui andando devagar na direção delas, mas meus pés enroscaram na ponta da manta e, quando tentei soltá-los, a tigela de pipoca caiu no chão e quebrou com um estrondo nas velhas tábuas de madeira. Eu me agachei para recolher os cacos — o que, era óbvio, não poderia terminar bem. Tinha recolhido apenas três antes que o seguinte se cravasse na ponta do meu polegar. Eu não conseguia ver o sangue, mas com certeza podia senti-lo escorrendo quente pela minha mão e pelo pulso. Fiquei de pé, abri caminho através da cerâmica quebrada e segui até a cozinha.

Não achava que o ferimento fosse grave, mas não queria pingar sangue por toda a casa, e lembrava de ter deixado um pano de prato limpo dobrado ao lado da pia, que serviria como um curativo improvisado e útil. Meu GPS interno sem dúvida não estava funcionando, porque consegui bater na mesa de centro e colidir com a borda da porta enquanto ia de um cômodo a outro. Mais por mérito da sorte do que do discernimento, encontrei a cozinha e enrolei o pano de prato na mão.

Parada ali, no meio do cômodo escuro como breu, me sentia tão indefesa quanto uma toupeira exposta à luz do sol. Eu não sabia onde ficava o disjuntor, nem — para ser honesta — tinha ideia do que fazer se conseguisse encontrá-lo. Mais importante ainda, não tinha noção de onde encontrar uma lanterna ou velas. Pensei com saudade no meu celular, conectado ao carregador ao lado da cama. Se eu conseguisse chegar ao quarto de hóspedes sem tropeçar em outros móveis, poderia pelo menos usar a lanterna do celular. Estava atravessando a sala como um zumbi em um filme de ficção científica, com os braços estendidos à frente do corpo, quando uma batida na porta me deteve.

— Tem alguém aí? — gritei como uma boba, estremecendo, afinal não é assim que se invoca um espírito numa sessão?

Então, me aproximei da porta da frente enquanto todos os filmes de terror que eu já tinha visto passavam pela minha mente. E dei um pulo para trás quando ouvi uma nova batida.

Ninguém em sã consciência atende a porta para uma visita desconhecida no meio de um blecaute.

— Quem está aí? — gritei, mas ou a pessoa não conseguia me ouvir acima da tempestade violenta ou não queria se revelar.

Com o coração disparado, fui lentamente até uma das pequenas janelas do corredor e espiei através do vidro respingado de chuva. Um relâmpago repentino e conveniente trouxe alívio à escuridão, me permitindo um vislumbre da figura curvada na soleira da porta.

A chuva caía como uma cachoeira da gabardina dele e cascateava em rios turbulentos sobre a capa impermeável. Corri de volta até a porta e abri.

— A eletricidade foi cortada — declarou o vizinho rabugento de Amelia, como se eu pudesse, de alguma forma, não ter percebido aquilo.

— Eu sei — falei, levantando a voz para ser ouvida acima do som agudo do vento. — Eu estava tentando lembrar onde fica o disjuntor.

— Isso não vai adiantar de nada — avisou ele, com o tom rígido. — Não foi só nesse chalé. A energia acabou em todos os lugares. Deve demorar algumas horas para voltar.

Eu não conseguia decidir se atravessar a tempestade para me dizer aquilo tinha sido um gesto atencioso ou se poderia ser atribuído apenas à necessidade de espalhar angústia, mas logo revi drasticamente minha opinião quando o homem se inclinou para pegar um objeto que estava perto dos seus pés. O luar permitiu que distinguisse do que se tratava: era uma antiquada lamparina a querosene.

— Achei que você talvez estivesse precisando disso.

Acender os queimadores do fogão a gás para conseguir alguma luz extra teria sido uma solução óbvia, mas aquilo não havia me ocorrido, o que ilustrava — se é que era preciso mais provas — que eu me sairia muito mal em um teste de habilidades de sobrevivência. As chamas azul-cobalto ardiam na escuridão e, através das sombras, fiquei olhando meu Bom Samaritano lidar com a lamparina. Meu nariz se contraiu quando o cheiro pungente de parafina encheu a sala. Bastou acender um fósforo para que a cozinha se iluminasse de imediato com um brilho suave e cálido.

— Isso deve te atender pelas próximas horas, até a energia voltar — disse ele, e deslizou a lamparina para mim. — Só não coloque fogo nesse lugar. Esses chalés são de madeira, você sabe.

O homem já havia se virado na direção da porta, preparando-se para voltar à tempestade.

— Não quer ficar mais um pouco? Posso ferver água para um chá. Pra te agradecer... sabe.

O rosto dele era todo rugas e sombras, mas mesmo sob a luz bruxuleante da lamparina pensei ter notado uma expressão de surpresa.

— Não tenho o hábito de socializar com as pessoas. Percebi que não gosto da maioria delas.

Torci para que as sombras escondessem o sorriso que ameaçava curvar meus lábios.

— Bem, não tenho o hábito de convidar desconhecidos mal-humorados para tomar uma xícara de chá comigo no meio da noite. Mas estou disposta a arriscar se você estiver.

Amizades podem surgir nos lugares mais improváveis e, em regra, quando menos se espera. Como um campo de dentes-de-leão que surge durante a noite, são capazes de transformar o cenário em um piscar de olhos. Eu não tinha me dado conta de que precisava de alguém para preencher a vaga de confidente. Afinal, tinha minha mãe — ou até mesmo Jeff — se quisesse alguém para conversar. No entanto, por algum motivo, decidi não desabafar meus medos secretos com nenhum dos dois. O fato de eu ter confiado todas as preocupações em relação a Amelia a um velho pescador rabugento, que alegava não gostar de ninguém, foi tão surpreendente quanto notável. E fofo, também.

— Então, você fez amizade com o vizinho idoso deprimido de Amelia? — perguntou minha mãe, talvez pela terceira vez na manhã seguinte, como se ainda tivesse dificuldade de acreditar em mim, não importava quantas vezes eu repetisse a mesma coisa.

— O nome dele é Tom e, na verdade, acho que foi mais *ele* que fez amizade *comigo*. No fim das contas, não acredito que ele *seja* deprimido. Acho que talvez seja só solitário. E Tom também não é tão velho assim... na verdade, ele tem mais ou menos a mesma idade que você. Eu perguntei.

— Ora, então a maresia não foi gentil com ele — comentou minha mãe.

Era óbvio que ela ainda estava preocupada com minha aparente falta de juízo ao abrir a porta para um desconhecido no meio da noite. Aliás, eu tinha quase certeza de que o propósito daquela visita de manhã cedo era garantir que eu não havia sofrido nenhum acidente terrível durante o corte de energia da noite anterior. Admito que a atadura enorme que cobria a palma da minha mão esquerda não ajudou muito a tranquilizá-la.

— Pelo amor de Deus, que assuntos em comum você e um velho pescador têm para conversar? — questionou minha mãe enquanto borrifava enormes quantidades de desinfetante nas bancadas da cozinha que eu já tinha limpado naquela manhã. Tive o bom senso de não mencionar aquilo.

— Tempestades. Morar na praia... e Amelia — acrescentei depois de uma pausa hesitante.

Ela estava de costas para mim, por isso não consegui ler sua expressão, mas vi a tensão contrair seus ombros enquanto ela esfregava o escorredor de prato com um pouco mais de força.

— Humm. — Eu sabia, mesmo sem olhar, que as palavras dela saíam por entre os lábios franzidos. — Não sei bem como Amelia se sentiria sobre isso. Ela sempre foi muito mais reservada do que você. Não acho que sua irmã ficaria satisfeita se um dos vizinhos dela soubesse da doença, e quem sabe até começasse a fofocar a respeito.

Eu me levantei para lhe dar um abraço rápido e tranquilizador.

— Para ser sincera, mãe, não acho que Tom tenha muitas pessoas em sua vida com quem costume conversar, menos ainda fofocar.

Minha mãe pegou o pano de prato e começou a dobrá-lo com a precisão de uma profissional do origami. Havia uma expressão totalmente diferente em seu rosto quando ela enfim levantou os olhos.

— Nossa, isso é mesmo muito triste. Eu não tinha ideia.

E lá estava ela: minha mãe, com um coração tão grande e generoso que eu não conseguia me lembrar de um único almoço de Natal sem que pelo menos um vizinho solitário ou abandonado não tivesse sido convidado para se juntar a nós. Era seu melhor atributo, e o que eu sempre havia torcido para herdar.

Apesar de eu ter garantido que ficaria satisfeita com apenas uma fatia de torrada, minha mãe insistiu que poderia muito bem preparar um café da manhã "decente" para nós, já que estava ali. Ela colocou em cima da bancada a enorme sacola que tinha levado e começou a tirar as compras dali de um jeito que me lembrou Mary Poppins e sua bolsa sem fundo. Havia coisas demais para um simples café da manhã, e vi minha mãe guardando furtivamente alguns itens na geladeira e nos armários quando achou que eu não estava olhando. Mordi o lábio para esconder o sorriso, certa agora de que era melhor mesmo eu estar na casa de Amelia e não na dela, ou não iria caber em nenhuma das minhas roupas antigas quando voltasse a Nova York. Não pela primeira vez, pensar no retorno me fez estremecer em desconforto. Por que aquilo? *Eu queria voltar, não queria?* Aquela era uma pergunta importante demais para ser encarada de manhã tão cedo, por isso a embrulhei e guardei em um canto escuro da minha mente para examinar melhor em outro momento.

Em pouco tempo, a cozinha estava repleta com os sons de um típico café da manhã inglês. O bacon chiava alto debaixo da grelha, enquanto os ovos borbulhavam na frigideira. Apesar dos meus protestos, senti água na boca ao pegar os muffins quando saltaram da torradeira. Estávamos prestes a servir a comida quando uma forma passou pela janela, projetando uma sombra na cozinha.

Minha mãe levou a mão ao pescoço em um gesto teatral um pouco exagerado.

— Ai, meu Deus. Você viu aquilo? Era um meliante?

Eu já estava de pé e a meio caminho da porta da frente. Abri logo, mas Tom conseguia se mover com uma rapidez surpreendente para um homem com mais de 75 anos — naquele curto espaço de tempo, ele já havia percorrido metade da distância entre a casa de Amelia e a dele. O vento não estava nem de longe tão forte quanto na noite anterior, mas eu ainda podia senti-lo arrancando uma exclamação dos meus lábios.

— Tom. Tom! Espera um instante. Espera.

Tenho certeza de que não havia nada de errado com a audição dele, mas ele hesitou por um momento antes de diminuir o passo e se virar para me encarar.

— Bom dia — gritei.

— Bom dia — gritou ele de volta, sem fazer nenhuma menção de se aproximar.

Tom bateu os pés no chão, sem dúvida parecendo desconfortável, como se fosse mesmo o voyeur, se esgueirando nas sombras, que minha mãe temia.

Senti uma onda de afeição pelo velho solitário e uma necessidade inexplicável de tirá-lo daquela solidão — quisesse ele ou não. Talvez filho de peixe, peixinho é, afinal.

— Você passou pelo chalé pra ver como eu estava, não é? Pra ver se eu estava bem depois da tempestade?

Tom pareceu envergonhado, como se tivesse sido pego tentando encobrir um crime.

— Estava vendo se você não tinha colocado fogo na casa, isso sim — falou ele. Mas havia algo novo em sua resposta rosnada.

— Não quer entrar e tomar café da manhã com a gente? Fizemos comida demais só para duas pessoas.

Não saberia dizer quem se sobressaltou mais com o convite, se Tom ou eu. Nem tinha ouvido minha mãe sair da casa e se colocar ao meu lado. Tom se agitou um pouco, mexendo os pés no chão de areia e, embora fosse difícil dizer com uma pele tão corada como a dele, achei ter percebido um novo rubor em suas bochechas.

— Não quero me intrometer.

— Você não vai estar se intrometendo em nada — respondeu minha mãe, descartando as objeções como se fossem bobagem. — Além disso, é o mínimo que posso fazer para agradecer por tomar conta da minha filha... por tomar conta das minhas *duas* filhas, na verdade.

Eu me virei para ela, surpresa. Eu não tinha mencionado à minha mãe que, enquanto conversávamos, Tom acabara revelando sem querer que sempre ficava de olho no chalé no fim da rua, tomando conta da ocupante solitária. Ainda assim, de alguma forma, ela soube.

Achei que haveria muito mais alarde e protestos. Tive certeza de que Tom inventaria alguma desculpa para não se juntar a nós. Afinal, o vizinho de Amelia era um homem que afirmava às claras que não gostava muito da companhia dos outros. Mas, com um aceno de cabeça e um breve arrastar de pés, ele acabou decidindo, pela segunda vez em menos de doze horas, aceitar o convite para se juntar a um membro da família Edwards.

Não saberia dizer ao certo quando aconteceu. Mas em algum momento entre os ovos com bacon e as várias xícaras de chá forte com três torrões de açúcar, testemunhei algo que não esperava: o nascimento de nova amizade. Um cínico poderia ter questionado o que um velho eremita lobo-do-mar e uma professora aposentada poderiam ter em comum. Mas, entre a conversa sobre o lugar onde ambos tinham crescido, as mudanças que tinham visto no mundo desde a juventude, e um amor partilhado por pássaros — entre todas as coisas —, o fato é que *eu* quase não disse uma palavra, e não creio que algum deles tenha sequer notado.

— Vocês dois com certeza se deram muitíssimo bem — provoquei, enquanto minha mãe e eu tirávamos a mesa do café da manhã depois que Tom foi embora.

— Que bobagem — retrucou minha mãe, fazendo parecer que eu tinha enlouquecido.

Mantive meu sorriso para mim mesma, porque em algum momento durante aquele café da manhã percebi que, à sua maneira, minha mãe talvez se sentisse tão solitária e carente de um amigo da idade dela quanto eu suspeitava que era o caso de Tom. A questão era que nenhum dos dois jamais admitiria aquilo.

— Vai ser bom ter alguém por perto para ficar de olho em Amelia quando eu não puder estar aqui e você tiver voltado para os Estados Unidos, só isso — comentou ela.

E lá estava de novo, aquele súbito e desconfortável arrepio que eu sentia diante da ideia de ir embora.

Deixamos a lava-louças fazer o trabalho e estávamos prestes a entrar no carro quando Tom apareceu de repente na esquina da casa. Parecia absurdo, mas seus braços estavam carregados de narcisos. Eu tinha reparado que havia um pequeno terreno protegido ao lado da casa dele, coberto com um tapete de flores que haviam desabrochado de forma precoce, um tapete que eu suspeitava que agora poderia estar bastante reduzido. Ele tinha feito um buquê das alegres flores amarelas e enrolado em uma folha de jornal, o que, por algum motivo, achei absurdamente fofo.

— Achei que a sua irmã talvez fosse gostar disso para alegrar o quarto dela — falou Tom, e me estendeu as flores. — Hospitais podem ser lugares sombrios.

Então, com algumas palavras ditas em uma voz tão baixa que só o vento e minha mãe conseguiram ouvir, pegou um buquê idêntico e passou para ela.

Em uma manhã de revelações, o mais surpreendente foi que não fiquei nada surpresa.

12

Já tinham se passado dez dias desde minha visita humilhante à clínica veterinária The Willows. Demorou todo esse período para que eu parasse de me encolher de vergonha sempre que me lembrava daquilo. Mesmo assim, desconfiava que a negativa educada, mas firme de Nick Forrester ainda permaneceria na minha memória por algum tempo — arquivada sob o título "QUE MERDA VOCÊ TAVA PENSANDO?".

Alterei a rota da minha corrida matinal na praia para garantir que nossos caminhos não se cruzassem, algo que imaginei que ele gostaria de evitar tanto quanto eu. Na verdade, fiz tudo o que pude para deixar o incidente para trás, por isso, a última coisa que eu queria ou esperava era vê-lo bem na minha frente no shopping movimentado.

Havia várias cidadezinhas que eu poderia ter escolhido para minha ida às compras no sábado de manhã. Tinha sido puro azar ter escolhido a mesma que ele decidira visitar, ou o destino estava determinado a nos colocar em rota de colisão direta? Pelo menos daquela vez tive a oportunidade de evitar outro encontro desconfortável. Nick era tão mais alto do que a multidão ao redor que foi fácil identificá-lo, o que me deu tempo suficiente para me afastar e parar na porta da primeira loja que encontrei.

— Posso ajudá-la, senhora? — perguntou um vendedor prestativo, se aproximando da porta aberta para me convencer a entrar.

— Só estou olhando, obrigada — falei.

Quando olhei para cima, percebi que "olhar" era, na verdade, o objetivo de toda a vitrine, que estava repleta de uma coleção de espelhos de vários formatos e tamanhos. Pelo menos vinte reflexos meus eram visíveis para qualquer pessoa que passasse pela loja de móveis. Aquela, sem dúvida, era a pior loja que eu poderia ter escolhido para me esconder. Através da imensa variedade de reflexos, vi a multidão no corredor continuar a passar. Talvez Nick não olhasse naquela direção. Talvez ele estivesse distraído, ou talvez ocupado checando o celular, ou...

— Lexi? É você?

Vi meu rosto chocado sendo refletido de vários ângulos. Nick estava se aproximando de mim por entre a aglomeração de pessoas e não havia como fingir que eu não o tinha visto ou ouvido. Os espelhos provavam o contrário. Esbocei um sorriso quando me virei, e logo percebi que Nick não estava sozinho. Sua mão estava bem entrelaçada a da companheira, que me olhava com evidente curiosidade.

— Oi — cumprimentei em um tom animado, fazendo questão de incluir a garota que estava ao lado dele.

— Quem é você? — indagou ela com a curiosidade sem filtros que apenas os muito jovens ou os muito velhos podiam usar impunes.

Nick pareceu um pouco desconfortável com a franqueza da filha, mas eu estava determinada a não me deixar intimidar. Pousei no chão minha coleção de sacolas de compras e estendi a mão para a garota.

— Oi. Meu nome é Lexi. E você é...?

— Holly. Eu nasci no Natal — respondeu a menina, e entrelaçou a mão na minha, como se fôssemos dar um passeio, em vez de me cumprimentar.

Vi os lábios de Nick se contorcerem, mas ele era educado demais para dizer qualquer coisa sobre minha óbvia inexperiência com crianças.

— Esta é a minha filha — explicou ele, e me lembrei bem a tempo de que Nick não tinha ideia de que eu já havia me dado conta de quem era a garota, que a reconhecera da foto que vira na mesa dele.

— É um prazer te conhecer — devolvi, desvencilhando delicadamente nossas mãos já que ela não fazia menção de soltá-la.

Foi impossível evitar que meu olhar se desviasse para as pessoas ao redor, esperando ver a linda loira que ocupava o outro lado do porta-retratos para completar a família. Será que Nick havia contado a ela sobre mim e minha proposta maluca? A mulher teria ficado indignada com meu pedido ou os dois haviam rido daquilo — e de mim — juntos? Aquela possibilidade doeu e fez minha voz soar um pouco mais incisiva e brusca do que antes.

— É, foi muito bom te encontrar de novo. Mas estou atrasada, preciso ir. Vou... vou tomar um café com uma amiga — falei, mentindo muito mal.

— É claro — disse Nick, recuando e puxando a filha de lado para que eu pudesse fazer a saída apressada que evidentemente desejava. — Foi um prazer rever você, Lexi.

Olhei para trás apenas uma vez enquanto desaparecia no meio da confusão de pessoas no shopping, surpresa ao descobrir que seus olhos ainda estavam fixos em mim.

Duas butiques e três sapatarias depois, enfim parei de pensar no meu encontro com Nick e a filha. Eu tinha comprado mais roupas novas do que talvez precisasse, mas ainda não sabia quanto tempo passaria na Inglaterra e estava ficando um pouco entediada de reciclar as mesmas roupas antigas. E, com sorte, mais cedo ou mais tarde Amelia sairia do hospital e iria querer recuperar o próprio guarda-roupa.

As botas que estava calçando começavam a machucar meus dedos dos pés e, como minha amiga imaginária claramente tinha me dado um bolo, decidi me presentear com um almoço antecipado. Vi uma pequena pizzaria no fim daquele corredor que parecia muito tentadora e, por sorte, ainda havia várias mesas livres. Escolhi uma ao lado de uma fonte borbulhante e de um vaso com uma pequena árvore. O toldo acima era pintado de azul-celeste e pontilhado de nuvens brancas fofas e, caso eu conseguisse ignorar o burburinho de pessoas passando ao redor, quase poderia imaginar que estava fazendo uma refeição *al fresco* em uma verdadeira *piazza* italiana. Minha pizza *quattro formaggi* estava deliciosa, e eu estava pensando se pedir um *gelato* seria ir longe demais quando ouvi uma comoção vinda do andar superior do shopping.

Alguém estava chamando um nome em voz alta. As palavras eram distorcidas pela acústica do prédio, por isso não consegui entender o que estava sendo dito, mas era impossível ignorar a urgência do tom. Olhei para o lado, onde a escada rolante levava as pessoas ao andar inferior do shopping. Havia alguém no alto da escada, descendo tão rápido que era como se seus pés nem sequer tocassem os degraus de metal. As outras pessoas ali franziam a testa, incomodadas enquanto a figura passava voando por elas, mas o homem ultrapassou todos em segundos e parecia perturbado demais para notar ou se importar.

Eu estava de pé, sem nem me dar conta de ter afastado a cadeira da mesa. A figura saltou da escada rolante quando ainda estava a alguma distância do chão, olhando para todos ao redor como se estivesse voando pelo ar. Fazendo lembrar o personagem com quem, ironicamente, eu o tinha comparado uma vez. Ele já estava correndo, e a princípio não me ouviu chamar.

— Nick. Nick. O que foi? O que aconteceu?

Ele parou de supetão, as solas de borracha do sapato deixando marcas de derrapagem no piso vinílico. Então se virou e, sob o pânico em seu rosto, havia um lampejo de alívio ao me ver. Pelo menos foi como interpretei. Suas longas pernas cobriram a distância entre nós em segundos.

— É a Holly. Você viu Holly?

Ele não parecia o tipo de homem que entrava em pânico com muita frequência ou facilidade, mas sem dúvida estava em pânico naquele momento.

— Ela se perdeu? — perguntei, olhando ao redor, como se por acaso ele pudesse não ter percebido que a filha, na verdade, estava ao seu lado.

O rosto de Nick estava curiosamente pálido e ruborizado ao mesmo tempo.

— Não sei — disse ele, passando a mão pelo cabelo. Pelo estado em que se encontrava, seus dedos com certeza já haviam percorrido várias vezes aquele caminho. — Não sei se ela se perdeu, ou se só saiu andando... ou se alguém levou ela.

Eu queria descartar aquela última sugestão, mas, pelo terror que vi em seu rosto, não ousei. Não era aquele o pior pesadelo de todos os pais?

— Quando você a viu pela última vez? Há quanto tempo ela está desaparecida?

Nick pareceu quase irritado com as minhas perguntas, como se o tempo que gastaria para respondê-las pudesse ser mais bem gasto subindo e descendo as escadas rolantes como um louco. Pousei a mão em seu braço e consegui sentir a tensão pulsando através dele como a voltagem elétrica através de um poste.

— Pensa, Nick — insisti.

— A gente estava no terceiro andar. No pet shop. Então, recebi uma ligação da clínica sobre uma emergência que tinha acabado de acontecer.

O sinal do celular estava péssimo, então saímos da loja e Holls estava bem ali, ao meu lado. Mas a ligação demorou mais do que eu imaginava e... não sei... quando olhei pra baixo, para checar se ela estava bem, ela não estava lá.

Eu o encarei com o que esperava ser um sorriso tranquilizador, por mais que dentro de mim uma pequena faísca de medo se acendesse.

— Tudo bem. E aí você deu uma olhada dentro do pet shop? Ela talvez tenha voltado pra lá, não?

— Sim... não... não sei...

Nick não estava fazendo sentido, e seu pânico começava a se tornar contagioso. Ele respirou fundo, mas pude ver que tudo o que queria fazer era sair correndo de novo, procurando Holly.

— É, ela poderia ter voltado pro pet shop. Mas eu verifiquei e o pessoal da loja disse que não a tinha visto.

— Tá. E os banheiros? Você checou lá?

Nick bateu na testa com tanta força que fez os óculos entortarem.

— O banheiro — falou, como se estivesse ao lado de um gênio. — Claro. Ela deve ter ido ao banheiro. Por que não pensei nisso?

"Porque você está entrando em pânico como um louco" não parecia uma resposta apropriada, mesmo que fosse verdade.

— Tudo bem. Ora, que tal eu checar todos os banheiros femininos e ver se ela está lá?

— Você faria isso? Pode fazer isso? — perguntou ele, desesperado.

— É claro, sem problema — confirmei, tirando uma nota de vinte libras da bolsa e deixando ao lado do prato. Era bem mais do que o valor que eu devia, mas não tinha tempo de esperar pela conta.

— Ela não pode estar com sua esposa? Ela está aqui com vocês?

Duas expressões pareceram se debater no rosto de Nick. Espanto e medo.

— Natalie? Não. Ela está viajando com os amigos. Esse é o *meu* fim de semana com Holly.

A resposta dele me disse muito, mas aquele não era o momento de investigar melhor nenhuma daquelas informações.

— Você acha que eu deveria procurar um segurança? Pedir para fecharem o shopping? — sugeriu Nick, enquanto saíamos correndo da pizzaria.

128

— Vamos esperar até eu checar os banheiros — respondi, já examinando as placas suspensas em busca de instruções para chegar aos banheiros mais próximos.

— Tá certo. Vai lá. Enquanto isso vou checar o banheiro masculino aqui.

Consegui esconder meu medo diante da razão pela qual a filha de Nick poderia estar no banheiro masculino.

Eu talvez parecesse tão insana quanto Nick enquanto ia de um banheiro feminino para outro, chamando o nome de Holly e até me ajoelhando para espiar por baixo da porta dos reservados. Recebi alguns olhares de estranhamento, mas quando explicava que estava procurando uma menina, todos eram muito solidários.

— Sua filhinha, é? — perguntou uma mulher com um ar de avó no terceiro banheiro em que entrei.

De acordo com o mapa do shopping, só sobrava um para tentar depois daquele.

— Não. Ela é filha de um amigo — respondi, e saí correndo tão rápido de lá que meus pés quase escorregaram no chão de ladrilhos.

Esbarrei em Nick enquanto saía voando pela porta. *Literalmente.* Se Nick não tivesse me segurado pelos ombros, eu teria ido parar no chão.

— Alguma coisa? — indagou ele, aflito.

Balancei a cabeça.

— Não. Nada.

— Chega — anunciou Nick, o tom decidido, verificando o relógio no pulso. — Já se passaram quase trinta minutos. Vou alertar os seguranças, ou ligar para a polícia.

Aquele reconhecimento de que a situação tinha passado de preocupante para grave foi a constatação mais assustadora.

— Ainda tenho um último banheiro feminino pra checar — falei, mas ele balançou a cabeça com veemência.

— Vai olhar. Mas preciso achar Holly agora, antes que algum pervertido a encontre primeiro.

Ele já tinha acelerado para o pior cenário possível, e eu não estava muito atrás. Nick saiu em disparada em direção ao balcão de informações no nível inferior, ao passo que eu corria o mais rápido que meus pés permitiam até o último banheiro, no outro extremo do corredor. Enquanto me deslocava, eu olhava para a esquerda e para a direita, checando todas as lojas, mas não vi nenhuma menina de cabelo longo e escuro, parecendo perdida e confusa na porta de qualquer uma delas. Passei depressa por um grupo de crianças, todas um pouco mais velhas que Holly, que tinha acabado de sair de uma livraria Waterstones. Todas seguravam exemplares de *Witchery*, um livro que não era preciso trabalhar em uma editora para saber que seria um best-seller do jornal *Sunday Times*. O burburinho pré-publicação estava por toda parte.

Continuei a correr, mas havia algo zumbindo na minha cabeça, como uma vespa em um piquenique. Senti uma pontada na lateral do corpo, mas não foi isso que me fez parar. Ao longe, avistei um segurança reagindo de forma evidente a uma mensagem que tinha acabado de receber no walkie-talkie. Estava óbvio que Nick havia dado o alerta, mas eu não tinha mais certeza se era necessário.

Estaquei no meio do corredor e fechei os olhos, evocando a lembrança da foto em cima da mesa de Nick, na clínica The Willows. A filha dele estava usando uma camiseta com um logotipo de corvo muito conhecido. Um logotipo que eu tinha visto dez segundos antes na vitrine da livraria e de novo na capa dos livros nas mãos das crianças. Voltei correndo até a livraria, parando brevemente para olhar o caldeirão na vitrine, que expelia uma fumaça de aparência muito realista. Ao lado, havia uma coleção de chapéus de bruxa, um livro de feitiços e algumas vassouras. Na parte inferior da vitrine vi um pôster convidando os clientes a visitar o extenso mostruário dedicado ao livro na seção infantil da loja.

Era para lá mesmo que eu teria ido se tivesse a idade de Holly, e não foi nenhuma surpresa encontrar a menina sentada, com uma expressão encantada, em frente a um cenário de floresta, que tinha até corujas voando e uma fogueira para os jovens bruxos e bruxas se sentarem ao lado.

— Holly — chamei, caindo de joelhos ao lado dela.

Ela ergueu os olhos do exemplar de *Witchery* que tinha tirado da pilha em cima da mesa.

— Ah, oi. É você. A amiga do papai.

Amiga era um exagero, mas aquilo era irrelevante no momento, então assenti.

— Meu bem, seu pai está procurando você por toda parte.

Ela arregalou os olhos com uma expressão de surpresa que logo se transformou em medo.
— Mas eu disse a ele que ia procurar a livraria.
— Disse?
Ela assentiu sem dúvidas.
— Eu disse ao papai, mas ele estava ocupado no celular e não podia vir comigo.
Anuí, ciente de que em algum lugar do shopping Nick ainda estava fora de si, frenético.
— Acho que ele não te ouviu direito, meu bem. Seu pai achou que você tinha se perdido.
A impressão de incredulidade no rosto da menina era óbvia.
— E por que eu ia me perder? Não sou um bebê. Já tenho 8 anos, sabe.
— Com certeza — respondi, então me levantei e estendi a mão, agora sem esperar que ela a apertasse.
— O papai vai ficar bravo comigo? — perguntou Holly em um sussurro preocupado, enquanto pousava a mão na minha.
Apertei seus dedos para tranquilizá-la.
— Não. Ele vai ficar muito feliz por ter você de volta.
Holly ficou de pé, os braços e pernas magros, e colocou o livro de volta no topo da pilha sobre a mesa com óbvia relutância.
— Leva ele com você — ofereci, já pegando outra nota de vinte libras na bolsa, que passei para um atendente no caixa antes de sairmos da livraria. — Agora, vamos encontrar o seu pai, certo?

— Mudei de ideia.
Pousei a colher comprida do sundae e passei cuidadosamente a língua pelos lábios, para limpar qualquer resquício de calda de chocolate que pudesse ter ficado por ali, antes de levantar a cabeça. Olhei para Holly do outro lado da mesa, e estava claro que a menina não tinha aquele tipo de preocupação — pelo menos metade do sorvete que ela tomava estava espalhado pela parte inferior do seu rosto.
Não sabia bem como a sugestão de Nick de tomar um sorvete para "nos acalmar" acabou me incluindo. Tentei várias vezes pedir licença e ir

embora, mas Holly estava segurando minha mão com um aperto surpreendente de tão forte para alguém daquele tamanho. E ainda havia um resto de preocupação em seus olhos, com a possibilidade de estar em apuros com o pai. Talvez ela tivesse interpretado mal a aspereza na voz de Nick quando caiu de joelhos e a envolveu em um abraço que parecia não ter fim.

"Você *tem* que vir também, Lexi", pediu Holly. "Por favor."

Olhei para o pai dela, repassando uma lista de objeções na mente, mas todas evaporaram quando percebi a tensão ainda visível em seu rosto. Demorava um pouco para se soltar das garras de um susto como o que ele tinha acabado de tomar.

"É, o sorvete daquele restaurante italiano parece ótimo", cedi.

E foi assim que me vi de volta ao lugar onde tinha almoçado, comendo uma sobremesa que poderia sem dúvida alimentar três pessoas. Nick deu apenas uma breve olhada no cardápio antes de pedir só um café — algo que, pensando a respeito depois, eu realmente gostaria de ter feito também. Não havia uma maneira sofisticada de comer toda aquela quantidade de doce gelado, e eu jamais conseguiria terminar tudo. Então, quando Nick anunciou que tinha mudado de ideia, olhei ao redor na mesma hora, procurando pelo garçom.

— Se você não se importar de dividir, a gente podia só pedir uma segunda colher.

Os olhos dele encontraram os meus, com uma expressão de quem não estava entendendo.

Indiquei meu sorvete com um aceno de cabeça.

— Aqui tem mais do que suficiente para dois, se você mudou de ideia.

Os olhos azuis de Nick pareciam brilhantes de um jeito curioso sempre que ele sorria, e agora estavam definitivamente ofuscantes.

— Não estava falando do sorvete — disse ele, baixando a voz, o que talvez fosse desnecessário porque a atenção de Holly estava voltada por completo para o sorvete à sua frente.

— Eu aceito — explicou Nick, a voz quase um sussurro. — Se você ainda quiser, eu faço as fotos.

— O quê? Por quê?

Os olhos dele se voltaram para Holly, então se desviaram, cheios de significado, para os meus. E sustentaram meu olhar por um longo momento.

— Porque eu te devo uma.

— Não, não. Você não me deve nada — garanti, enquanto balançava a cabeça com firmeza.

— Devo, sim — insistiu Nick.

Então ele estendeu a mão por cima da mesa e pousou em cima da minha. Algo estranho aconteceu na região do meu pescoço, apertando as cordas vocais. Por isso, minha resposta — quando saiu — soou como se eu tivesse inalado hélio.

— Eu só fiz o que qualquer pessoa teria feito naquela situação — guinchei. — Com certeza não quero que você me ajude por causa de algum senso de obrigação equivocado. Ou pior, porque você se sente culpado por ter recusado.

— Você é uma péssima negociadora, não é mesmo? — comentou Nick com um sorriso. — Acabei de concordar em fazer exatamente o que me pediu e agora você está tentando me fazer mudar de ideia.

Ele recolheu a mão e, de alguma forma, aquilo facilitou um pouco minha respiração. Eu me recostei na cadeira, mordendo o lábio inferior.

— Mas você não acha que é uma boa ideia — lembrei, incapaz de deixar de ser a melhor advogada do diabo.

— Isso não importa. O que importa é que *você* acha. É só isso que conta.

— Mas você é muito ocupado. Tem o trabalho na clínica e Holly pra cuidar...

Minha voz morreu. *Que merda você tá fazendo?*, perguntou uma voz incrédula na minha mente. Só precisa dizer "sim" e "muito obrigada".

— Se você ainda quiser que eu tire as fotos, Lexi, então conta comigo. Se ainda me quiser, é claro.

Eu tinha a vaga consciência de que qualquer pessoa que ouvisse aquela conversa talvez a interpretasse de um jeito totalmente errado.

— Então, sim. Sim, por favor — falei, com a voz trêmula de repente. — Eu ainda quero você.

13

Os médicos pediram que nós duas estivéssemos presentes, o que por si só já era motivo de preocupação.

— Você acha mesmo que ela já está pronta para saber o que aconteceu? — perguntou minha mãe, talvez pela quinta vez desde que eu a pegara em casa.

O trajeto até o hospital parecia estar levando ainda mais tempo do que o normal e, pela primeira vez, não me importei. Eu não estava com pressa para aquela visita. Na verdade, estava com medo.

— Só estou preocupada com o modo como isso poderá afetar a FA dela — disse minha mãe, recorrendo com facilidade à abreviatura médica para "fibrilação atrial", uma das muitas que tinham se tornado parte de nossa linguagem diária. Infelizmente.

— Tenho certeza de que eles já consideraram todas as consequências de contar a ela. E não é justo ou coerente manter Mimi na ignorância pra sempre. Além disso, a fibrilação atrial é algo com que ela talvez tenha que conviver pelo resto da vida.

Junto com todos os remédios que vai ter que tomar, acrescentei em silêncio.

Os médicos tinham explicado que o coquetel diário de medicamentos que Amelia tomava naquele momento continuaria a ser necessário para ajudar o bom funcionamento do coração depois do trauma que ela havia sofrido. E aquele era o dia em que haviam decidido contar em detalhes à minha irmã o que tinha acontecido com ela naquela fatídica noite de janeiro.

— Vamos superar isso, nós três — afirmei, enquanto tirava a mão do volante por um instante e apertava com força a da minha mãe. — Já passamos por coisas piores do que isso.

Não precisei dizer mais nada nem desviar o olhar da rua para saber que minhas palavras tinham levado lágrimas aos olhos dela, assim como aos meus. Mesmo depois de todo aquele tempo, o choque de perder meu pai nunca se tornara mais fácil de assimilar, nem para ela nem para nós. Talvez se tivéssemos tido respostas tantos anos antes, se soubéssemos com exatidão o que havia acontecido com ele naquele dia trágico na enseada, teria sido mais fácil seguir em frente. Ou talvez não. Pisquei para desanuviar a vista e liguei a seta antes de virar na rua que levava ao hospital.

O dr. Vaughan e um colega — que, por mais chocante que isso soe, parecia ainda mais jovem do que ele — estavam à nossa espera no posto de enfermagem. Consegui ouvir o final da conversa deles quando entrávamos na ala do hospital. Os dois pareciam estar discutindo o último episódio de um reality show que eu nunca tinha assistido. A natureza trivial da conversa me chocou mais do que deveria. Queria que meus médicos fossem clichês — sempre vigilantes e obcecados pelos pacientes. Queria que fossem iguais ao dr. House da série de TV. Balancei a cabeça quando os homens se viravam ao ouvir o som dos nossos passos. Meu fascínio pelas fantasias exibidas na televisão era quase tão grande quanto o deles.

Depois de uma rodada de cumprimentos educados, seguimos juntos para o quarto de Amelia, nossos passos se sincronizando de forma automática enquanto percorríamos o corredor, como quatro carrascos relutantes.

— Uau. Isso parece sério — brincou Amelia, deixando de lado a revista que estava folheando.

Seguiu-se um breve momento em que alguém talvez devesse ter dito alguma coisa descontraída. Só que ninguém fez aquilo.

— Merda. É sério *mesmo*.

Eu ainda não tinha me acostumado a ouvir minha irmã xingar com tanta frequência, mas não foi por isso que me encolhi. Quase como se tivéssemos coreografado, eu me postei de um lado da cama de Amelia e nossa mãe do outro. Cada uma de nós pegou uma de suas mãos e entrelaçamos os dedos aos dela. Qualquer um que visse a cena teria toda razão para achar que estávamos em vias de realizar uma sessão espírita, o que, considerando o que os médicos estavam prestes a revelar, parecia um humor para lá de sombrio.

— Ora, alguém diga alguma coisa — falou Amelia, com o olhar voltado aos dois homens de terno que haviam se posicionado ao pé da cama.

Os médicos falaram com calma, escolhendo as palavras mais comedidas que conseguiram encontrar, mas, ainda assim, o impacto foi devastador. Não olhei para o dr. Vaughan nem para o colega dele (cujo nome eu já havia esquecido) enquanto eles conversavam. Mantive os olhos em Amelia, para avaliar a reação dela. Eu estava em alerta máximo, pronta para interromper a qualquer momento aquela intervenção — porque aquilo tinha mais cara de intervenção — assim que achasse que era demais para ela. E conhecia muito bem os sinais para não reconhecer quando aquele momento chegasse, porque o rosto dela também era o meu.

A mistificação foi a primeira emoção a surgir, logo seguida pelo choque e depois pela descrença, antes de o choque retornar.

— Eu morri? *Morri* de verdade?

Não fui capaz de responder, mas, por sorte, a pergunta estava sendo dirigida aos médicos.

— Tecnicamente, sim. Em termos leigos, então, suponho que isso poderia ser considerado correto.

— Eu não estava respirando e meu coração tinha literalmente parado de bater. Isso parece "morta" pra mim.

A antiga Amelia não era tão afiada ou agressiva, mas a verdade era que a antiga Amelia nunca tinha recebido notícias tão devastadoras. Ela enrijeceu de repente, e senti o puxão quando ela tentou se desvencilhar da minha mão. Não permiti.

— Você sabia? Você sabia disso, Lexi, e não me contou. — As palavras pareciam projéteis acusatórios e cada uma atingiu o alvo.

Assenti devagar.

— Por que não disse nada? Você falou que eu estava inconsciente quando fui encontrada.

— Bem, tecnicamente, inconsciente é...

Amelia interrompeu as palavras do médico com um silvo raivoso. De alguma forma, aquilo tinha deixado de ser uma questão de condições médicas e passado para a seara da lealdade familiar.

— Eles disseram que seria coisa demais para você lidar — murmurei, sem muita convicção.

Ela balançou a cabeça e a decepção em seus olhos pareceu se cravar no meu coração.

— Eles não me conhecem. Você, *sim*. Tinha que ter me contado tudo.

Abaixei a cabeça. Aquilo estava indo tão mal quanto eu tinha temido.

— E você também sabe o que eu estava fazendo na praia, do lado de fora da minha casa, no meio da noite? Também está escondendo isso de mim? — perguntou Amelia na sequência.

Seu queixo estava projetado para a frente, mas o lábio inferior tremia. Ver aquela mistura de desafio e derrota era de partir o coração.

— Você não foi encontrada do lado de fora da sua casa, meu bem — interrompeu minha mãe, com o tom gentil. — Você estava na restinga.

Amelia arregalou os olhos enquanto encarava nossa mãe com uma expressão que dizia *Até tu, Brutus?*

As três mulheres Edwards levantaram os olhos ao ouvirem o som de pés se arrastando desconfortáveis no chão de linóleo barulhento.

— Talvez seja melhor continuarmos essa conversa um pouco mais tarde, quando você tiver tido a oportunidade de assimilar melhor as informações — sugeriu o dr. Vaughan.

Ninguém tentou convencê-los a ficar enquanto eles saíam quase correndo do quarto.

— O que eu estava fazendo na restinga? — questionou Amelia, com a voz um pouco mais calma.

— Não sabemos — respondi, com a voz triste. — Não tenho certeza se algum dia vamos saber.

— Eu estava sozinha?

— Estava, sim — falei. Então, me inclinei na beira da cama e ousei pegar a mão dela de novo. Daquela vez, Amelia não se desvencilhou. — Por que está perguntando? Você se lembrou de alguma coisa sobre aquela noite?

Ela balançou a cabeça e franziu o cenho, a testa se enrugando como eu imaginava que ficaria de forma permanente dali a alguns anos.

— Eu estava me perguntando se Sam estava lá. Se ele não poderia ter voltado de repente dos Estados Unidos.

Nossa mãe deixou escapar um som baixo e indecifrável, mas eu já estava esperando por aquilo, ou por algo muito parecido.

— Você acha que ele tinha voltado? — insistiu Amelia. — Talvez a gente tenha brigado. Talvez eu tenha saído correndo atrás dele e, de alguma forma, me perdido no escuro.

Ela já estava criando um cenário que se ajustasse aos fatos, mesmo que tudo ao redor dele estivesse errado.

— Talvez — concordei, com o tom cauteloso.

Aquilo tudo foi demais para nossa mãe, que se levantou e declarou que ia atrás de uma xícara de café decente para todas nós na cafeteria do saguão. Eu tinha quase certeza de que a última coisa de que os nossos nervos à flor da pele precisavam naquele momento era de cafeína, mas era mais fácil concordar.

O silêncio no quarto depois que ela saiu pareceu sobretudo frágil.

— Eu *morri*, Lexi — disse Amelia baixinho, ainda tentando assimilar a dimensão do que tinha acontecido.

— Só por um tempinho — respondi, o que talvez pudesse ser qualificado como a coisa mais absurda que eu já havia dito na vida.

— E você sabe o que é pior nisso tudo?

— O quê?

— Ele não estava lá, e deveria estar.

— Você está falando de Sam?

Amelia balançou a cabeça e seus olhos estavam marejados quando encontraram os meus.

— Não. Estou falando do papai. Sempre achei que quando chegasse minha hora, ele estaria lá. Esperando. Que eu teria uma última chance de ver o sorriso dele. Mas não vi. E é meio como se eu tivesse perdido o papai mais uma vez.

14

— Eu pago — falei, já deslizando meu cartão de crédito pelo balcão antes que o de Nick chegasse primeiro.

Por um momento, pareceu que ele iria se opor, mas talvez tenha visto a determinação no meu rosto, porque acabou cedendo com um dar de ombros bem-humorado.

— Obrigado. Desde que você me deixe pagar o almoço — disse, guardando o cartão de volta na carteira.

— É claro — respondi com um sorriso que não revelava nada.

Não havia necessidade de Nick saber que era improvável que ainda estivéssemos no parque de diversões a tempo de nos preocuparmos com quem pagaria a conta daquela refeição em particular. Eu tinha toda a intenção de fazer aquilo o mais rápido e indolor possível.

A ligação de Nick, na noite anterior, tinha chegado no momento perfeito. Eu estava me sentindo estranha desde que saíra do hospital. O que Amelia tinha dito sobre nosso pai pareceu abrir a porta para um carrossel de lembranças que eu não permitia que perambulassem à vontade havia muito tempo. Aquelas lembranças continuavam a girar em minha cabeça enquanto eu colocava no micro-ondas uma refeição pronta que já sabia que não iria comer até o fim, e permaneceram bem enraizados enquanto eu assistia a uma série de TV que todos diziam ser "hilária". Sempre que fechava os olhos, via meu pai como ele estava naquela última manhã, parado ao lado de um carro cheio de equipamento de pesca, acenando para mim, que estava ajoelhada na cama, olhando pela janela, enquanto ele partia para a pescaria da qual nunca mais voltaria. Pouco antes de entrar no carro, meu pai tirou as chaves do bolso e as balançou na minha direção, me fazendo sorrir. Por que não corri escada abaixo para lhe dar um último abraço? Um último beijo? Aquelas eram perguntas que tinham me feito chorar até dormir durante muitos anos.

No fundo, eu tinha ficado aliviada quando minha mãe recusara o convite para jantar comigo.

— Outra hora, quem sabe, Lexi — contrapôs ela, se desculpando. — Pra ser sincera, tudo o que eu quero mesmo é uma canecona de chocolate quente e dormir cedo.

Aquilo tinha soado, para minha surpresa, atraente, o que me fez pensar se o retorno ao Reino Unido de alguma forma havia me catapultado dos 30 anos direto à velhice. Sem dúvida era difícil imaginar um contraste maior entre minha vida nos Estados Unidos e a que eu levava naquele momento. Talvez eu não fosse a nova-iorquina calejada que pensei ter me tornado, afinal. Existia uma ligação com aquele lugar que eu vinha negando havia muito tempo. Mas Somerset era paciente. Não se incomodava em esperar que eu me lembrasse de quanto tinha adorado crescer ali e como uma vez havia jurado nunca partir.

Silenciei a TV com suas risadas irritantes e pré-gravadas, me recostei no sofá e fechei os olhos. Talvez tenha até cochilado por algum tempo antes que o toque do celular me acordasse. Procurei pelo aparelho, que nunca estava muito longe de mim nos últimos dias. Meus dedos bateram ansiosos na tela, do jeito que qualquer pessoa que já teve um ente querido no hospital reconheceria na mesma hora.

Mas a ligação tão tarde da noite não era do hospital, ou do meu escritório em Nova York, nem mesmo de Jeff. Olhei para o nome de Nick na tela e esperei mais um toque antes de atender.

— Alô — falei, esperando que a surpresa na minha voz se dissipasse enquanto navegava pelas ondas do meu celular até o dele.

— Oi. Desculpe, acabei de me dar conta de como já é tarde. Eu te acordei?

— Não, estava só assistindo TV — menti, olhando para a tela sem som.

— Acabei de voltar do parto distócico de um potro e perdi a noção do tempo.

— Desculpa, mas quem *é* mesmo? — brinquei.

— É Ni... — começou ele, antes de se interromper ao ouvir minha risada. — Aqui é Clark. Clark Kent — completou, com o tom cerimonioso. Eu estava sorrindo bem mais naquele momento do que quando estava assistindo ao seriado.

— Acho que essa frase só funciona mesmo com o 007 — falei, surpresa com a facilidade com que havíamos caído naquela brincadeira.

Nick riu, mas então, ouvindo melhor, pude perceber um toque de cansaço na sua voz. Eu não sabia nada de medicina veterinária nem de parto de potros, mas imaginava que tinha sido um dia cansativo para ele também, só que de uma forma muito diferente do meu.

— O motivo desta ligação — disse Nick, nos trazendo de volta ao presente — é pra te lembrar que eu estava falando sério no outro dia. E pra avisar que amanhã vou estar livre durante a maior parte do dia, se for do seu interesse.

Por alguma razão desconhecida, senti meu coração disparar no peito. Eu *ainda* queria a ajuda dele, mas não tinha esperado que Nick tomasse as rédeas da situação e oferecesse seus serviços desse jeito. *Ele só deve estar querendo acabar logo com isso*, pensei. *Pagar a dívida, para então se afastar de vez da mulher maluca com o plano ainda mais maluco.* Só que... não parecia ser bem aquilo.

— O que você acha de parques de diversões? — perguntei.

Ele pareceu ser pego de surpresa e ficou em silêncio por um instante.

— Essa é uma pergunta retórica ou está me pedindo para ir a um parque de diversões com você?

Eu mal conhecia Nick, mas já gostava da sua abordagem direta. Talvez tivesse a ver com a profissão dele... ou talvez fosse só seu jeito mesmo.

— Amelia e Sam tiveram um encontro especialmente marcante no Lassiters — expliquei, me referindo a um parque de diversões de estilo familiar que é muito conhecido e querido, e ficava a cerca de cinquenta quilômetros de distância.

Eu tinha consciência do absurdo que era estar falando sobre uma pessoa imaginária ter participado de um evento imaginário como se aquilo tivesse acontecido de verdade, e tinha certeza de que Nick estava prestes a chamar minha atenção a respeito. Mas ele não fez isso.

— Você gostaria que a gente fosse até lá amanhã?

Senti um nó apertando minha garganta de forma convulsiva diante da gentileza dele, e demorei alguns instantes até conseguir o engolir de novo e responder.
— Se você não estiver muito ocupado — respondi.
— Como eu disse, estou livre até o horário do meu turno na clínica à noite. Por isso eu te liguei.
— Então, sim, por favor. Eu gostaria, sim.
— Posso pegar você de manhã, se me passar o endereço — ofereceu Nick, e pareceu um pouco surpreso quando recusei na mesma hora.
— Não, não precisa se preocupar. Eu te encontro lá às dez, se estiver bom pra você.

Cheguei cedo e estacionei na primeira fileira de vagas do estacionamento quase todo vazio. Alguns ônibus chegaram pouco depois de mim, e fiquei olhando enquanto os turistas desembarcavam e seguiam em direção à entrada do Lassiters.

Eu já havia ido àquele parque de diversões muitas vezes na infância, mas nunca tão cedo durante o dia — nem tão no início do ano, aliás. Tinha associado as idas ao parque a dias escaldantes de verão, sorvete pingando e nariz queimado de sol. Meu nariz sem dúvida estava vermelho naquele momento, eu tinha certeza disso, mas era por causa do vento e do frio, não do sol, que resolvera não dar o ar da graça naquela manhã fria de março. Apertei um pouco mais o casaco de pele de carneiro de Amelia ao redor do corpo e desejei que, naquele encontro com o Sam que fantasiou, ela estivesse usando o casaco acolchoado grosso; não tão bonito, mas muito mais quentinho.

Mantive os olhos fixos na entrada do estacionamento e me esticava como um suricato sempre que um veículo novo chegava. Não sei por que me dava o trabalho, já que não tinha ideia de que carro Nick dirigia. Isso tornou ainda mais estranho o fato de que, no momento em que avistei o Range Rover preto à distância, soube de imediato que era dele. Os vidros fumê não revelavam a identidade do motorista, mas eu já estava caminhando em direção ao carro enquanto ele manobrava para estacionar em uma vaga livre. *Você vai parecer muito tonta se não for ele,* pensei, enquanto esperava o motorista aparecer. Ainda bem que minha intuição não tinha falhado e, instantes depois, Nick saiu do carro. Notei os respingos grossos de lama nos painéis inferiores — talvez recordação de seja lá qual fazenda ele tenha visitado na noite anterior.

Nick seguiu a direção do meu olhar e se desculpou na mesma hora.

— Desculpe, eu deveria ter lavado o carro agora de manhã, mas precisei resolver uma pendência antes e fiquei sem tempo.

Mordi o lábio, culpada, porque podia adivinhar muito bem qual tinha sido a pendência.

Você pode usar uma camisa jeans azul amanhã? Se tiver uma, eu tinha mandado por mensagem para ele, tão tarde da noite que não tinha certeza se Nick ainda estaria acordado. A resposta levara menos de um minuto para chegar. *Claro. Sem problemas.*

Pelos vincos de roupa nova, recém-saída da embalagem, da camisa que ele usava no momento, eu tinha quase certeza de qual tinha sido a "pendência" que Nick precisara resolver. Sorri porque, por mais que ele pudesse reprovar o que eu estava fazendo, aquela tinha sido uma iniciativa muitíssimo atenciosa da parte dele.

Nick enfiou a mão dentro do carro e pegou um casaco grosso e acolchoado.

— Vou tirar para as fotos — garantiu ele, enquanto enfiava os braços musculosos nas mangas do agasalho.

Eu me dei conta de que estava encarando demais e, com esforço, voltei a atenção para o motivo de estarmos ali. Nick não era meu cúmplice voluntário naquele projeto. Não, na verdade ele era só um homem muito gentil e decente, disposto a quitar uma suposta dívida de gratidão.

Depois de uma breve discussão sobre quem pagaria pelos ingressos, passamos pela catraca antiquada e entramos no parque. Em um quiosque perto da entrada, eu tinha pegado um mapa do lugar que desdobrei e comecei a estudar com o mesmo cuidado de um candidato ao Prêmio Duque de Edimburgo em uma expedição.

— Talvez devêssemos andar em todos os principais brinquedos que Amelia disse que eles tinham ido bem cedo, antes de o parque encher.

Nick levantou os olhos para o céu cinzento, com as nuvens se acumulando, e sua expressão era de dúvida.

— Não sei por que, mas acho que hoje não vai ser um dia muito movimentado.

Ergui o rosto e senti as gotículas da chuva iminente em meu rosto.

— Talvez seja melhor nos protegermos do pé-d'água — comentei, com o cenho franzido. — Estava frio, mas seco no dia em que Sam e Amelia estiveram aqui. — Nick não disse nada, mas a expressão em seu rosto era de extrema eloquência. — A não ser pelo fato, é claro, de que eu sei *muito bem* que eles nunca estiveram aqui de verdade — acrescentei.

Nick se aproximou mais um passo e tirou o mapa das minhas mãos com gentileza, examinando-o como se o papel pudesse levá-lo a um tesouro enterrado.

— Que tal — sugeriu ele, com os olhos ainda fixos no mapa — esquecermos que isso não aconteceu de fato e só nos concentrarmos em conseguir as fotos que você quer?

Aquele nível de gentileza era de uma novidade tamanha para mim que eu não soube como responder. Não tinha ideia se Nick agia daquela forma com todo mundo, mas, se fosse o caso, ele talvez fosse mesmo uma das pessoas mais legais que eu já tinha conhecido.

Por que será que a esposa o largou?

Aquele pensamento me pegou de surpresa. Eu não estava esperando por aquilo e a dúvida acabou apagando da minha mente tudo o que eu estava prestes a dizer. A verdade era que eu não tinha a menor ideia de como o casamento dele havia terminado ou de quem havia largado quem. E, o mais importante, aquilo não era da minha conta.

— É mesmo muita gentileza da sua parte fazer isso, Nick — falei, agradecida.

Ele balançou a cabeça, como se o agradecimento não fosse necessário.

— Se eu parar de te agradecer por encontrar a minha filha perdida, o que foi algo *muito importante*, por falar nisso, que tal você parar de me agradecer por fazer uma coisa tão simples quanto posar para algumas fotos no meu dia de folga?

— Fechado — respondi, e estendi a mão, como se estivéssemos selando algum tipo de tratado com um aperto de mão.

A mão de Nick era quente e forte quando envolveu a minha. Não tenho certeza se foi ele ou eu que se demorou um pouco além do que seria praxe para um aperto de mão convencional. Só sei que senti minha mão estranhamente fria quando, por fim, se soltou da dele. Eu a enfiei bem fundo no bolso do casaco de pele de carneiro, como se não pudesse confiar que não iria tentar alcançar a mão de Nick de novo.

— Vamos para o carrossel? — sugeri, depois de pegar o mapa de volta e perceber que aquele era o brinquedo mais próximo na minha lista de tarefas do dia.

Nick seguiu caminhando ao meu lado.

— Faz muito tempo que não venho a um lugar assim — disse ele, olhando ao redor com interesse.

— Você nunca trouxe Holly aqui? — perguntei, com a cabeça ainda cheia de lembranças dos dias tão amados que tinha passado ali com minha família, quando tinha a idade da filha dele.

— Faz muito tempo desde a última vez. Meu divórcio não foi dos mais... amigáveis. Demoramos um pouco para conseguir superar a raiva e as acusações e chegarmos a um acordo sobre um cronograma adequado de visitas.

Aquela resposta gerou muitas perguntas que eu não tinha o direito de fazer, então não fiz. Mas a informação mais importante para mim era de que ele não era mais casado. Mais uma vez, aquilo não era nadinha da minha conta.

— Você devia ter trazido Holly hoje — propus, imaginando que uma pequena acompanhante talvez tivesse sido muito útil para impedir que meus pensamentos se desviassem para caminhos totalmente inadequados.

— Não sei se a escola dela consideraria isso um motivo válido para faltar à aula — respondeu Nick com um sorriso tranquilo.

— É claro. Onde eu estava com a cabeça? Bem, talvez outra hora — disse, me dando conta tarde demais de que não era provável que repetíssemos aquele passeio.

Aquele não era um encontro de verdade. Aquele dia era tão inventado quanto a visita que Amelia e Sam teriam feito ao parque.

Ouvimos os sons do carrossel muito antes de vê-lo. A música foi ficando cada vez mais alta até que dobramos uma esquina quando, de repente, estávamos diante do brinquedo, que parecia bem menor do que eu me lembrava. Naquele momento, os cavalos me pareciam mais pôneis, em vez dos corcéis da minha lembrança. Mas todo o resto continuava igual: as fileiras de lâmpadas coloridas ao redor da cobertura do brinquedo cintilavam e os cavalos tinham as cores vibrantes de sempre. Os acordes da "Carousel Waltz" tocando no alto-falante do brinquedo me levaram de volta ao passado de um jeito que talvez nem uma máquina do tempo fosse capaz.

— Então, como vamos fazer isso mesmo? — perguntou Nick, me trazendo de volta ao presente de forma abrupta.

— Bem, você monta em um dos cavalos, que fica subindo e descendo, enquanto o brinquedo gira por cerca de cinco minutos, aí você desce.

Ele curvou os lábios, e precisei me esforçar muito para não encarar.

— Eu sei como funciona um carrossel — falou Nick.

Havia algo em seu sorriso torto que eu poderia jurar ter visto nos esboços de Amelia. Como ela tinha conseguido capturar tão bem cada pequeno detalhe das feições daquele homem com apenas um vislumbre distante?

— Eu estava querendo saber como vai ser nossa fotografia no carrossel. Vamos fazer uma selfie?

Havia um bastão de selfie dobrável no fundo da minha bolsa apenas para aquele fim, mas tive uma ideia melhor. Olhei em volta, procurando um candidato adequado para a tarefa, e na mesma hora encontrei alguém.

— Espera aqui — falei, e fui até uma mulher alguns anos mais velha que eu, sentada em um banco de madeira ao lado do brinquedo.

— Com licença — chamei. — Desculpe o incômodo, mas você se importaria de tirar uma foto de mim e do meu... — hesitei por um momento —... do meu amigo no carrossel? — perguntei, já tirando o celular do bolso.

A mulher olhou para além de mim e eu juro que vi um pequeno lampejo de aprovação no olhar que lançou a Nick. Podia apostar que aquilo acontecia com muita frequência.

— Vai ser um prazer — disse ela, já pegando o aparelho.

— Obrigada — falei, então me virei e voltei correndo para onde Nick estava esperando.

— Você acha que algum dia vai voltar a ver seu celular? — brincou ele, enquanto estendia a mão para me ajudar a subir na plataforma do carrossel.

— Acho que não — respondi, me sentindo tão alegre de repente que nem me importei. — Preciso encontrar um cavalo dourado com uma crina branca e brilhante — disse, então, examinando os cavalos vagos ao nosso redor.

— Um palomino, então — comentou Nick com conhecimento de causa, conduzindo-me até um cavalo que era igual ao que Amelia havia me dito que tinha montado. — Quer um empurrãozinho pra trepar? — ofereceu, então, o rosto se franzindo em uma expressão bem-humorada diante das minhas sobrancelhas levantadas.

Era um duplo sentido brega, mas era daquilo mesmo que precisávamos para manter o clima leve.

— Você acha que *alguém* já conseguiu fazer essa pergunta sem ter uma crise de riso? — perguntei, já me preparando para subir no cavalo de madeira.

— Provavelmente não — declarou Nick. Ele deixou o casaco no chão e se virou na direção de uma montaria brilhante de cor ébano ao lado da minha.

— Ah, não — falei, interrompendo-o quando ele já estava com um pé no estribo. — Sam e Amelia montaram o mesmo cavalo. Ele... você... se sentou atrás dela. Desculpa, eu deveria ter avisado... Tudo bem por você?

Eu estava corando de forma descontrolada, como se tivesse acabado de fazer uma proposta indecente a Nick. Mas ele era gentil demais para deixar transparecer qualquer estranhamento.

— Sem problema — garantiu, montando com agilidade na sela atrás de mim. — Preciso passar os braços ao redor de você? — perguntou.

Como eu podia ter achado que aquilo era uma boa ideia?

— Aham — respondi.

Assim como Nick, eu também tinha tirado o casaco. Tinha sido fácil encontrar o suéter de caxemira verde-esmeralda no guarda-roupa de Amelia naquela manhã. Eu tinha sorrido quando o tirara do cabide e deixara os dedos correrem pela etiqueta da Saks Fifth Avenue, de Nova York. Todas as confabulações de Amelia tinham um toque de verdade, e usar o presente caro que eu tinha dado a ela em um Natal anos atrás era só mais um elemento que fazia o que ela dizia parecer tão verossímil, mesmo eu sabendo que não era.

O suéter era fino e, através do tecido macio de lã, consegui sentir o calor do corpo de Nick quando ele passou os braços ao redor da minha cintura. A música estava alta o bastante para tornar qualquer conversa complicada, o que veio bem a calhar, porque a proximidade do corpo dele pressionado contra o meu estava tendo um efeito estranho em minha respiração.

— Devo fazer alguma coisa específica nessas fotos? — indagou Nick, se inclinando ainda mais na minha direção para falar junto ao meu ouvido.

— Só precisa parecer que está se divertindo muito — comentei, apertando ainda mais o mastro pintado de cores vivas quando nosso palomino começou a subir e descer e o carrossel ganhava velocidade aos poucos.

Ele disse alguma coisa em resposta, mas o vento arrancou as palavras dos seus lábios, e passei os primeiros giros do brinquedo me perguntando se teria sido "Estou enjoado" ou "Isso vai ser fácil". Com certeza eu sabia muito bem qual das duas opções *queria* que fosse.

— Espero que tenham ficado boas. Tirei várias, só para garantir — avisou a mulher que encontrei no banco, me devolvendo o celular.

— Tenho certeza de que as fotos vão estar ótimas. Obrigada mais uma vez — falei.

A mulher desviou os olhos do meu rosto e se fixou em algo que estava atrás, na direção do meu ombro direito, e imaginei que aquilo significava que Nick vinha caminhando na nossa direção.

— Vocês dois sem dúvida formam um casal lindo. Muito fotogênico — comentou a mulher. — Parecia até que tinham saído de uma propaganda.

— Obrigado — disse Nick, com um sorriso caloroso para ela.

A mulher pareceu encantada e, por um momento, senti uma pontada fugaz de algo que curiosamente parecia ciúme, antes que o bom senso chutasse essa emoção para escanteio. *Isso tudo é fingimento, lembra?* Para que o plano desse certo, eu precisava priorizar aquele fato, mantendo-o em destaque nos meus pensamentos, caso contrário, corria o risco de acabar tão confusa quanto Amelia.

— Uma propaganda de quê, eu me pergunto? — ponderou Nick enquanto nos afastávamos. — Posso? — questionou, então, estendendo a mão para pegar meu celular.

Seus dedos foram até o aplicativo de fotos e abriram as imagens de nós dois no carrossel. Ele inclinou o celular na minha direção, mas o brilho na tela fez com que eu tivesse que me aproximar mais para ver. A mão livre de Nick pousou de forma natural no meu ombro, me aproximando mais para que eu visse a tela. Foi um desafio me concentrar nas imagens daquele jeito — parada ali, no espaço pessoal dele, com o perfume quente e amadeirado do que quer que ele tivesse usado no chuveiro naquela manhã me envolvendo.

Por sorte, Nick estava alheio aos meus pensamentos inadequados e deslizava as fotos pela tela com animação. Eu conseguia compreender o que a mulher que tinha tirado as fotos quis dizer. Nós *realmente* ficávamos bem juntos... ou melhor, Sam e Amelia ficavam bem juntos.

— Acho que deve ser uma propaganda de pasta de dente — declarou Nick depois de algum tempo, com os olhos brilhando enquanto me devolvia o celular.

Ele não estava errado. Em quase todas as fotos, ou estávamos com um sorriso largo ou com uma risada. Parecíamos um homem e uma mulher à beira do abismo da paixão. O que só provava que não se podia confiar no velho ditado: às vezes, a câmera mentia, *sim*.

Em tempo recorde, conseguimos riscar da minha lista o tobogã e o barco viking que balançava de um lado para o outro. Embora eu duvidasse que valesse a pena guardar de lembrança a selfie que eu tinha tirado de nós no pêndulo, já que eu aparecia quase verde de enjoo nela — tinha precisado da ajuda de Nick para conseguir sair do brinquedo.

O chão ainda parecia estar balançando, e eu estava apertando a mão de Nick com tanta força que meus dedos talvez deixassem marcas.

— Você tá bem? Sua pele ficou com uma cor muito estranha — disse ele, examinando meu rosto com atenção, preocupado. — Tenta respirar fundo — aconselhou Nick, e pousou a mão na minha cintura, me sustentando enquanto me conduzia para longe da barca.

— Esse brinquedo é letal, com certeza. Deveria ser banido — murmurei, lançando um olhar sinistro por cima do ombro para a barca que balançava.

— Vamos procurar um lugar tranquilo e nos sentar por um instante — sugeriu Nick, enquanto me guiava na direção de uma das muitas cafeterias no parque.

Não tivemos que andar muito antes de encontrarmos um café com mesas e cadeiras de ferro fundido do lado de fora. Não era de surpreender que, naquele clima, estivessem todas desocupadas. Nick afastou uma cadeira e me ajudou a sentar como se eu fosse sua avó frágil e muito idosa.

— Espera aqui — disse ele, desviando os olhos para a entrada da cafeteria.

O mundo ainda parecia girar rápido demais e eu tinha sérias dúvidas que fosse conseguir chegar a algum lugar sozinha naquele momento, mesmo que tentasse. Por isso, assenti.

— Não vou demorar — prometeu Nick.

O som inconfundível de uma lata de refrigerante sendo aberta me avisou do retorno dele. Abri os olhos com cautela enquanto Nick colocava a lata de refrigerante de gengibre na minha frente.

— Beba devagar. É melhor para enjoo de movimento do que qualquer coisa que contenha cafeína — acrescentou ele, como que se desculpando, quando viu meu olhar de anseio direcionado ao café que tinha comprado para si mesmo.

Foram necessários uns bons dez minutos de goles lentos e cuidadosos antes de eu voltar a me sentir eu mesma de novo. Nick parecia não ter qualquer problema em ficar sentado em silêncio, mas eu estava ciente dos olhares preocupados que ele lançava em minha direção.

— Está se sentindo melhor? — perguntou por fim, quando eu já estava quase de volta ao normal.

— Sim. Obrigada. Sinto muito mesmo por isso. Eu deveria só ter tirado uma selfie nossa ao lado do brinquedo, sem entrar nele.

— Por que não fez isso?

Era uma pergunta muitíssimo sensata.

— Porque Sam beijou Amelia quando eles estavam no ponto mais alto do brinquedo — respondi, sabendo que aquelas palavras me deixariam exposta à reprovação dele.

— Ahhh — disse Nick, enunciando com cuidado. — E não quisemos recriar essa lembrança em uma foto por que…?

Ele estava brincando, não flertando, eu sabia disso. Nick estava me dando a deixa para que eu pudesse responder do jeito certo.

— Porque havia uma boa chance de eu vomitar em cima de você.

A risada em retorno foi gostosa, estrondosa, como se estivesse sendo projetada de um poço em algum lugar bem fundo dentro dele. Nick era um cara que ria com a cabeça jogada pra trás, sem se importar com quem estava olhando, e fiquei fascinada com o modo como ele parecia confortável com os muitos olhares que foram lançados na sua direção.

— Bem pensado! — aprovou ele, por fim. — Isso talvez tivesse feito com que eu desistisse de beijar para o resto da vida.

Pude sentir minha cor mudando mais uma vez, como um camaleão. No espaço de meia hora, já tinha passado do verde-ervilha ao branco fantasmagórico e agora estava vermelha. Eu não enrubescia diante da ideia de ser beijada por alguém desde a adolescência, mas sem dúvida era o que estava acontecendo naquele momento.

O caminho entre uma atração e outra nos deu tempo para conversas e brincadeiras leves, sem necessidade de nos aventurarmos em nada mais sério. Conversamos animados sobre livros e sobre como acabei trabalhando como editora em Nova York, o que levou naturalmente a falarmos sobre o motivo de ele ter escolhido ser veterinário.

— Tenho a impressão de que meu pai teria me deserdado se eu decidisse fazer qualquer outra coisa.

Nick sorriu ao ver minha expressão de curiosidade.

— Veterinário de terceira geração — explicou.

— Seu pai deve estar muito orgulhoso de você.

— Acho que sim. Não que ele jamais fosse admitir isso, veja bem. Você sabe como são os pais.

Eu poderia ter deixado a declaração no ar. Não havia a mínima necessidade de responder, e ninguém poderia ter ficado mais surpresa do que eu quando decidi fazer isso.

— Nem tanto — respondi, triste. — O meu morreu em um acidente quando eu tinha 8 anos.

Havia anos que eu já não chorava mais quando falava sobre aquele assunto, mas a expressão no rosto de Nick era de tamanha compaixão que quase perdi o controle.

— Sinto muito, Lexi. Deve ter sido muito difícil para você.

Assenti apenas, ainda sem confiar na minha voz. Então, voltei a falar.

— Amelia e eu sempre fomos muito próximas, apesar da diferença de idade, mas quando uma coisa dessas acontece... bem, foi ela que me ajudou a superar. Amelia devia estar sofrendo tanto quanto eu, mas não se deixou dominar pela dor e se concentrou em me ajudar a superar a minha. Quando eu me sentia angustiada, minha irmã sempre estava ao meu lado, com um abraço, para me ancorar. Mais tarde, quando a raiva de perder meu pai surgiu, foi ela que me passou peças de louça para jogar na parede e quebrar. — Dei uma risadinha. — E, na sequência, me passou uma vassoura para varrer. Amelia sempre esteve ao meu lado quando precisei dela. Por isso, agora que ela está perdida e confusa sobre tudo...
— Inferno, as lágrimas que eu tanto temia estavam muito mais próximas do que eu imaginava, afinal.

Nick me surpreendeu pegando minha mão.

— Tá tudo bem — falou ele, apertando meus dedos com gentileza. — Você não precisa dizer mais nada. Mas agora ficou mais fácil entender por que está fazendo tudo isso. Por que está disposta a tentar absolutamente qualquer coisa para ajudar sua irmã.

Nossa conversa havia se desviado muito da rota, e só tinha uma maneira que eu conhecia de nos levar de volta à camaradagem descomplicada de antes.

— Mas você ainda me acha meio doida? — perguntei, sorrindo, para que ele soubesse que eu estava brincando.

— Ah, com certeza — respondeu Nick.

Já tínhamos percorrido dois terços do parque e o rolo da câmera do meu celular tinha mais lembranças falsas do que o suficiente do encontro de Amelia e Sam no Lassiters. Talvez fosse hora de liberar Nick para que ele pudesse aproveitar o resto do dia de folga. No entanto, sempre que eu tentava encontrar palavras para fazer aquilo, não conseguia. Fui honesta o bastante comigo mesma para admitir o motivo: por incrível que pudesse parecer, estava me divertindo e não queria que aquele momento acabasse. E talvez eu não fosse a única a me sentir daquele jeito, porque Nick parecia estar se divertindo também.

Continuamos a andar em um silêncio amigável, e o único som era o barulho distante dos carrinhos de algum brinquedo ribombando nos trilhos, acompanhado por uma série de gritos.

— Está com fome? A gente podia almoçar — sugeriu Nick, consultando o mapa que agora segurava. — Tem uma pizzaria perto da saída.

Estávamos em um cruzamento no parque, parados ao lado de uma placa de sinalização com duas setas: uma direcionando os visitantes à saída, a outra à única montanha-russa do parque.

— Tem um último passeio que eu gostaria de fazer: A Cobra. Amelia mencionou que comprou uma foto de lá como lembrança.

Eu já tinha explicado a Nick que, ao contrário da fotografia que eu tinha tirado dele na praia, ali, no parque, minha intenção não era recriar fotos específicas.

— Então, o que você vai fazer com todas essas fotos?

— Por enquanto, vou guardar em uma caixa de recordações. Um dos maiores medos de Amelia é perder todas as lembranças que tem de Sam.

— Achei que isso era o que você *queria* que acontecesse.

Ele foi direto ao cerne do dilema que me mantinha acordada toda noite.

— Quero que Amelia perceba que nada disso aconteceu, que foi tudo uma pane maluca na cabeça dela. Se ela conseguir isso, vai ser um prazer destruir até a última foto. O que *não* quero é ver a minha irmã se esforçando para lembrar o rosto de Sam, ou os lugares que visitaram, ou do quanto ela o amava.

— Por isso estamos criando uma coleção de fotografias de momentos que nunca aconteceram de verdade com alguém que você ainda tem esperança de que ela esqueça?

Fiquei olhando para ele por um longo tempo, como uma aluna sem palavras diante do professor.

— Eu nunca disse que era um plano perfeito.

Nick riu então, e não pude evitar rir também. Não esperava que ele entendesse minha lógica, ainda mais quando, na maioria das vezes, eu mesma mal entendia. Mas, incrivelmente, Nick tinha entendido.

— Você deve amar muito sua irmã.
— Eu amo — falei baixinho.
A expressão nos olhos de Nick era afetuosa.
— Você me deixa com vontade de não ser filho único.
Aquela foi uma das coisas mais gentis que alguém me disse em muito tempo.

A Cobra era a atração mais popular do parque e foi a primeira vez em todo aquele dia que tivemos que entrar em uma fila. Quando nos aproximamos do início da fila, Nick tirou os óculos, conforme as instruções no cartaz de advertência. Na mesma hora, se transformou do educado Clark Kent no Super-Homem, bem ali diante dos meus olhos. Só que daquela vez controlei a língua e não toquei no assunto. Em vez disso, voltei minha atenção aos trilhos, que subiam em direção ao céu em um ângulo alarmantemente íngreme.

— Você tem medo de altura? — me lembrei de perguntar com atraso, de repente em dúvida se *eu* mesma não tinha.

— Seria complicado pular de um edifício alto para outro de uma só vez se eu tivesse — ironizou Nick.

Como diabo ele sabia que eu tinha ficado impressionada mais uma vez por sua semelhança com o herói dos quadrinhos? Só torcia para que nem *todos* os meus pensamentos sobre ele fossem tão transparentes, ou eu estaria em sérios apuros.

Pegamos o carrinho da frente do brinquedo, porque era onde Amelia e Sam tinham se sentado. Tentei me convencer que a empolgação nervosa que vibrava em mim era a expectativa pelo passeio no brinquedo, que não tinha nada a ver com a coxa de Nick pressionada na minha enquanto nos sentávamos ombro a ombro e quadril a quadril no minúsculo vagão.

— Talvez devêssemos dar as mãos — falei, enquanto o operador caminhava ao longo da fila de carrinhos fazendo uma última inspeção de segurança.

— Deveríamos? — perguntou Nick, se virando na minha direção o máximo que a barra de segurança permitia.

— Para a foto. Sam e Amelia estavam de mãos dadas — acrescentei, sem jeito.
— Ah. É claro.
Nick estendeu a mão, obediente, e pousei a minha ali. A pele dele estava quente e, mesmo que eu não estivesse com medo do brinquedo, me senti mais calma na mesma hora, com os dedos dele entrelaçados aos meus. As engrenagens rangeram e nos afastamos da plataforma.

— Ficou boa? — indagou Nick, olhando por cima do meu ombro para a foto de recordação enquanto nos distanciávamos do balcão onde havíamos acabado de comprá-la.
— Perfeita — respondi, examinado a foto que tinha nas mãos.
Sem dúvida eu já estive melhor. Tinha a boca aberta em um grito alto, e meu cabelo voava sem controle, assim como o de minha irmã. A foto tinha capturado Nick e eu com os braços erguidos, no estilo clássico de montanhas-russas, como Amelia e Sam tinham feito. Mas havia uma diferença sutil entre a foto nas minhas mãos e a que Amelia descrevera. Na minha, o casal estava de mãos dadas, e quanto mais eu pensava naquilo, mais tinha certeza de que minha irmã nunca mencionara nada a respeito.

15

— **D**esculpe. Não era assim que eu queria que nosso encontro terminasse.

— Tudo bem — falei, afastando o cabelo que o vento soprava em meu rosto. — Além disso, não é um encontro *de verdade*, lembra?

Nick deu aquele sorrisinho torto, que começava a mexer comigo um pouco mais do que deveria.

— É verdade. Embora, para ser honesto, o dia tenha sido bem mais divertido do que muitos dos encontros *de verdade* em que fui nos últimos tempos.

Interessante. Guardei aquela informação para mais tarde.

— Não achei mesmo que fechavam tão cedo — disse Nick, olhando mais uma vez para a placa de "FECHADO" na porta da pizzaria, como se, caso encarasse com bastante atenção, a placa mudaria para "ABERTO" em um passe de mágica.

Dei de ombros, tentando esconder a decepção por ver que nosso tempo juntos estava chegando ao fim mais cedo do que eu esperava.

— São três e meia — apontei, e achei divertido ver a expressão de surpresa no rosto de Nick quando ele checou o relógio. No mínimo, aquilo provava que o dia não tinha se arrastado para nenhum de nós dois.

— A gente podia tentar encontrar um lugar para comer em uma cidade próxima — sugeriu ele.

Balancei a cabeça.

— Eu teria que sair assim que chegássemos pra conseguir chegar ao hospital a tempo. Além disso, você não precisa voltar para o trabalho?

Nick assentiu, e gosto de pensar que havia uma pitada de lamento em seu rosto quando começamos a caminhar em direção à saída. Ele me acompanhou até o carro e, embora devesse estar com pressa para ir embora, não demonstrou isso enquanto permanecia parado ao lado da porta aberta do motorista, esperando que eu entrasse.

— Então, e agora?

Os olhos azuis cintilantes de Nick eram hipnotizantes por trás da armação dos óculos. Percebi que tinha que me concentrar ainda mais ao estar diante dele daquele jeito, porque havia algo em seu rosto... nos olhos... que fazia meus pensamentos vagarem.

— Agora? Ué, você vai trabalhar e eu vou visitar a minha irmã. — Declarações despreocupadas sem dúvida eram a melhor opção, decidi, satisfeita por ouvir a quantidade certa de indiferença em minha resposta.

Ainda assim, Nick não deu sinais de ir embora.

— Estava me referindo ao que vem a seguir na agenda de Sam e Amelia. Onde vai ser nosso próximo encontro?

Aquele era o momento de liberar Nick da obrigação. Eu tinha encontrado a filha dele que se perdera no shopping e ele abrira mão do dia de folga para me ajudar a colocar em prática um plano que talvez ainda considerasse uma loucura. Por qualquer ângulo que se olhasse, estávamos quites.

Só que Nick não parecia interessado naquilo.

— Você só vai ter provas de um único encontro se pararmos agora. Não precisa de fotos de outras ocasiões marcantes?

— Era *isso* que eu pretendia de início, mas agora vejo que não estava sendo sensata. Essa história vai acabar tomando tempo demais da sua vida.

— Deixa que *eu* me preocupo com isso — falou Nick.

Libera ele, disse a mim mesma. *Libera ele antes que você comece a ter sentimentos que não te pertencem. São sentimentos de Amelia, não seus.*

— O que mais eles fizeram juntos? — perguntou Nick, interrompendo aquele rumo perigoso que meus pensamentos estavam tomando.

Por um momento, alguns dos detalhes muito explícitos que minha irmã havia compartilhado passaram pela minha mente — só que não eram Amelia e Sam naquelas imagens íntimas, mas duas pessoas que se pareciam muito com eles. Senti um rubor se insinuando.

— Eles foram andar a cavalo ao pôr do sol — me apressei a dizer, antes que qualquer coisa mais picante saísse de minha boca. — Por acaso você conhece alguém que tenha um par de cavalos?

Nick ergueu uma única sobrancelha e senti o calor do rubor inundar de vez meu rosto. Que pergunta idiota para se fazer a um veterinário.

— Posso garantir que sim — respondeu ele, com os olhos cintilando. — Você sabe montar?

— Posso garantir que não — falei, mordendo o lábio inferior para conter o sorriso que parecia determinado a tomar conta da minha boca.

— Isso pode ser interessante — comentou Nick, enfim recuando para permitir que eu entrasse no carro. — Pode deixar que eu cuido disso — prometeu ele.

Houve tempo mais do que suficiente para eu detê-lo, para dizer que havia mudado de ideia, mas, naquele dia, eu parecia ter deixado todo meu bom senso em algum lugar do parque de diversões.

— Até logo, então — disse Nick, e fechou com firmeza a porta do meu carro.

Era estranho como três palavras tão comuns podiam de repente se tornar tão importantes.

— Você está usando meu suéter.

Foi como se eu voltasse na mesma hora à minha adolescência, quando sempre era pega invadindo o guarda-roupa de minha irmã mais velha. *O mesmo crime, mas agora por outro motivo*, pensei, enquanto olhava para o suéter verde-esmeralda que tive a intenção de trocar antes de subir para o quarto de Amelia. Qual devia ser meu nível de distração para ter esquecido completamente disso?

— Desculpa. Recebi uma chamada importante de um autor, via Zoom, pouco antes de sair de casa e nenhuma das minhas roupas apresentáveis estava limpa — menti.

— Ah, tudo bem — afirmou Amelia, parecendo um pouco decepcionada com minha resposta. — Achei que você talvez tivesse saído para almoçar.

Pelo menos em relação àquilo eu poderia ser honesta.

— Não. Eu com certeza não saí para almoçar — declarei, meus pensamentos se desviando para a refeição que Nick queria que compartilhássemos.

— Planeta Terra chamando Lexi — brincou Amelia, estalando os dedos e trazendo minha atenção de volta ao quarto de hospital. — Pra onde você foi? Parecia estar a quilômetros de distância.

— Desculpa — falei de novo. — Estava só pensando em umas coisas do trabalho.

Eu me arrependi das minhas palavras quando uma expressão preocupada cruzou aquele rosto que se parecia tanto com o meu.

— Você não acha que já deveria ter voltado para Nova York?

— Você não acha que é hora de parar de me perguntar isso?

— A editora não vai ficar esperando para sempre que você se decida — argumentou Amelia com sensatez, sem saber que aquilo era algo que eu já havia considerado e que estava tranquila em relação ao que poderia acontecer. — E Jeff? — insistiu ela. — Ele não deve estar nada feliz por você continuar aqui, cuidando de mim... o que, aliás, não é necessário, caso esteja se perguntando.

— Achei que você não gostasse de Jeff — comentei, reestabelecendo com facilidade as gracinhas entre irmãs que eram tão naturais para nós duas quanto respirar.

— Eu nunca disse isso.

— Não precisava. — Sorri para ela, toquei minha testa, então apontei para a dela. — Coisa de gêmeas.

— Coisa de quem tem bom gosto para homens — retrucou ela, no momento em que alguém da equipe de enfermagem entrava para fazer uma checagem de rotina.

Não precisei perguntar sobre os resultados para saber que Amelia estava melhorando. Talvez o fim de toda aquela provação horrorosa estivesse mesmo à vista.

Talvez porque Amelia o tivesse mencionado, ou talvez porque eu tenha passado a maior parte do dia com outro homem, mas Jeff esteve mais presente em minha mente do que o normal no caminho de volta ao chalé.

Nosso relacionamento tinha entrado em coma e, para ser sincera, aquilo talvez tenha começado muito antes de eu embarcar no avião para ficar com minha família. Tínhamos cruzado os braços diante de um relacionamento que não tinha o tempo de vida necessário para sobreviver apenas porque era confortável e nós o dávamos como certo. E sim, a atração física ainda estava lá, mas sexo — mesmo da melhor qualidade — só consegue sustentar um relacionamento por um tempo. Não se pode, nem se deve, construir um futuro em cima do bom sexo. A verdade nua e crua era que Jeff e eu estávamos caminhando com prazer ao longo de duas vias paralelas que agora se desviavam aos poucos em direções diferentes. Aquela não era a primeira vez que um dos meus relacionamentos perdia fôlego. Na verdade, para uma editora de ficção romântica, eu não parecia ter a menor ideia de como encontrar meu "feliz para sempre".

Menos de quarenta e cinco minutos depois de chegar em casa, eu descobriria como aquilo era verdade. Apesar do adiantado da hora, a mensagem da minha assistente, Kacey, que estava em Nova York, não era de todo inesperado…, mas a primeira frase sem dúvida chamava a atenção.

Pensei muito e ainda não sei se devo te contar isso…

Ofereceram o emprego para outra pessoa, pensei na mesma hora. *Vão transferir meus autores para outra editora ou editor, estão fazendo cortes de pessoal, estão me dispensando.* Os piores cenários continuaram a surgir em minha mente, cada um me deixando um pouco mais nauseada. Digitei de volta:

Você não pode começar uma mensagem assim.

O bipe de mensagem enviada soou extraordinariamente alto na sala vazia.

Tá certo. Tenho uma coisa pra te contar. Mas você não ouviu isso de mim.

A não ser pelo fato de que eu obviamente ouvi, pensei, enquanto torcia os lábios, preocupada.

Tudo bem. O que é?

Os pontinhos dançantes da resposta sendo digitada pareceram se estender sem parar, criando a própria versão de uma tortura telefônica. Eu já estava me perguntando se meu currículo estava atualizado e para quem deveria enviá-lo primeiro quando a resposta de Kacey enfim apareceu na minha tela.

Você se lembra de eu ter dito que iria ao casamento do meu primo nos Hamptons?

Fiquei olhando perplexa para o celular. O que aquilo tinha a ver com a reestruturação da equipe? Estava claro que Kacey não esperava que eu respondesse àquela pergunta, porque logo seguiu com a primeira revelação.

Bem, eu estava preocupada com a possibilidade de não conhecer ninguém lá. Mas acontece que, na verdade, eu conhecia...

Kacey parou de digitar e me vi dominada por uma súbita onda de irritação. Aquele *não* era o momento de fazer uma pausa para efeito dramático. Digitei, então:

Quem?

E mesmo antes da minha pergunta ter chegado em Nova York, acho que parte de mim já sabia a resposta.

Jeff.

Eu me recostei na cadeira, segurando o telefone com as duas mãos como se fosse uma granada cujo pino estava escorregando do meu aperto, prestes a detonar. Estava esperando pela próxima mensagem de texto, mas, em vez disso, quatro imagens voaram através do Atlântico e pousaram na tela do meu aparelho. Pareceu levar uma eternidade para a internet lenta de Amelia baixar as fotos.

A mulher em cada uma delas estava tão perto de Jeff que poderia na verdade estar colada com Super Bonder ao corpo dele. Eu a reconheci na mesma hora como uma das assistentes da empresa de Jeff. Sabia muito pouco sobre ela, além do nome — Tallulah —, que parecia surgir nas conversas com mais frequência do que o dos outros colegas dele. Tentei lembrar o que mais Jeff havia me contado, mas só consegui pensar que a família dela era riquíssima e que ela havia estudado em Harvard. As duas coisas deviam ter impressionado Jeff.

Eu me sobressaltei e quase deixei o celular cair quando ele tocou de repente na minha mão.

— Dane-se — disse Kacey, falando rápido. — Você precisa *ouvir* isso, embora eu me sinta péssima em te contar, com sua irmã tão doente e tudo mais. Mas se estivesse no seu lugar... bem, *eu* iria querer que alguém me avisasse se meu namorado estivesse aprontando pelas minhas costas.

Rolei as imagens que ela tinha me enviado. Havia braços entrelaçados e corpos encostados um ao outro na pista de dança, e cabeças apoiadas em ombros que não deveriam estar, mas aquilo não era uma evidência conclusiva. Embora talvez tivesse sido o suficiente para preocupar qualquer pessoa em um relacionamento sério.

Então por que eu não estava preocupada? É assim que a gente sabe quando um relacionamento acabou de verdade? Quando ele morre bem na sua frente, mas você continua respirando e seus olhos permanecem secos?

Ainda assim, meu orgulho estava ferido... só um pouquinho. Por isso respondi à Kacey da única maneira que sabia.

— É legal da sua parte se preocupar. Mas eu sabia que Jeff ia levar Tallulah ao casamento, como acompanhante. Ele checou comigo antes para saber se eu me incomodava.

Para uma pessoa que em sua essência é honesta, eu estava começando a ficar preocupada com a quantidade de mentiras que vinha contando nos últimos tempos.

— E você não se incomoda? — perguntou Kacey.

Havia um toque de decepção na voz dela? Afinal, aquela conversa não daria combustível para fofocas durante o cafezinho na empresa.

— Não, Kacey. Não mesmo. Então, como estão as coisas no trabalho?

Ter dito a Kacey que eu não me incomodava não era mentira, mas eu era humana o bastante para que meus sentimentos ficassem um pouco magoados, mesmo que meu coração não estivesse. Claro, havia uma chance de que as fotos fossem enganosas. Afinal, eu não havia acabado de passar um dia inteiro recriando na tela algo que não existia entre Nick e eu? Não era a mesma coisa?

É completamente diferente, contradisse meu reflexo, enquanto eu tirava a maquiagem do rosto e me deitava na cama. Minha mente estava acelerada demais para que eu conseguisse me perder em um livro, por isso peguei o celular e comecei a examinar as fotos que tinha tirado mais cedo no Lassiters. Meus motivos eram puros, mas, no fim das contas, as fotos com os braços de Nick ao meu redor, ou de nós dois de mãos dadas na montanha-russa, não pareciam tão comprometedoras quanto as de Jeff e Tallulah no casamento? Se minhas fotos fossem de todo inocentes — e eram —, então seria razoável supor que as deles também poderiam ser.

Meus sonhos naquela noite foram confusos e perturbados e, pela primeira vez, adorei ouvir o grasnado barulhento das gaivotas na praia que me arrancou deles.

16

A renque defumado. Eu com certeza estava sentindo cheiro de arenque defumado. Meu nariz se contraiu como o de um coelho depois que afastei o edredom do rosto. A chuva caía forte quando acordei às sete da manhã, e uma breve olhada na direção da praia ventosa tinha sido o bastante para me convencer de que eu preferia dormir algumas horas a mais em uma manhã de sábado do que correr em um dilúvio.

Sem o filtro das plumas do edredom, o aroma do peixe defumado se intensificou. Como era possível? Peguei o robe e saí da cama. As velhas tábuas de carvalho estavam frias sob meus pés descalços, mas não me preocupei em procurar por meias. Parei no topo da escada, onde o cheiro de peixe era ainda mais forte. Estaria vindo do mar?

— Oi? Tem alguém aí embaixo? — gritei enquanto começava a descer os degraus que rangiam, sem jamais *esperar* uma resposta.

Por isso, tomei um susto enorme quando uma figura emergiu das sombras.

— Ora, até que enfim. Achei que você *nunca* fosse acordar — disse minha mãe ao pé da escada.

— Credo, mãe, você quase me mata de susto. Achei que alguém tivesse invadido a casa.

O que em parte era verdade, porque eu não tinha ideia de que ela planejava me visitar naquela manhã. *E se eu não estivesse sozinha na cama de casal do quarto de hóspedes?* Balancei a cabeça, me perguntando de onde tinha vindo aquele pensamento absurdo.

Enquanto meus olhos se ajustavam à penumbra do corredor, vi que minha mãe tinha um avental antiquado amarrado à cintura. Ela também segurava um pano de limpeza e as mangas da blusa estampada que usava estavam arregaçadas, prontas para o trabalho.

— O que você tá fazendo aqui, mãe? — perguntei.

A resposta dela foi interrompida pela sirene do detector de fumaça da cozinha. Com uma velocidade que desmentia sua idade, minha mãe correu de volta para o que quer que estivesse cuspindo e chiando na grelha.

Enquanto ela se ocupava com o fogão, silenciei o alarme e abri as duas janelas para deixar sair o máximo de fumaça. Para minha tristeza, não era tão fácil se livrar do cheiro de peixe. Apertei o robe com mais força ao redor do corpo e fiquei olhando minha mãe servir dois grandes filés de arenque nos pratos que já aguardavam. Eu estava me perguntando se aquele era o momento certo para lembrá-la com jeitinho de que eu não comia arenque defumado quando a vi pegar o rolo de papel-filme, cobrir um dos pratos com ele e levar até a porta dos fundos.

De repente, achei que talvez ainda estivesse dormindo, porque aquilo estava começando a parecer um sonho incrivelmente vívido, mas muitíssimo surreal.

— Para onde você está indo com esse arenque?

Aquela sem dúvida foi uma das perguntas mais estranhas que já fiz a alguém.

Minha mãe parou na porta aberta, com um leve rubor colorindo o rosto.

— Vou só levar isso para Tom — respondeu, já se esgueirando para fora antes que eu pudesse fazer uma das muitas perguntas que tinha na ponta da língua.

Enquanto ela estava fora, preparei chá para nós duas, então, quando dez minutos se passaram e minha mãe *ainda* não havia reaparecido, coloquei o prato com o café da manhã dela no forno. Eu já estava na metade de uma tigela de müsli quando ela voltou para a cozinha, trazendo junto uma forte brisa de março.

— Isso é alguma espécie de serviço de caridade a idosos necessitados ou coisa parecida? — perguntei, indicando a casa de Tom com um movimento de cabeça.

Minha mãe enrubesceu de novo, o que deveria ter me alertado. Em minha defesa, não sou uma pessoa nem um pouco matinal.

— Na verdade, é uma amiga fazendo um favor — explicou minha mãe em um tom que eu não ouvia havia muitos anos. — Tom trouxe os arenques defumados de presente e eu me ofereci para preparar. E, para sua informação, ele é só alguns anos mais velho do que eu.

Havia muito para assimilar naquela resposta e, pela primeira vez, fiquei satisfeita porque demorava mais tempo para mastigar e engolir o müsli do que outros cereais.

— Então, você e Tom são amigos agora? — indaguei, tentando ao máximo esconder a incredulidade na minha voz, mas ela surgiu de qualquer modo.

— Talvez sim — respondeu minha mãe em um tom enigmático. — Isso seria assim tão estranho? Afinal, foi *você* que nos apresentou.

Ela fazia parecer que eu era culpada de bancar o cupido, e, na verdade, nada poderia estar mais distante da verdade. Tinha a sensação de ter pegado um livro e descoberto que, por algum motivo, acabara pulando vários capítulos bem importantes.

— E com certeza vai ser reconfortante saber que tem alguém por perto para ficar de olho em Amelia quando você voltar para Nova York — continuou minha mãe.

Eu estava acostumada com a forma como meu estômago se contraía sempre que pensava em voltar aos Estados Unidos. No início, achei que aquela sensação de náusea era porque eu estava com saudade de Manhattan, mas nos últimos tempos vinha começando a me perguntar se não seria porque eu já sentia falta de Somerset mesmo antes de partir.

— Você ainda não explicou o que está fazendo aqui de madrugada em um sábado.

— Agora que nós sabemos que Amelia pode sair do hospital em uma semana mais ou menos, quis começar a deixar a casa pronta para ela. E não é madrugada, Lexi — acrescentou ela, checando o relógio. — Já passa das onze da manhã.

Aquilo me surpreendeu quase tanto quanto Tom e ela serem os novos "melhores amigos". Peguei o celular para checar a hora, mas não cheguei a registrar qual era porque a notificação na tela me deixou paralisada. *Chamada Perdida. Nick.*

Sempre que visitava Amelia no hospital, eu colocava de forma automática o celular no modo silencioso e devia ter esquecido de ligar o som de novo na noite anterior, depois que saí do quarto dela. Já tinham se passado três dias desde nossa ida ao parque de diversões. Três dias que foram o bastante para que eu interpretasse a falta de contato de Nick como uma mudança de ideia. Quase tinha ligado para ele pelo menos meia dúzia de vezes, mas até ali o bom senso havia surgido bem na hora em que ainda faltava um número para eu completar a ligação. Então, no dia em que ele enfim ligava, meu celular estava desligado. Era apenas azar ou o universo estava tentando me dizer alguma coisa?

Meus dedos coçavam para retornar a ligação, mas com minha mãe sentada a menos de um metro de distância, eu teria que esperar. Ainda não tinha contado a ela o que estava fazendo e não tinha certeza se estava preparada para a decepção que temia ver em seus olhos quando soubesse.

Minha mãe estava dedicando mais concentração ao arenque defumado em seu prato do que o peixe talvez merecesse, e me perguntei se de alguma forma eu teria magoado os sentimentos dela em relação à nova amizade. Apesar do exterior espinhoso como uma craca de Tom, eu gostava mesmo dele. Alguns anos antes, Amelia e eu tínhamos perguntado à nossa mãe se ela já havia pensado em se casar de novo, porque queríamos que soubesse que, se tivesse pensado, para nós estaria tudo bem. Ainda me lembro da tristeza em sua voz quando ela respondeu. "Nem todo mundo tem a sorte de encontrar a verdadeira alma gêmea na vida. Mas se a gente encontra, percebe que fez parte de um milagre. E milagres raramente acontecem mais de uma vez".

— Fico feliz por você e Tom serem amigos — disse à minha mãe, quando ela se levantou e começou a tirar a mesa. — E tenho certeza de que Amelia também vai ficar, desde que você não acabe morando a três casas de distância dela. — Fui até a pia para abraçá-la, então, para que ela soubesse que eu estava brincando. — Sério, mãe, Mimi e eu só queremos que você seja feliz. Ela vai ficar tão contente quanto eu por você ter feito um novo amigo.

— Falando em novos amigos — emendou minha mãe, mudando de assunto de forma elegante. — Conheci um dos seus esta manhã.

Ela me jogou um pano de prato quadriculado antes de mergulhar os braços na água com sabão, aparentemente concentrada apenas na louça suja, mas não me enganou nem por um minuto. Bem devagar, como se cada palavra precisasse ser escavada com cuidado, eu me virei para encará-la.

— Que amigo? Quem?

Minha mãe tinha exatamente a mesma expressão no rosto de quando eu havia quebrado o vaso de flores que era herança da minha avó e escondido os cacos no fundo da lata de lixo. Duas décadas depois e a mulher não havia perdido nada do talento.

— Acho que você pode adivinhar de quem estou falando.

Engoli em seco, fazendo barulho.

— Devo dizer que os desenhos que Amelia fez dele foram realistas de uma forma inquietante.

— Nick? Nick esteve aqui?

Minha mãe tirou os braços da espuma e os cruzou diante da cintura. Aquilo nunca era um bom sinal.

— Teria sido gentil, Lexi, se *você* tivesse me contado o que estava fazendo, para que eu não precisasse ouvir de um desconhecido, por mais charmoso que ele fosse — acrescentou ela, a voz severa o bastante para que eu entendesse que não havia dúvida de que eu estava errada naquela situação.

— Ele te contou tudo?

— Eu deduzi por mim mesma a partir do que ele disse. Acho que o rapaz não se deu conta de que você não tinha me contado o que estava fazendo.

— Por que você não me acordou quando ele apareceu?

— Eu quis fazer isso, mas ele insistiu para que eu te deixasse dormir.

Ela estava me olhando com atenção.

— Ele parece ser um rapaz muito legal. E veio com um cachorro bastante simpático.

Sem perceber, eu estava torcendo o pano de prato nas mãos. Quando olhei para baixo, vi que parecia igual à corda com que eu estava me enforcando.

— Você está brava comigo, mãe? Acha loucura o que eu estou fazendo?

Ela tirou o pano de prato torturado das minhas mãos e as envolveu com seus dedos quentes e cheios de espuma.

— Sim para a segunda pergunta, não para a primeira. — Seus olhos cintilavam quando encontraram os meus. — Você é uma "solucionadora de problemas" nata, Lexi. Quando vê um problema, se sente obrigada a resolvê-lo. E você ama sua irmã. Vocês duas compartilham um vínculo que é mais forte do que eu e seu pai jamais conseguimos entender. Amelia andaria sobre o fogo por você, e sei que faria o mesmo por ela.

Do nada, comecei a chorar. As lágrimas escorriam pelo meu rosto e não me dei o trabalho de enxugá-las.

— Se você acredita mesmo que essa loucura que está fazendo com esse homem é a maneira certa de ajudar Amelia, então tenho que confiar no seu julgamento. Você conhece o coração dela melhor do que eu.

Havia um nó gigantesco na minha garganta que tornava quase impossível engolir. Minha mãe sorriu com carinho e havia amor e confiança em seu rosto.

— Apenas tenha certeza de que tudo o que você está fazendo com seu amigo Nick é pelos motivos certos.

Meu amigo Nick. As palavras da minha mãe me acompanharam enquanto eu subia as escadas e entrava no chuveiro. Aumentei a temperatura da água até o mais quente possível — já que enfim desvendara o enigma do boiler — e fiquei sob os jatos até minha pele ficar vermelha como uma lagosta. Nick não era meu amigo, não de verdade. Eu quase não sabia nada sobre ele. *Mas não é assim que acontece no caso de uma nova amizade?*, pensei, bancando a advogada do diabo comigo mesma. A gente conhece alguém. Cria um vínculo com aquela pessoa em algum nível, então começa a conhecê-la melhor. Pouco a pouco. Mas podemos mesmo ser amigos de alguém quando a única razão para essa pessoa estar em nossa vida é porque se parece com outrem? Mesmo que minha mãe tivesse dado sua bênção extraoficial ao meu plano, eu era culpada de usar Nick de uma forma insensível? Aquela ideia me fez estremecer, apesar da alta temperatura da água do banho.

O celular estava em cima da minha cama, esperando que eu retornasse a última chamada perdida. Ainda assim, eu hesitava.

No fim, foi o som da minha mãe ocupada em aspirar a sala que me fez discar o número de Nick. Como haviam mudado mais uma vez a medicação cardíaca de Amelia, os médicos estavam confiantes de que, com um monitoramento minucioso, ela poderia receber alta do hospital já no início da semana seguinte. A notícia tinha nos deixado em pânico: a missão da minha mãe era deixar a casa tão limpa e esterilizada quanto um bloco cirúrgico, enquanto a minha era completar as fotografias guardadas na caixa de recordações em pouco mais de uma semana. A determinação me fez engolir o nervosismo e encontrar coragem para fazer a ligação.

— Ah, bom dia. Enfim acordou, hein?

Era a segunda vez naquele dia que eu era recebida com um comentário semelhante, mas as palavras de Nick me deixaram mais perturbada do que as da minha mãe.

— Sim. Sinto muito por não ter atendido sua chamada e por ainda estar dormindo quando você apareceu. Queria que você tivesse pedido à minha mãe para me acordar. Me sinto péssima por você ter perdido a viagem.

Pude ouvir o sorriso em sua voz quando ele respondeu.

— Não se preocupa com isso. Mabel gostou da longa caminhada, e foi bom conhecer sua mãe. Embora, em geral, eu não faça esse negócio de "conhecer os pais" tão no início do namoro.

Eu sabia que ele estava me provocando, mas era impossível não morder a isca.

— Não esqueça que é só um namoro de *mentira*, Clark — lembrei a ele.

Nick soltou uma risada baixa e calorosa, e gostei do modo como nossa piada particular não dava sinais de se tornar ultrapassada.

— A razão para eu estar tentando entrar em contato — falou Nick — era para avisar que consegui providenciar dois cavalos para nosso próximo encontro. — Engoli em seco mais alto do que pretendia. E o som foi transmitido com perfeita clareza pela linha do celular. — Era esse o plano, não era? — perguntou ele, em dúvida agora. — Você queria recriar o passeio a cavalo ao pôr do sol de Amelia e Sam, certo?

— Sim. Eu queria. Quero. Isso é ótimo — balbuciei, torcendo para que ele não percebesse que minha empolgação era tão real quanto nosso relacionamento.

— Os cavalos são de um fazendeiro amigo meu. O que você vai montar pertence à filha dele de 13 anos, e é muito dócil.

— Dócil é bom.

— Você vai ficar bem — garantiu Nick, percebendo o nervosismo em minha voz. — Não vou deixar nada terrível acontecer com você.

— Eu vou te cobrar — falei enquanto pegava um bloco de notas para anotar o endereço da fazenda do amigo dele.

Combinamos de nos encontrar às seis horas daquela tarde, uma hora antes do pôr do sol. Passei a maior parte do trajeto de carro tentando adivinhar quantas vezes era provável que eu caísse durante um período de sessenta minutos. Montar não era minha praia, nunca tinha sido. Amelia era a típica adolescente louca por cavalos da família, enquanto eu era muito mais obcecada por livros e *boy bands*. O mais próximo que cheguei do interesse por cavalos foi minha obsessão pela escritora Jilly Cooper.

Como minha mãe sabia o que eu estava fazendo, foi mais fácil trocar nossos horários habituais de visita ao hospital. Tinha até esperança de que, se terminássemos o passeio cedo o bastante e todos meus ossos ainda estivessem intactos, eu conseguiria chegar no fim do horário noturno de visita.

Meu coração começou a acelerar no momento em que avistei a placa indicando a fazenda. *Com certeza eu estou mais nervosa com este negócio de montar a cavalo do que imaginava*, pensei, enquanto seguia com o carro pela longa estrada de terra da fazenda.

Eu, sem dúvida, estava bem caracterizada, com minha calça jeans mais velha e confortável e uma camisa xadrez de flanela grossa que tinha encontrado no fundo do guarda-roupa de Amelia. Ela não havia mencionado em detalhes o que estava vestindo no dia do passeio a cavalo com Sam, mas imaginei que qualquer pessoa cuja playlist do Spotify consistisse quase por inteiro de música country talvez tivesse preferido um visual de caubói.

Só quando entrei no pátio foi que comecei a questionar minha escolha de roupa. Aquele lugar não era um hotel-fazenda do tipo que meus amigos americanos sempre falavam com empolgação — eu estava em uma fazenda de verdade e meu visual talvez parecesse um pouco ridículo. Tirei depressa a bandana que havia amarrado no pescoço, mas não havia nada que pudesse ser feito em relação à camisa ou às botas.

Nick estava parado do outro lado do pátio, conversando com um homem que parecia ser alguns anos mais velho do que ele. Ele estava encostado de forma descontraída no capô do carro, com um pé apoiado no para-choque — parecia o astro da propaganda de alguma coisa cara, para ser usada ao ar livre. Meu coração deu um pequeno solavanco, mas talvez tenha sido só porque eu avistei dois cavalos muito grandes parados um pouco além dos dois homens. Os animais estavam selados e, pela forma como escavavam o chão, era óbvio que estavam impacientes para partir, mas estavam sendo contidos por uma jovem. Ela se inclinou mais para perto do menor, um tordilho cinza, e sussurrou alguma coisa junto à crina. Tive a terrível sensação de que talvez fosse um pedido de desculpa.

Nick endireitou o corpo no instante em que me viu sair do carro. Talvez eu tenha visto uma breve contração dos seus lábios enquanto ele se aproximava de mim. O amigo dele, o dono da fazenda, não foi tão contido.

— Opa, tudo bão, moça? — cumprimentou, tirando um chapéu de caubói imaginário em saudação.

Dei um sorriso sem graça. A verdade era que não tinha ninguém para culpar além de mim mesma por virar motivo de zombaria. Olhei para Nick, esperando uma piada, mas ele ergueu as mãos como se estivesse se rendendo.

— Não vou falar nada.

Sorri e me virei para o amigo de Nick, com quem simpatizei de cara.

— Oi. Meu nome é Lexi — falei, estendendo a mão. — Muito obrigado por nos emprestar seus cavalos.

— Doug — disse ele a título de apresentação, enquanto seus dedos calejados seguravam os meus. — É o mínimo que posso fazer, considerando o número de vezes que tirei esse homem aqui da cama no meio da noite.

Ele fez uma pausa que deu à minha mente tempo bastante para evocar uma imagem nem um pouco apropriada, o que significava que não ouvi quase nada do que ele disse em seguida.

—... e Nick me contou que você não fez isso muitas vezes antes.

Arrisquei que estávamos falando sobre cavalgar e não sobre eu me passar pela minha irmã.

— Na verdade, nunca fiz isso — confessei.

Com certeza, não foi imaginação minha a expressão preocupada que vi passar pelo rosto da filha de Doug.

— Você provavelmente vai precisar desse casaco — aconselhou Nick, olhando para o agasalho acolchoado que eu carregava. — Vai esfriar depois do pôr do sol. — Ele estava usando um pulôver escuro de tricô que fazia seus ombros parecerem ainda mais largos. — E também vai precisar usar isso — falou, pegando um capacete para hipismo e passando-o para mim.

Ele percebeu minha hesitação e talvez a tenha confundido com vaidade.

— O capacete não é negociável, Lexi — disse Nick com firmeza. — Se não usar, não pode montar.

— Onde está o seu, então? — perguntei, procurando um segundo capacete para hipismo, mas não vendo nenhum.

O sorriso de lado de Nick fez sua primeira aparição do dia.

— Não preciso de capacete. Não vou cair.

— Achei que você tinha dito que eu também não vou cair — rebati, pegando o equipamento e o colocando na cabeça.

— Vocês têm certeza de que isso é mesmo um namoro só de *faz de conta*? — questionou Doug, os olhos indo de mim para o velho amigo. — Porque está claro que discutem como um casal de verdade.

Eu não poderia culpar Nick por contar a verdade a Doug sobre o que estávamos fazendo, mas aquilo me deixou ainda mais desconfortável do que a ideia de montar em um cavalo. Era hora de mudar de assunto, por isso me voltei para a garota que esperava com paciência ao lado dos cavalos.

— Oi, meu nome é Lexi. Muito obrigada por me deixar montar seu cavalo. Vou cuidar bem dele.

— É ela — corrigiu a garota, revirando os olhos de um jeito muito adolescente.

— Eu vou cuidar de Dotty — garantiu Nick à garota, e a expressão dela passou a ser de pura adoração quando olhou para ele.

Será que eles sabiam que a menina tinha uma enorme paixonite pelo amigo do pai?, me perguntei. Montar o cavalo acabou sendo muito mais fácil do que eu temia, graças ao banquinho que eles foram atenciosos o bastante para me oferecer. Estava claro que Nick não precisava daquele tipo de ajuda e montou com facilidade o cavalo preto.

— Você poderia tirar uma foto nossa com o celular de Lexi, Pippa? — perguntou Nick à garota quando nós dois já estávamos acomodados e prontos para partir.

Peguei o celular no bolso do casaco e passei para Pippa, que tirou uma variedade de fotos diferentes, em vários ângulos, mostrando muita habilidade. Ela me devolveu o celular, então, e fiquei surpresa quando a vi recuar alguns passos e começar a voltar para a casa da fazenda.

— Ah, achei que você ia acompanhar a gente — exclamei, sentindo um leve arrepio de pânico.

Longe como eu estava do nível do solo, era difícil descobrir se era com o passeio que eu estava preocupada ou se era com ficar a sós com Nick. No parque de diversões estávamos em território neutro, mas ali ele estava em seu habitat natural, e eu não.

— Pippa precisa terminar o dever de casa — respondeu Doug em nome da filha.

— Vamos ficar bem — garantiu Nick, e se virou na sela para me encarar. — Temos tudo sob controle.

Enquanto saíamos do pátio em um passo lento e suave, não consegui decidir se as palavras dele me fizeram sentir mais segura ou ainda mais nervosa. Pegamos um caminho que levava do pátio a terras cultivadas e, por sorte, os dois cavalos pareciam muito familiarizados com a rota. Percebi que a montaria dependia pouquíssimo de mim, por isso recalculei meu objetivo e resolvi apenas focar em não cair.

— Tudo certo? Você tá indo muito bem — comentou Nick alguns minutos depois, quando a fazenda já tinha ficado bem para trás.

— Tenta dizer isso pra minha bunda — disse sem pensar, antes de perceber que havia chamado a atenção dele para uma parte da minha anatomia em que não queria que ele pensasse nem um pouco.

— Talvez você sinta um certo desconforto quando se sentar amanhã — admitiu Nick. — E a parte interna das coxas é a que mais incomoda.

Com certeza também não queria que ele pensasse na parte interna das minhas coxas.

— Você trabalhou na clínica hoje? — perguntei, tentando nos levar de volta a uma conversa civilizada.

— Não. Não estou na escala desse fim de semana. Fiquei com Holly durante o dia, mas ela foi para uma festa do pijama hoje à noite com dez meninas do colégio.

Abri um sorriso.

— Vai ser divertido quando você tiver que retribuir o convite.

Uma expressão difícil de identificar atravessou o rosto dele.

— Acho que isso deve ser tarefa da mãe dela, não minha.

Considerei a possibilidade de não investigar mais a fundo, mas a curiosidade venceu.

— Você e a sua ex não se dão bem? Não precisa responder se achar que essa é uma pergunta pessoal demais.

Quem eu estava enganando? Era pessoal *demais*. Eu estava ultrapassando bastante os limites aceitáveis, mas por sorte Nick não pareceu se ofender.

— Bem, com certeza a gente não se dá tão bem quanto antes — respondeu ele com um sorriso triste.

— Pelo menos você consegue fazer piada disso.

— Agora, eu faço. Mas não foi tão fácil manter o bom humor na época.

— O que aconteceu? — indaguei, chocada com o tamanho da minha curiosidade. Parecia que eu tinha esquecido como filtrar meus pensamentos antes que eles saíssem pela boca. — Não precisa responder — me apressei a acrescentar.

Nick deu de ombros e examinei seu rosto com atenção. Dava para ver as cicatrizes de uma antiga lembrança dolorosa que permaneciam em sua expressão.

— Não é uma história inédita. Um garoto conhece uma garota na universidade. Eles se casam muito novos, rápido demais, e se tornam pais muito cedo. Então, seis anos depois, ela chama o nome de outro homem em um momento em que deveria mesmo saber com quem estava.

A amargura causada pela antiga traição ainda estava em sua voz.

— Ai meu Deus, Nick. Sinto muito... deve ter sido horrível.

— Ainda mais porque o nome que ela disse foi o do meu melhor amigo — completou ele, apertando os lábios ao pronunciar as palavras.

— Doug? — perguntei em um arquejo horrorizado.

Por sorte, Nick pareceu achar a sugestão engraçada.

— Estou muito bem resolvido em relação ao que aconteceu, mas acho que isso seria forçar a barra. Não, foi outro amigo. Por incrível que pareça, ele e eu perdemos contato depois do que aconteceu.

— Eles ainda estão juntos?

Minha língua parecia estar empenhada em me envergonhar além da conta.

Nick balançou a cabeça.

— Ela me disse depois que só traiu para chamar minha atenção. — Nick incitou o cavalo a avançar, o que tornou impossível ler a expressão em seu rosto quando ele completou: — Acho que funcionou, embora talvez não da maneira que ela esperava.

De repente, desejei que eu o conhecesse melhor, porque, se fosse esse o caso, poderia ter encontrado a resposta certa para tanta sinceridade.

Mas não era, então foi mais fácil permanecer em silêncio. Eu estava procurando algo para dizer que deixasse o momento mais leve, ou que nos distraísse, e, ainda bem, o sol ajudou e começou seu lento mergulho em direção ao horizonte, inundando o céu em uma paleta de tons de vermelho e malva.

Nick levantou os olhos.

— Hora da sessão de fotos? — perguntou ele, já freando o cavalo preto.

Assenti e fiquei olhando enquanto ele se inclinava e puxava com cuidado as rédeas de Dotty para que ela também parasse.

— Vamos tirar uma selfie? — propôs ele, reposicionando com maestria os dois cavalos para que o sol poente servisse como luz de fundo.

Nick pegou meu celular e o segurou no alto, enquanto se inclinava para o espaço entre os dois cavalos.

— Você pode chegar um pouco mais perto? — pediu.

Fiz o que ele pediu, até ficarmos ombro a ombro no enquadramento. Se tivesse mais experiência na montaria, aquele seria o momento em que eu talvez sentisse meu pé direito escorregando do estribo. Mas estava distraída demais porque Nick tinha passado o braço ao redor dos meus ombros e me puxava mais para junto dele.

Quando examinei aquelas fotos mais tarde, pude ver que falavam por si só, embora não necessariamente falassem o que eu gostaria. Estávamos sorrindo nas três primeiras, despreocupados, sem saber que na foto número quatro nossas expressões seriam muito diferentes. Nenhum de nós viu o esquilo descer apressado da árvore e atravessar correndo bem na nossa frente. Mas Dotty viu. Nunca tinha estado em cima de um cavalo rampante antes e se há um truque para não ser derrubada da sela, eu desconhecia. Estava tão preocupada em criar a foto perfeita de Amelia e Sam que até relaxei o controle das rédeas. O que aconteceu a seguir, então, foi inevitável. Em um instante, eu estava montada na égua e, no minuto seguinte, voava pelo ar, enquanto Dotty saía galopando em disparada.

A reação de Nick foi rápida, mas nada conseguiria evitar que eu me estatelasse no chão. Por sorte, o braço dele ainda estava ao meu redor quando o esquilo assustou minha montaria, por isso Nick conseguiu segurar uma parte do meu casaco quando ela empinou. Não foi o bastante para me impedir de cair, mas sem dúvida amorteceu a queda. Tudo aconteceu em câmera lenta e pareceu demorar uma eternidade até que minha bunda batesse com força na terra macia e lamacenta quando aterrissei com um constrangedor *ploft*.

Nick desmontou depressa e, em um instante, estava agachado ao meu lado.

— Não se mexa — insistiu ele, e suas mãos já estavam subindo e descendo pelas minhas pernas de um jeito que eu talvez tivesse gostado em outras circunstâncias. — Você se machucou? — perguntou, desviando os olhos das minhas pernas e os fixando no meu rosto. — Bateu com a cabeça?

— Não, eu tô bem — falei, enquanto as mãos dele passavam a percorrer toda a extensão da minha coluna.

O homem é médico... ao menos uma espécie de médico, disse a mim mesma com firmeza. *Não tem nada de inapropriado em Nick estar passando as mãos pelo meu corpo.*

Felizmente, o exame terminou rápido, e então Nick voltou a se agachar.

— A boa notícia é que nada parece estar quebrado ou torcido — declarou ele com um aceno de cabeça satisfeito. Tudo foi dito de forma muito profissional e prática até Nick acrescentar: — Como está o seu traseiro?

— Dolorido e afundado em vários centímetros de lama fria nesse momento — respondi.

Se ele se oferecesse para examinar o referido traseiro, aquele sem dúvida seria o momento em que eu estabeleceria um limite, mas Nick não fez aquilo. Em vez disso, ele se ergueu e estendeu as mãos. Então, me ajudou a levantar e me tirou do chão lamacento com um som oco e alto.

— Você acha que consegue andar? — verificou ele, ainda segurando minhas mãos com firmeza.

— É claro — respondi e comecei a dar alguns passos que fariam Bambi parecer um patinador artístico experiente.

— Talvez seja melhor você se apoiar em mim por algum tempo — sugeriu Nick. Ele soltou minhas mãos e me ofereceu o braço.

Aceitei e, só naquele momento, enquanto examinava o espaço aberto à nossa frente, percebi que estávamos com um cavalo a menos.

— Cadê Dotty? — perguntei, aflita, dando uma volta completa, como se fosse possível não ter visto a égua tordilha.

— Imagino que a meio caminho de volta à fazenda — disse Nick. Ele parecia estranhamente indiferente, mas sua resposta me deixou em um estado de pânico absoluto.

— E se ela não tiver voltado? E se estiver perdida? Ai, meu Deus, eu prometi a Pippa que ia cuidar bem da égua dela e olha só o que aconteceu. Sou uma pessoa horrível. *E* uma cavaleira de merda. — Eu me virei para Nick, que parecia estar se esforçando para não rir. — Eu te *falei* que ia cair.

— Falou mesmo — concordou ele, com o tom solene, e pegou o celular.

Fiquei olhando, petrificada, enquanto seus dedos digitavam uma mensagem rápida. Ele recebeu a resposta quase de imediato.

— Doug vai cuidar dela. Ele disse para você não se preocupar. Dotty sabe como voltar para casa.

Meu andar estava mais firme naquele momento e, embora minha bunda ainda parecesse dormente, pelo menos eu conseguia caminhar com certa facilidade. O cavalo de Nick ficara comendo grama com prazer ao longo de todo aquele drama e, por sorte, não saíra correndo atrás da companheira de estábulo. Só quando Nick segurou a rédea e trouxe o animal para perto de mim foi que percebi o que estava passando pela cabeça dele.

— De jeito nenhum — falei, balançando a cabeça enquanto Nick se abaixava e posicionava uma mão no meu joelho e a outra no meu tornozelo para me ajudar a subir no cavalo. — Por hoje, chega de montar pra mim.

— Vou estar bem atrás de você na sela — garantiu Nick. — Vai estar em total segurança.

— Precisa parar de dizer isso — retruquei —, porque não acredito mais em você. Suas habilidades de super-herói são tão boas quanto as minhas de jóquei.

Houve um momento de silêncio e, de repente, nós dois estávamos às gargalhadas. Era o tipo de risada que fazia os olhos se encherem de lágrimas e as costelas doerem — era desproporcional à graça da situação, mas nenhum de nós parecia conseguir parar. Então, algo aconteceu, enquanto estávamos apoiados um no outro, incapazes de falar. Não sei como começou, nem quando, nem quem parou de rir primeiro, mas de repente nossos olhos se encontraram e, pouco a pouco, tudo ficou em silêncio e muitíssimo imóvel. Foi um momento delicado como cristal, e acho que nós dois ficamos chocados demais para estilhaçá-lo.

Não tenho como saber quanto tempo teríamos ficado ali, no crepúsculo, apenas olhando um para o outro, sem saber o que estava acontecendo, se o cavalo de Nick não tivesse atrapalhado com um relincho muito estridente. A sensação — fosse lá o que fosse — desapareceu na escuridão como se nunca tivesse existido.

— Vamos voltar caminhando, então — disse Nick, e havia algo em sua voz que me disse que aquela "coisa" — fosse lá o que fosse — ainda não o havia deixado por completo.

17

Doug estava nos esperando no pátio. Pippa estava perto do estábulo, o nariz colado no focinho da amada Dotty, que, como previsto, tinha mesmo voltado em segurança para a fazenda. Os dois homens trocaram algumas palavras enquanto Nick devolvia o cavalo preto a Doug, que acenou com alegria em minha direção e seguiu para o estábulo.

Acenei em resposta e me virei na direção do carro de Amelia.

— Ora. Até que foi... divertido — falei, colocando uma expressão cômica no rosto para que Nick não achasse que eu o estava culpando pela forma como nosso encontro de mentirinha havia terminado.

Destranquei o carro e parei, enquanto meus olhos percorriam o estofamento bege claro do veículo. Olhei por cima do ombro e, então, para minha calça jeans suja de lama, que estava grudada nas pernas como uma segunda pele. Até a barra do meu casaco estava coberta por uma camada grossa e pegajosa.

— Você acha que Doug teria alguma uma toalha velha que eu pudesse pegar emprestada para forrar o assento? — perguntei a Nick, olhando para o fazendeiro que já se afastava e, naquele momento, estava longe do alcance da minha voz.

— Talvez — respondeu Nick —, mas tenho uma ideia melhor. Minha casa fica a apenas dez minutos daqui. Se quiser, você pode se limpar lá, e depois te trago de volta aqui para pegar o carro.

A sugestão dele era prática e sensata, porém, mesmo assim, hesitei.

— Mas aí eu vou sujar o *seu* carro — argumentei.

— Lexi, sou um veterinário que trabalha na zona rural. Pode acreditar que o meu carro já viu coisas bem piores do que um pouquinho de lama.

O crepúsculo se dissolveu na escuridão da noite e os refletores do pátio da fazenda acenderam bem a tempo de Nick me ver tremendo nas minhas roupas frias e enlameadas. A ideia de me livrar delas foi o que me convenceu. Foi aquilo que me fez aceitar a oferta. Não teve nada a ver com o desejo de prolongar nosso tempo juntos...

— Bem, desde que eu não esteja atrapalhando o que você tinha planejado para a noite, então sim, por favor. Eu aceito a oferta. E agradeço — falei, já caminhando ao lado dele na direção do Range Rover.

O carro de Nick não estava mesmo tão impecável quanto o de Amelia, mas eu ainda me sentia culpada por sujá-lo. Por isso tirei o casaco e o enrolei do avesso. Sem o agasalho, comecei a tremer na mesma hora — a temperatura tinha caído de forma drástica na última hora.

— Pega aqui — ofereceu Nick, sem hesitar.

E, antes que eu tivesse a chance de recusar, ele já estava tirando o pulôver grosso de tricô.

— Ah, não, Nick... tá tudo bem. Você realmente não precisa... — comecei a dizer, mas o agasalho já estava nas minhas mãos e, nossa, estava divino de tão quente.

— Lexi, por favor, veste o pulôver — insistiu ele, já tirando as chaves do carro do bolso da calça jeans.

Por baixo do pulôver, Nick usava uma camiseta cinza mescla, do tipo que já passara por tantos ciclos de máquina de lavar que tinha ficado quase transparente de tão fina. O tecido se colava aos músculos das costas e dos ombros, delineando-os com tamanha clareza quanto se ele estivesse com o peito nu.

Eu tinha plena consciência de que estava encarando, e a maneira mais fácil de parar de fazer aquilo era enfiar o pulôver grosso pela cabeça e bloquear a vista à minha frente. Mas o alívio durou pouco, porque o cheiro de Nick me envolveu de repente, enquanto eu afundava nas dobras da roupa emprestada. Era uma amostra sedutora de como deveria ser estar nos braços dele — e aquele era um caminho que meus pensamentos realmente não deveriam seguir, mas para onde pareciam estar se dirigindo de qualquer forma.

— Você está bem aquecida? — perguntou Nick, enquanto descíamos pela trilha acidentada que levava à estrada.

Ele colocou o aquecedor no máximo, o que significava que o carro estava aos poucos sendo preenchido pelo aroma de lama quente e seca.

— É como um dia no spa que deu muito errado — comentei com ele, e fiquei satisfeita ao ver que a brincadeira o fizera sorrir.

— Você é muito engraçada — disse ele, com os olhos ainda na estrada. — Consegue me fazer rir mais do que qualquer um conseguiu há um bom tempo.

Aquela era uma das coisas mais legais que ele poderia me dizer, ou uma das piores. Decidi considerar como um elogio.

— Estou aqui a semana toda — brinquei.

Mas o bordão dos comediantes americanos de *stand-up* só serviu para me lembrar que o tempo em Somerset, com minha família, e também com Nick, logo chegaria ao fim.

Fiquei surpresa ao ver que Nick e eu estávamos em sintonia.

— Não temos muito tempo, não é?

Uma pergunta tão ampla, com apenas uma resposta. E optei por responder em um nível meramente superficial.

— Não. Não muito. Os médicos estão confiantes de que Amelia vai voltar para casa na próxima semana.

Nick assentiu, com a expressão pensativa, e ficou em silêncio por um tempo, com a atenção concentrada nas sinuosas estradas de terra, ou pelo menos foi o que pensei. Ele pigarreou duas vezes antes de enfim falar.

— Tenho uma *pequena* confissão a fazer — admitiu hesitante.

Eu me virei no assento para encará-lo.

— Isso parece sinistro. O que você fez? Subornou aquele esquilo para pular na frente de Dotty, e assim você me seduzir até sua casa?

Eu estava brincando, então a expressão de culpa que vi passar pelo rosto de Nick me pegou totalmente de surpresa.

— Não foi bem isso — disse ele, entrando em uma garagem de carros e parando diante de uma casa cercada por campo aberto. O lugar estava às escuras e não havia nenhum imóvel vizinho à vista.

Já tinha assistido a séries de crimes reais suficientes para saber que aquele era o momento em que eu talvez devesse começar a ficar nervosa. Mas *nada* naquele homem me assustava, o que em si já era algo um pouco preocupante.

— Eu meio que estava torcendo para que nosso encontro pudesse se estender para além da montaria, por isso fiz uma reserva em um restaurante italiano na cidade.

Eu ainda estava procurando uma expressão facial apropriada para reagir àquilo quando Nick acrescentou com um dar de ombros inocente:

— Eu sei. Deveria ter te perguntado antes.

Você sabe que eu teria aceitado, não é? Quase tive que cerrar os lábios para impedir que a confissão escapasse.

— E por que você não fez isso?

— Achei que talvez você não aceitasse.

Ou Nick era péssimo em interpretar linguagem corporal ou eu era muito melhor em mascarar meus sentimentos do que imaginava. De qualquer forma, foi motivo de uma satisfação secreta saber que o homem que fingia ser meu namorado não tivesse ideia de que eu me sentia atraída por ele. Porque, se tivesse, as coisas poderiam ficar muito esquisitas.

— Olha, eu teria aceitado, mas não vejo como posso fazer isso nesse momento — falei com remorso genuíno enquanto abaixava os olhos para minha calça suja de lama.

Nick assentiu e saiu do carro. Meus dedos se atrapalharam com o fecho desconhecido do cinto de segurança, e ele já tinha dado a volta até o lado do passageiro e aberto a porta para mim quando por fim consegui me soltar.

— Você é uma mulher muito difícil de se oferecer uma pizza — brincou Nick, conduzindo com sutileza nossa conversa de volta a um tema mais descontraído. — Toda vez que eu tento, alguma coisa atrapalha.

— Que tal se a gente pedir delivery e ver o que o universo nos reserva? — sugeri.

— Da minha parte, estou pronto para esse desafio, se você estiver — respondeu ele, enquanto pousava a mão nas minhas costas e me guiava até a porta.

A casa de Nick era surpreendentemente moderna. Olhando de fora, não percebi, mas na verdade era um celeiro convertido; embora fosse um celeiro pequeno.

— É mais um *galpão* convertido, na verdade — brincou ele.

O arquiteto tinha feito um excelente trabalho, combinando as vigas antigas de carvalho e os tijolos aparentes com o piso de madeira branqueada, detalhes reluzentes em cromo e as enormes paredes envidraçadas que, à luz do dia, deviam garantir vistas espetaculares do campo aberto. Não tinha nada a ver com o chalé de pesca de Amelia e era ainda mais diferente do meu apartamento em Nova York... mas adorei aquela casa desde o momento em que ele abriu a porta da frente.

Nick tirou as botas enquanto eu permanecia parada em cima do capacho, preocupada com a possibilidade de deixar um rastro de lama no chão imaculado. De repente, ouvi um latido de alegria seguido por um movimento frenético enquanto a cachorra bobtail de cerca de trinta quilos, muitíssimo agitada, atravessava a sala correndo em nossa direção. A princípio, Mabel não teve olhos para ninguém além de Nick, e comemorou a chegada dele como se não o visse há pelo menos um mês.

— Quanto tempo você passou longe de casa? — perguntei rindo.

A cadela estava literalmente ganindo de alegria enquanto ele a paparicava.

— Poucas horas, mas ela não tem noção de tempo — respondeu Nick, coçando-a entre as orelhas e encarando no fundo dos olhos castanho-escuros.

Balancei a cabeça porque havia algo de muito errado em sentir inveja de um cachorro. Mabel foi generosa com seu afeto e depois passou vários minutos me cumprimentando, embora eu desconfiasse que o cheiro da minha calça jeans e do que eu havia aterrissado em cima fossem mais interessantes para ela do que eu.

Tirei as botas e deixei ao lado das de Nick no tapetinho, dizendo a mim mesma para largar de ser tonta quando pensei como elas ficavam lindas lado a lado daquele jeito.

— O banheiro fica no andar de cima. Tem toalha limpa no armário do corredor e pode usar qualquer um dos produtos de higiene pessoal.

— Obrigada — falei, já seguindo em direção à moderna escadaria aberta, que parecia algo que deveria estar em uma galeria de arte.

— Vou encontrar alguma coisa pra você vestir e deixo do lado de fora da porta. Mas acho que seja o que for vai ficar enorme...

— Qualquer coisa serve — garanti.

Eu estava no meio da escada quando Nick me deteve de novo.

— Seu estilo é apimentado e picante, ou você é do tipo que gosta de anchova?

Franzi o nariz sem querer à menção dos pequenos filés de peixe salgado.

— Graças a Deus — declarou Nick —, ou eu teria que terminar tudo com você na mesma hora. Então a pizza pode ser apimentada e picante.

Meu estômago já estava roncando em expectativa quando encontrei o banheiro e comecei a tirar as roupas sujas. Eu estava sem roupa e prestes a entrar no chuveiro quando ouvi os passos de Nick ecoando pelo corredor do andar de cima. Fiquei paralisada quando ele parou do lado de fora da porta do banheiro. Cobri os seios com os braços em um gesto absurdo, como se ele fosse *mesmo* um super-herói com visão raio-X.

— Tá tudo bem aí? Encontrou tudo de que precisa?

Eu pude me sentir ruborizando. Estar nua tão perto dele, embora com uma porta de três centímetros de espessura entre nós, parecia perturbadoramente erótico.

— Sim. Tudo bem aqui — respondi animada. Eu podia sentir meu coração batendo muito forte abaixo do seio esquerdo.

Esperei até ouvir os passos dele recuarem antes de entrar no box, onde o chuveiro já aberto enchia o banheiro com nuvens de vapor. Entrei embaixo do jato de água quente enquanto me perguntava se talvez não tivesse sido melhor optar por um banho gelado.

Como prometido, havia uma pequena pilha de roupas do lado de fora da porta do banheiro e uma sacola para que eu colocasse as peças sujas. Desdobrei uma calça de malha cinza-claro e um moletom combinando. Sorri enquanto vestia a calça, já sabendo que iria parecer uma palhaça de circo. Ficou muito comprida — eu conseguia puxá-la quase até a axila — e, mesmo apertando o cordão ao máximo, escorregava da minha cintura.

Dei uma última olhada no espelho antes de sair do banheiro. A maquiagem que eu havia aplicado com tanto cuidado antes de sair de casa havia sumido, e meu cabelo úmido caía sobre os ombros de um jeito praiano, desalinhado. Não achei que o convite de Nick para que eu ficasse "à vontade" incluísse usar o pente dele.

Nick devia ter me ouvido descendo as escadas, porque me chamou da cozinha.

— Você encontrou as roupas que deixei do lado de fora? Couberam? Parei no último degrau, ainda escondida da vista dele.

— Bem, sabe aquela cena bem no final do filme *Quero ser grande*, com Tom Hanks... — comecei a dizer, já entrando na cozinha.

Nick estava recostado na bancada, já sorrindo antes mesmo de me ver.

— Foi a menor roupa que consegui encontrar — desculpou-se.

— Sem problema, tá tudo bem — falei, enquanto puxava a calça para cima mais uma vez.

Ele abaixou os olhos para minha cintura, fazendo meu coração disparar.

— Você acha que essa calça vai ficar no lugar?

— Quem sabe? — respondi, dando de ombros. — Mas isso com certeza acrescenta uma pitada de emoção à noite, não é?

Eu gostava daquele modo brincalhão para onde parecíamos migrar com tanta naturalidade. Ríamos das mesmas coisas. Fazíamos o outro rir. Percebi que aquilo era algo que eu nunca tinha tido com Jeff. Era estranho como a distância me permitia ver quantas coisas faltavam em meu relacionamento com ele, e como era muito inconveniente encontrar *todas* elas em alguém com quem eu jamais iria me envolver.

— A pizza chega em cerca de dez minutos — avisou Nick, enquanto ia até uma cozinha enorme, estilo americano. — Quer beber alguma coisa enquanto a gente espera? Tenho vinho, cerveja ou...

— Cerveja, por favor.

Sei que o sinal de aprovação nos olhos dele diante da minha escolha não foi fruto da minha imaginação. Nick tirou a tampa de duas garrafas e levou até onde eu estava. Ele já estava pronto para pegar copos em um armário, mas balancei a cabeça, peguei uma das garrafas da mão dele e levei aos lábios. Eu podia sentir os olhos dele fixos em mim enquanto eu engolia a bebida gelada. Foi um milagre eu não ter engasgado.

Com um timing perfeito, a campainha tocou bem naquele momento, o que me trouxe a oportunidade de dar um sermão para mim mesma enquanto Nick ia atender à porta. Eu corria o risco de esquecer o que estava fazendo ali, e aquilo não poderia acabar bem para nenhum de nós.

Nick voltou para a cozinha carregando uma caixa plana do tamanho aproximado de uma placa de concreto.

— Qual é o nível da sua fome? — provoquei enquanto ele depositava a pizza em cima da bancada e abria a caixa, revelando um banquete farto em queijo que poderia alimentar sem dúvida meia dúzia de pessoas.
— Faminto — respondeu ele, com um sorriso.
— Eu também — admiti, puxando uma das banquetas cromadas muito brilhantes e me acomodando.
Nick estava ocupado fatiando a pizza, mas mesmo assim percebeu meu leve estremecimento quando me sentei no assento duro.
— Quer uma almofada?
— Não. Já tenho bastante estofamento natural nessa área — falei, me perguntando como mais uma vez minha bunda havia se tornado o assunto da nossa conversa.
— Glúteo máximo — disse Nick, já cravando os dentes em uma fatia de pizza.
— Esse não era o cara do *Gladiador*? — brinquei.
Rimos mais naquela noite do que eu tinha rido em meses.

— Então, o que ainda falta na lista de encontros incríveis de Amelia e Sam? — perguntou Nick quando só restavam algumas poucas fatias na caixa de pizza, que eu apostava que ele iria comer no café da manhã.
— Muita coisa. Mais do que conseguimos reproduzir em apenas uma semana.
Nick se recostou na banqueta, empurrou a caixa da pizza para o lado e colocou um bloco de notas e uma caneta no lugar.
— Tá certo. Bem, quais são os "obrigatórios"?
Meus pensamentos se voltaram para minhas conversas com Amelia. Censurei logo as escapadas para nadarem pelados ou qualquer coisa que ela tivesse mencionado que me deixaram ruborizada. Depois de descartadas as possibilidades mais picantes, restavam apenas mais três encontros marcantes que eu gostaria de incluir na caixa de recordações.
— Sam surpreendeu Amelia na noite do aniversário dela, aparecendo na porta do chalé com um bolo e velas acesas.
— Gosto do estilo desse cara — comentou Nick com admiração, enquanto anotava alguma coisa ilegível ao lado de um pontinho.

— Esse é fácil de recriar. O que mais?

— Eles fizeram um piquenique na praia, no meio de uma onda de calor. Foi nesse dia que Sam pediu Amelia em casamento. — Fiz uma pausa, como se estivéssemos num tribunal. — Em teoria.

Nick assentiu, pensativo.

— O piquenique, a praia e o pedido de casamento nós podemos recriar com facilidade. Mas a onda de calor vai ser mais difícil, já que ainda estamos no início de março.

A caneta dele voava pela folha de papel, mas, mesmo cerrando os olhos, não consegui decifrar uma única palavra. Tinha que ser mesmo uma coisa típica de médicos, cheguei à conclusão. Nick ainda estava fazendo anotações, de cabeça baixa, o que tornou mais fácil revelar o último item da lista.

— O último depende cem por cento do clima.

Nick ergueu os olhos, curioso.

— Precisa estar chovendo... uma chuva torrencial, na verdade. E eu vou ter que usar um vestido azul e você uma camisa branca. — Nick inclinou a cabeça para o lado e começou a franzir o cenho. — Acho que Amelia "pegou emprestada" a cena famosa de um filme e seu inconsciente a transformou em uma lembrança dela e de Sam.

— Que filme? Que lembrança?

Era uma pergunta razoável, mas ainda assim, pela primeira vez, de repente, me senti tímida na companhia de Nick Forrester. E com calor. Muito, muito calor.

— Chama-se *Diário de uma paixão*, você não deve ter assistido. E essa cena em particular é...

— Quando eles se beijam na chuva — completou Nick, com uma expressão indecifrável no rosto.

Os olhos dele encontraram os meus e, por mais preocupada que eu estivesse com o que ele veria, não consegui desviar o olhar. Nick foi o primeiro a interromper o contato visual.

— Moramos no Reino Unido, por isso não deve ser difícil encontrar um dia chuvoso — falou ele, e anotou "CHUVA, VESTIDO AZUL, CAMISA BRANCA" no bloco. Foi o único item que ele sublinhou e ao lado do qual colocou um grande ponto de interrogação.

Não era tarde quando Nick me levou de volta até onde eu tinha deixado o carro, mas estava tão cansada que sabia que teria que dirigir para casa com todas as janelas abertas.

— Holly vai estar comigo o dia todo amanhã e vou trabalhar até tarde na segunda-feira. Mas podemos fazer o piquenique na terça-feira, na hora do almoço, se você quiser — disse ele, quando estávamos parados ao lado do meu carro.

— Seria ótimo. Vou providenciar a comida, arrumar uma toalha de piquenique e tudo o mais. — Eu me remexi um pouco, nervosa, antes de acrescentar depressa: — Você acha que poderia se vestir como se fosse verão?

— Vamos congelar, mas claro que posso — respondeu ele, tranquilo.

Foi o impulso que me levou a agir da maneira que fiz em seguida. O bom senso não esteve envolvido nas minhas ações. Eu me inclinei para a frente, pousei as mãos nos ombros largos de Nick e dei um beijo apressado no seu rosto. Durou apenas uma fração de segundo, mas meus lábios ainda notaram o calor da pele de Nick e a aspereza fugaz da barba por fazer. A porta do motorista já estava aberta e entrei logo no carro, como se procurasse refúgio.

— Você tem algum pedido especial para o piquenique? Alguma coisa que goste muito de comer? — perguntei, ciente de que estava falando qualquer tolice que me vinha à cabeça para disfarçar o constrangimento.

Nick foi educado o bastante para assentir, como se aquela fosse uma pergunta bastante sensata.

— Tenho uma queda por biscoitos recheados de marshmallow, aqueles cobertos com coco — respondeu ele. — Sou famoso por comer dois pacotes de uma vez só.

— Isso com certeza confirma seu status de super-herói — falei com um sorriso. — Vou conseguir o biscoito pra você.

Enquanto dirigia de volta pela trilha da fazenda em direção à estrada principal, eu ainda conseguia ver Nick pelo espelho retrovisor, parado no meio do pátio. Ele não se apressou em voltar ao próprio carro, me observando até que meu carro se tornasse apenas uma luz vermelha de freio ao longe.

18

Amelia segurava minha mão com tanta força que suas unhas estavam cravadas na carne macia da palma. Olhei para nossa mãe, do outro lado do quarto, sentada na cadeira de visitante. Ela estava olhando com atenção para o médico e não consegui perceber nenhuma reação visível às palavras dele até baixar os olhos para seu colo, e ver que as mãos dela torciam as alças da bolsa com tanta força que duvidei que um dia voltassem ao normal.

— Então deixa eu ver se entendi direito. Você quer dar um choque elétrico no meu coração? — Amelia conseguiu parecer ao mesmo tempo assustada e incrédula diante da sugestão do médico. — Depois de tudo o que aconteceu da última vez que ele parou, você quer fazer isso *de novo*?

Pensei que teria que ser a paladina de Amelia naquela reunião, que teria que falar por ela, mas descobri que minha irmã estava se saindo muito bem sem mim.

— Você tem insuficiência cardíaca — explicou o médico em um tom cuidadoso e consciente.

Por mais vezes que eu ouvisse aquela definição, ela nunca deixava de me causar um arrepio. Eu tinha lido livros e pesquisas na internet o suficiente para entender que aquelas palavras não eram tão terríveis quanto pareciam de início; insuficiência cardíaca, em termos médicos, significa apenas que o coração da pessoa não está funcionando como deveria. Mas ainda assim...

Talvez fosse o coração de Amelia que estivesse falhando, mas era o meu que corria o risco de se partir.

— Pelo que eu li — falei, me virando para o dr. Vaughan, que havia organizado aquela reunião —, as pessoas podem viver normalmente com a fibrilação atrial sob controle.

Se havia uma coisa que eu tinha aprendido nas últimas semanas era que os médicos sem dúvida não gostam de ser desafiados por familiares bem-intencionados que passaram tempo demais na companhia do doutor Google.

Para ser justa, o dr. Vaughan foi muito paciente. Mas a contração muscular no canto do olho o delatou.

— Isso é verdade, Lexi. — Nunca consegui me decidir se achava bom ou ruim que toda a equipe médica de Amelia agora nos tratasse pelo primeiro nome. — Mas, a longo prazo, a fibrilação atrial causa uma sobrecarga no coração e, se conseguirmos fazer com que a frequência cardíaca da sua irmã volte a um ritmo regular, isso vai garantir um prognóstico muito melhor.

— Mesmo assim, parece tão perigoso — confessei.

Olhei para a mão de Amelia, ligada com tanta força à minha que era impossível ver quais dedos eram de quem, já que eram tão idênticos quanto o resto de nós. Naquele momento, nossa mãe segurava a outra mão de Amelia. Formávamos uma corrente incompleta. Seria necessário ter nosso pai ali para completar o círculo, mas aquilo não era possível havia muito tempo.

— Posso garantir que a cardioversão é um procedimento bastante comum e seguro. — Ele estava falando com um trio de céticas. — Muitas vezes comparo à orientação que costumam dar quando um computador não está funcionando direito. É preciso desligar e voltar a ligar a máquina para resolver o problema.

— Com todo respeito, dr. Vaughan — falei —, mas já acho bastante difícil de acreditar quando essa sugestão vem do cara da informática. Ainda assim, se *ele* estiver errado, só vou ter que comprar outro computador. — Olhei para Amelia e o amor que vi em seu rosto me abalou um pouco. — Não posso comprar outra irmã.

— Amelia vai estar em boas mãos. Um ambiente controlado, e cercada por cardiologistas. O coração dela não vai parar, vai ser reiniciado.

Houve um longo momento de silêncio enquanto as palavras dele assentavam em cada uma de nós.

— É um procedimento ambulatorial, então você vai voltar para casa em apenas algumas horas — acrescentou o dr. Vaughan, sua voz com um tom gentil de persuasão. Poderia ter dito que ele estava gastando saliva à toa, pelo jeito que Amelia cerrou a mandíbula.

— Não, obrigada — falou ela, em um tom muito simpático, como se estivesse recusando uma segunda fatia de bolo.

— Amelia, meu bem, talvez a gente devesse conversar melhor a respeito — sugeri.

Ela me ignorou e se virou para o dr. Vaughan.

— Suponho que, como é do *meu* coração que estamos falando, ainda tenho a última palavra, certo?

O dr. Vaughan engoliu em seco e assentiu.

— Então eu digo que não.

Estava claro que aquilo não estava seguindo o rumo planejado pelo médico, por isso ele voltou os olhos para nossa mãe.

— Poderíamos adiar por um tempo, agendar para quando Amelia já tiver tido tempo de se ajustar à volta para casa. Mas devo enfatizar que seria muito melhor se fosse um procedimento eletivo, em vez de uma emergência mais adiante.

— Eu disse que *não*. — Naquele momento, havia uma firmeza na voz dela que lembrava aço, como se uma espada tivesse sido desembainhada. — Ouvi o que você disse e tomei uma decisão. Não vou concordar com nada até Sam voltar. Como meu marido, ele tem direito a opinar sobre o que acontece comigo, por isso precisa fazer parte da tomada de decisões.

Uma mensagem desamparada foi telegrafada dos olhos do médico até nossa mãe, que a transmitiu para mim.

— Quando Sam voltar, nós conversamos de novo — concluiu Amelia com firmeza. — Se ele concordar, então, e só então, aceitarei passar pelo procedimento.

Era terça-feira de manhã. O segundo dia de uma semana que eu já sabia que jamais esqueceria. O grasnar das gaivotas não me incomodava mais — meu cérebro tinha aprendido a se desligar daquele som com a mesma eficiência aplicada às sirenes constantes de Nova York. Abri as cortinas do quarto e vi através do amanhecer um céu indescritível, enquanto torcia mais uma vez para que os meteorologistas tivessem errado. Eu checava a previsão do tempo de maneira obsessiva no celular, no rádio e na televisão, passando de uma fonte para outra quando não conseguia encontrar uma resposta de que gostasse. Torcia pelo sol e rezava pela chuva. Mas, de acordo com os especialistas, nenhum dos dois estava previsto para o resto da semana.

Saí da cama e fui direto para o banheiro. Nick chegaria ao meio-dia e eu ainda não tinha feito compras para nosso piquenique na praia. O café da manhã foi uma fatia rápida de torrada que mastiguei desatenta, parada diante da bancada da cozinha, enquanto checava a lista de compras. Metade da minha atenção estava voltada à moça do tempo na TV, que ficava lançando sorrisos atrevidos para a câmera e nos dizendo que aquela seria uma semana de pulôveres grossos, mas pelo menos não precisaríamos usar guarda-chuvas. Desliguei a televisão, interrompendo-a no meio de uma frase, e peguei as chaves do carro.

Minha lista de compras talvez fosse exagerada e extravagante, mas eu estava tentando compensar Nick por pedir que ele se sentasse em uma praia gelada enquanto vestia uma bermuda. Ainda não estava convencida de que azeitonas sofisticadas, pão artesanal e queijos franceses caros fossem recompensa suficiente para uma pneumonia, mas, se desse tudo errado, sempre poderíamos nos enrolar na toalha de piquenique. Só que eu me dei conta de que também não tinha uma daquelas e logo adicionei o item ao fim da lista.

A mercearia local não tinha tudo o que eu queria, então precisaria me aventurar mais além, até um supermercado maior na cidade mais próxima. Uma rápida olhada no relógio da cozinha confirmou que já estava ficando sem tempo, por isso tomei a decisão precipitada de não me preocupar com maquiagem nem passar um pente no cabelo. O que importava se eu parecesse um pouco desarrumada? Não iria mesmo esbarrar com ninguém que eu conhecesse.

Só que esbarrei. Antes mesmo de chegar ao meu carro, na verdade. Tom estava subindo devagarinho a trilha coberta de areia que vinha da praia. Ele tinha uma vara de pesca apoiada no ombro e um anzol com sua pesca matinal na mão.

— Bom dia — falou Tom, e levou a mão livre até a aba do boné em um cumprimento.

— Oi, Tom — disse, enquanto apontava as chaves para o carro, que buzinou e destrancou as portas com obediência. — Você saiu cedo.

A resposta de Tom foi uma risadinha zombeteira.

— Você chama isso de cedo? Estamos no meio da tarde para um pescador. Os peixes não dormem, você sabe.

Olhei para os peixes falecidos em seu anzol.

— Bem, esses daí com certeza nunca mais vão fazer isso.

Não foi uma grande piada, mas Tom riu com tanto gosto que seus olhos começaram a lacrimejar. Eu estava prestes a me virar para ir embora quando um pensamento me ocorreu de repente.

— Suponho que, como pescador, você deve ser bom em prever o clima. — Olhei para o céu. — Consegue me dizer se vai chover esta semana?

Mais algumas linhas se juntaram às muitas que formavam uma espécie de acordeão no rosto de Tom, enquanto ele olhava para cima e franzia a testa. Então, soltou um pequeno grunhido, e pousou a vara e o anzol com os peixes. Fiquei olhando fascinada, esperando que ele se abaixasse e cheirasse um pedaço de alga marinha ou espalhasse um punhado de areia ao vento. Em vez disso, Tom enfiou a mão no bolso da calça e pegou um iPhone, que, por acaso, era um modelo mais recente que o meu. Seus dedos nodosos se moviam depressa enquanto acessavam um aplicativo de previsão do tempo.

— De acordo com isso aqui, não, não vai — disse ele, com um sorriso.

Foi minha vez de rir. Era de se imaginar que, como editora, eu saberia que não devia julgar um livro pela capa, mas continuava a subestimar o vizinho de Amelia. Pela expressão no rosto de Tom, eu com certeza tinha feito ele ganhar o dia; e, de repente, fiquei muito feliz por aquele homem estar ali para ajudar minha mãe e Amelia quando eu não estivesse mais.

— E, já que está me pedindo pérolas de sabedoria — continuou Tom —, então já te adianto que talvez você não devesse estar fazendo isso.

Ele estava se referindo ao punhado de cascas queimadas de torrada que eu estava prestes a espalhar do lado de fora da casa para as gaivotas.

— Isso é uma bobagem dos veranistas — adicionou ele em tom depreciativo. — Tolice de quem mora em cidade grande.

Joguei o pão de qualquer maneira com um dar de ombros brincalhão.

— Mas é isso que eu sou, Tom, lembra? Sou só um nova-iorquina doida.

Ele ficou me olhando por um longo momento com uma expressão curiosa antes de balançar a cabeça devagar.

— Não é não. Você é uma garota de Somerset até os ossos. Apenas se esqueceu disso por um tempo, só isso.

Havia um bom motivo para eu preferir fazer compras tarde da noite, e me lembrei dele no momento em que vi o estacionamento lotado. Os corredores estavam movimentados e pareciam repletos de crianças: ora correndo descontrolados entre as gôndolas, ora clamando por liberdade da cadeirinha do carrinho de compras. Levei um tempo para perceber que as escolas deveriam estar fechadas para um dia de capacitação da equipe.

De olho na hora, comecei a fazer as compras o mais rápido possível, jogando itens no meu carrinho como se estivesse participando de uma gincana. Talvez fosse comida demais, mas, mesmo assim, continuei enchendo o carrinho. Consegui localizar tudo na minha lista e achei até uma cesta de piquenique na prateleira ao lado das mantas xadrez. *Quase tudo pronto*, pensei, enquanto pegava duas garrafas de Prosecco e colocava entre o restante das compras.

Entrei em um corredor mais ou menos vazio para checar minha lista uma última vez. Então, endireitei o corpo com um sorriso satisfeito, e, na mesma hora, senti meus lábios se abrirem em surpresa quando vi que havia parado bem na frente dos biscoitos de marshmallow que Nick dissera serem seus favoritos. Tirei alguns pacotes da prateleira... e acrescentei mais dois, porque sim.

Na minha cabeça, eu já estava passando pelo caixa e saindo do supermercado para colocar as sacolas no porta-malas do carro. Então, quando uma voz que não reconheci chamou meu nome, não reagi de primeira.

— Lexi! Lexi!

Eu não me virei. Com certeza era uma outra Lexi que estavam chamando, embora eu tenha consciência de que não seja um nome tão comum. Na terceira vez que chamaram, meus passos vacilaram, mas foi só na quarta vez que parei e me virei. Por um momento, fiquei só olhando para o rosto de uma estranha parada a uma curta distância, me perguntando por que ela parecia tão familiar. Era uma celebridade? Ou uma autora a quem eu já tinha sido apresentada? Mesmo enquanto meu cérebro apresentava aquelas possíveis sugestões, eu já sabia que estavam erradas.

— Eu *sabia* que era você — gritou uma voz muito jovem quando uma pequena silhueta emergiu de trás de um carrinho de supermercado.

A figura saiu do lado da mulher loira com o rosto assustadoramente conhecido e correu em minha direção, me atingindo com força suficiente para quase me derrubar. Então um par de braços jovens e esguios me envolveu em um abraço de urso inesperado.

— Holly — repreendeu a loira atraente.

Eu reconheci a filha de Nick no momento exato em que enfim me lembrei de onde tinha visto a mãe dela. Na última vez que vira aquele rosto, a mulher estava em um porta-retratos ao lado do homem com quem eu planejava passar a tarde. Aquela constatação me pegou desprevenida e fez com que eu me sentisse culpada na hora, como se tivesse sido pega cometendo um crime.

— Holly, vem cá — protestou Natalie Forrester. — Você sabe que não deve incomodar pessoas que não conhece.

— Mas eu *conheço* Lexi. Não é? — perguntou ela, me encarando com aqueles olhos iguais aos de Nick.

— Sim, você conhece — confirmei, com um sorriso, usando a mão para bagunçar os cachos escuros da menina.

Levantei os olhos, com a intenção de me apresentar, mas a reação fria nos olhos de Natalie congelou as palavras na minha garganta. Talvez Holly tenha percebido que havia um toque nada acolhedor na atitude da mãe, porque tentou consertar as coisas me apresentando ela mesma.

— Essa é Lexi, mamãe — disse Holly com ingenuidade. — Ela é a nova melhor amiga do papai.

A menina tinha boas intenções, é claro que tinha, mas era difícil imaginar uma forma pior para ela ter me descrito à mãe.

— Ah, eu não diria bem isso — me apressei a interromper. — A verdade é que não nos conhecemos muito bem. Muito pouco para ser sincera.

Estava agitada e senti o rosto enrubescer, do mesmo jeito como acontecia tantas vezes quando eu estava na companhia de Nick. Mas por uma razão muito diferente, é claro. Eu podia sentir o movimento dos olhos de Natalie Forrester e sabia que estava sendo comparada com o que ela tinha visto no espelho naquela manhã. Por algum motivo estranho, fiquei feliz pelo meu cabelo estar bagunçado e o rosto recém-lavado. Natalie com certeza podia ver que eu não era páreo para seu visual impecável, com maquiagem imaculada e sem nenhum fio de cabelo fora do lugar, certo? Talvez sim, porque ela pareceu relaxar um pouco, o que teria sido ótimo se seu olhar não tivesse pousado no meu carrinho de compras. Seus lábios se contraíram, e eu sabia por quê. Aqueles malditos biscoitos de marshmallow. Eles falavam por si só.

— Foi Lexi que comprou o meu livro novo quando a gente foi tomar sorvete no shopping, depois que eles me perderam.

Natalie levantou depressa a cabeça e não era preciso ser um gênio para perceber que Nick a havia poupado dos detalhes sobre o que havia acontecido naquela manhã de sábado.

— Desculpe. Você *perdeu* a minha filha?

Eu nunca tinha dado o valor devido à frase sobre estar "entre a cruz e a espada", como acontecia naquele momento. Natalie logo presumiu que eu tinha sido a responsável — ela *queria* que eu fosse responsável. Percebi que não tinha escolha então a não ser confessar algo que não tinha feito, porque com certeza não colocaria Nick naquela situação. Além disso, a ex-esposa dele já parecia mesmo me odiar.

— Tirei os olhos dela por um momento, mas a encontrei muito rápido.

Pelo menos a última declaração era verdade. Natalie estava balançando a cabeça, incrédula.

— Nick e eu concordamos que não apresentaríamos nossos... *amigos*... a Holly sem falarmos um com o outro antes. Por isso você consegue entender por que não estou nem um pouco feliz por estar tendo essa conversa.

Somos duas, então, pensei aflita.

— Parece que você conhece meu marido muito bem, mas ele nunca comentou nada a seu respeito comigo. Nem uma vez.

Aquela foi uma forma muito certeira e eficaz de me colocar no meu lugar. E o fato de ela ter deixado o "ex" de lado e se referido a Nick como marido não me passou despercebido.

— Não havia motivo para ele ter comentado nada a meu respeito. Na verdade, somos *mesmo* mais conhecidos do que amigos, e só tínhamos nos esbarrado no shopping naquele dia. Não foi planejado.

Era impossível dizer se ela havia acreditado em mim e mandei um pedido silencioso de desculpas a Nick por pensamento, caso eu tivesse apenas piorado a situação.

— Lexi Edwards — falei, estendendo a mão por cima do carrinho do supermercado. Por um longo momento, pensei que ela iria ignorar o gesto.

— Natalie Forrester — respondeu enfim na mesma moeda.

Natalie fez questão de enfatizar o sobrenome, que era óbvio que ela havia mantido depois da separação, embora eu tenha reparado que não havia uma aliança em sua mão esquerda.

— Você mora por aqui? — perguntou ela.

Percebi que aquilo não era apenas uma curiosidade educada.

— Não, não moro. Tenho família na região, mas moro em Nova York. Vou voltar para lá muito em breve.

Finalmente vi surgir um vislumbre de sorriso. Natalie sem dúvida tinha gostado muito mais daquela informação do que de qualquer outra coisa que eu havia dito até ali.

— Desculpa — falei, enquanto checava o relógio em um gesto exagerado —, mas preciso mesmo ir. Tenho um... compromisso... e estou atrasada.

A culpa voltou como um maremoto quando percebi que quase tinha chamado aquilo de "encontro". Tinha a sensação de que uma enorme letra "A" escarlate deveria estar estampada na minha testa, o que era um absurdo porque Nick e Natalie estavam divorciados já havia algum tempo.

— Foi um prazer te conhecer — menti para Natalie. — E te ver de novo, Holly — acrescentei, o que era completamente verdade.

Natalie inclinou um pouco a cabeça.

— Peço desculpa se pareci um pouco fria — falou —, mas, como mãe, é preciso ter muito cuidado com as pessoas com quem nossos filhos se relacionam.

Assenti e dei um sorriso tenso, como se as navalhas geladas em seus olhos não fossem nem um pouco desconfortáveis. Não foi bem que eu corri em direção ao caixa, mas andei rápido o bastante para estar sem fôlego quando cheguei lá.

— Eu sinto muito — disse Nick, pelo que devia ser a quarta vez em apenas dez minutos. — Ela não tinha o direito de ser grossa com você.

Para ser justa, eu não tinha dito nem uma vez que Natalie *havia* sido rude. Mas talvez aquela fosse a predefinição da ex-mulher dele.

Nick passou a mão pelo cabelo, que já estava desgrenhado pelo forte vento de oeste que soprava do mar.

— Pra começar, eu deveria ter contado tudo pra Natalie. Não foi justo da parte dela culpar você por algo que foi só culpa minha.

— Consigo aguentar o tranco — falei, dando de ombros como quem diz *isso não tem importância nenhuma.*

E eu não estava exagerando. Com a quantidade de roupas que estava usando para nosso piquenique na praia, era garantido dizer que *tudo* em mim era amplo naquele momento. Em algum lugar, várias camadas abaixo do suéter, do moletom com capuz e da calça de malha grossa e felpuda, havia um biquíni muito pequeno e franzino. Mas toda vez que pensava em tirar a roupa para revelá-lo, eu tremia, por motivos que talvez não tivessem nem um pouco a ver com o clima.

Recebi informações seguras de que, por baixo das próprias roupas quentinhas, Nick também usava algo mais adequado para uma onda de calor do que para o vento frio cortante que nos fustigava no momento.

— Eu não queria arranjar problemas para você — acrescentei, enquanto me inclinava para pegar mais alguns recipientes de comida na cesta de piquenique.

— Você não deveria ter que se preocupar com isso.

Aquela seria uma maneira muito educada de dizer "você tem que cuidar da própria vida"?, me perguntei.

— Vou ter que encontrar um jeito de te recompensar pela chateação — disse Nick, com um sorriso, enquanto eu passava a bandeja de azeitonas. — Para agradecer direito.

Peguei uma azeitona grega suculenta e coloquei na boca.

— O que você está fazendo hoje nos deixa mais do que quites. — Eu me encolhi um pouco mais nas dobras do suéter grosso. — Embora eu sinta muito mesmo pelo clima. Não tinha ideia de que ia estar tão frio hoje.

— Está frio? — perguntou Nick, os olhos cintilando. — Nem percebi.

Senti uma onda de calor aquecer meu sangue, mesmo que o sol não tivesse dado o ar da graça até ali. Peguei os enormes óculos escuros que tinha levado comigo e os coloquei, grata pela lente cobrir tanto do meu rosto. Sempre fui incapaz de esconder meus sentimentos. "Você é um livro aberto", costumava dizer Amelia, o que sempre me pareceu uma ótima descrição para uma editora, mas, naquele momento, eu daria qualquer coisa para conseguir ser um pouco mais misteriosa.

Nosso almoço foi tão delicioso quanto eu tinha esperado que fosse e, com a dedicação de um estilista de revista, consegui criar a imagem de um dia de verão perfeito. Mas a convidativa cesta de piquenique e a manta xadrez não conseguiam disfarçar o fato de que estava muito frio.

— Isso é uma loucura — falei, ao ver Nick esfregando as mãos escondido para tentar restaurar a circulação. Meus dentes batiam contra a taça plástica de champanhe e eu talvez estivesse derramando mais Prosecco do que bebendo. — Vamos encerrar por hoje e voltar para minha casa.

— Não. Temos tudo sob controle — disse Nick.

Aquela era uma frase que ele já tinha usado antes, e eu gostava da sensação que sempre provocava em mim, como se eu estivesse em boas mãos. Ele deixou o prato de comida de lado, ficou de pé e estendeu as mãos para mim.

— Levanta, Lexi Edwards. Vamos tirar essas roupas.

Por mais frio que estivesse, as palavras dele ainda tiveram o poder de acender uma pequena chama em algum lugar dentro de mim.

— Você faz muito sucesso com essa cantada? — perguntei, apostando no humor, porque qualquer outra coisa me pareceu muito perigosa.

— Nem um pouco.

Eu poderia ter continuado a brincadeira, mas perdi o fio da meada quando Nick despiu o moletom grosso. Junto se foi a camiseta que ele vestia por baixo, deixando-o com o peito nu sob o vento cortante de março. Eu tinha imaginado que ele seria musculoso, pela largura dos ombros, mas os pelos finos e escuros no peito, que desciam pelo torso e desapareciam na cintura da calça de corrida, foram uma surpresa.

Nick levou as mãos ao cordão branco da calça e, por mais que eu tentasse, não consegui desviar os olhos quando ele desfez o nó do cordão na cintura e começou a abaixar a calça. Um músculo latejava de forma tão violenta na base do meu pescoço, que talvez Nick conseguisse vê-lo, mesmo estando do outro lado da toalha de piquenique.

— Você não está se acovardando, não é? — perguntou ele, levantando os olhos enquanto chutava a roupa para o lado.

Nick usava uma bermuda com estampa escura, baixa nos quadris, que se colava às coxas dele com o vento.

— Não, é claro que não — respondi, envergonhada de repente, porque ele com certeza devia ter reparado em meu olhar de quem estava admirando um presente sendo desembrulhado.

Não se atreva a objetificar Nick, disse a mim mesma com severidade. Como a culpa é uma motivação poderosa, eu tirei minhas próprias roupas, várias camadas de uma vez, até que a pilha de roupas aos meus pés se transformou em uma pequena montanha. Eu arfei quando tirei a camiseta pela cabeça e, embora não pudesse dizer com certeza, achei que talvez Nick também... ou talvez fosse apenas o vento. Pude sentir o calor dos seus olhos fixos em mim quando minha calça se juntou à pilha, e por um segundo ou dois senti aquele olhar aquecendo meus membros nus, mas então o vento soprou forte de novo, jogando areia em nossa pele nua e tornando impossível pensar em qualquer coisa que não fosse estar vestidos o mais rápido possível.

Peguei o celular e corri até um aglomerado baixo de pedras ali perto, que eu já tinha checado e visto que servia aos meus propósitos. Nick endireitou a toalha de piquenique, enquanto eu me atrapalhava com as configurações do celular, tentando definir um temporizador de dez segundos na câmera.

— Você tá pronto? — gritei para ele, checando uma última vez para ver se o celular estava bem apoiado na pedra.

— Só vem logo pra cá, mulher! — gritou Nick em resposta.

Eu estava rindo enquanto corria em direção a ele. Não havíamos combinado como posaríamos. Mas quando Nick estendeu os braços para mim, caí direto neles. Passei as mãos ao redor do seu corpo, e o cheiro dele, a sensação da pele e a sensualidade que emanava eram tão potentes que quase me esqueci de virar para a câmera e sorrir.

Nós nos revezamos para voltar ao celular e montar a cena seguinte. Minha favorita era uma em que dávamos azeitonas um na boca do outro, rindo. Eu estava tão concentrada tentando recriar a lembrança de Amelia que fui pega totalmente de surpresa pelo fato de que o toque das pontas dos dedos de Nick nos meus lábios estivesse criando uma lembrança nova em folha para mim também.

A última foto, antes de nossos membros ficarem azuis de frio, foi a que tornou aquele encontro tão memorável para minha irmã. Tirei a caixinha de veludo da minha bolsa em um gesto quase tímido.

— Você acha que poderia...?

Nick pegou a caixa da minha mão com uma expressão indecifrável.

— É claro.

Minhas pernas tremiam quando saí de cima da toalha e corri até o celular uma última vez. As risadas que tinham estado presentes durante toda aquela sessão de fotos maluca desapareceram de repente. Os segundos se passavam. Foram necessários cinco deles para eu correr de volta para cima da toalha, mais dois para me posicionar na frente de Nick. Em algum momento nos três segundos restantes, ele se ajoelhou, pegou minha mão esquerda e a segurou com delicadeza enquanto abria a caixa e olhava para mim. Não cheguei a ouvir os múltiplos cliques do obturador da câmera, nem o vento, nem nada além das batidas baixas e vibrantes do meu coração. Os segundos se transformaram em horas, enquanto eu olhava para o homem ajoelhado aos meus pés.

Quando olho para trás, para aquele momento, não consigo mais dizer se a lembrança é minha ou de Amelia. Mas o que *sei* é que foi naquele momento que percebi que estava presa em algum lugar entre a realidade e a fantasia... e que estava começando a me apaixonar pelo marido de minha irmã.

19

Esbarrar em Tom duas vezes no mesmo dia era incomum o bastante para fazer com que eu me perguntasse se minha mãe poderia ter algo a ver com aqueles encontros que pareciam aleatórios. Ou ela havia pedido ao novo amigo para ficar de olho em mim, ou Tom tinha começado uma rotina de exercício que o obrigava a andar para cima e para baixo na calçada o dia todo. Eu sabia muito bem em qual das duas possibilidades apostaria meu dinheiro.

Por um golpe de sorte — de má sorte, quer dizer —, eu e Nick esbarramos em Tom enquanto corríamos pela areia na direção dos chalés. O céu havia escurecido de um jeito sinistro, embora eu soubesse, depois de checar mil vezes, que não havia previsão de chuva para aquele dia. Mesmo assim, quando o vento ficou mais forte, não nos demoramos mais na praia, recolhemos nossos pertences e voltamos correndo para a casa de Amelia e para a promessa de calor e de uma bebida quente. Eu estava segurando um amontoada de roupas, algumas de Nick, enquanto ele carregava a cesta de piquenique, o cobertor e minha bolsa de praia.

É preciso admirar um senhor idoso que não pestaneja nem levanta uma sobrancelha curiosa quando duas pessoas seminuas se aproximam correndo em sua direção. Não havia nem um pingo de perplexidade na voz de Tom quando ele interrompeu a caminhada e disse em um tom inexpressivo:

— Boa tarde. Belo dia para isso.

Eu lancei um olhar significativo que ele fingiu não ver.

— Você talvez esteja se perguntando o que estamos fazendo, vestidos assim, não é, Tom? — falei, lançando um rápido olhar de desculpa a Nick.

— Tentando pegar uma pneumonia foi meu primeiro palpite — estimou Tom, se encostando na cerca de madeira que percorria toda a extensão da trilha. — Fora isso, não é da minha seara que traquinagens vocês estavam aprontando na praia.

— Fazia tempo que eu não ouvia alguém dizer "não é da minha seara", isso para não falar na palavra "traquinagem" — comentou Nick com um sorriso quando fechei a porta da frente da casa de Amelia alguns minutos depois.

Eu tinha feito apresentações breves e tive que admirar Nick por não parecer nem um pouco perturbado quando apertou a mão do velho pescador, mesmo vestindo apenas uma bermuda.

— Tom não é como as outras pessoas — esclareci, a título de explicação, enquanto vestia o suéter. — Se ele fosse personagem em um livro que eu estivesse avaliando, talvez o editasse por ser muito clichê. — Deixei escapar um suspiro de satisfação enquanto voltava a calçar as meias. — Mas Tom é autêntico. Gosto muito dele.

Nick fez uma pausa enquanto subia o zíper do moletom.

— Acho que o sentimento é mútuo. Gosto de saber que há alguém por perto e que você não está completamente sozinha aqui até Amelia voltar para casa.

— Você esqueceu onde eu moro? Nós, nova-iorquinos, somos um grupo bastante resiliente.

— Não esqueci — disse Nick, com o tom cauteloso.

As palavras dele colocaram um sorriso bobo em meu rosto enquanto eu preparava nosso chá, e o sorriso permanecia ali quando levei as canecas até a sala.

Nick estava parado ao lado da janela, olhando para fora, enquanto o vento açoitava o mar em um frenesi renovado. Como muitos chalés, o de Amelia tinha o teto bem baixo, mas eu poderia jurar que havia diminuído uns bons quinze centímetros desde aquela manhã. Não era apenas a altura de Nick que fazia a sala parecer muito menor. Era ele. Sua presença parecia preencher cada centímetro do espaço. Eu nunca me sentira tão consciente da presença de alguém como me sentia da dele. Já havia sentido atração sexual antes, é claro, mas aquilo era alguma coisa muito diferente. Era fisiológico, como se os átomos de que eu era feita de alguma forma se transformassem e se realinhassem sempre que estava perto dele.

Em resposta, me afastei um passo depois de colocar a caneca dele na mesa de centro, e continuei a recuar até que minhas costas bateram na parede do lado oposto da sala. Talvez Nick tenha reparado em meu comportamento um pouco bizarro, mas teve a gentileza de não comentar nada. O que eu estava sentindo não fazia sentido, porque apenas quinze minutos antes estava posando em seus braços para as fotos, vestindo só um biquíni minúsculo e um sorriso extravagante. Mas ali, no chalé, toda vestida, com uma sala inteira nos separando, senti uma atração violenta.

Nick segurou a caneca com as duas mãos e o imitei de forma inconsciente. Ele se recostou na parede ao lado da janela, espelhando a maneira exata como eu estava. Um especialista em linguagem corporal poderia ter escrito um estudo de caso completo sobre todas as coisas que dizíamos um ao outro sem falar uma única palavra.

Acho que acabamos encontrando alguns temas de conversa inofensivos, porque não me lembro de ter havido qualquer silêncio constrangedor entre nós — mas também não consigo me lembrar do que conversamos. Era como se uma gigantesca fenda subterrânea tivesse se aberto de repente e estivesse se alargando depressa.

Algum tempo depois, quando Nick se afastou da parede e disse que precisava ir para casa tomar banho antes do turno, à noite, na The Willows, quase me senti aliviada. Eu me contive bem a tempo, antes de chegar a oferecer o uso do banheiro. Não saberia dizer em qual de nós dois eu não confiava caso ele se despisse de novo. Mas tinha a terrível sensação de que talvez fosse em mim.

Quando decidimos fazer uma coisa, uma coisa importante, é para lá de frustrante ter que esperar por algo tão banal como o horário de despertar da outra metade do mundo.

Uma noite agitada, me revirando na cama, teve como resultado olheiras bem mais profundas e uma curiosa determinação que me deixou confusa tamanha sua intensidade. Eu precisava falar com Jeff. Aquela era uma conversa que não podia mais esperar até que eu voltasse a Nova York.

Nick não tinha me dado nenhuma indicação de que a atração que eu sentia por ele fosse recíproca. *O que provavelmente significa que não é,* disse uma voz soturna em minha cabeça, mas fosse o que fosse que ele sentisse por mim, havia pontas soltas a serem amarradas antes que eu pudesse dar um único passo à frente.

Fiquei olhando os minutos passarem até chegarem a um horário quase aceitável para fazer uma ligação. Escolhi fazer por videochamada, porque é preciso estar olhando nos olhos da pessoa com quem pretendemos terminar.

Eu não tinha dúvidas de que aquela era a coisa certa a fazer. Haveria algumas pessoas — Amelia, por exemplo — que talvez dissessem que aquilo já devia ter acontecido havia muito tempo. Mas minha segurança em relação àquela decisão não significava que eu não estivesse nervosa quando calculei pela última vez a diferença de fuso horário e digitei o número do celular de Jeff. Ele não era madrugador nem uma pessoa matinal, por isso não fiquei surpresa quando demorou cinco toques antes que atendesse.

— Alô. — Sua voz estava rouca e ainda turva de sono.

Eu deveria ter esperado uma hora ou mais até que ele estivesse acordado direito. Fiquei irritada comigo mesma pela minha impaciência, e Jeff também pareceu um pouco irritado.

— Oi, Jeff. Desculpa ligar tão cedo. Eu te acordei?

Ouvi o farfalhar dos lençóis e tive certeza de que sim. Embora minha câmera estivesse ligada, Jeff ainda não havia alternado a chamada para o modo vídeo.

— É, acordou — respondeu, com o tom menos irritado quando se lembrou de perguntar: — Aconteceu alguma coisa? Amelia tá bem?

Fiz uma anotação mental para me lembrar depois que o primeiro pensamento dele tinha sido perguntar sobre ela, o que dificultaria muito minha missão ali.

— Sim, ela vai sair do hospital no fim da semana.

— Então isso significa que você vai voltar para casa?

Havia um toque de apreensão na pergunta? Era tão difícil captar nuances através de uma ligação transatlântica. Por isso eu tinha optado pela videochamada.

— Não logo de cara. Antes de mais nada, a gente precisa ver como ela vai lidar com a volta para casa. — Afastei a gola da blusa do pescoço, como se de repente ela estivesse me sufocando. — Escuta, você pode ligar a câmera?

— Não acho que seja uma boa ideia. Fui a um bar com o pessoal ontem à noite e ficamos muito bêbados. Sério, não estou bonito de se ver nessa manhã. Além disso, o apartamento tá uma bagunça.

Mesmo sem querer, ele estava dificultando aquilo para mim.

— Jeff, pra ser sincera, eu não me importo. Só liga a câmera. Por favor.

Talvez ele tenha percebido alguma coisa na minha voz, ou talvez apenas tenha ficado sem desculpas. Fosse como fosse, ouvi o som dele se levantando e andando pelo piso de madeira do loft onde morava. Jeff foi do quarto até a sala de estar conceito aberto antes de enfim alternar para a videochamada.

Hesitei por um momento enquanto os pixels se agrupavam para revelar o homem com quem eu já tinha dormido e acordado vezes suficientes para que me sentisse triste pelo que estava prestes a fazer.

— O que eu queria dizer é... — comecei, antes que um movimento repentino atrás dele interrompesse minhas palavras no meio da frase.

Jeff estava sentado na bancada, mas uma outra silhueta entrou e saiu do enquadramento da câmera mais além. Eu conhecia a disposição da casa dele tão bem quanto a da minha. A pessoa estava indo depressa do banheiro até o quarto. Mas não rápido o bastante para que eu não visse os membros nus e bronzeados, ou a toalha enrolada em seu corpo.

— Quem é ela? — indaguei, o que era uma pergunta redundante, porque já havia identificado a mulher como Tallulah, a colega de trabalho de Jeff, que ele levara como acompanhante ao casamento nos Hamptons.

— O quê? — perguntou Jeff, curiosamente achando que o *gaslighting* era a melhor opção ali. — Não tem ninguém aqui além de mim.

Dei uma risadinha sem humor. Eu tinha me preocupado à toa com a possibilidade de aquilo ser difícil. No fim, Jeff facilitou tudo.

— Jeff, ainda consigo ver o rastro das pegadas molhadas dela no chão.

Ele virou a cabeça, olhando não para a madeira encerada, mas para a entrada do quarto. Nenhum dos dois pareceu se dar conta de que, estando contra a luz solar da manhã, a sombra de uma figura feminina se projetava na parede.

Quando Jeff voltou a encarar a câmera, seu rosto era um caleidoscópio de emoções alternantes, como se ele não conseguisse se decidir entre uma delas.

— Sinto muito, Lexi. É que você foi embora há tanto tempo...

— Seis semanas, Jeff. Se passaram só *seis semanas*.

Era visível que ele ainda estava tentando assumir o controle da narrativa, pelo visto sem se dar conta de que a situação já estava fora do seu controle.

— Nós nunca dissemos que éramos monogâmicos, você e eu — murmurou Jeff.

Mesmo que o término fosse uma decisão minha, ainda assim, ouvir aquilo foi como levar um soco na barriga.

— Não, você está certo, nunca dissemos mesmo. Acho que nós dois achamos que não era necessário. — Dei uma risadinha sarcástica. — Embora talvez por razões muitíssimo diferentes.

— Você está com raiva de mim. — Pelo menos ele teve a decência de não colocar um ponto de interrogação no final da frase.

— Na verdade, não. Não estou, Jeff. De verdade. Passamos bons momentos juntos e não quero estragar a lembrança desses momentos transformando isso em uma troca de farpas. Não éramos a alma gêmea um do outro e, no fundo, acho que nós dois sempre soubemos disso. Tallulah combina muito mais com você do que eu jamais combinei.

Ele se encolheu, sem dúvida surpreso por eu saber o nome da mulher com quem havia compartilhado a cama na noite anterior. Então, passou a mão pelo cabelo, em um gesto que eu já tinha achado encantador, mas que naquele dia mostrava apenas um homem atraente, olhando culpado para a tela do celular, se perguntando como tinha ferrado tanto com tudo.

— Te vejo por aí, Jeff — falei, e pressionei o botão para encerrar a ligação antes que ele pudesse responder.

20

Tínhamos caminhado por aquele mesmo corredor todos os dias durante as últimas seis semanas, mas, naquela tarde, havia uma leveza em nossos passos que não existia antes. Minha mãe chegou ao hospital primeiro, mas preferiu esperar por mim no saguão. Era como se ambas sentíssemos uma estranha necessidade de reencenar aquela primeira noite, quando corremos até o leito de Amelia, cujo destino ainda era incerto.

Sem dúvida era muito mais fácil respirar naquele momento, enquanto subíamos de elevador para a ala onde estava minha irmã, do que naquela primeira noite terrível. A equipe de enfermagem nos cumprimentou pelo nome e com acenos alegres conforme seguíamos em direção ao quarto que logo seria ocupado por outro paciente.

— Nossa, como você está bonita — comentou Amelia enquanto eu tirava o casaco e deixava no encosto de uma cadeira.

Nossa mãe, que já havia ocupado seu lugar de sempre, à esquerda de Amelia, olhou para o outro lado da cama do hospital com uma expressão confusa.

— Você está *mesmo* muito elegante, meu bem. O vestido é novo?

— Aham — murmurei, enquanto me abaixava para dar um beijo no rosto de Amelia.

Eu deveria ter me dado conta de que não tinha me safado quando vi o nariz da minha irmã se franzir como o de um coelho.

— Então, qual é a ocasião especial?

— Nenhuma. Além de comemorar que você vai voltar para casa amanhã, é claro.

Amelia se contorceu até assumir uma posição mais elevada na pilha de travesseiros do hospital e balançou a cabeça.

— Não, não é isso. Você ondulou o cabelo, fez algo diferente com a maquiagem dos olhos *e* está usando seu perfume favorito.

O coração dela podia não estar funcionando como deveria, mas sem dúvida não havia nada de errado com sua capacidade de observação. Era um desperdício que minha irmã trabalhasse como contadora, porque teria sido uma ótima detetive.

Amelia fez um gesto amplo com a mão na minha direção, englobando todo o vestido de lã macia com o profundo decote em V.

— Não é assim que você costuma se vestir quando me visita. Normalmente está muito mais desarrumada do que isso.

Eu também me sentei no meu lugar de sempre, do lado oposto da cama, e tentei levar na brincadeira aquele escrutínio que estava começando a me deixar desconfortável.

— Que grosseria.

Nossa mãe talvez tivesse deixado o assunto morrer ali, mas Amelia não. Ela era tão implacável quanto uma policial canadense.

— Tá certo, tá certo — cedi por fim, quando me dei conta de que ela não iria desistir. — Vou encontrar um amigo de longa data pra tomar um drinque quando sair daqui.

Aos quarenta e cinco do segundo tempo, nossa mãe enfim percebeu para onde eu estava indo, mas agora o interesse de Amelia já tinha sido despertado. E minha irmã assentiu, me encorajando a continuar falando.

— Mais, por favor — pediu, como se fosse Oliver Twist estendendo seu prato vazio. — Estou faminta por qualquer coisa minimamente picante.

— Não *há* mais nada — respondi com firmeza. — E o que existe está longe de ser picante. Acabei esbarrando em um conhecido no supermercado, no outro dia, e marcamos de colocar a conversa em dia e tomar um drinque. — Aquela era uma versão bem vaga da verdade, e eu deveria ter parado por ali, mas, quando não se sabe mentir, há sempre a tentação de florear demais. — Amanhã é aniversário dele, então vamos comemorar.

O rosto de Amelia assumiu a expressão melancólica já conhecida que surgia sempre que alguma coisa a lembrava de Sam. Seus olhos encontraram os meus, e eu sabia que ela estava pensando na noite em que ele teria a surpreendido na porta do chalé com um bolo de aniversário iluminado por velas. Aliás, aquele era o motivo para que houvesse uma caixa de confeitaria, dois pacotes de velas e alguns fósforos no banco de trás do carro de Amelia. O evento daquela noite seria o último que eu recriaria para as fotografias da caixa de recordações. Teria sido bom incluir a cena do "beijo na chuva" do filme *Diário de uma paixão*, mas o clima tinha permanecido irritantemente seco. Talvez fosse melhor assim, porque eu ainda não tinha certeza de quem sairia ganhando com aquela fotografia: Amelia ou eu.

— Esse homem — estou partindo do princípio que é um homem — tem nome?

— Nick — falei, já enfiando a mão na bolsa que tinha levado comigo e pegando uma garrafa de champanhe. Eu não pretendia exibi-la tão cedo, mas estava desesperada para mudar de assunto. — Você acha que vamos arrumar problema se tomarmos uma taça disso aqui na surdina? — perguntei, tirando três taças de plástico da bolsa.

— Estou disposta a arriscar — declarou Amelia, já estendendo a taça, enquanto eu abria a rolha com o máximo de silêncio possível.

Por sorte, em algum momento entre os brindes à saída do hospital e a uma vida livre de penicos e cadeiras de banho, meus planos para o final da noite foram esquecidos.

Eram oito horas, e Nick tinha me garantido que seu expediente noturno na The Willows já estaria concluído quando eu chegasse. Mas, ao entrar no estacionamento da clínica, percebi que ele ainda estava trabalhando. Pela janela da recepção, pude vê-lo conversando com um senhor idoso, que presumi ser um cliente.

Eu já estava com uma das mãos na maçaneta da porta do carro, mas parei antes de puxar a alavanca. Havia algo na postura de Nick enquanto falava com o homem que me deixou imóvel. Apesar de não o conhecer por muito tempo, achava a linguagem corporal de Nick tão fácil de ler quanto as páginas de um livro conhecido. Fosse qual fosse o assunto que ele e o outro homem estivessem discutindo, parecia sério, algo que com certeza não deveria ser interrompido por uma desconhecida intrometida — ainda mais uma desconhecida carregando um enorme bolo de aniversário com tamanha quantidade de velas acesas que seria capaz de disparar o detector de fumaça.

Fiquei olhando enquanto Nick pousava a mão por pouco tempo no ombro do senhor e vi a cabeça do homem se inclinar um pouco mais para baixo. Sem saber o motivo, estremeci. Os dois homens caminharam devagar até a porta da clínica, que Nick manteve aberta enquanto o velho saía arrastando os pés, apoiando todo o seu peso em uma bengala. Na outra mão, ele levava pela guia um cachorro que parecia tão frágil e envelhecido quanto o dono.

Continuei petrificada dentro do carro escuro, observando os dois homens e o cachorro caminharem devagarinho em direção ao único outro veículo no estacionamento dos pacientes. Fiquei feliz por ter estacionado nas sombras, sob os galhos amplos de uma árvore, porque a cena que se desenrolava diante de mim parecia íntima e dolorosa, em todos os sentidos da palavra. O andar do velho era rígido, mas o do cachorro era ainda pior. Antes que o trio estivesse na metade do estacionamento, Nick se abaixou e com delicadeza pegou o animal no colo. O cachorro levantou a cabeça preocupado e vi os lábios de Nick se moverem, talvez dizendo algumas palavras reconfortantes ao animal.

O senhor destrancou o carro e Nick se abaixou para colocar o cachorro com cuidado no banco de trás. Quando ele endireitou o corpo, o velho já havia pegado a carteira. Nick balançou a cabeça com firmeza e pousou mais uma vez a mão no ombro do outro homem. Daquela vez, eu estava próxima o bastante para ver o dono do cachorro chorando… e eu mesma não estava muito longe de fazer o mesmo. Aquela era uma história que só poderia terminar de um jeito.

Não saí do carro logo que o velho foi embora. E não fui a única a ficar parada onde estava. Nick permaneceu imóvel por vários minutos no meio do estacionamento, apenas olhando para a escuridão — só se moveu quando ouviu o clique da porta do meu carro se abrindo, e se virou para mim enquanto eu cruzava o espaço entre nós. Ele estava parado sob a claridade de uma luz de segurança e meus passos vacilaram por um momento quando vi o brilho incomum em seus olhos. Nick parecia triste e um pouco derrotado, e o impulso de correr até ele e o abraçar foi tão forte que precisei me conter para continuar andando em passos lentos e constantes na direção dele.

Eu o cumprimentei em um tom hesitante.

— Oi pra você.

— Oi — respondeu ele com um sorriso que não conseguiu alcançar seus olhos, ainda muito tristes.

Nick se virou no sentido que o cliente havia tomado, então se voltou para mim.

Assenti devagar para que ele soubesse que eu tinha visto a conversa e entendido. Daquela vez, o sorriso de Nick foi um pouco mais largo. Senti o coração apertado, não apenas pelo velho e pelo destino do animal querido, mas também pelo homem em minha frente. O homem que parecia um super-herói de aço, mas que se importava tanto com as pessoas e não tinha medo de demonstrar aquilo. Quase desmoronei quando ele passou a mão pelos olhos, parecendo surpreso ao perceber os dedos úmidos.

— Nunca fica mais fácil. Era de se imaginar que, depois de todos esses anos, ficaria.

— Talvez nunca devesse ficar — falei, e encaixei a mão na curva do seu braço.

Em um acordo tácito, voltamos para a clínica e entramos. Nick me encarou com os olhos secos, mas ainda tristes.

— Mesmo quando sabemos com absoluta certeza que é o certo a se fazer, ainda é muito difícil. Mas dizer ao Charlie, esta noite, que Digger tinha chegado ao fim da linha…

A voz embargada não foi imaginação minha e, diante da impossibilidade de encontrar as palavras certas para dizer, apenas peguei a mão dele. Aquela era a primeira vez que nossos dedos se entrelaçavam em uma situação que não era de faz de conta, e era inacreditável de tão certo que parecia, como se, de todas as mãos do universo inteiro, eu enfim tivesse encontrado aquela que queria segurar para sempre.

— A esposa de Charlie faleceu no ano passado, e estou cuidando do Digger há meses, mas finalmente chegou a hora de deixar o velho camarada partir. É sempre doloroso, mas ainda mais dessa vez, porque aquele cachorro é a única família que resta a Charlie.

Nick talvez estivesse conseguindo conter as lágrimas, mas, naquele momento, meu pranto escorria à vontade pelo rosto, e eu nem conhecia o velho ou o cachorro.

— Ele vai ficar bem? Charlie, quero dizer?

Nick assentiu devagar.

— Com o tempo. Mas vou ficar de olho nele.

— Minha vontade é ir agora mesmo comprar um filhote para ele — confessei, entre fungadas deselegantes.

Nick deu um sorriso triste ao ouvir minhas palavras e balançou a cabeça.

— Essa nem sempre é a resposta. Algumas pessoas precisam de tempo para superar e se despedir à própria maneira.

Eu não tinha dúvida de que tinha sido por isso que Nick incentivara Charlie a levar o velho companheiro para casa, para que pudessem passar uma última noite juntos. Sua compaixão fez com que eu me sentisse insignificante em comparação. Minha atração por ele ficava mais forte cada vez que estávamos juntos — como limalha de ferro em relação a um ímã. Ainda bem que eu iria embora logo, porque já sabia que nossa despedida deixaria uma cicatriz.

— Perder algo que se ama é sempre doloroso, mas as boas lembranças que ficam são a prova de que valeu a pena.

As palavras dele me comoveram — afinal, não era aquilo mesmo que eu estava fazendo com Nick durante todo aquele tempo? Tinha dito a mim mesma que as "lembranças" que estávamos criando eram apenas para Amelia, mas só naquele momento me perguntei se também não seriam para mim.

— Você se importa se esperarmos um pouco antes de fazermos a coisa do bolo? — perguntou Nick enquanto eu o seguia pelo corredor até a sala de descanso da clínica. — Vou precisar de um tempinho pra me recuperar.

Não titubeei nem pensei no bolo caríssimo que tinha comprado mais cedo naquele dia, na confeitaria chique da cidade.

— Poxa, Nick, eu devia ter mandado uma mensagem antes pra avisar. Não consegui encontrar um bolo do jeito que a gente precisava, então não vai ter sessão de fotos essa noite.

Para uma péssima mentirosa, devo admitir que soei bastante convincente. Nick certamente não pareceu duvidar de mim. Vi o brilho de alívio em seus olhos e soube que tinha tomado a decisão certa. Ele não estava no clima para aquele tipo de frivolidade e, para ser sincera, eu também não.

Nick foi até a cafeteira e levantou a jarra em uma pergunta silenciosa. Assenti em resposta. Eu desconfiava que os pensamentos dele tinham se voltado mais uma vez a Charlie quando me passou uma xícara. Aquele dia, sem dúvida, tinha cobrado um preço. Estava claro nos vincos entre suas sobrancelhas e na forma como ele se deixou cair com todo o peso no único sofá da sala de descanso. Nick se recostou no assento macio e esticou as longas pernas à frente. Olhei ao redor, procurando outro lugar para me sentar, de preferência um que não exigisse que eu me juntasse a ele no sofá.

Algo parecia diferente naquela noite. Uma porta se abrira e eu não tinha certeza de que conseguiríamos fechá-la, ou mesmo se eu queria que aquilo acontecesse. E, através da fresta dessa porta, pude sentir uma coisa nova nos conectando, algo inflamável.

Aquilo me assustou um pouco.

Eu me sentei em uma poltrona velha e desbotada, coberta por pelos curtos e crespos, o que talvez indicasse que eu havia roubado o assento favorito dos cachorros. Nick tinha fechado os olhos e estava distraído, esfregando os músculos da nuca. Cheguei perigosamente perto de lhe oferecer uma massagem antes que o bom senso me silenciasse.

Quando ele por fim se endireitou no assento e abriu os olhos, parecia renovado.

— Então, além da foto do bolo que falta, você já tem todas as outras que queria?

Senti o peito apertado quando ouvi aquelas palavras. Me dei conta, com um susto, de que nossa última foto já havia sido tirada e que minha missão tinha terminado. Fui dominada por uma sensação de pânico diante da percepção de que aquela talvez fosse nossa última noite juntos. Nick tinha cumprido sua parte do acordo e ido muito além. Não era culpa dele que, de repente, eu quisesse muito mais do que havíamos combinado.

Ele estava me olhando com curiosidade, talvez esperando pela resposta.

— Sim. Tenho mais fotos que o suficiente. Já mandei imprimir e estão guardadas em uma caixa embaixo da minha cama... caso Amelia precise delas.

Nick assentiu devagar, com a expressão indecifrável.

— Não tenho como te agradecer por ter levado na esportiva e concordado em fazer tudo isso por alguém que nem conhece — continuei.

— Eu conheço *você* — apontou Nick, com um tom tranquilo.

Nosso tempo juntos podia estar chegando ao fim, mas nunca é tarde para ruborizar uma última vez. E foi um rubor e tanto. Nervosa, prestei muito mais atenção do que o necessário ao ato de pousar minha xícara de café vazia. Aquela era a segunda vez que me despedia de alguém no espaço de alguns dias e, em tese, me despedir de Nick deveria ser muito mais fácil do que de Jeff. Só que não era o caso.

— Sei que você sempre teve dúvidas sobre o que estávamos fazendo, e foi mesmo muito importante para mim que, ainda assim, concordasse em participar disso.

A expressão em seus olhos era tão séria que era difícil não o encarar fixamente.

— Eu quis te ajudar.

— E você ajudou.

Eu odiava como tudo que dizíamos então resvalava no pretérito. Aquilo estava chegando mesmo ao fim e eu não estava preparada. Nem de longe.

— Acho que você vai estar um tanto atarefada nas próximas semanas, cuidando de Amelia, não é? — De uma forma irritante, os olhos de Nick penderam até a xícara de café, tornando impossível saber o que se passava neles. Mas, pela maneira como ele girava a caneca dentro do círculo formado por sua palma, quase parecia como se estivesse nervoso.

— Bastante ocupada, imagino.

Ele estava perguntando se eu teria tempo de vê-lo de novo? Mas, sem dúvida, se fosse aquilo que Nick queria, teria falado sem rodeios.

— E então você vai voltar para os Estados Unidos — continuou.

Com certeza não havia nenhum ponto de interrogação no final daquela frase. Parecia que uma linha preta grossa estava sendo traçada sob nossa história.

— Esse é o plano.

Quatro palavras e, ainda assim, pude ouvir a reverberação de mil portas se fechando enquanto eu as pronunciava.

Aquela parecia minha deixa para ir embora, e eu a segui, me levantando depressa, como se uma pistola de largada tivesse sido disparada.

— Bem, está ficando tarde e tenho que estar no hospital cedinho. — Minhas palavras saíram apressadas, como se estivessem planejando apostar corrida comigo para fora do prédio até o carro. — É melhor eu ir indo.

Me impeça. Diga que não quer que eu vá embora ainda.

Era óbvio que meus poderes telepáticos estavam com defeito, porque ele não captou nenhum dos sinais que eu me esforçava para transmitir em silêncio de um lado para o outro da sala.

— Vou te acompanhar até o carro — disse Nick, e se levantou também.

— Não, tudo bem. Posso ir sozinha.

Eu esperava que fosse uma partida rápida e limpa antes de fazer ou dizer qualquer coisa que me fizesse passar vergonha, mas ele não aceitou.

— Eu te acompanho — insistiu Nick, em um tom que não admitia discussões.

A recepção da clínica estava às escuras e Nick não acendeu a luz quando passamos. Seguimos até a porta sob o brilho de apenas duas telas tremeluzentes de computador. A tensão vibrava entre nós e parecia zumbir como um gerador cujo medidor se inclinava aos poucos na direção do lado vermelho do mostrador. Será que Nick estava sentindo a mesma coisa? Talvez sim, porque pouco antes de destrancar a porta ele lançou um olhar curioso ao redor, como se sentisse que algo no ar havia mudado. Os íons entre nós pareciam estar efervescendo em queda livre quando saímos no ar frio da noite.

Eu não estava usando casaco, por isso percebi na mesma hora que a temperatura havia caído nos últimos trinta minutos e que um vento forte começava a soprar. Aquelas condições foram o prenúncio de algo que sem dúvida não deveria acontecer naquela noite. Talvez em mais de um aspecto.

Senti a primeira gota de chuva no rosto. Caiu em minha bochecha como uma lágrima. E logo foi seguida por outra. E mais uma. Estávamos quase chegando ao carro e Nick andava tão rápido que eu estava quase trotando para o acompanhar. Ele chegou ao carro e se virou para mim. As gotas de chuva caíam cada vez mais rápido. Seu cabelo escuro cintilava por causa delas, que também se colavam aos seus cílios, cintilando como fragmentos de diamante.

— Está chovendo — falei, afirmando o óbvio.

Nick olhou para cima, como se buscasse confirmação, e mais algumas gotas de chuva caíram em seus cílios. A vontade de afastá-las era quase irresistível.

— É — declarou ele, com o tom solene.

Fala, uma voz na minha cabeça berrava comigo. *Fala agora, ou vai se arrepender para sempre de ter deixado esse momento escapar.*

Procurei o celular na bolsa e o segurei.

— Talvez a gente pudesse tirar uma última foto? Aquela de *Diário de uma paixão* — sugeri com uma voz instável que não parecia nada com a minha.

Contei meus batimentos cardíacos enquanto esperava que ele respondesse, até que se tornaram rápidos demais para que eu conseguisse contá-los. A chuva havia se intensificado e eu estava a meio caminho de parecer um rato encharcado, um visual que caía bem nos atores de Hollywood — mas não tanto nos pobres mortais. Ainda assim, Nick não disse nada. Quando eu estava prestes a atingir o maior nível de constrangimento possível antes de implodir, ele estendeu a mão para meu celular. Então, segurou o aparelho no alto, em uma pose clássica de selfie, e esperou que eu diminuísse a distância entre nós.

Não sei bem quantas pessoas eu já tinha beijado antes dele, mas sei que nunca me senti tão nervosa, e nunca desejei tanto a boca de alguém na minha quanto naquele momento. Talvez não fosse real, talvez fosse apenas para a câmera, mas não me importava. Só o que eu sabia era que queria aquilo.

Nick estava tão perto que eu podia sentir o calor do seu corpo, apesar da chuva. Fiquei feliz por não ter fechado os olhos ainda, pois teria odiado perder o semblante dele ou a expressão em seus olhos quando ele depositou de forma proposital o celular no teto do meu carro. Meus olhos voaram até o aparelho abandonado e voltaram a encará-lo.

— Esse não é o primeiro beijo de Amelia — explicou Nick, com a voz baixa e rouca. — É o nosso. Seu e meu. E não precisamos de uma fotografia para marcar esse momento, porque não creio que nenhum de nós dois jamais vá se esquecer.

Então, suas mãos pousaram nos meus ombros, me puxando mais para perto. E foram subindo aos poucos, com uma resolução lenta, como se Nick estivesse me dando tempo para pôr fim naquilo, se eu quisesse. Ele recebeu uma resposta quando meus braços o envolveram.

As mãos de Nick aninharam meu rosto e seus dedos deslizaram pelo meu cabelo, enquanto ele colava a boca na minha. Não houve qualquer dúvida ou hesitação no beijo. Foi tudo que deveria ser... e muito mais. Seus lábios se moviam com a dose certa de confiança e habilidade, trazendo à tona minha reação. Quando sua língua começou a explorar minha boca, eu agi com uma avidez que, para ser sincera, era constrangedora.

Não conseguia mais sentir a chuva. Por mais forte que ela estivesse caindo, não extinguiria aquele fogo, não da forma como nossos corpos pareciam soldados um ao outro, como se tivéssemos atravessado o inferno. Uma das mãos de Nick desceu para a base das minhas costas, sustentando meu peso, enquanto a outra descia um pouco mais e se fechava sobre a curva da minha bunda. Aquilo me manteve colada nele de uma forma que me deixou constatar, sem sombra de dúvida, que Nick estava tão excitado com o beijo quanto eu.

Nem me dei conta de que ele tinha girado nossos corpos até sentir a superfície fria e molhada do carro atrás de mim. Os beijos estavam ficando mais fogosos, e, se houvesse câmeras de segurança no estacionamento, Nick precisaria apagar as fitas antes que seus colegas as vissem, porque nenhum de nós estava se contendo ou indo com calma.

As mãos dele seguravam minha bunda com força agora, e arquejei baixinho contra sua boca quando ele me levantou com facilidade do chão. Passei as pernas ao redor de sua cintura, me ancorando contra ele na posição que ambos desejávamos. A chuva batia sem descanso nas minhas coxas nuas, e estremeci quando as mãos dele deslizaram sobre a pele úmida.

Não me lembro de Nick me carregando pelo estacionamento ou abrindo a porta do consultório, mas, de alguma maneira, conseguimos fazer o trajeto sem nenhuma colisão ou acidente. A primeira coisa em que reparei foi nas almofadas macias do sofá da sala de descanso da clínica enquanto ele me deitava com gentileza ali.

Consigo me lembrar de ter murmurado alguma coisa sobre molhar tudo antes de encontrarmos uma solução simples para aquele problema. Coloquei meus dedos para trabalhar nos botões da camisa de Nick, puxando e arrancando com força para que se abrissem. Quando enfim consegui, puxei a camisa para fora do cós da calça. Meus olhos estavam pesados de desejo quando o encarei. Nick respirava com dificuldade, sem dúvida tentando conter algo que estava prestes a escapar. Ele manteve o corpo afastado do meu, como se estivesse fazendo prancha na academia.

— Não é assim que deveria ser, Lexi. Você merece coisa melhor do que isso.

Balancei a cabeça, com medo de que tudo aquilo estivesse prestes a ser interrompido.

— Assim está perfeito — sussurrei junto à boca de Nick.

— Você deveria estar em uma cama — falou ele com a voz rouca, enquanto seus dedos enfim encontravam o zíper do vestido e o puxavam pouco a pouco. — Com lençóis de seda — murmurou junto ao meu pescoço, enquanto afastava com calma o tecido dos meus ombros. — E champanhe — completou, mordiscando de leve a pele sensível na lateral do meu pescoço.

— Eu não preciso de nenhuma dessas coisas — afirmei com um gemido, enquanto a boca de Nick voltava a reivindicar a minha. — Só preciso disso.

A fivela do cinto dele estava se cravando com certo incômodo na minha barriga, mas aquilo também foi resolvido com facilidade quando usei os dedos para a abrir.

Foi a vez de Nick suspirar, então.

— A gente pode parar. Se você quiser, a gente pode parar — garantiu com a voz rouca.

— Não, a gente não pode. *Eu* não posso — respondi com um desenfreio que nunca tinha sentido antes.

Parar apenas não era uma opção. Até que, de repente, foi. Não ouvi o telefone tocar, embora o aparelho estivesse na mesa ao nosso lado. Eu estava tão perdida no calor do desejo que fiquei surda a todos os sons, exceto o gemido baixo, que não conseguia reprimir enquanto Nick deslizava os dedos com calma pela renda do meu sutiã.

Em um momento, parecia que os dedos dele estavam queimando minha pele e, de repente, sumiram, assim como o peso do corpo de Nick em cima de mim.

Acho que nunca tinha visto um rosto tão cheio de lamento torturado como quando ele ficou me olhando por um longo momento antes de balançar a cabeça com tristeza.

— Sinto muito, mas preciso atender.

Olhei ao redor, ainda desnorteada demais para perceber que, em algum lugar perto dali, um telefone tocava e Nick estava prestes a atendê-lo.

— Sou o único veterinário de plantão. *Tenho* que atender — explicou ele, e se inclinou para dar um beijo breve e intenso nos meus lábios antes de pegar o aparelho.

Nick desviou os olhos de mim enquanto atendia à ligação, como se não pudesse confiar por completo na própria força de vontade.

Ouvi vários "aham" e alguns "entendo" da parte dele enquanto ajeitava minha roupa íntima e fechava o zíper do vestido. No momento em que Nick chegou ao ponto da ligação em que disse: "Tudo bem. Não se preocupa. Traz ela para a clínica. Te vejo em dez minutos", eu já estava totalmente apresentável, a não ser pelo rubor de desejo revelador que ainda coloria meu rosto.

21

Quando amamos alguém a vida inteira, vemos coisas que o resto do mundo não percebe. Quando a conexão de vocês é ainda mais profunda, como a minha com Amelia, a dor e a decepção dela também se tornam suas. Ou seja, na manhã em que ela saiu do hospital, eu assisti de camarote cada momento em que minha irmã criou expectativas apenas para vê-las indo por água abaixo.

Ela disfarçou bem. Se nossa mãe estivesse lá, acho que nem mesmo *ela* teria reparado no modo como a filha mais velha apertou os braços da cadeira de rodas enquanto o enfermeiro a empurrava para fora do elevador, rumo ao saguão do hospital. Alguém mais teria percebido que não havia nada de casual no modo como os olhos da minha irmã percorreram a vasta área da recepção? Será que teriam notado como ela esticou o corpo, alerta como um suricato, quando avistou um homem na extremidade do saguão, perto da máquina de venda? Não dava para ver o rosto dele, mas seu cabelo era quase do tom certo e ele era quase alto o bastante, embora talvez não tivesse ombros tão largos. De qualquer forma, havia semelhanças suficientes para que Amelia cravasse as unhas no apoio de braço vinílico da cadeira de rodas. Seu pescoço estava esticado ao máximo e acho que ela estava a segundos de chamar o nome dele, quando o homem se abaixou para pegar a bebida na máquina e se virou. Não era Sam, claro que não. E também não era Nick. Enquanto caminhávamos em direção ao estacionamento, meu coração doía como se houvesse uma pedra em meu peito... e não era só por minha irmã.

Ela achou tê-lo visto de novo em um ponto de ônibus lotado. Pelo canto do olho, vi seus dedos arranhando a janela do passageiro enquanto passávamos e depois deslizando devagar pelo vidro quando se deu conta mais uma vez que não era o rosto que procurava. Seu suspiro de decepção encheu o carro com uma melancolia que nem o rádio conseguiu sobrepor, mas aumentei o volume mesmo assim.

Como ela havia passado a mencionar Sam cada vez menos nas últimas semanas e tinha parado de perguntar quando ele sairia do retiro, todos torcemos para que aquela fantasia confusa estivesse enfim desvanecendo. Mas naquele momento eu me perguntava se Amelia não estava apenas aguardando pela hora certa, convencida de que ele estaria esperando quando ela saísse do hospital. Era como se tivéssemos dado dois passos para a frente e três para trás.

— Você já reservou seu voo de volta? — perguntou Amelia, enfim desviando os olhos da janela quando deixamos para trás os subúrbios... e os desconhecidos que não eram Sam.

— Você já está tentando se livrar de mim?

Até o sorriso dela parecia cansado.

— Você tem uma vida à sua espera, Lexi. E já a deixou de lado por tempo demais.

— Cá estou eu, ansiosa para morarmos juntas, e você mal pode esperar para me ver pelas costas — brinquei. — E isso *antes mesmo* de você provar das minhas péssimas habilidades culinárias ou de descobrir que estou pegando emprestado metade do seu guarda-roupa há semanas.

Tarde demais, minhas palavras me lembraram do motivo daquilo e do homem em quem eu estava me esforçando para não pensar. Embora, para ser sincera, quase tudo me fizesse pensar em Nick desde o momento em que eu tinha aberto os olhos naquela manhã.

Ele estava em primeiro plano na minha mente, um lugar que ocupava desde que eu saíra da clínica na noite anterior. Peguei o celular para checar a hora e vi, com um sobressalto, o nome de Nick na tela. Ao que parecia, ele tinha me enviado uma mensagem às duas da manhã. A mensagem talvez tivesse chegado poucos minutos depois de eu enfim ter desistido de receber notícias dele e ter caído em um sono agitado. Meus dedos pareciam menos firmes quando cliquei para abri-la, sem perceber que estava prendendo a respiração até soltar o ar em um fluxo longo enquanto lia as duas palavras.

Me desculpa...

"Desculpa." Pelo que ele se desculpava? Por ter me beijado? Por ter permitido que as coisas fossem tão longe ao ponto de estarmos a apenas dois segundos de fazer amor quando fomos interrompidos? Ou ele estava se desculpando por ter atendido a ligação?

Era estranho que dois homens com exatamente o mesmo rosto ocupassem nossos pensamentos enquanto nos aproximávamos do chalé litorâneo de Amelia. Quando tivemos o primeiro vislumbre do mar, era difícil saber que relacionamento era o mais fantasioso: se o de Amelia e Sam, ou o meu e de Nick.

Captei mais um olhar fugaz de decepção quando Amelia examinou o estacionamento ao lado da casa e viu só o carro da nossa mãe ali. Maridos fantasmas não têm carros, e só em filmes melosos nós os encontramos esperando em casa com uma faixa de "BEM-VINDA DE VOLTA".

Aquele foi um dia estranho. Éramos como três atrizes em uma peça: dizendo as coisas certas, fazendo as coisas certas, mas, por algum motivo, sem nunca conseguirmos parecer autênticas.

— É bom estar em casa — declarou Amelia, passando os dedos pelas paredes, pelos batentes das portas e até pelo corrimão de madeira no corredor.

Mas seus olhos pareciam ansiosos enquanto se agitavam da esquerda para a direita, como se houvesse algo errado. Eu a segui para dentro do chalé, depois de vencer uma breve disputa sobre quem deveria carregar a maleta com os pertences dela, e a sacola nada pequena em que estavam os medicamentos.

Nossa mãe estava se superando no papel de mãe gratiluz. Ao ouvir a porta da frente ser aberta, ela saiu da cozinha carregando um bolo que tinha assado para comemorar a volta de Amelia. Aquilo me fez lembrar do outro bolo, o que eu tinha comprado na confeitaria e dado naquela manhã à enfermeira-chefe da ala onde minha irmã ficara internada, para que a equipe compartilhasse.

A exaustão de Amelia era clara. Fomos avisadas de que levaria tempo para ela recuperar as forças, mas foi só naquele momento, quando a vi fora do ambiente hospitalar, que percebi quão longa seria aquela jornada. Até mesmo a curta caminhada entre a porta da frente e a sala a deixou sem fôlego e roubou um pouco da cor do seu rosto.

Ela tomou apenas alguns goles do chá que nossa mãe tinha insistido em preparar antes de se recostar nas almofadas do sofá e murmurar alguma coisa sobre "descansar a vista". Olhei de relance para nossa mãe enquanto o peito de Amelia subia e descia em um ritmo que parecia um pouco rápido demais para meu gosto. Nossa mãe logo disfarçou a expressão preocupada que tinha no rosto, mas eu percebi mesmo assim.

Com um sussurro teatral, talvez desnecessário, afinal Amelia já estava roncando baixinho, nossa mãe avisou que ia dar um pulo na casa de Tom para avisar que Amelia estava de volta. Consegui disfarçar o sorriso e me contive para não ressaltar que Tom já devia ter descoberto aquilo por si mesmo, visto que, quando cheguei, ele estava do lado de fora de casa, ao que parece arrancando ervas daninhas de um jardim sem qualquer erva daninha. Eu não entendia a timidez da minha mãe em relação à amizade com Tom porque eu com certeza não me incomodava — na verdade, gostaria que ela tivesse encontrado alguém anos antes. Meu pai não iria querer que ela ficasse sozinha.

Depois que minha mãe saiu, passei mais tempo do que deveria observando minha irmã dormir, com um olhar atento que poderia sem dúvida se transformar em obsessão. A respiração dela sempre tinha sido tão superficial? Nunca pensei que sentiria falta da garantia assegurada pelos bipes familiares de um conjunto de monitores, mas senti. Cheguei até a passar dez minutos pesquisando no Google o preço de desfibriladores e me perguntando se Amelia gostaria de receber um como presente de aniversário antecipado, antes que o bom senso enfim me fizesse fechar aquela janela. Um dia riríamos da minha tolice, prometi a mim mesma, enquanto saía da sala na ponta dos pés para a deixar descansar.

Mas era difícil ignorar os danos que o pobre coração da minha irmã havia sofrido enquanto tirava da sacola os vários comprimidos que ela precisaria tomar todos os dias. Não gostei de vê-los alinhados daquele jeito na bancada da cozinha, por isso reorganizei a prateleira inferior de um armário, abrindo espaço para os remédios.

Enfiar a cabeça na terra era um comportamento típico do avestruz: o que os olhos não veem, o coração não sente. E era o tipo exato de coisa que teria feito Amelia zombar de mim... antes. E ela teria deitado e rolado se visse minha indecisão a respeito de como responder à mensagem de Nick. Eu ganhava a vida trabalhando com palavras, portanto era de se imaginar que seria capaz de organizar cerca de meia dúzia delas na ordem certa para compor uma resposta. Mas não tinha ideia do que dizer. O problema era que não queria que ele lamentasse algo que eu queria muito que fizéssemos de novo. Mas também não queria dizer nada que pudesse envergonhar nós dois se Nick não sentisse o mesmo.

No final, enviei um GIF divertido de dar de ombros. Esperei por uma resposta, mas não recebi nenhuma. *Ele só deve estar ocupado com o trabalho*, disse a mim mesma. Mesmo assim, como havia feito enquanto Amelia estava no hospital, me certifiquei de que o celular nunca estivesse muito longe de mim. Na verdade, eu estava checando se ainda tinha sinal quando Amelia entrou na cozinha, me dando um susto tão grande que quase deixei o aparelho cair no chão ladrilhado.

Fiquei satisfeita ao ver que o cochilo tinha devolvido um pouco de cor ao rosto dela.

— Acho que vou tomar um banho antes do almoço. Estou cheirando a hospital — disse ela.

— Boa ideia — respondi. — Quer uma ajuda?

Ela me lançou um olhar fulminante que era tão "a antiga Amelia" que não pude deixar de sorrir.

— Até no hospital eles me deixavam fazer isso sozinha — lembrou Amelia, balançando a cabeça. — Aliás, quando você vai voltar para Nova York mesmo? — perguntou por cima do ombro enquanto se virava em direção à escada.

Eu ri, mas mesmo assim a segui como um border collie ansioso enquanto ela começava a subir devagar os degraus.

— Isso vai perder a graça muito, muito rápido — falou Amelia no meio da escada, sabendo que eu estava de vigília, dois passos atrás dela.

A alfinetada teria causado um efeito maior se não tivesse sido dita entre respirações curtas e ofegantes.

— Ei, moça, só estou tentando chegar lá em cima, mas tem um objeto em marcha lenta bem na minha frente.

Foi bom ouvi-la rir.

Amelia entrou no quarto dela, enquanto eu me retirei para o quarto que já vinha ocupando há tanto tempo que parecia meu. A casa ficou em silêncio por um longo tempo, e me perguntei se a minha irmã teria tido algum flashback da última vez que estivera no quarto. Talvez ela até conseguisse responder à pergunta intrigante de *por que* tinha saído vagando pela praia no meio da noite.

Arrumei algumas roupas que tinham sido lavadas, chequei o celular mais algumas vezes e por fim me aventurei de volta ao corredor. Encontrei Amelia ali, olhando para o roupeiro aquecido onde estava alojado o boiler. Ela estava com o cenho franzido.

— Não tem água quente — anunciou, se virando para mim.

Demorei a perceber que a expressão em seus olhos era de confusão e não de irritação.

— Não, a essa hora não tem mesmo. Pra conseguir água quente a essa hora, você vai precisar anular a configuração atual — respondi, indo até a escada.

— Ah, sim, é claro — disse ela, ainda olhando para mim e não para o boiler.

Algo na resposta de Amelia parecia um pouco estranho, mas não consegui definir com toda a certeza o que era.

— Você não tem ideia de quanto tempo demorou até que eu enfim fizesse amizade com seu maldito boiler — brinquei.

Amelia deu um sorriso distraído e voltou a olhar o boiler. Ela levantou a mão direita, mas seus dedos não encostaram no painel de controle, apenas pairaram no ar ao lado dele. Um arrepio inesperado de medo percorreu toda minha coluna. Aquilo não era nada de mais. Era provável que ela não tivesse precisado mexer nas configurações há anos — não era nenhuma surpresa que não conseguisse lembrar de imediato como fazer aquilo.

— Espera. Deixa que eu faço — falei, afastando-a com cuidado para o lado enquanto digitava a sequência correta de teclas no painel.

O que me incomodou não foi o fato de eu ter mostrado à minha irmã como operar o boiler da casa dela, e sim a expressão de alívio em seu rosto quando ela se virou até o banheiro. Era aquilo que eu não conseguia tirar da cabeça.

Eram nove da noite, o que não era considerado tarde de forma alguma, mas o chalé estava na penumbra e em silêncio. Já tinham se passado três horas desde que havíamos comido e duas desde que nossa mãe voltara para casa e Amelia tinha ido para a cama. Aquilo tinha me deixado com mais tempo livre do que eu realmente queria para repassar todos os motivos pelos quais não havia tido notícias de Nick o dia todo. Eu já avaliara todos os cenários imagináveis — inclusive alguns que, para ser sincera, eram absurdos —, mas meu pensamento continuava voltando para a resposta gritante de tão óbvia: Nick se sentia tão desconfortável com o que havia acontecido na noite anterior que talvez nunca mais entrasse em contato.

Desliguei a televisão, deixando a sala mergulhar ainda mais nas sombras. Eu havia tentado sem sucesso me concentrar em três programas diferentes naquela noite, antes de enfim reconhecer que o problema não era a TV, mas eu.

Isso é ridículo, murmurei. Por que diabo eu estava encarando o celular como uma adolescente abatida? Eu era uma mulher independente do século XXI e, se queria tanto falar com um homem, deveria me recompor e tomar a iniciativa de ligar para ele.

Quase no momento exato em que resolvi fazer aquilo mesmo, o celular tocou ao meu lado, na almofada do sofá, e o nome de Nick apareceu na tela.

— Alô, Lexi. Essa é uma boa hora pra gente conversar? Não estou interrompendo seu jantar nem nada, estou?

Eu ri.

— Infelizmente, o relógio biológico de Amelia ainda está seguindo os horários do hospital. Ela insistiu para que comêssemos horas atrás. Na verdade, eu estava prestes a ligar pra *você*.

— É mesmo? — perguntou Nick, e pude perceber pela voz dele que estava sorrindo. — Desculpa. Sei que deveria ter ligado pra você mais cedo, mas o dia hoje na clínica foi uma loucura.

— Tudo bem. Eu também estava muito ocupada com Amelia por aqui e talvez não fosse mesmo poder conversar direito até então — respondi, revirando os olhos diante da mentira.

— É claro. Como ela está?

— Acho que bem, ou pelo menos espero que esteja. Está bem mais fraca do que eu esperava e ainda não parece... ela mesma.

Eu não conseguiria explicar melhor do que aquilo.

— Mas isso não é de surpreender. Sua irmã passou por uma experiência muito difícil e com certeza vai ser complicado para ela se reajustar depois de tanto tempo.

As palavras de Nick foram tranquilizadoras e me agarrei a elas como se fossem um bote salva-vidas. Afinal, ele era um profissional de saúde, embora estivesse mais acostumado a lidar com hiperqueratose dos coxins e cinomose do que com problemas cardíacos humanos.

— Ela está aí agora? Quer dizer, na sala com você.

— Não, não agora. Ela já foi dormir, apagou. Por que quer saber?

— Porque eu queria muito te ver. Acho que a gente precisa conversar sobre a noite passada.

Engoli em seco. Já estávamos nos falando havia um ou dois minutos e nenhum de nós tinha mencionado ainda o grande elefante que compartilhava a linha conosco.

— Minha mãe já voltou pra casa dela. Não posso sair e deixar Amelia sozinha. Não na primeira noite dela de volta.

— Claro que não! — garantiu Nick, parecendo chocado de verdade com minha resposta. — Eu não te pediria isso. Mas estava torcendo para que você pudesse ficar a cerca de três metros da porta da frente.

O que ele estava querendo dizer se encaixou como a peça de um quebra-cabeça, e me levantei na mesma hora para ir até a janela. Foi uma jornada de apenas sete passos, mas longa o bastante para dar tempo de eu ficar feliz por ter me maquiado naquela manhã e também de lamentar que o suéter que eu estava usando não fosse o que mais me favorecia.

Abri as cortinas e esperei que meus olhos se acostumassem à escuridão. A princípio, não consegui ver nada além de um manto enegrecido, mas pouco a pouco formas começaram a se delinear na escuridão. Ao longe, um brilho branco ficou mais intenso com o movimento de uma onda que se aproximava. Dunas se materializaram na areia e, ao lado de uma delas, a pouca distância da trilha para casa, avistei o brilho da tela de um celular.

— Você pode me encontrar do lado de fora? — perguntou Nick.

Eu ainda não conseguia vê-lo, mas as nuvens que obscureciam a lua estavam se afastando e, aos poucos, uma forma alta surgiu das sombras. Eu estava mais visível para ele, na contraluz das luminárias da sala, do que ele estava para mim.

Olhei em sua direção e depois para a escada e o quarto onde minha irmã estava dormindo.

— Você não pode entrar — falei, pânico genuíno surgindo diante da ideia.

Como Amelia reagiria se descesse a escada e encontrasse o "marido" desaparecido na sala, nos braços da própria irmã? Porque não vamos nos enganar, era aquilo que aconteceria se eu o convidasse a entrar.

— Eu sei, compreendo perfeitamente. Foi por isso que não bati na porta quando cheguei.

Na verdade, eu estava olhando para Nick pela janela, ainda separada dele pelas grossas paredes de pedra do chalé e por cerca de dez metros de areia da praia. Mas, em minha cabeça, eu já estava correndo descalça pela areia em direção aos braços dele.

Nick me atraía como um ímã. Mas a verdade era que Amelia também.

— Tudo bem — disse, baixando a voz para um sussurro sem qualquer necessidade. — Espera aí que eu já saio.

Subi as escadas como um ladrão, evitando automaticamente o terceiro e o sétimo degraus que sempre rangiam. Meu coração batia tão forte quando abri a porta de Amelia que era mais provável que ele acabasse a acordando do que qualquer outra coisa. Minha irmã estava aninhada de lado, de costas para a porta e a janela. O quarto dela ficava na frente do chalé e dava para a praia, e ela não havia fechado as cortinas. Mordi o lábio, preocupada. Não havia como fechar as cortinas sem a incomodar. Só o que me restava era confiar que ela não acordaria e que, se acordasse, não resolveria olhar pela janela. Voltei para o corredor e fechei em silêncio a porta atrás de mim.

Parei por um momento quando passei pelo espelho no pé da escada. Não havia tempo para procurar um pente, por isso passei os dedos pelo cabelo até afastar um pouco aquele ar de que eu tinha acabado de sair da cama. Era impossível disfarçar o brilho nos meus olhos ou o rubor no meu rosto, e nem sabia se queria fazer aquilo. Por mais que eu gostasse de ser blasé, meu corpo não estava concordando com aquela abordagem.

Enfiei os pés no primeiro par de sapatos que encontrei no móvel ao lado da porta e saí noite adentro. Sem a luz do celular de Nick para me guiar, era difícil vê-lo na praia escura. Eu não queria correr o risco de chamar seu nome, por isso saí às cegas da trilha e segui em direção à areia, confiando no instinto que me dizia que eu estava indo no caminho certo. Uma lembrança que nem era minha atravessou meu pensamento. Será que tinha sido aquilo que havia acontecido com Amelia na noite em que ela desmaiara na restinga? Será que ela havia acreditado que estava indo encontrar Sam e, por algum motivo, tinha se perdido na escuridão?

Eu me virei para o chalé, desejando de repente ter tido o bom senso de deixar algumas luzes acesas para me orientar... só para garantir. Então, qualquer pensamento sobre a possibilidade de me perder desapareceu, quando um feixe de luz de uma lanterna de celular piscou. Acelerei o passo e me virei em direção à luz que me guiava para onde estava Nick.

Ele havia se afastado um pouco mais do chalé, ciente do meu medo de que Amelia nos visse. Seus olhos deviam estar mais bem ajustados à escuridão do que os meus, pois só o vi se aproximar quando ele estava bem na minha frente.

— Oi — falei em um sussurro, o que era absurdo porque nossas vozes sem dúvida seriam abafadas pelo som das ondas.

— Oi. — A voz de Nick, assim como a minha, estava baixa, seguindo minha deixa.

Dei meio passo em sua direção, como se estivéssemos jogando xadrez e o próximo movimento fosse dele — que escolheu estender a mão e me puxar para si. Havia uma urgência latente na maneira como seus braços envolveram minhas costas e me puxaram bem para perto que me deixou extremamente excitada. Estava tão escuro que eu ainda não conseguia vê-lo direito e só soube que ele havia abaixado a cabeça para me beijar quando senti o calor do seu hálito no meu rosto. Uma pessoa sensata talvez tivesse ficado preocupada por ainda não ter confirmação visual de quem era o homem que estava prestes a beijar, mas eu havia deixado a cautela e a sensatez em casa. Reconheci o toque, o cheiro e por fim o sabor de Nick, enquanto seus lábios capturavam os meus. O beijo durou tanto tempo que, quando enfim nos afastamos, eu estava sem fôlego por causa do beijo... por causa dele.

— Passei o dia todo pensando em fazer isso — admitiu Nick, parecendo quase envergonhado da confissão.

Sorri, esperando que o luar fosse o bastante para ele ver como suas palavras tinham me deixado feliz.

— Tive a sensação de que foram as vinte e quatro horas mais longas da minha vida — continuou Nick. Suas mãos estavam apoiadas nas minhas costas, não me puxando, mas me segurando bem próximo. — Só Deus sabe o que fiz no trabalho hoje, porque acho que não houve um único minuto em que meus pensamentos tenham se afastado de você.

Ele estava expondo seus sentimentos, se permitindo ficar vulnerável diante de mim, sem sequer buscar o colete salva-vidas que lhe diria que eu sentia o mesmo. Foi ousado e corajoso da parte de Nick, e por isso ele merecia minha honestidade.

— Idem da minha parte — admiti.

Minha cautela usual foi deixada de lado com tamanha facilidade que até eu fiquei chocada com minha resposta.

Mais alguns minutos foram perdidos enquanto nossas bocas se encontravam de novo, nossos lábios e línguas falando um idioma que não precisava de tradução.

— Isso é loucura — falei depois de algum tempo, enfim encontrando o autocontrole necessário para o afastar gentilmente de mim.

— Loucura boa ou ruim?

Eu me inclinei para a frente e deixei a testa descansar no peito dele, onde pude sentir o ritmo acelerado do seu coração batendo contra minha pele.

— Ambas — respondi baixinho.

Ele deve ter ouvido o tom de lamento na resposta. O que o preparou para as palavras que eu não queria dizer, mas sabia que deveria.

— Não podemos deixar isso acontecer, Nick.

— Não podemos deixar que isso não aconteça — retrucou ele.

Dei um sorriso triste, porque a questão não era tão simples quanto o que ele ou eu queríamos. Não éramos os protagonistas naquela nossa história, e só naquela noite eu enfim tinha me dado conta daquilo.

— Vou voltar para Nova York daqui a cerca de um mês — anunciei.

Aquela não era a verdadeira razão pela qual eu estava colocando o pé no freio naquele relacionamento antes mesmo de começarmos, e acho que Nick entendeu aquilo.

— Isso não é um problema intransponível, Lexi. Você sabe disso.

— Não. Talvez não seja. Mas não é o ideal. Sua vida é aqui neste momento, e a minha é a quase cinco mil quilômetros de distância.

— As pessoas têm relacionamentos à distância. E fazem dar certo.

Balancei a cabeça com tristeza.

— Você tem laços aqui que eu jamais pediria ou esperaria que você rompesse.

Nós dois sabíamos que eu não estava falando sobre o trabalho dele ou sobre a clínica.

De repente, a voz de Nick ficou vários níveis mais triste.

— É verdade, eu poderia morar ou trabalhar de bom grado em qualquer lugar, mas jamais poderia deixar Holly.

— E eu jamais te pediria isso — falei com fervor, enquanto pegava as mãos dele e apertava com força. — Sei como é crescer sem um pai, e não desejaria isso a ninguém... muito menos à Holly. — Sorri com carinho. — Não tenho muita experiência com crianças, mas estou meio encantada pela sua filha.

— O sentimento é mútuo. Holly fala muito de você. Quando ela gosta de alguém, não disfarça. — Eu estava respirando muito bem até Nick acrescentar baixinho: — Nem eu.

Meu coração saltou no peito quando ele me fitou com olhos que já denunciavam o que estava prestes a dizer. Balancei a cabeça com determinação, o impedindo. *Não traduza isso em palavras que não vou poder esquecer que ouvi*, implorei em silêncio. Nick era muito bom em interpretar o que se passava na minha mente, pois depois de um longo momento assentiu devagar.

— Mas essa não é a verdadeira razão por que você não quer ver onde isso pode dar, não é?

Assenti com tristeza.

— É por causa de Amelia — concluiu ele.

Engoli a decepção, que deixou um gosto amargo na minha boca.

— Não vejo como posso me relacionar com você. Nem agora, nem nunca. Não podemos ter um relacionamento escondido da minha família.

— Porque eu me pareço com alguém que não existe. — Nick podia estar se esforçando ao máximo para disfarçar, mas conseguia ouvir a frustração na voz dele.

— Para Amelia, você existe, *sim*. Você é o homem com quem ela acredita ser casada. — Estendi a mão e deixei que meus dedos tocassem com delicadeza seu rosto. — Esse é o rosto que minha irmã ama.

— E você? — perguntou ele, dificultando minha resposta quando virou a cabeça e beijou suavemente a palma da minha mão.

— Eu amo minha irmã. Jamais faria nada para a magoar.

— É claro que não. Mas e você? Amelia iria mesmo querer que você sacrificasse algo que poderia ser muito, muito real, por algo que não é? Com certeza sua irmã também gostaria que você fosse feliz, não?

— Tenho certeza de que sim. Mas não se o lugar onde eu encontro essa felicidade for nos braços do homem que ela ama.

— Um homem que não existe — repetiu Nick com tristeza, como se qualquer um de nós dois, algum dia, fosse esquecer aquele fato.

Ele deixou escapar um suspiro longo e profundo, que levou embora em seu rastro tudo o que poderia ter acontecido.

— Acho que tudo o que podemos fazer é aproveitar ao máximo as próximas quatro semanas — disse ele. — Poderíamos nos encontrar sempre que você estiver livre... mesmo que seja apenas para um café rapidinho, ou algo assim.

— Não vai ser o bastante — respondi, com um tom sombrio. — E isso só vai dificultar a despedida.

Nick me puxou de novo para seus braços, silenciando meus protestos com mais um beijo.

— Vamos pelo menos tentar — pediu.

Ele estava dificultando minha recusa, ou mesmo meu raciocínio, com o corpo pressionando o meu em todos os lugares certos. Olhei aflita para trás, na direção do chalé.

— Teríamos que nos encontrar em segredo. Amelia jamais pode descobrir. Isso a destruiria.

— Eu entendo. — Ele pegou minha mão e levou aos lábios, enquanto seus olhos permaneciam presos nos meus. — Ainda não estou pronto para que isso acabe — confessou.

— Vamos partir o coração um do outro — previ baixinho.

— Não, não vamos — afirmou Nick com uma confiança que sem dúvida era descabida. — Temos tudo sob controle.

22

— Tive um sonho muito louco ontem à noite. Fiz uma pausa enquanto batia os ovos em uma tigela para dar toda a atenção à Amelia.

— Se for erótico, prefiro não ouvir.

Ela deu uma risada, mas logo seu rosto ficou mais sério.

— Poderia ter se enveredado por esse caminho com facilidade, embora eu fosse uma voyeur e não uma participante.

— Que pervertida — comentei, pegando um garfo e voltando a focar nos ovos.

— Você não quer ouvir? — perguntou Amelia, afastando do rosto o cabelo ainda desgrenhado de sono.

— Vá em frente — falei, enquanto acendia uma boca do fogão e jogava um pedaço de manteiga na frigideira.

Eu me certifiquei de colocar uma expressão devidamente neutra no rosto, e me perguntei por que todo mundo sempre achava que as imagens aleatórias evocadas por seu cérebro adormecido seriam tão fascinantes para outras pessoas quanto para quem as havia sonhado. Nunca eram.

A não ser naquele momento.

— Sonhei que vi você andando na praia no meio da noite.

Engoli em seco fazendo barulho, mas por sorte a manteiga estava chiando alto o bastante para abafar o som.

— Eu não estava nadando nua, estava? — perguntei, tentando usar o humor para escapar do que estava depressa se tornando uma conversa bastante desconfortável.

— Não. Mas parecia que poderia ter ficado nua facinho.

Meus pensamentos giravam com rapidez, enquanto eu tentava imaginar como uma Lexi *inocente* reagiria àquelas palavras. Ela ficaria interessada, é claro que sim. Coloquei os ovos na frigideira e voltei os olhos para minha irmã, que me observava com atenção de onde estava sentada, diante da mesa da cozinha.

— Conta logo, então. Desembucha. Me diz o que eu estava fazendo nesse seu sonho.

— Você estava beijando Sam.

O garfo escapou da minha mão e caiu com um barulho alto no chão ladrilhado. Fiquei feliz por ter que me abaixar para o recuperar e limpar o rastro de ovo que ele havia deixado. Aquilo garantiu que, quando enfim endireitei o corpo, meu rosto já não mostrasse qualquer sinal de pânico. Mas minhas mãos ainda tremiam quando voltei a focar nos ovos mexidos do nosso café da manhã.

— Sim — continuou Amelia, com o cenho franzido, como se ainda pudesse ver a cena se repetindo na mente. — Vocês dois pareciam cada vez mais excitados na praia, e fiquei batendo na janela, tentando avisar que eu estava ali e que podia ver o que estavam fazendo, mas vocês não conseguiam me ouvir.

Eu estava me sentindo nauseada. Amelia tinha nos visto? Será que havia acordado, confusa e desorientada por causa das altas doses de remédios para dormir, e ido até a janela? Ou tinha sido apenas uma coincidência terrível... e muito precisa? Eu havia passado mais uma vez no quarto dela, assim que voltei para casa, enquanto Nick voltava para o carro que havia estacionado mais adiante na rua. Amelia estava na mesma posição de quando saí, de costas para a porta. O que significava que eu não tinha visto o rosto dela, portanto não poderia jurar que ela estava dormindo. E se minha irmã estivesse deitada ali, com o rosto encharcado de lágrimas, depois de testemunhar a traição definitiva de duas pessoas que ela amava?

— Sonhos não significam nada — declarei em um tom decidido, conforme deslizava os ovos da frigideira para as fatias de torrada já à espera. — E, levando em consideração a quantidade de remédios que você está tomando, sonhar que estou me agarrando com alguém na praia é, na verdade, bem leve.

Amelia pegou o prato de minha mão e deu de ombros.

— Acho que sim. Mas parecia muito vívido.

Eu estava com a intenção de mandar uma mensagem para Nick quando Amelia subisse para tomar banho e se vestir, mas deixei o celular de lado e me ocupei em arrumar a cozinha. Meu frenesi de limpeza, impulsionado pela culpa, se espalhou até o corredor, onde sofreu uma interrupção abrupta. Os sapatos que eu tinha pegado sem pensar para usar na praia, na noite anterior, ainda estavam em cima do tapetinho. Eram de Amelia e as solas estavam cheias de torrões de areia úmida. *Será que ela os vira quando estava a caminho da cozinha?*, me perguntei, preocupada. Lancei um olhar furtivo na direção da escada, abri a porta e usei as mãos para limpar os sapatos com força. *Não fui feita para uma vida de subterfúgios ou farsas*, me dei conta, enquanto lavava as mãos na pia da cozinha, em uma água tão quente que estava quase escaldante. Se eu estava mesmo disposta a continuar aquele relacionamento com Nick, teria que ser muito mais cuidadosa no futuro.

Os dias que se seguiram tiveram uma natureza curiosa — como acontece entre o Natal e o Ano-Novo, quando não sabemos direito qual é o dia da semana. Eu não estava trabalhando, já que havia concordado em tirar alguns dias de férias. Mas aquela parecia uma denominação errada por completo. As férias são um momento em que a gente descansa e relaxa. E não consegui fazer aquilo, por vários motivos. A cada dia que passava, ficava claro que a história que havíamos inventado sobre Sam e o retiro de silêncio estava muito perto do prazo de validade.

Houve muita contemplação naqueles primeiros dias do ano. Amelia olhava para as janelas sempre que uma sombra se estendia nelas, ficava olhando para a correspondência quando era deixada em cima do capacho, procurando por um envelope com uma caligrafia conhecida. E observava constantemente a praia e a chegada das ondas, como a esposa de um marinheiro que ficara viúva por culpa do mar.

Também tive minha conta de contemplação. Observava Amelia com uma obsessão que beirava o doentio. Contava as respirações quando ela não estava olhando e ficava paralisada acompanhando os valores do monitor de pressão arterial doméstico que eu havia lhe dado de presente.

"O pior presente de todos os tempos", tinha declarado Amelia com uma concisão incomum enquanto apertava a braçadeira em volta do antebraço esguio. "E não me lembro do hospital ter dito que eu precisava fazer isso todos os dias."

Ela estava certa, não fora mesmo uma orientação do hospital, mas ver que as medições dela estavam dentro dos limites normais amenizava minha ansiedade. Levando em consideração meus níveis gerais de estresse, era provável que meus resultados seriam muito mais altos do que os dela.

Minha mãe também fazia parte da patrulha de vigilância, embora sua atenção fosse dividida de maneira igual entre as duas filhas.

— Tem certeza de que não gostaria que eu ficasse aqui por uma semana, pelo menos? — indagou ela, e não era a primeira vez que fazia aquela pergunta, enquanto eu a acompanhava até a porta certa tarde. — É muito trabalhoso cuidar sozinha de Amelia.

— Eu estou bem aqui — cantarolou Amelia da sala.

— Se for uma questão de espaço, tenho certeza de que posso ficar na casa de Tom — continuou minha mãe.

— Ah... *agora* estamos chegando a algum lugar — gritou Amelia lá de dentro.

Sorri ao ouvir aquilo e me aproximei para dar um abraço tranquilizador na minha mãe.

— Sério, mãe, tá tudo bem. Deixa que eu cuido das coisas nessas primeiras semanas. Você vai ter bastante tempo para assumir o comando quando eu voltar para casa.

— Sabem que ainda consigo ouvir vocês duas, né? E, pela centésima vez, não preciso que ninguém tome conta de mim.

Minha mãe e eu trocamos um olhar significativo. Independentemente do que pensasse, Amelia ainda precisava da nossa ajuda — mesmo que nunca admitisse.

O hospital tinha recomendado "exercícios leves", por isso fazíamos breves caminhadas pela praia duas vezes por dia. Mas a rapidez e a frequência com que Amelia precisava parar e descansar me preocupava. Por mais que eu gostasse da sensação do braço dela no meu, teria gostado muito mais se estivéssemos andando de braços dados por companheirismo e não para que eu a firmasse.

O último tipo de contemplação que acontecia era bem menos preocupante e envolvia muitas horas passadas aconchegadas no sofá, maratonando filmes que ainda não tínhamos assistido. Avançamos rapidamente por todos os filmes bons e agora estávamos mergulhando no tipo que sem dúvida seria classificado como de segunda categoria.

Era fim de tarde, e estávamos no meio de uma comédia romântica tão melosa que deveria ter sido acompanhada por salgadinhos para quebrar a doçura. O diálogo era fraco e o enredo implausível, mas, por algum motivo, Amelia e eu estávamos persistindo.

— Você sabe do que esse filme precisa? — falou Amelia.

— De um roteirista decente? — tentei adivinhar.

Ela riu, e tive vontade de engarrafar aquele som.

— Não. Precisa de sorvete.

— Acho que tem uma caixa de Magnum no congelador — disse eu, já tirando as pernas de baixo da manta felpuda onde tinha me aconchegado.

— Não. A gente precisa de sorvete do bom, do tipo que se come direto do pote com algumas colheres.

— Acho que não temos nada assim — respondi com pesar.

— Temos, sim — afirmou Amelia, tateando no sofá em busca do controle remoto da TV para pausar o filme. — Tem um pote na prateleira mais baixa do congelador, bem no fundo, atrás de um grande saco de cubos de gelo. — Ela pegou o dispositivo e apontou para a tela. — Tive que esconder lá para impedir que Sam encontrasse. Ele adora sorvete.

Senti os lábios frios conforme meu sorriso se congelava.

— Ah, certo. Tudo bem. Vou ver se consigo encontrar, tá?

A resposta de Amelia foi um grunhido furioso enquanto ela pressionava diversas vezes um botão que não estava pausando a exibição do filme na tela.

— Qual é o problema com essa porcaria?

Amelia se enfurecia mais rápido nos últimos tempos, e aquilo sempre me pegava de surpresa. Mas, daquela vez, apenas ri.

— Talvez ajudasse se você tivesse com a coisa certa na mão — comentei.

Ela abaixou os olhos para o que estava segurando e ouvi cada tique--taque do relógio da parede enquanto esperava que minha irmã começasse a rir, mas ela continuou a olhar o dispositivo que segurava como se ele a tivesse ofendido pessoalmente.

— Essa é sua calculadora, não o controle remoto — expliquei, rindo, porque aquele deveria ter sido um momento engraçado, embora eu estivesse começando a perceber que não era.

Ela se recompôs bem, com uma risada que parecia ter sido pega emprestada de outra pessoa.

— *É claro* que é — falou, e jogou a calculadora nas almofadas com um gesto impaciente, como se estivesse a punindo por tê-la enganado de propósito.

Ficamos nos encarando por um longo momento. Aquela era mais uma das coisas que eu deveria varrer para debaixo do tapete? Porque estava começando a ficar um pouco cheio demais ali embaixo.

— Sorvete — falei, em um tom decisivo, enquanto saía da sala e entrava na cozinha.

Desde que eu estava morando ali, tinha usado apenas as prateleiras superiores do freezer da Amelia. Com certeza não tinha me preocupado em investigar as da parte de baixo. Eu me agachei diante delas, então, e me vi envolvida pela onda de ar frio que saía da porta aberta do congelador.

— Escondido atrás dos cubos de gelo, para que Sam não conseguisse encontrá-lo — falei baixinho enquanto afastava o saco para o lado e encontrava o pote de sorvete caro.

Estendi a mão para pegar o sorvete e, quando o tirei, alguma coisa fina e preta tombou no espaço vago.

Senti frio. Muito frio. E não tinha nem um pouco a ver com o fato de estar agachada diante do congelador aberto. Peguei o objeto escuro e tirei dali de dentro.

Vi que sua superfície estava incrustada de minúsculas partículas de gelo que pareciam neve e limpei parte do gelo. O vidro sob meus dedos parecia um para-brisa que tinha sofrido um acidente muito grave.

Todos os pensamentos sobre o filme e o sorvete já tinham sido esquecidos quando voltei para a sala com o objeto na mão. Eu o coloquei com cuidado sobre a mesa de centro, ainda coberto de gelo do congelador, que derretia ligeiro.

— O que é isso? — perguntou Amelia.

— A menos que eu esteja muito enganada — expliquei, soando como a personagem de um romance policial —, isso é seu iPhone desaparecido.

Aquilo chamou a atenção dela. Amelia se adiantou e pegou o celular, sem se importar com a poça de água gelada que pingava dele então.

— Onde você o encontrou?

Parecia uma pergunta quase desnecessária.

— Estava no congelador, atrás do pote de sorvete.
— O que meu celular estava fazendo lá?
— Essa seria a *minha* pergunta — falei.

A expressão no rosto de Amelia era da mais pura perplexidade, como se eu tivesse acabado de lhe apresentar um enigma intrigante que adoraria resolver. Eu não sentia nada, a não ser uma sensação de pavor iminente que não conseguia explicar nem compreender.

— Suponho que deve ter caído lá quando eu estava guardando o sorvete e nem percebi. — Amelia deu uma risada do tipo *típico da minha parte fazer uma coisa dessas* e olhou feliz para mim, como se esperasse que eu me juntasse a ela. — Essa é a melhor coisa que poderia ter acontecido.

— É? Como?

— Porque então você vai poder ver todas as fotos de Sam que estão no celular — explicou ela, embalando o aparelho na palma da mão.

Meu sorriso parecia rígido e estranho quando peguei o celular arruinado dela.

— Não tenho certeza disso, meu bem. O celular pode estar danificado demais para que seja possível recuperar qualquer coisa dele — expliquei, torcendo muito para que fosse verdade.

— Mas a gente tem que mandar para algum lugar examinar. Temos que tentar — implorou Amelia.

— É claro que sim — falei, os pensamentos derrapando pela minha mente como um carro dirigindo na neve. — Vou fazer o seguinte, um dos caras que fez faculdade comigo abriu uma empresa de conserto de celular. Que tal eu mandar o seu pra ele? Se alguém pode recuperar as fotos, é ele.

— Será que é a medicação que ela está tomando? Será por isso que Amelia está tão... *atarantada*?

Era uma palavra antiquada, mas não consegui pensar em nenhuma outra mais adequada para descrever o conjunto de incidentes estranhos no comportamento da minha irmã.

— A farmacologia veterinária não é bem a mesma coisa que a humana — esclareceu Nick com paciência —, portanto não sou especialista. Mas sem dúvida é possível. Você deveria mencionar isso aos médicos dela.

— Vou fazer isso — falei baixinho, do jeito que fazia nos nossos telefonemas toda noite. Fiquei em silêncio por algum tempo, então pensei em como adorava a forma com que Nick sabia que eu precisava de um momento antes de continuar. — O que acaba comigo é essa impotência que sinto. Sei que é uma coisa terrível de dizer, mas era tudo muito mais fácil quando Amelia ainda estava no hospital.

Nick foi muito mais gentil comigo do que eu mesma estava sendo.

— Não se culpe — replicou ele. — Você está fazendo um ótimo trabalho e, de acordo com as estatísticas, foi amplamente documentado que os pacientes melhoram mais rápido no próprio ambiente doméstico.

— Você está falando de cães e gatos de novo, não é?

— *Talvezzz* — disse ele, arrastando a palavra.

Eu achava que nunca me cansaria de fazê-lo rir. Era como descobrir que eu tinha um superpoder secreto. Nossas conversas telefônicas noturnas logo se tornaram a melhor parte do meu dia. Às vezes, Nick fazia a ligação, às vezes era eu. Eu gostava daquela reciprocidade. Conversávamos sobre tudo e sobre nada. Não era incomum eu desligar e perceber que estávamos conversando havia mais de uma hora e, ainda assim, eu não conseguia me lembrar de um único assunto que tínhamos falado. Não era a mesma coisa que vê-lo em carne e osso; mas, de certa forma, por mais estranho que fosse, era melhor. A distância física entre nós nos permitia conversar — conversar de verdade — sem que a atração sexual inflamável atrapalhasse. E quanto mais eu conhecia Nick... mais me apaixonava.

23

Acordei mais cedo do que de costume na manhã seguinte, expulsa da cama por uma sensação de nervosismo que só poderia ser curada por uma coisa. Exercício. Enquanto jogava água fria no rosto e escovava os dentes, pude ouvir o chamado da praia em meio aos gritos das gaivotas rasantes. Foi bom pegar as roupas de corrida mais uma vez, depois de as negligenciar por quase uma semana.
Parei no caminho para enfiar a cabeça no quarto de Amelia, e fiquei surpresa ao descobrir que ela também estava acordada, sentada na cama, vasculhando algo no celular que eu tinha comprado para ela semanas antes, para substituir o que acreditávamos estar perdido.
— Vou dar uma corridinha antes do café da manhã, se você não se importar.
Amelia deixou o celular de lado e se virou para mim com uma expressão exagerada de surpresa.
— Quem é você e o que fez com minha irmã?
Eu ri. Em momentos como aquele, eu tinha a sensação de que minhas preocupações eram totalmente infundadas.
— Você nem imagina, mas agora sou uma fã de corrida.
— Seus lábios estão se mexendo, mas eu não compreendo as palavras — brincou Amelia em um tom inexpressivo.
— Tem certeza de que não tem problema se eu sair? — perguntei.
Amelia ergueu os olhos da tela do celular, que já tinha voltado a prender sua atenção.
— Eu só teria um problema se você esperasse que eu fosse junto. Agora vai.
Ela me enxotou com um aceno de mão.

Fazia frio e o sol ainda estava baixo no horizonte quando saí pela praia. Virei à esquerda saindo do portão, em direção à restinga, meus pés encontrando o passo certo enquanto eu corria ao ritmo da música nos fones de ouvido. Aquele era um caminho que eu já percorrera muitas vezes na areia, mas, quando cheguei ao ponto onde, em geral, fazia a volta, decidi seguir em frente.

Eu estava indo em direção ao sol, que agora estava alto o bastante no céu para ser ofuscante sem óculos escuros. Se os estivesse usando, eu talvez tivesse avistado a figura à beira da água muito antes.

Diminuí o passo até parar, apoiando a mão na coxa enquanto semicerrava os olhos diante da luz forte, esperando que se ajustassem à claridade. Havia alguém sentado na areia, no ponto em que ela mudava de molhada para seca, mas a pessoa estava olhando para o mar, não para a praia. Era óbvio que fosse quem fosse não tinha me visto, e eu ainda estava longe demais para identificar quem poderia ser. Mas então, naquele momento, uma salva de latidos encheu o ar, fazendo as gaivotas voarem mais alto, enquanto as ondas se abriam e Mabel saltava através delas para recuperar a bola.

A lembrança do nosso primeiro encontro na praia estava muito presente em meus pensamentos quando mudei de direção e segui para onde Nick estava. Era impossível afastar a sensação de serendipidade enquanto cobria a distância entre nós, e aquilo era ainda mais forte porque — até onde eu me lembrava — ele estava sentado no lugar exato onde tínhamos nos conhecido.

Nick arremessou mais duas bolas de tênis antes de perceber que alguém se aproximava. Ele girou o corpo e vi um enorme sorriso substituir a expressão pensativa em seu rosto quando me reconheceu.

Soube na mesma hora que repassaria mentalmente aquele momento pelo resto do dia.

— Aí está você — falou Nick, sorrindo para mim da areia, como se estivesse me esperando o tempo todo e aquilo não fosse apenas uma feliz coincidência.

Ele deu uma palmadinha no espaço ao lado e me sentei ali.

— Bom dia — cumprimentou, se inclinando e depositando um beijo rápido, mas profundo, nos meus lábios.

Aquilo era novidade para nós, mas eu soube com certeza que, por mais tempo que passássemos juntos, era uma sensação que nunca perderia a graça. Aquela também era a primeira vez que eu o via sem estar de barba feita. A barba escura, por fazer, cobria seu rosto, fazendo com que ele parecesse ainda mais atraente do que o normal — algo que eu teria argumentado ser de fato impossível de ser alcançado.

Mabel estava brincando contente nas ondas, e sorri com suas travessuras caninas enquanto ela deixava a bola cair diversas vezes para logo recapturá-la. Levantei os joelhos e apoiei o queixo neles, virando a cabeça de lado para olhar Nick.

Tinha plena consciência que havia um sorriso amplo e tolo como um gato de Cheshire no meu rosto, que eu não tinha como esconder. Sorriso que conseguiu ficar ainda maior quando Nick enfiou a mão em uma sacola de papel e tirou um copo de café para viagem. Por um momento pensei que fosse dele, antes de perceber que já havia outro enfiado na areia a seus pés.

— Café espresso com um pouco de leite vaporizado e dois torrões de açúcar — disse ele, descrevendo minha bebida preferida enquanto me passava o café.

Peguei o copo das suas mãos, o sorriso vacilando um pouco.

— É *assim* que você gosta, não é? — perguntou Nick.

Assenti, colocando as mãos em volta do recipiente, que ainda estava quente o suficiente para aquecê-las.

— Não estou entendendo. Como você sabia que eu ia passar por aqui de manhã? Nem *eu* sabia que ia sair pra correr.

Costumo ser mais rápida em juntar os pontos, mas, em minha defesa, ainda era muito cedo e eu ainda estava um pouco abalada depois de ter sido pega desprevenida com sua presença na praia.

— Você já...? Você fez...? Você tem vindo aqui todos os dias?

A barba por fazer camuflava o rubor, dificultando que fosse detectado — a menos que se olhasse bem de perto. E eu estava olhando bem de perto.

Nick deu de ombros, mas o gesto passou muito longe de demostrar a indiferença que ele esperava.

— A gente combinou de se encontrar para tomar um café sempre que pudéssemos... então esse me pareceu um bom lugar para começar.

— Mas a gente tem se falado todos os dias desde aquela noite na praia. Por que você não disse nada? Por que não me falou que vinha aqui todos os dias? E com café! — acrescentei entusiasmada, enquanto bebia um longo gole.

Nick pegou minha mão livre e entrelaçou nossos dedos.

— Porque tem coisa demais acontecendo em sua vida nesse momento, e eu não queria complicar a situação.

Ele estava falando sério? Tínhamos passados as últimas semanas comigo fingindo ser minha própria irmã e ele, o marido inexistente dela. Como poderíamos complicar mais a situação?

Talvez Nick tenha percebido a fragilidade da resposta dele, porque balançou a cabeça como se suas próprias palavras o tivessem decepcionado.

— Não. É mais do que isso. Por mais que eu quisesse ver você, não queria que se sentisse pressionada ou obrigada de alguma forma a vir. Seu foco está em Amelia, e é onde deveria estar mesmo. Por isso, decidi que viria ao lugar onde a gente se conheceu e esperaria para ver se o Destino interviria. E, então, ele interveio.

Fiquei em silêncio por um longo momento, não porque não conseguisse pensar no que dizer, mas porque não podia confiar que minha voz não iria vacilar.

— Essa talvez seja a coisa mais romântica que alguém já fez por mim.

Ele franziu um pouco as sobrancelhas escuras ao ouvir aquilo.

— Nossa, mas isso é errado pra caramba. E me faz pensar que você vem saindo com o tipo de homem errado.

Sorri para ele, sem esconder nada.

— Estou começando a achar a mesma coisa, e Amelia, com certeza, não iria discordar disso.

Por mais tentador que fosse continuar ali na praia, nós dois sabíamos que não poderíamos ficar por muito tempo. Nick tinha que ir para casa e tomar banho antes do trabalho e eu precisava voltar para minha irmã. Mas aquele breve interlúdio na areia mudou nosso rumo. Ficamos sentados na areia, nos revezando nos arremessos da bola para Mabel, e, quando encostei a cabeça no ombro de Nick e ele passou o braço pela minha cintura, aquilo pareceu a coisa mais natural do mundo. Nick não me beijou — não do jeito que eu queria —, mas, de certa forma, aquilo também parecia certo. Fosse o que fosse que havia entre nós, era maior do que apenas o desejo e tinha uma base mais forte do que eu imaginava.

Foi com uma relutância sincera que eu enfim me levantei para ir embora.

— Você não faz ideia de como eu precisava disso — falei, pegando o copo vazio. Eu não estava me referindo ao café, ou ao folhado de maçã que ele também tinha trazido na sacola para mim. — Eu estava começando a me sentir um pouco sobrecarregada, mas isso restaurou minha energia. — Dei um sorriso abatido. — Descobri que há um bom motivo para eu trabalhar com livros e não com enfermagem. De acordo com minha paciente atual, eu faço tempestade num copo d'água e entro em pânico com muita facilidade. O que me faz pensar que algum dia serei uma péssima mãe.

Nick não pestanejou antes de declarar:

— Não acredito nisso nem por um minuto.

Eu sabia que ele só estava sendo educado, mas meu coração imprudente não dava importância e já estava indo atrás de sonhos que nunca poderiam se tornar realidade.

— Amanhã no mesmo horário? — perguntou Nick, me puxando para um último abraço.

— Combinado — concordei, animada.

Uma semana depois, estávamos caminhando de novo pela orla da praia deserta ao amanhecer. Fazia frio, mas, com o braço de Nick ao meu redor, eu sentia apenas o calor do corpo dele. Já sabia que, mesmo bem depois de voltar a Nova York, Somerset e aquela praia guardariam a lembrança de nós dois na palma da mão.

Nós parávamos de vez em quando para examinar pedaços incomuns de madeira flutuante ou conchas, ou quando parecia que já fazia muito tempo desde o último beijo. Até então, eu nunca havia tido um relacionamento em que gostasse dos silêncios confortáveis quase tanto quanto gostava das conversas. Mas a verdade era que, quanto mais tempo eu passava na companhia de Nick, mais me dava conta de que nunca havia tido de verdade um relacionamento sério. Eu costumava pensar que jamais teria o vínculo que tinha com Amelia com mais ninguém. E a dor de saber que não poderia contar a ela o que enfim tinha descoberto sem partir o coração da minha irmã estava me destruindo.

Nick segurava um pedaço de madeira flutuante esbranquiçada que eu tinha admirado e o girava como uma batuta enquanto caminhávamos pela areia. Se eu não o conhecesse bem, teria dito que ele estava nervoso. Mas Nick não ficava nervoso, ou pelo menos nunca tinha ficado até aquele momento. De repente, ele parou e se virou para mim. O sol ainda estava baixo no horizonte e seu reflexo cintilava nas lentes dos óculos dele, tornando impossível de decifrar a expressão em seus olhos.

— Quero te fazer uma pergunta.

— Isso parece muito sério e importante.

— É mais ou menos sério — disse Nick. Pela primeira vez, não havia divertimento na sua voz. — Mas é meio importante... pra mim.

Então fui eu que fiquei nervosa.

— Tudo bem.

— Lexi Edwards, você quer sair comigo? Ter um encontro. Nosso *primeiro* encontro.

Não sei bem o que esperava que ele dissesse, mas com certeza não era aquilo.

— Já tivemos muitos encontros — falei. — Como pode ser nosso primeiro?

Ele pegou minha mão e entrelaçou nossos dedos.

— Na verdade, os encontros eram de Amelia e Sam, ou então eram instantes roubados em uma praia ventosa. Gostaria de fazer do jeito certo dessa vez. — O pedaço de madeira que ele estava girando escorregou das suas mãos e caiu na areia. — Você conseguiria estar livre no sábado para ir a um casamento comigo? — perguntou ele, enquanto se ajoelhava para pegar o graveto.

— Não vai ser meu casamento, não é?

Não tenho ideia de por que achei que aquele seria um bom momento para fazer uma piada. Acho que o ver ajoelhado e falando sobre casamentos me abalou um pouco.

— É óbvio que isso foi uma piada — expliquei, mordendo o lábio sem jeito enquanto olhava para ele. — E não foi muito engraçada — balbuciei, enquanto baixava os olhos até o chão porque era mais confortável do que fazer contato visual com Nick.

— Não foi sua melhor piada — concordou ele. — Mas é interessante porque meus pensamentos também tomaram esse rumo.

Já tinha um bom tempo que Nick não conseguia me fazer enrubescer, mas ele não parecia ter perdido aquela habilidade. Ele pegou o pedaço de madeira e riu, mas vi um músculo se contraindo na base do seu pescoço que eu poderia jurar que não estava tão visível pouco antes.

— Um grande amigo meu da universidade vai se casar no próximo sábado e eu queria muito que você viesse comigo. Como minha convidada, minha *acompanhante* — acrescentou Nick com ênfase, já que eu havia provado precisar de esclarecimentos. — Gostaria que você conhecesse meus amigos — adicionou —, as pessoas com quem estudei na universidade.

— Já conheci um deles, não é? — apontei, lembrando muito bem de como aquela experiência em particular tinha sido desagradável.

— Natalie não vai estar lá — se apressou a me garantir Nick, antes de acrescentar baixinho —, mas eu espero muito que *você* esteja. Acha que sua mãe conseguiria ficar com Amelia?

— Tenho certeza de que sim — falei, meus pensamentos já se voltando para a logística da situação.

Organizar tudo seria complicado, mas não impossível. Nós merecíamos a chance de ter um dia normal juntos, não?

— Eu vou — respondi num impulso, sorrindo para ele. — Vamos fazer dar certo de alguma forma. Vou adorar ser sua acompanhante. É um encontro marcado.

— Nosso primeiro — disse Nick, se inclinando para a frente e dando um beijinho na ponta do meu nariz.

— Se você tá dizendo... — falei, com um falso suspiro fingido, feliz por termos voltado às nossas brincadeiras de sempre.

Tínhamos dado a volta e estávamos refazendo nossos próprios passos na areia quando Nick me pegou desprevenida mais uma vez.

— Teria sido um pedido de casamento muito fraquinho, não é? Só fazer o pedido do nada, enquanto a gente está andando pela praia, sem flores, sem champanhe nem nada.

— Essas coisas todas são só enfeites. Para mim, um pedido de casamento à beira-mar é muito romântico.

Nick deixou escapar uma risadinha baixa.

— Ora, vou manter isso em mente. Só para garantir.

Dei o braço a ele, enquanto me perguntava quantas vezes repetiria aquela conversa na minha cabeça nos próximos dias. Mais do que eu jamais poderia ter imaginado, como vim a descobrir.

24

Era a quarta vez que eu lia o e-mail, e a cada vez meu dedo pairava sobre o botão de resposta e então voltava a se afastar. O e-mail não foi nenhuma surpresa — na verdade, estava esperando por ele havia semanas. Meu trabalho em Nova York tinha sido muitíssimo compreensivo, mas eu sempre soube que eles acabariam me pressionando a tomar uma decisão sobre o novo cargo.

A contagem regressiva para meu retorno tinha sido iniciada quando souberam que Amelia havia saído do hospital e estava progredindo bem. Era hora de voltar para casa. Só que eu não tinha mais tanta certeza de onde era minha casa. Minha cabeça dizia que era em Nova York, na vida que eu tinha construído lá, em um emprego que tinha me esforçado tanto para conseguir. Mas meu coração... meu coração estava me puxando para uma direção bem diferente.

— Você está vestida? — gritou Amelia do corredor e entrou assim mesmo, antes que eu pudesse responder.

Fechei depressa o notebook e guardei de volta na capa de proteção.

— Como estou? — perguntei, me levantando.

Eu não estava caçando elogios, só tentando a despistar. Mesmo assim, fiquei satisfeita com o assovio de admiração que ela tentou dar.

— Você *sabe* que não deve ofuscar a noiva, não sabe? — brincou Amelia, e recuou um passo para admirar a visão completa do vestido que eu sempre pretendi devolver porque era mais "tapete vermelho" do que eu esperava quando comprei.

Mas, quando vi meu reflexo no espelho de corpo inteiro do quarto, fiquei muito feliz por tê-lo guardado. O vestido logo cintilante tinha um ombro só, com delicados bordados prateados sobre tule azul-marinho. Era de longe o vestido mais glamoroso que eu já havia experimentado — quanto mais guardado no armário.

— Vou chutar que não é o tipo de casamento que se vai do cartório ao pub, não é mesmo? — questionou Amelia, enquanto ajeitava o tecido ondulante da saia.

— Espero que não, ou vou parecer muito tonta.

Amelia me examinou de cima a baixo, desde o cabelo preso em um coque frouxo que exibia meu pescoço e o ombro nu, até o sapato azul--marinho brilhante que eu tinha pegado emprestado do guarda-roupa dela — daquela vez com permissão.

— Você está linda — afirmou ela, diminuindo a distância entre nós e me envolvendo em um abraço inesperado. — Minha irmã maravilhosa e excepcional — sussurrou, me apertando com força, como se tentasse gravar aquele momento na memória.

Retribuí o abraço com tanta intensidade quanto ela me deu, desejando fazer o mesmo. Minha maquiagem aplicada com cuidado foi de repente ameaçada por meus olhos que ardiam com as palavras dela. De um jeito desconfortável, aquilo tinha soado como um adeus.

— Digo o mesmo de você — falei, deixando uma marquinha leve de batom rosa na bochecha dela quando a beijei.

Amelia deu um passo para trás e me examinou da cabeça aos pés uma última vez com uma expressão de aprovação, mas não antes de eu vê-la passar a mão sob o olho de forma reveladora.

— O que você precisa é de uma bolsa de festa prateada — declarou ela, olhando para a pequena clutch preta que eu havia colocado em cima da cama. — Tenho uma linda, de contas, que nunca usei. Está em algum lugar — falou, com os olhos semicerrados de concentração. — Deus, onde está? Faz séculos que não vejo essa bolsa.

— Não esbarrei com ela em seu guarda-roupa — observei, percebendo tarde demais as implicações das minhas palavras.

Mas minha irmã mais velha estava acostumada com a caçula vascu-lhando suas roupas e, ainda bem, não se importou com a intimidade que eu tinha com seu armário.

— Está em uma caixa cinza-escura... eu acho — disse Amelia, ba-lançando a cabeça. — Merda, odeio esse negócio de não conseguir me lembrar das coisas tão bem quanto antes.

Apertei o ombro dela com carinho.

— Não se preocupa com isso. De qualquer forma, meu táxi vai chegar em um minuto, eu não teria mesmo tempo de trocar de bolsa.

Foi meu segundo comentário que a fez franzir o cenho.

— Ainda não entendo por que seu amigo Nick não pode vir te buscar ele mesmo, em vez de esperar que você chegue lá sozinha.

Aquela não era a primeira vez que ela expressava aquela opinião, e estava ficando cada vez mais difícil encontrar uma desculpa plausível para dar.

— Ele só não pode — repliquei, o que não adiantou de nada para fazê-la desistir.

— Mas por quê? Você tem vergonha da gente, é isso? Ou será que ele não quer conhecer sua família?

Eu estava me perguntando qual daquelas duas alternativas deveria rechaçar primeiro quando vi uma expressão de horror crescente cruzar o rosto da minha irmã.

— Ai, meu Deus. Sei por que você não quer que ele venha até aqui.

Senti a garganta apertada, a respiração, de repente, ficando muito difícil.

— Sabe? — Minha voz saiu como um grasnar nervoso.

— Pode ter certeza de que eu sei, inferno — afirmou Amelia, o tom agora muito mais frio. — Ele é casado, não é?

— Eu... eu... não. Não, não é — respondi, mas meu gaguejar e a hesitação entregaram como ela havia chegado perto de uma versão da verdade.

— Meu Deus, Lexi. Você foi burra a ponto de se engraçar com o marido de outra mulher?

Se as palavras dela não fossem tão terríveis e incriminatórias, aquilo seria quase engraçado, de uma forma muito sombria, doentia, cheia de humor ácido.

— Eu *jamais* faria uma coisa dessa — insisti, tentando abafar a voz em minha cabeça que dizia: *Jura? Não faria mesmo, Lexi? Não é bem isso que você está fazendo?*

Amelia me encarava com tamanha desaprovação que quase tive vontade de contar toda a verdade a ela sobre Sam e Nick e até mesmo sobre a caixa de fotos idiotas que, naquele momento, eu gostaria de nunca ter tirado; mas, se eu não tivesse tirado as fotos, não teria conhecido Nick, e aquela também era uma perspectiva terrível.

Respirei fundo e devagar para me acalmar, então peguei a mão de Amelia.

— Mimi, eu juro que meu amigo Nick não é casado. Ele já foi, mas está divorciado.

— É o que ele *diz* — comentou ela, com o tom sarcástico.

— Ele *está* divorciado.

Aquilo era o mais perto que chegávamos de uma discussão em muito tempo, e não gostava da ideia de ir embora e a deixar com raiva.

— Se você está dizendo — falou Amelia, o que, como todo mundo sabe, na verdade significa: "Não acredito em você, mas não vou insistir no assunto nesse momento".

Por sorte, naquele momento, três breves toques da buzina de um carro nos fizeram virar para a janela.

— Meu táxi chegou — anunciei com alívio genuíno.

Amelia assentiu, e talvez também quisesse deixar para trás nossas palavras irritadas. Ela me olhou de cima a baixo mais vez.

— Você está linda mesmo, Lexi. — Ela balançou a cabeça mais uma vez. — Mas eu queria tanto ter encontrado aquela bolsa prateada pra te emprestar.

Antes de descer correndo até o táxi que me esperava, passei os olhos pelo quarto uma última vez, para checar se estava limpo e arrumado, porque naquela noite seria minha mãe que dormiria ali, enquanto eu talvez estivesse... em outro lugar. Estremeci, como sempre acontecia quando eu me lembrava dos comentários de Nick sobre os preparativos para a noite.

"Alguns convidados planejaram passar a noite no hotel", tinha falado ele.

"Você é um deles?", perguntei.

Seus olhos encontraram os meus antes que ele respondesse.

"Eu era, mas abri mão do quarto quando você concordou em me acompanhar."

Minhas sobrancelhas erguidas fizeram a pergunta silenciosa. Havia toda uma outra conversa acontecendo por baixo daquela, aparentemente inócua, sobre quartos de hotel.

"O hotel estava lotado e não consegui um quarto só para você."

O que te fez pensar que eu iria querer um?, perguntaram meus olhos, quando meus lábios foram incapazes de pronunciar as palavras.

Nick se aproximou e me puxou para seus braços.

"Eu não tinha nenhuma segunda intenção quando te convidei para ir ao casamento comigo, Lexi. E não queria que você achasse que eu estava alimentando qualquer expectativa. Manter a reserva daquele quarto de hotel fez com que eu me sentisse desconfortável... então abri mão."

Passei os braços ao redor do pescoço dele.

"Isso foi muito respeitoso da sua parte ou uma maneira astuta de dizer que não está interessado em mim." Eu estava brincando, embora, por baixo do senso de humor, estivesse fazendo uma pergunta muito verdadeira.

"Acho que você sabe a resposta para essa questão", falou Nick, enquanto me puxava mais para perto e deixava a proximidade de nossos corpos encerrar o debate. "*Se* acontecer alguma coisa entre nós, quero que seja porque nós dois decidimos juntos que é a coisa certa a fazer, não porque tem um quarto de hotel lá em cima esperando por nós."

Eu o beijei devagar, deixando meu sabor na língua dele enquanto perguntava:

"Você acha que talvez possa se arrepender dessa decisão?"

Ele deixou escapar um gemido muito gratificante enquanto me afastava com delicadeza.

"Já me arrependi."

Nick estava me esperando no portão coberto da charmosa igreja rural onde o amigo iria se casar. O táxi entrou em um pátio anexo de cascalho, mas Nick não o viu chegar porque outro convidado de smoking acabara de avistá-lo. Pela janela pude ver os dois homens apertando as mãos enquanto eu pagava ao motorista e descia do táxi.

Eu não disse uma palavra. Não chamei o nome dele nem levantei o braço para atrair sua atenção, mas de alguma forma Nick soube que eu estava ali. Vi seu corpo ficar tenso, então ele se despediu do homem com quem estava conversando e se virou devagar para mim. Comecei a caminhar em sua direção, sentindo as pernas inexplicavelmente bambas, enquanto ele também se adiantava até mim. Seus olhos permaneceram fixos no meu rosto enquanto eu me aproximava, passo a passo.

Nick estava esperando por mim com a mão estendida quando enfim nos encontramos na entrada de carros.

— Você está... — Ele balançou a cabeça como se estivesse atordoado. — Não tenho palavras pra dizer como você está linda — comentou ele por fim, parecendo impressionado de verdade.

— Acho que você acabou de encontrar as palavras certas — falei, com um sorriso tão largo que meu rosto doeu.

Foi um casamento bem britânico, do tipo em que a gente espera que Hugh Grant apareça de repente. Foi pitoresco e encantador, mas também surpreendentemente comovente. Nick já havia me contado a história de como o amigo dele, Will, tinha conhecido a noiva em circunstâncias muito incomuns, quando os dois se envolveram em um acidente que a deixara em uma cadeira de rodas. Por isso, quando Bella se levantou trêmula e caminhou devagar até o altar em direção a ele, um suspiro coletivo percorreu a igreja e não havia ninguém que não tivesse sido levado às lágrimas. Mas talvez o que eu tenha gostado ainda mais foi de sentir Nick pegando minha mão e a segurando com força enquanto o casal trocava os votos.

A pousada onde a festa estava sendo realizada era impressionante, sem ser ostentosa. Fomos conduzidos a um grande salão de festas com janelas do piso ao teto. Através delas, vi Will levantar Bella da cadeira enquanto o fotógrafo tirava uma foto que eu já sabia que acabaria sendo emoldurada.

— Pra você — falou Nick, e me entregou uma taça de champanhe que tirou de uma bandeja. Ele seguiu a direção do meu olhar e sorriu.

— Eu nem conheço os dois — comentei, enquanto assistia aos noivos trocando um beijo carinhoso —, mas estou tão feliz por terem encontrado seu final feliz.

Nick balançou a cabeça.

— Não é o final feliz deles, mas sim o início feliz. E isso só prova que, sejam quais forem os desafios que a vida lança contra a gente, o amor sempre encontra uma saída. — Ele sorriu. — Isso foi um pouco piegas demais?

— Um pouco — admiti —, mas eu meio que gostei.

Eu queria continuar aquela conversa, mas fomos interrompidos por um dos amigos de Nick que ele não via há anos, seguido por outro, e então mais um. Algumas pessoas foram melhores que outras em conter a curiosidade quando Nick me apresentava apenas como "Lexi". Sem rótulo. Sem título. Dei um gole pensativo no meu champanhe, enquanto me perguntava se haveria alguma descrição que se adequasse à nossa situação. Eu não era namorada dele e ele não era meu parceiro. Não éramos amantes, mas éramos muito mais que amigos. Transitávamos por uma curiosa terra de ninguém, a um passo de nos apaixonarmos e a outro de dizer adeus. Não era de admirar que não houvesse nome para o que tínhamos.

Houve olhares reveladores o suficiente da parte dos amigos de universidade de Nick para que eu percebesse que alguns deles esperavam ver Natalie ao lado dele naquela noite. Talvez aquilo não fosse motivo de surpresa, porque ela havia feito parte do grupo de amigos deles.

Ao longo das horas seguintes, ri de chorar enquanto ouvia as histórias antigas de Nick com que seus amigos regalaram a mesa, e que, para ser sincera, faziam com que minhas próprias aventuras na universidade parecessem inofensivas. Aquelas lembranças revelaram um outro lado de Nick, uma versão mais divertida e alegre. Eu gostei do garoto que ele já tinha sido quase tanto quanto gostava do homem que ele se tornara.

Não foi uma surpresa descobrir que eu também gostava muito dos amigos de Nick. Se minha sorte tivesse sido lançada de outra forma, aqueles poderiam ter sido *meus* amigos, e aquilo me deixou nostálgica por todos os momentos que nunca conseguiria compartilhar com eles.

O discurso do pai da noiva me fez chorar. Achei que tinha conseguido esconder com sucesso minha comoção, mas Nick percebeu.

— Você tá bem? — perguntou ele, se inclinando no espaço entre nossas cadeiras para sussurrar em meu ouvido.

— Sim, sim — falei, enquanto procurava um lenço de papel naquela minha bolsinha de festa quase inútil. Nick tirou o lenço dobrado do bolso do paletó e colocou na palma da minha mão. — É uma exigência quando vamos a um casamento — justifiquei, pegando o lenço de seda e enxugando o canto do olho. — É falta de educação não chorar pelo menos uma vez.

— Você não precisa explicar — falou Nick.

E, quando levantei os olhos marejados para encará-lo, percebi que ele estava certo. Eu não precisava mesmo explicar. Porque ele me entendia de uma forma que ninguém — talvez com a exceção de Amelia — jamais havia entendido. Eu iria mesmo deixar para trás uma conexão tão forte? Será que estava cometendo o maior e mais estúpido erro da minha vida?

— Tá certo, tem uma coisa a meu respeito que eu deveria mesmo ter te contado antes. — O tom de Nick tinha se tornado sério de repente e puxou meus pensamentos de volta ao presente. Ele esperou até estar certo de que tinha toda a minha atenção. — Eu não sei dançar. Não tenho ritmo, coordenação, estilo ou graça nenhuma. — Seus olhos estavam em meus lábios, esperando pelo riso, que é claro que apareceu.

— Essa é sua maneira de me dizer que não vai se jogar na pista de dança esta noite?

Nick me surpreendeu ao se levantar na mesma hora em que soaram os primeiros acordes da banda. Ele estendeu as mãos e me puxou da cadeira.

— De jeito nenhum. Eu adoro dançar. Só sou péssimo nisso.

Gostaria de dizer que a declaração havia sido exagerada, mas eu acabei com dois dedões do pé machucados que discordariam. Era impossível não amar alguém que se dedicava com tanto entusiasmo a algo em que era péssimo de um jeito tão óbvio. Eu tropecei no meio de um rodopio, o que poderia sem dúvida ter me feito cair de costas no chão.

Era impossível não amar alguém.

Era impossível não amar alguém...

As palavras ricocheteavam ao ritmo da música, cuja batida Nick sempre falhava em acompanhar. Ele não se importava. Estava às gargalhadas e sorrindo para mim, e eu soube então que sempre me lembraria daquilo, porque aquele foi o momento em que me dei conta de que o amava.

Quando a música enfim desacelerou e a voz rouca do vocalista da banda começou a cantar "Me and Mrs. Jones", deixei os braços de Nick me envolverem, como se nunca tivesse sido abraçado por ele antes. Tudo parecia novo, frágil e muito precioso. Minhas curvas se encaixaram com perfeição nas planícies do corpo de Nick quando ele me puxou para mais perto. Eu podia sentir o calor do hálito dele junto à lateral do meu pescoço, e o roçar dos lábios dele na veia que martelava sem parar.

Depois de duas ou três músicas, tive que lembrar a mim mesma que estávamos em um local público e que não seria possível colocar em prática, em um salão cheio de desconhecidos, os pensamentos que passavam pela minha mente. Quando levantei a cabeça de onde ela havia pousado no ombro de Nick, vi uma chama azul-cobalto tremeluzindo em seus olhos. Aquele fogo transformou em cinzas qualquer bom senso que me restasse.

— Podemos ir embora? — perguntei com a voz rouca.

Nick pareceu ter dificuldade em formular uma resposta, o que considerei um sinal muito encorajador. Ele apenas assentiu, seus olhos sempre fixos em minha boca.

— Vamos — disse ele, por fim, na voz uma mistura de suavidade e rouquidão.

Ele me guiou para fora da pista de dança, abrindo caminho entre casais que então rodopiavam ao som de um pancadão bem conhecido, que com certeza faria todo mundo querer dançar.

— Não deveríamos nos despedir dos seus amigos? — questionei, quando me dei conta, de repente, de que Nick já tinha pegado minha bolsa na mesa e estávamos no saguão do hotel.

— Acho fantástico que você acredite que tenho controle suficiente para lidar com uma rodada de despedidas, além do trajeto de vinte minutos até minha casa.

Ele estava me encarando agora, e minha pulsação que já estava irregular se libertou das amarras e disparou de vez.

— Vinte minutos? — perguntei, com a voz estranhamente ofegante.

— Dezoito, se eu tiver sorte e me der bem com os semáforos.

— Você acha que vai se dar bem? — provoquei, mordendo o lábio inferior. Eu normalmente não era tão provocadora, mas Nick estava trazendo à tona um lado totalmente novo em mim.

Ele me puxou para si e me beijou com uma amostra da paixão que eu sabia que estaríamos compartilhando em cerca de vinte minutos... dezoito, se tudo corresse bem.

Eu mal me lembro do caminho de volta no carro dele. Sei que o rádio estava tocando, mas seria difícil dizer se a música era um jazz sexy e baixo ou "Baby Shark" em looping. Lembro de ter tido presença de espírito o bastante para mandar uma mensagem apressada para minha mãe e Amelia, avisando que não voltaria para casa naquela noite. Mas meus dedos estavam longe de estar firmes, e a mensagem talvez tivesse saído tão cheia de erros de digitação que as duas levariam até de manhã para decifrá-la.

Minha admiração por Nick cresceu enormemente conforme percorríamos as ruas em direção à sua casa. Ele dirigia rápido, talvez um pouco acima do limite de velocidade, mas não foi imprudente em momento algum. E manteve os olhos na estrada o tempo todo — mais tarde, Nick me confessou que, se tivesse se permitido desviar o olhar para minha direção, talvez tivéssemos acabado dando de cara com uma árvore, ou de cabeça para baixo em uma vala na beira da estrada.

No entanto, por mais comedido que Nick pudesse parecer no exterior, alguns sinais ainda o denunciavam. Ele estacionou em um ângulo estranho na garagem da casa e deixou a chave na ignição. Então, saiu do carro e já estava ao lado da minha porta enquanto eu ainda me atrapalhava para soltar o cinto de segurança. Ele se inclinou até mim para soltar o fecho e ouvi seu arquejo antes que conseguisse me soltar e me tomasse nos braços. Logo os lábios de Nick estavam colados aos meus em um beijo que começou na calçada, sob um dossel de estrelas, e continuou pela porta da frente e pelo hall de entrada. Eu tinha uma vaga noção de que Mabel estava olhando sonolenta para nós da caminha de cachorro e logo afastando o olhar com zelo.

O paletó de Nick foi parar no chão do corredor, seguido depressa pela gravata dele e meus sapatos brilhantes de salto, que foram abandonados na escada. Deixamos um rastro de roupas no caminho até o quarto dele. Quando chegamos lá, todos os botões da camisa de Nick estavam abertos e eu já havia puxado a camisa para fora do cós da calça.

Ele aninhou meu rosto entre as mãos enquanto me beijava com fervor no corredor do andar de cima. Nossas línguas se encontraram, explorando, sondando e aprofundando o beijo até eu começar a gemer suavemente contra sua boca. As mãos de Nick ainda estavam no meu cabelo, mas as minhas deslizaram pelos seus ombros para percorrer os contornos do peito... e mergulhar mais abaixo. Então foi a vez de Nick deixar escapar um gemido. Ele correu uma das mãos pela curva da minha coluna e seus dedos se detiveram quando encontraram o zíper do vestido. Prendi a respiração, esperando. A cada segundo que ele demorava, o latejar entre minhas pernas se tornava mais insuportável.

Levei as mãos à sua cintura e o puxei até mim, com a firmeza necessária para que não houvesse dúvidas da minha intenção. Por um momento, Nick hesitou.

— Você tem certeza, Lexi? Se mudou de ideia, não é tarde para parar.

— Eu não quero parar. E você?

Iria me destruir se ele dissesse "quero".

Mas, em resposta, ele enfim abriu o zíper do vestido e enfiou a mão dentro da abertura. Gemi e pressionei mais o corpo ao dele — seu membro estava tão rígido que parecia granito contra minha barriga. Nick levou as mãos à minha cintura e, em um movimento tão rápido que me fez arquejar, me ergueu contra seu corpo. Passei as pernas ao redor dele e as prendi nas suas costas. Nós passamos meio que tropeçando, meio caindo pela porta do quarto e, de alguma forma, conseguimos chegar à cama.

O resto das roupas de Nick desapareceu em segundos — era *aquele* o meu nível de impaciência, de voracidade. Mas ele não se apressou e foi deixando uma trilha ardente de beijos que começou no meu pescoço, desceu pelo ombro nu e seguiu a curva do meu seio. O sutiã sem alças que eu tinha levado séculos para conseguir fechar foi aberto com uma rapidez impressionante com os dedos de Nick focados no fecho. Ele ficou apenas olhando para mim por um longo momento antes de roçar quase com reverência minha pele exposta. A agonia da espera pelo seu toque foi logo esquecida quando Nick envolveu meus seios com as mãos, antes de abaixar a cabeça para provocar com gentileza cada mamilo, usando os lábios e a língua.

O que se seguiu foi um borrão de sensações tão além do que eu já havia vivido antes que me perguntei a sério se estive fazendo aquilo do jeito errado durante toda minha vida adulta. Exploramos o corpo um do outro pouco a pouco, centímetro por centímetro, em carícias provocantes, como se estivéssemos em uma jornada que sempre quisemos fazer, mas nunca tínhamos encontrado o companheiro de viagem certo. Até então. As preliminares por si só já confirmaram que eu estava estragada para qualquer outro homem. Nunca mais iria querer fazer aquilo com ninguém além dele.

Quando Nick enfim apoiou o peso do corpo nos braços e se posicionou entre minhas pernas, meus olhos estavam abertos e os dele também. Nenhum de nós dois desviou o olhar. Quando ele me penetrou, pude sentir seu corpo tremendo sob minhas mãos.

— Nossa, Lexi, faz tanto tempo que eu quero isso.

Ele ajustou o ritmo ao meu, interpretando cada movimento e som que eu deixava escapar, como se já tivéssemos feito aquilo mil vezes antes. Nick soube exatamente quando eu estava quase lá, e vi a urgência em seu rosto se intensificar quando enfim me levou ao limite. Gozei com um grito que não consegui reprimir e, segundos depois, senti o corpo de Nick estremecer contra o meu, chamando meu nome enquanto se derramava dentro de mim.

Aquele momento foi diferente de tudo que eu já tinha experimentado antes, e quando Nick ergueu meu corpo nos braços e beijou com ternura minha testa, eu soube que tinha sido tão incrível para ele quanto para mim.

25

— **N**ão era assim que eu queria que fosse a nossa primeira manhã juntos.

Nick ainda estava se desculpando. Ele vinha fazendo aquilo desde que seu celular nos acordara quando o alvorecer de um novo dia tinha começado a se esgueirar pela janela. E continuou repetindo "desculpa" conforme se deslocava pela semiescuridão, pegando as roupas que vestiria com a destreza de quem já tinha feito aquilo várias vezes. E voltou a se desculpar quando parou ao lado da cama e olhou para mim. Eu tinha plena consciência de que os lençóis ainda estavam emaranhados e enrolados ao redor da minha cintura.

— Como vou conseguir sair de casa com você assim na minha cama? — resmungou.

Levantei as mãos para cobrir os seios.

— Melhor assim?

Ele balançou a cabeça e me segurou pelos pulsos para afastar minhas mãos, então as levantou e pressionou contra os travesseiros perto da minha cabeça, me mantendo presa. E de muito bom grado, diga-se de passagem. Ele se ajoelhou na cama e pôs o corpo por cima do meu. Minha respiração ficou presa na garganta quando senti, através dos lençóis, que ele estava ficando duro.

Foi bom que Nick encontrou um mínimo de controle em algum lugar, porque, a mim, não restava nenhum.

— Eu não posso fazer isso. Preciso ir para a fazenda — falou ele, me soltando.

Assenti e dei um beijo rápido e intenso em sua boca, antes de me cobrir melhor com o lençol para evitar mais distrações.

— Volte a dormir, se conseguir — me encorajou Nick, enquanto ajustava o moletom grosso com capuz e puxava o zíper. — Se fosse qualquer outra pessoa que não Doug, eu teria dito para ligar para o consultório. Nem estou de plantão nesse fim de semana.

— Tá tudo bem, Nick, mesmo. *Eu* tô bem — garanti.

Eu soube que o problema na fazenda de Doug era sério assim que vi a expressão de aborrecimento de Nick se transformar em preocupação quando o amigo se desculpou por ligar para ele em uma hora tão incômoda. Então se seguiu uma breve conversa durante a qual Nick disparou uma série de perguntas — das quais não entendi nenhuma. Mas percebi que todas tinham a ver com cavalos. Não sei quais respostas Nick tinha recebido, mas elas haviam trazido apreensão ao seu rosto.

"Chego aí em quinze minutos", prometeu ao amigo.

Nick saiu da cama e, entre as inúmeras desculpas, me disse que Dotty, a égua que eu tinha montado na visita à fazenda, estava passando muito mal, com cólica.

— Doug disse que Pippa está fora de si de tanta preocupação. Ela ama aquela égua mais do que qualquer outra coisa no mundo. Sério, Lexi, se fosse qualquer outra pessoa que não eles...

— Vai — interrompi. — Eu entendo.

— Talvez seja bom pra você descansar um pouco — disse Nick da porta do quarto. Ele estava a pelo menos cinco metros de distância de mim, mas eu poderia jurar que conseguia sentir o calor em seus olhos quando acrescentou: — Nenhum de nós dormiu muito ontem à noite.

— Eu sei — falei, trocando um olhar com ele que seria reconhecido por recém-amantes em qualquer lugar do mundo.

— Tinha grandes planos para essa manhã — admitiu Nick, se forçando a atravessar o batente da porta, com muita relutância. — E nenhum deles envolvia roupas.

Eu ri, enquanto me perguntava quando tinha sido a última vez que havia me sentido tão relaxada, mas logo me senti culpada quando pensei na adolescente desesperada esperando no estábulo pelo único veterinário em quem ela confiava para salvar sua égua.

— Fique à vontade enquanto eu estiver fora. Volto assim que puder.

— Vou estar aqui — prometi.

Então, porque não consegui resistir, movi o lençol para que ele tivesse um último relance rápido do meu corpo nu.

Nick ainda estava rindo enquanto descia as escadas correndo e saía para as primeiras horas da manhã.

Por mais incrível que pudesse parecer, consegui voltar a dormir. Nick talvez já estivesse fora por horas quando acordei pela segunda vez, porque a luz solar que passava pela janela do quarto estava refletida em um ponto muito distante no piso de madeira encerada.

Eu me espreguicei na cama, enquanto as lembranças da noite anterior eram reproduzidas na minha cabeça como um filme adulto. Sorri enquanto examinava o chão do quarto, onde estavam as roupas que tínhamos deixado pelo caminho. Perto da porta estava a camisa de Nick, que, para minha surpresa, eu tinha conseguido jogar do outro lado do cômodo. Movida pela necessidade de ingerir cafeína, saí da cama e vesti a camisa. Nick tinha me dito para ficar à vontade, mas não achava que a oferta incluísse vagar pela casa dele vestindo nada.

No caminho para a cozinha, descobri mais roupas descartadas. Recolhi os sapatos brilhantes de salto agulha da escada e peguei a clutch preta que estava no degrau mais baixo. Pousei os sapatos no chão, mas, por algum motivo, meus dedos apertaram com mais força a pequena bolsa de festa.

Momentos antes, o único pensamento na minha cabeça era a máquina de espresso na cozinha de Nick. Mas agora, parada ali sob um raio solar da manhã, estremeci de repente. Alguma coisa parecia errada... alguma coisa que tinha a ver com a bolsa. Abri o fecho e examinei dentro. Tudo o que deveria estar ali *estava*. Mas não consegui afastar a sensação de mal-estar.

E aquilo ainda me perturbava quando entrei na cozinha de Nick e coloquei a bolsa em cima da bancada reluzente. Amelia estava certa, uma bolsa prateada teria *mesmo* combinado mais com minha roupa. E mais uma vez me vi dominada por aquela sensação de que havia alguma coisa fora de ordem.

Distraída, me virei até o armário onde Nick guardava as canecas, mas não cheguei a pegar nenhuma. Porque a lembrança que eu estava me

esforçando para capturar desacelerou o bastante para que eu pudesse agarrá-la na minha mente. E foi como ser atingida por um raio.
Tenho uma linda, de contas, que nunca usei. Está em algum lugar.
Eu podia ouvir a voz de Amelia tão clara que era como se ela estivesse ali na cozinha ao meu lado.
Está em uma caixa cinza-escura... eu acho.
Ela falava sobre a bolsa prateada desaparecida, e eu estava distraída demais para prestar a devida importância às suas palavras. Mas, naquele momento, eu estava prestando atenção, porque eu sabia *exatamente* onde estava aquela caixa cinza: embaixo da cama no quarto de hóspedes. Eu a via toda vez que me ajoelhava para colocar um novo conjunto de fotos na caixa de recordações.

Meu coração batia com força no peito e o som do sangue latejando nos meus ouvidos dificultava o raciocínio. Não havia nenhuma razão sequer para achar que Amelia teria se lembrado da localização da caixa cinza durante a noite. Ou que teria decidido procurar por ela. Mas e se aquilo tivesse acontecido?

Seria arriscado que ela encontrasse a caixa de recordações?, me perguntei, e me respondi ao subir correndo as escadas até o quarto de Nick e me vestir ainda mais rápido do que ele me despira. Aquelas fotografias nunca deveriam ter sido tiradas e, vistas fora do contexto, só poderiam causar danos.

O motorista do Uber queria conversar, mas eu só queria que ele dirigisse mais rápido. Cada semáforo vermelho e cada cruzamento movimentado pareciam ter sido colocados de propósito no caminho para nos atrasar.

— Você acha que poderia ir um pouco mais rápido? — insisti.

— Está com um pouco de pressa, não é?

Aquela era a segunda pergunta redundante que ele fazia até ali, sendo que a primeira tinha sido: "Vamos para algum lugar elegante?", quando entrei no banco de trás do carro dele, às dez horas da manhã, vestida com as roupas que tinha usado no casamento.

Eu me senti mal por quebrar a promessa que havia feito a Nick de esperá-lo, e tentei afastar da mente a imagem dele subindo as escadas correndo e encontrando só meu bilhete rabiscado às pressas no lugar onde havia me deixado.

Nick, sinto muito, mas surgiu um imprevisto e preciso ir. Te ligo mais tarde. Espero que Dotty esteja bem. Bjs, L.

Desci quase antes do carro parar na estrada de areia e agradeci ao motorista às pressas, por cima do ombro. Eu irrompi pela porta, como se estivesse em uma missão de resgate, olhando da esquerda para a direita enquanto corria pelo corredor, na esperança de encontrar minha irmã em um dos cômodos do térreo. Mas ambos estavam vazios.

Subi as escadas apressada, deixando um rastro de areia úmida pelo caminho graças a sola do sapato de salto agulha. Ao chegar ao topo, vi que a porta do meu quarto estava aberta. Eu me senti nauseada e dei um passo para a frente, hesitante.

— Amelia? — chamei, aguçando os ouvidos na esperança de ouvir o tamborilar da água do chuveiro, mas a resposta dela veio do meu quarto, como de alguma forma eu sabia que aconteceria.

Sentia as pernas pesadas enquanto atravessava o corredor. Ela estava no lugar exato onde eu temia encontrá-la, ajoelhada no chão, ao lado da cama. Ao seu redor, espalhadas nas tábuas de madeira, havia um mar de fotografias cintilantes da caixa de recordações.

Amelia virou a cabeça muito, muito devagar para me encarar.

— Que porra é essa?

— Posso explicar — me apressei a dizer, o que era uma mentira descarada, já que eu não tinha a mínima ideia de como explicar nada.

Ela não tinha interesse em ouvir minhas explicações. Parecia movida por uma fúria que eu suspeitava estar fermentando havia várias horas.

— Você mentiu. — Aquela voz nem parecia da minha irmã. — Você mentiu pra mim. Eu perguntei se seu amigo tinha conseguido acessar as fotos do meu celular e você mentiu na minha cara, me disse que ele não tinha conseguido recuperar nada.

— Eu… eu…

Não tinha ideia do que dizer. Eu não estava preparada para aquela discussão. Mas Amelia sem dúvida estava.

— Todas as lembranças preciosas que eu tenho de Sam estavam naquele celular. Você *sabia* como aquelas fotos eram importantes pra mim e mentiu dizendo que não tinha achado nenhuma. Então imprimiu as fotos e escondeu de mim. Qual é seu problema, porra?

Balancei a cabeça, cada centímetro do meu corpo ardendo com a surra que eu estava recebendo. A surra que eu merecia.

— Mas pior do que esconder isso de mim — continuou Amelia, apoiando um braço trêmulo na cama para conseguir se levantar —, pior do que a forma como você me enganou, foi o modo como me fez duvidar de tudo o que eu sabia que era verdade. Você me fez achar que eu estava ficando doida. Procurei em cada centímetro dessa casa por sinais de Sam, mas não consegui encontrar nada. E agora sei por quê.

Porque ele não é real, senti uma vontade desesperada de dizer, mas ela ainda não estava disposta a me deixar falar.

— Você escondeu de mim todos os vestígios dele, não foi? Assim como escondeu essas fotos. Mas o que não consigo entender é por quê. Por que, Lexi? — perguntou ela, o corpo todo tremendo de emoção. — Por que fazer uma coisa dessas com a sua própria irmã? Sangue do seu sangue. Sua gêmea.

— Por favor, Mimi, vamos nos acalmar e pensar bem sobre tudo isso. — Olhei ao redor do quarto, desesperada. — Cadê a mamãe? Ela vai me ajudar nisso.

— Ela está na casa de Tom — retrucou Amelia. — E deixa a mamãe fora dessa história. Isso é entre você e eu. Só.

— Tudo bem — falei, erguendo as mãos como se estivesse me rendendo. — Mas, por favor, não pensa que fiz alguma coisa pra te magoar. — Minha voz vacilou enquanto as lágrimas começavam a escorrer pelo meu rosto. — Eu só queria fazer você ficar bem de novo.

Os olhos de Amelia cintilavam, mas não por causa de lágrimas, e sim de raiva.

— Você queria ser a única pessoa capaz de me fazer melhorar — declarou ela, com a voz de uma estranha.

Balancei a cabeça.

— O quê? Não. Do que você tá falando?

Ela olhou para as fotografias espalhadas aos nossos pés.

— Você viu o que Sam e eu sentimos um pelo outro. Está óbvio em cada maldita foto do meu celular. E era insuportável para você, não era?

— O quê? — Ela estava tão completamente equivocada que eu não tinha ideia de como levar a conversa de volta para a esfera da sanidade.

— Não estou com ciúme de você nem do seu relacionamento com Sam — neguei, ignorando a voz na minha mente que me lembrava com certa insistência que ele não existia.

— Ora, acho que é isso mesmo que você está sentindo. Ciúme por eu ter alguém tão próximo ou mais próximo de mim do que você. E também está com inveja por não ter alguém que te olhe do jeito que Sam olha pra mim nas fotos.

Não evitei olhar para uma foto em que Nick e eu sorríamos um para o outro na praia. Minhas lágrimas passaram a cair ainda mais rápido.

— Talvez você sinta inveja desde que conheci Sam. Ele sempre foi mais o seu tipo do que o meu.

Era um bom argumento. Nick era exatamente o tipo de homem por quem eu sempre tinha me sentido atraída.

— Talvez você não conseguisse suportar que eu tivesse conseguido fazer um relacionamento dar certo de um jeito que você nunca conseguiu.

Aquela mudança abrupta de rumo na conversa deixou minha cabeça girando.

— O que você quer dizer com isso?

— Estou falando que todo relacionamento que você já teve veio com um botão de autodestruição embutido. Não é que você tenha azar no amor, do jeito que gosta de acreditar, Lexi…

Balancei a cabeça diante do veneno que nunca tinha ouvido antes, vomitado por aquela estranha que se parecia com minha irmã, mas com certeza não era ela.

—…você sempre faz de tudo para não encontrar o amor ao escolher os homens errados um atrás do outro. Autossabotando sua vida desde que nosso pai morreu.

Se Amelia tivesse sacado uma adaga e enfiado direto no meu coração, não teria feito um estrago pior. Ela era a única que sabia a culpa que eu ainda carregava lá no fundo pelo que tinha acontecido no dia em que nosso pai morreu, e a ouvir usar aquilo como arma quase me destruiu.

— E por isso você não quer que ninguém me ame, nem se importe comigo, a não ser você. Não fez nada desde que chegou aqui, a não ser afastar Sam de mim.

Eu estava balançando a cabeça, sem ter a mínima ideia de como a convencer que ela estava a quilômetros de distância da verdade.

De repente, Amelia deixou todo o peso cair no colchão, como se tivesse sido surpreendida por uma revelação.

— Ah, meu Deus. Você tem *afastado* Sam de mim esse tempo todo. Era ele que você estava indo ver quando dizia que ia encontrar com seu amigo "Nick". — Ela fez aspas no ar quando citou o nome do homem que eu amava. — Eu não acredito nem que *exista* um Nick. Você inventou esse homem, não foi?

A acusação, que invertia qual de nós estava apaixonada por um homem que não existia, era tão absurda que cheguei a rir alto. E só percebi tarde demais que aquela era a *pior* coisa que eu poderia ter feito.

Amelia estava balançando a cabeça, juntando todas as peças e chegando a uma conclusão que era de todo errada.

— Sempre que você dizia que ia encontrar Nick, na verdade, estava se encontrando com Sam, não é? Para dizer que ele não podia me ver, que seria ruim para minha recuperação se ele voltasse antes de eu estar melhor. — Ela bateu com a mão no colchão em um gesto de triunfo. — Eu sempre pensei que aquela história absurda sobre ele estar em um retiro de silêncio era um monte de bobagem. Sam jamais iria para uma coisa dessas.

Eu quis muito dizer a ela que nossa mãe havia questionado a mesma coisa, mas é claro que não podia fazer aquilo. Balancei a cabeça devagar.

— Não dá para falar com você desse jeito.

— De que jeito? Você quer dizer quando vejo tudo com clareza pela primeira vez em meses?

— Quando você vê tudo errado. *Me* vê errado. Eu te amo, Amelia. Com todo o meu coração e com todos os nervos do meu corpo, eu te amo e nunca, jamais, faria qualquer coisa pra te magoar.

Para minha surpresa, um pouco da minha sinceridade conseguiu romper a membrana de raiva e fúria que envolvia Amelia.

— Você me ama mesmo. Sei disso. Mas Sam também me ama, e você impediu que ele voltasse pra mim. Não posso mais permitir que você faça isso.

Uma sensação gelada de pavor me dominou.

— O que você quer dizer com isso?

Ela hesitou. Eu me agarrei aquilo por um longo tempo. Pelo menos ela hesitou antes de dizer as palavras que rasgaram nosso relacionamento como um sabre.

— Eu quero que você vá embora. Está na hora de você voltar para sua vida em Nova York e me deixar voltar para a minha. Depois que você for, Sam vai voltar pra mim. Sei que vai.

26

F iquei muito tempo no quarto de hóspedes, ainda usando o vestido do casamento, tentando entender o que havia acabado de acontecer. Eu nunca tinha brigado com Amelia daquele jeito, nunca tinha sido alvo de tanta raiva. Não conseguia imaginar como conseguiríamos consertar nosso relacionamento que acabara de se estilhaçar, e a ideia de que ele poderia estar rompido de modo irreversível fez as lágrimas caírem ainda mais rápido pelo meu rosto.

Amelia queria que eu fosse embora, não apenas da casa dela, mas também do país, e embora eu sempre soubesse que partiria em breve, pensei que seria quando a confusão dela se dissipasse e a confabulação sobre um homem que não existia enfim desaparecesse.

Mas Sam ainda estava nos pensamentos dela e, por algum motivo, Amelia tinha se convencido de que era eu quem o impedia de estar ao seu lado. A única maneira de provar que Sam *não* era real seria se eu fosse embora e esperasse que minha irmã por fim entendesse que ele nunca voltaria para ela... porque aquele homem não existia.

Mas o pior de tudo era saber que, enquanto Sam continuasse a existir como o marido fantasma da minha irmã, Nick não poderia ser meu. Nosso relacionamento que acabara de começar e todas as esperanças que tinham surgido depois da noite passada seriam deixados de lado. Eu não podia nem construiria minha própria felicidade em cima do coração partido da minha irmã. Aquilo acabaria nos destruindo.

Arranquei o vestido do corpo, o deixei cair como uma poça de tule no chão e peguei o notebook. Eu vinha redigindo aquele e-mail mentalmente havia semanas, com duas respostas diferentes. Só quando digitei as palavras aceitando a oferta de emprego é que percebi que pensava em recusar o tempo todo. Em vez disso, terminei a mensagem garantindo à minha gerente que estaria de volta à minha mesa em Manhattan até o final da semana.

Eu sem dúvida não tinha planejado direito, ou teria verificado antes com a companhia aérea se conseguiria encontrar um voo em tão pouco tempo. Mas a sorte estava ao meu lado. Restava um assento no voo direto para o aeroporto JFK, em Nova York, em dois dias. A tecnologia facilitava muito cortar relações antes que se tivesse tempo de mudar de ideia. Só era preciso digitar os dados do cartão de crédito e, com um único clique, você tinha alterado o próprio destino.

Não me passou despercebida a ironia de que eu voltava, atravessando o Atlântico, com quase o mesmo grau de urgência com que fizera a viagem em sentido contrário vários meses antes. No entanto, naquele curto espaço de tempo, tudo havia mudado. E, para ser justa, a maior parte dos acontecimentos importantes que mudaram meu futuro tinham ocorrido apenas nas últimas vinte e quatro horas.

— Consegui um voo para depois de amanhã.
— Acho melhor assim — respondeu Amelia com firmeza.

Não havíamos nos falado muito desde a briga naquela manhã e, quando dizíamos alguma coisa uma à outra, as palavras soavam duras e com uma educação desconfortável, como uma conversa entre estranhas. Um abismo de gelo tinha se aberto entre nós e eu não tinha a menor ideia de como atravessá-lo.

O único vislumbre de esperança foi a reação de Amelia quando sugeri passar os próximos dois dias até a viagem na casa da nossa mãe.

— Você não precisa fazer isso — respondeu ela. — Pode ficar aqui até ir embora.

Não era bem uma bandeira branca, nem mesmo uma flanela, mas ainda assim tomei aquilo como um sinal encorajador.

Já era meio da tarde quando por fim ouvi a voz de Nick. Ele tinha mandado várias mensagens ao longo do dia pedindo desculpas, mas eu não respondi a nenhuma delas. Não queria o distrair enquanto ele trabalhava, mas, para ser completamente honesta, também precisava daquelas horas extras para fortalecer minha decisão, porque já sabia que ele a desafiaria.

Amelia fingia ler uma revista, mas a velocidade com que as páginas eram viradas a denunciava. Estávamos a quilômetros de distância, apesar de estarmos na mesma sala. Fui até a janela e fiquei olhando para as ondas que quebravam na praia, enquanto me dava conta de como sentiria falta daquele lugar quando fosse embora. Quando meu celular tocou, eu sabia que veria o nome de Nick na tela, e meu estômago se revirou e pareceu colidir com meu coração, que já começava a afundar no peito. Aquela era a hora.

Amelia levantou a cabeça, e seus olhos me seguiram com uma expressão desconfiada enquanto eu me afastava da janela, seguia em direção ao saguão e saía do chalé. O vento me atingiu com a força de uma bofetada conforme eu seguia pela trilha e chegava à praia. Ali me dei conta de que deveria ter parado para pegar um casaco, porque logo comecei a tremer só com o pulôver tricotado. Ou talvez não fosse o tempo que estivesse me fazendo tremer. Foram necessárias duas tentativas antes que meus dedos instáveis conseguissem atender a ligação.

— Oi — disse Nick, e, embora eu tivesse trancado minhas emoções atrás de uma parede de aço, ele quase me fez desmoronar com aquela única palavra.

Nick parecia tão feliz, e eu estava prestes a estragar tudo aquilo.

— Olá. — A minha voz soou tão rígida quanto a mão que apertava o celular.

— Tá tudo bem? Acabei de voltar pra casa e encontrei o seu bilhete.

— Tá tudo bem — respondi. Aquela foi a primeira mentira, mas duvidei que fosse a última do dia.

— Ah, que bom. Por um momento, fiquei preocupado. Achei que tinha acontecido alguma coisa com Amelia. — O alívio na voz dele era palpável, e me senti um monstro por magoar um homem tão atencioso.

— Dotty tá bem? — perguntei.

Nick suspirou e ouvi a exaustão na sua voz.

— Ela vai ficar, mas teve um momento que a situação foi bastante preocupante. Lamento que isso tenha me afastado de você, mas pelo menos o resultado foi positivo.

Talvez para o animal, mas infelizmente não para nós.

— Fico feliz com isso, de verdade — falei, e minha voz falhou de repente.

— Lexi, o que foi? Qual é o problema? Não me diz que está tudo bem porque consigo ouvir na sua voz que não está.

— A gente precisa conversar, Nick.

Eu o ouvi engolir em seco, como se sua garganta estivesse quase tão apertada quanto a minha.

— Agora você está começando a me assustar. É alguma coisa com que eu deveria me preocupar?

— Eu... eu não quero mesmo entrar nesse assunto por telefone.

O suspiro profundo de Nick me disse que ele já estava na página certa do livro que eu jamais quis abrir.

— Onde você está? Na casa de Amelia?

— Sim.

— Estou indo.

Voltei até o chalé e vesti um casaco acolchoado que peguei do cabideiro ao lado da porta. Então, lembrei também de pegar um punhado de lenços de papel e enfiar no bolso. Eu tinha a sensação de que, não importava quantos levasse comigo, nunca seria o bastante.

Não gosto de pensar na velocidade em que Nick deve ter dirigido para chegar tão rápido até onde eu estava. Aquilo me fez lembrar de como fomos rápido para a casa dele na noite anterior, embora fosse difícil imaginar duas situações mais contrastantes.

Vinte minutos depois de termos encerrado a ligação, Nick freou o carro, provocando uma chuva de areia. Ele parou a alguma distância da fileira de chalés de pesca e saiu sem nem sequer olhar para o lado. De alguma forma, ele sabia o lugar exato onde me encontraria. Enfiei as mãos nos bolsos do casaco e observei enquanto ele atravessava a distância que nos separava. O passo de Nick diminuiu, então vacilou, quando ele chegou perto o bastante para ler a expressão em meu rosto. Ele balançou a cabeça devagar, como se não acreditasse.

— Me desculpa — falei, ansiando por correr até ele e voltar atrás, desdizer as palavras terríveis que ainda nem havia pronunciado, recompor o coração que estava prestes a partir.

— Por quê? — Foi uma pergunta carregada de pesar e que eu não tinha como responder direito.

Balancei a cabeça. Nick merecia muito mais do que eu estava lhe dando. Por muito tempo, nenhum de nós disse nada.

— Eu me apaixonei por você, Lexi. — Aquilo era tudo o que eu mais desejava ouvir, e a última coisa que eu queria que ele dissesse. — Eu só queria que você soubesse disso antes que diga qualquer outra coisa.

Havia dois Nicks parados diante de mim, depois quatro, então um exército inteiro deles enquanto minha visão ficava cada vez mais turva com as lágrimas. *Eu também*, estava na ponta da minha língua, mas dizer aquilo a ele só pioraria uma situação incrivelmente dolorosa.

— Marquei o meu voo de volta para casa. Vou embora em dois dias.

Eu o vi estremecer diante das minhas palavras, como se fossem facas.

— Vamos caminhar um pouco — sugeriu Nick, com a voz rouca.

Ele me ofereceu o braço e por um momento hesitei, mas a atração que Nick exercia sobre mim era forte demais. Mesmo que fosse para o outro lado do oceano, ainda seria assim. Passei o braço pelo dele enquanto caminhávamos pela areia.

— Por que agora? Por que hoje? Foi alguma coisa que eu fiz... ou não fiz?

Eu não poderia permitir que ele pensasse aquilo, mesmo que isso me desse uma saída mais fácil.

— Eu não mudaria absolutamente nada na noite passada. Foi perfeita.

— Tão perfeita que você quer correr para o outro lado do mundo?

— É onde eu moro — disse apenas. — Em algum momento, eu teria que voltar. Nós dois sabíamos disso.

— Alguém te disse alguma coisa? — perguntou Nick.

— Não — menti, em um reflexo instintivo.

— Você só acordou e mudou de ideia?

— No meu coração, nada mudou — confessei a ele, com o tom solene. Aquilo era a coisa mais sincera que eu havia dito até ali.

— Achei que ainda teríamos mais algumas semanas antes de você partir. Tenho pensado em formas de fazer a gente funcionar desde que deixei você lá em casa essa manhã.

Enquanto eu tinha passado o dia tentando excluir Nick da minha vida, ele tinha passado tentando criar um lugar para mim na vida dele. Ali eu soube que passaria muito tempo chorando por causa daquela dicotomia.

— Relacionamentos à distância nunca funcionam — declarei, parando de repente de andar e o forçando a me encarar.

— Como você sabe? Já teve um?

Eu quis mentir, mas algo na expressão dos olhos dele não permitiu.

— Não. Mas sei que não funcionaria comigo.

Nick pegou minhas mãos, e as prendeu entre as dele.

— Você não pode dizer isso com certeza. Não merecemos pelo menos tentar?

Abaixei os olhos para a areia, porque olhar para ele enquanto eu dizimava qualquer esperança que nos restasse era tão difícil quanto eu sempre soube que seria. *É claro que eu quero tentar*, gritei em silêncio.

— Eu poderia viajar nos fins de semana, a cada quinze dias — sugeriu Nick, ainda com esperança na voz. — E, quando Holly viajasse com a mãe, eu poderia passar mais tempo.

— Você estaria o tempo todo dentro de um avião, e isso custaria rios de dinheiro.

— Você acha que eu me importo com isso? Você vale a pena. *Nós* valemos a pena — declarou ele, me puxando junto ao corpo.

Quis resistir, mas meus pés pareciam não ter qualquer força de vontade. Colidi com o peito dele e enfiei o rosto ali para que Nick não pudesse ver como eu estava perto de vacilar na minha decisão.

— Aceitei aquela promoção importante no trabalho — murmurei a desculpa junto ao casaco de moletom dele. — É um grande passo pra mim. Muito mais responsabilidade. Vou trabalhar o tempo todo, inclusive nos fins de semana — acrescentei de forma significativa. — Vamos acabar estragando as lembranças que temos. É tão ruim que o que tivemos seja apenas um momento único e perfeito em nossas vidas? Eu sei o que vai acontecer se não fizermos isso. Você vai ficar frustrado porque vou estar ocupada demais pra te dar atenção, ou eu vou acabar com raiva porque você vai estar sempre correndo de volta para o aeroporto. Nossos horários nunca estarão sincronizados e vamos ter que recorrer a sexo virtual entre as visitas...

Pela primeira vez, a sugestão de um sorriso curvou seus lábios.

— Olha só, enfim você encontrou o lado positivo.

Dei um sorriso triste e me desvencilhei do abraço. Aquilo pareceu simbólico.

— Por favor, me deixa ter essa lembrança maravilhosa do tempo que passei com um homem que conheci nas circunstâncias mais inacreditáveis. Se a gente continuar tentando encontrar uma maneira de permanecer na vida um do outro, vamos acabar destruindo tudo de bom que há entre nós.

Eu o vi enrijecer como se minhas palavras o atingissem como golpes. Ergui o rosto para encará-lo. Seus olhos pareciam úmidos, e por mais que eu quisesse acreditar que era o vento que o fazia lacrimejar, tive um medo terrível de que eu fosse a responsável. Há um lugar especial no inferno reservado para aqueles que magoam alguém como Nick, e era para lá que eu estava indo.

— Tem mais alguma coisa nessa história. Alguma coisa que você não tá me contando. Nenhuma dessas razões que acabou de dar teria feito você desistir de nós tão de repente. O que aconteceu depois que eu te deixei na minha cama hoje de manhã?

Eu não queria contar a ele, mas como poderia deixar as coisas daquele jeito, com Nick achando que eu não me importava com o que tínhamos, que não queria tentar encontrar uma maneira de ficarmos juntos?

— Por favor, Lexi. Se você está indo embora, me deixando, eu não mereço pelo menos saber por quê?

Então, eu contei a ele. Contei tudo. Nick não me interrompeu. Não disse uma única palavra, só ficou parado ao meu lado, olhando para o mar, enquanto eu destruía de modo sistêmico algo que havia acabado de nascer. Quando enfim terminei de falar, ele se virou devagar para me encarar.

— Se você estivesse me deixando por outro homem, eu teria lutado por você. — Senti o coração inchar no peito ao ouvir a sinceridade em sua voz. — Se você tivesse escolhido Amelia e a felicidade dela em vez de mim, eu teria de alguma forma aceitado isso, porque sei quanto você ama sua irmã. — Lágrimas arderam de novo nos meus olhos, mas pisquei para afastá-las. — Mas não posso lutar contra e também não consigo entender o fato de você estar escolhendo a felicidade de Amelia em vez da *sua*. Está permitindo que a fantasia dela destrua sua própria realidade. E sou impotente diante disso. Não há nada que eu possa dizer, porque a única pessoa que pode mudar a maneira como você pensa... é você mesma. Vou te colocar em primeiro lugar, Lexi. Sempre e para sempre. Você e Holly são as coisas mais importantes do mundo para mim e sempre virão primeiro. Mas você também precisa se colocar em primeiro lugar. Precisa pensar em Lexi e Nick antes de Amelia e Sam.

— Não posso, Nick. Não posso fazer isso com ela.

Ele ficou em silêncio por um longo momento. Eu não sabia dizer se estava furioso, frustrado ou com o coração partido. Talvez as três opções fossem verdadeiras.

— Você me deixa te acompanhar ao aeroporto?

Peguei a mão dele, tentando memorizar a sensação dos seus dedos entrelaçados nos meus, porque sabia que seria a última vez que os sentiria ali.

— Não, Nick. Seria difícil demais. Por favor, vamos acabar com isso agora, aqui na praia, onde tudo começou.

Ele me puxou mais uma vez junto ao corpo e, por um momento, pensei que fosse me beijar, o que teria sido minha ruína, mas Nick era honrado demais para usar aquele tipo de tática. Seus braços me envolveram em um abraço que dizia tudo o que ambos sentíamos. O abraço se prolongou, como se nós dois soubéssemos que algo precioso desapareceria no minuto em que nos afastássemos um do outro.

O tempo pareceu se estender indefinidamente enquanto o mundo ficava em silêncio. As gaivotas pararam de guinchar, o vento parou de assoviar e o som das ondas foi abafado.

— Vou manter a esperança de que você vai encontrar um caminho de volta para mim — sussurrou Nick junto ao meu cabelo.

— Vou embora daqui a dois dias. Isso não vai mudar.

— Eu sei.

Eu tinha feito tudo o que podia para bater a porta na cara do nosso futuro. Mas Nick continuou lá, parado do outro lado daquela barreira, com a esperança de encontrar um jeito de derrubá-la.

27

— Isso é um absurdo, Lexi. Você *tem* que me deixar falar com ela. Balancei a cabeça.
— Não, mãe. Já conversamos sobre isso um monte de vezes. Você não pode dizer nada.

Estendi o braço por cima da mesa da cozinha e segurei a mão dela, mantendo a voz baixa para que não chegasse até o quarto de Amelia, onde ela estava tirando outro cochilo. Tinha feito muito isso nos últimos dois dias. Era óbvio que ela estava me evitando.

— Nesse momento, Amelia acha que eu sou a única culpada.
— Eu sei — disse minha mãe com tristeza —, e é por isso que quero esclarecer as coisas. É tão injusto...
— Seria ainda mais se não houvesse ninguém aqui em quem ela pudesse confiar depois que eu partisse. Do jeito que as coisas estão agora, sou a única vilã dessa história. Sou eu que estou mantendo Sam longe de Amelia e fazendo ela acreditar que ele não é real. Amelia ficaria arrasada se achasse que você também está impedindo o marido dela de voltar.

Vi pelas lágrimas que marejavam os olhos de minha mãe que ela compreendia muito bem o que eu estava dizendo.

— A única maneira de resolver isso é se eu for para Nova York e abrir caminho para Sam voltar para ela. E, quando isso não acontecer, quando Amelia enfim perceber que ele nunca existiu, talvez ela comece a melhorar. E isso é tudo que eu sempre quis.

— É mesmo, Lexi? E você e Nick?

Sempre doeria tanto toda vez que eu pensasse nele? Tive um pressentimento horrível de que talvez sim.

— Não existe Nick e eu. Nunca vai existir enquanto Amelia ainda acreditar que existe um Sam.

— Isso tudo é uma enorme confusão — falou minha mãe, balançando a cabeça, enquanto tentava dar sentido ao caos em que havia se transformado nossa vida. — Você está desistindo de uma coisa importante demais por ela. Não sou nem tão velha, nem tão cega, a ponto de não reconhecer o amor quando o vejo bem diante dos meus olhos.

Encontrei seu olhar e dei um sorriso gentil e cheio de significado.

— Eu também não — respondi, e permiti que meus olhos se desviassem na direção da janela e do chalé mais adiante, onde Tom morava.

Minha mãe enrubesceu como uma adolescente, e aquele foi o único momento luminoso em um dia repleto de escuridão.

— Não estamos falando de mim. Não quero ver você se afastando de alguém que gosta de você e te quer na vida dele.

— É difícil compartilhar uma vida quando as duas pessoas estão a milhares de quilômetros de distância — retruquei, optando pela desculpa fácil.

— Nick disse que a distância impossibilitava o relacionamento de vocês?

Pensei em mentir, mas ela havia me educado bem demais para que eu fizesse aquilo.

— Não. Ele queria que nós tentássemos.

— Então, por que você não tenta?

— Como eu posso fazer isso, mãe? — indaguei, a voz subindo de tom. — Para Amelia, Sam e Nick são o mesmo homem. Até ela se dar conta de que nunca esteve apaixonada por ele, eu também não posso estar. De certa forma, ir embora agora é tanto para o bem de Amelia quanto para o meu. Talvez, quando ela vir as coisas com clareza, Nick e eu possamos tentar de novo... se ele ainda quiser, é claro.

Se eu não tiver partido o coração dele em cacos tão pequenos que ele nunca vá conseguir me perdoar, acrescentei em silêncio.

Minha última manhã no chalé de Amelia começou igual à primeira, com um coro de gaivotas grasnando. Eu sentiria falta de acordar com aqueles gritos estridentes e o som da maré. Sentiria falta de muitas coisas.

Saí da cama e encarei meu reflexo no espelho da penteadeira. Aquele *não* era o rosto de uma turista feliz. Nem de alguém que tinha dormido o bastante nos últimos dias. Existiam boas chances de eu ter que pagar excesso de bagagem no balcão de check-in pelas bolsas embaixo dos meus olhos.

Conferi a hora e, em um instinto ao qual não pude resistir, desviei os olhos até a janela do quarto e a trilha de areia que levava à estrada. Eu tinha deixado bem claro para Nick que não deveríamos nos ver de novo antes de eu partir. Disse a ele que queria passar algum tempo com minha família. O que não disse foi que uma das duas pessoas da minha família mal falava comigo sem ficar com os olhos marejados e a outra mal falava comigo e ponto-final.

Amelia já estava na cozinha quando cheguei, tomando uma xícara de café frio. Suas olheiras deixavam as minhas no chinelo.

— Bom dia.

Ela levantou a cabeça, mas não respondeu, apenas assentiu. Quando estávamos na frente da nossa mãe, Amelia disfarçava um pouco, mas, quando éramos só nós duas, ela deixava bem claro que tinha pouco a me dizer. Eu me servi de café do bule em cima do balcão e puxei minha cadeira favorita nos últimos três meses.

Depois de um jantar de despedida que ninguém, a não ser minha mãe, desejava, nós nos separamos com lágrimas nos olhos na soleira da porta, e com a promessa de que eu ligaria para ela quando chegasse ao aeroporto. Era de se imaginar que, depois de viver no exterior por tanto tempo, já teria se tornado mais fácil deixar minha família para trás. Mas tudo parecia mais difícil daquela vez. A doença de Amelia e o distanciamento entre nós duas naquele momento eram um lembrete terrível de que nunca se sabe quando o último adeus será realmente *o último adeus*.

— Meu táxi vai chegar daqui a pouco — anunciei em voz baixa.

Por um breve momento, pensei ter visto uma expressão de pânico passar de relance pelos olhos de Amelia, mas ela a afastou depressa. E assentiu mais uma vez.

Minha mala e a bagagem de mão estavam prontas e esperando ao lado da porta da frente, mas meus passos eram lentos e relutantes quando saí da casa em direção ao táxi que chegou momentos depois. Enquanto o motorista guardava as malas, tirei uma última foto mental da tranquilidade à beira-mar que eu estava deixando para trás. Era difícil acreditar que em menos de vinte e quatro horas eu estaria de volta à agitação da barulhenta cidade de Nova York.

Amelia me surpreendeu ao me seguir para fora do chalé. Talvez ela quisesse se certificar de que eu estava indo embora mesmo, embora não tenha sido essa a impressão que deu quando se apoiou no muro baixo ao lado da casa e ficou me observando com atenção, enquanto meus olhos se voltavam mais uma vez para a trilha de areia deserta.

Foi você que disse a ele para não vir. Você deixou muito claro que não queria que ele te visse ir embora, lembrei a mim mesma. Além do mais, Nick estaria no meio do turno da manhã na clínica naquele momento. Fiquei imaginando por quanto tempo mais eu ainda saberia de cor a agenda dele e quanto tempo levaria para eu parar de visualizar exatamente onde ele estava e o que estava fazendo em qualquer momento do dia.

Amelia também olhava esperançosa para a rua vazia, com certeza esperando que um homem muito diferente chegasse. Com o coração pesado, percebi que nós duas estávamos destinadas a nos decepcionar.

— Bem, acho que é isso — falei, e me virei para ela enquanto o motorista olhava sem rodeios para o relógio.

Estendi os braços e, por um longo momento, achei que minha irmã fosse se afastar de mim. Mas ela acabou dando meio passo à frente. Aquilo foi o bastante para mim. Cobri a distância restante em dois passos rápidos e a abracei com mais força e por mais tempo do que eu sabia que ela gostaria.

— Vamos superar isso, Mimi, eu sei que vamos — sussurrei junto ao cabelo dela.

Amelia deixou os braços caírem ao lado do corpo e se afastou do abraço, como se já tivesse cumprido seu dever.

— Talvez. Talvez não — retrucou ela, com o tom calmo.

Aquilo me deixou sem ter o que dizer, e já podia sentir as lágrimas ardendo nos meus olhos quando me afastei dela.

— Você precisa ir agora ou vai se atrasar.

Amelia parecia um pouco sem fôlego, quase como se estivesse tentando não chorar, o que eu sabia que não era verdade. Eu, por outro lado, deixei de lado qualquer possibilidade de permanecer com os olhos secos. Havia um bom motivo para eu ter usado rímel à prova d'água naquele dia.

— Se cuida, por favor. Você é a minha irmã favorita — disse a ela em tom solene. — Portanto não faça nenhuma bobagem. Chega de passeios à meia-noite na praia. Lembre de tomar os comprimidos na hora certa e de fazer o que os médicos mandam.

— Você não precisa se preocupar. Sam vai cuidar de mim.

Dei um sorriso triste em resposta e me acomodei no banco de trás do táxi. Virei para trás enquanto nos afastávamos do chalé e fiquei olhando pelo vidro traseiro conforme minha irmã ficava cada vez menor. Quanto tempo ela ficaria parada ali, me perguntei, não para se despedir de mim, mas para esperar a chegada do marido desaparecido?

A esperança de Amelia era quase tão irreprimível quanto a minha, porque continuei esperando ver Nick, achando que ele poderia fazer uma aparição de última hora, até o táxi sair da estrada de acesso aos chalés e entrar na rodovia a partir de onde faríamos o longo trajeto até o aeroporto. Foi só então que enfim admiti que ele tinha feito exatamente o que eu havia pedido. Tinha se mantido longe.

28

O aeroporto estava com tudo em excesso: claro demais, barulhento demais e cheio demais. Três meses morando perto do mar tinham suavizado as arestas rígidas que eu precisava para sobreviver em uma das cidades mais movimentadas do mundo; seria massacrada em Manhattan. Eu me desviei de um passageiro com um carrinho cheio de malas empilhadas, mas na mesma hora entrei no caminho de um empresário de terno, que bufou alto, deixando claro o aborrecimento, enquanto desviava para me evitar. Saí apressada da entrada do terminal antes que acabasse causando, sozinha, uma queda, em efeito dominó, de passageiros.

Tinha sido um erro não pegar um carrinho e perdi a conta de quantas vezes murmurei "Com licença" e "Desculpe", enquanto empurrava minhas malas pelo meio da multidão. Por fim consegui chegar diante do painel de embarque — que passou por várias telas antes de chegar ao meu voo. Nenhum portão tinha sido determinado, mas pelo menos o check-in estava liberado.

Depois de abrir caminho entre a aglomeração de passageiros, enfim me vi diante da fileira de balcões a que precisava me apresentar, mas logo descobri que muitas pessoas tinham chegado antes de mim. A fila era enorme, serpenteava ao redor de si mesma, me fazendo lembrar de um dragão chinês em um desfile. *Por que merda eu não fiz check-in online ontem à noite?*

Fiquei parada por um longo tempo, então me afastei da fila e levei minha bagagem em direção a uma cafeteria próxima. Dez minutos depois, eu estava acomodada diante de uma mesa, com um espresso com leite vaporizado e uma baguete que mordisquei sem entusiasmo enquanto observava a fila avançar sem mim. Não havia razão para retardar o momento em que eu me juntaria aos outros ali, e mesmo assim eu hesitava. As mesas ao meu redor foram ocupadas e desocupadas, mas eu não saí de onde estava.

Brincar com o horário de um voo é algo perigoso e curioso e, se eu não me conhecesse melhor, acharia que estava tentando perder meu voo de propósito. *Chega dessa bobagem*, disse a mim mesma com severidade, e me levantei no instante exato em que meu celular anunciou a chegada de uma mensagem. Eu estava com tanta pressa para ler que quebrei uma unha na correria de tirar o celular do bolso. Senti uma onda de culpa e decepção me dominar quando vi que era o nome da minha mãe na tela e não o de Nick. Eu já deveria ter ligado para ela, mas também estava enrolando para fazer aquilo. *Vou mandar uma mensagem quando estiver perto do portão de embarque*, prometi a mim mesma, enquanto forçava meus pés relutantes a me levarem de volta ao balcão da companhia aérea.

Ocupei meu lugar na fila atrás de um jovem casal que com certeza tinha vindo direto do cartório. Ainda havia confetes presos no cabelo da mulher e os dois não paravam de olhar para as alianças cintilantes nem de sorrir. *Poderia ser você, sabia?* Pela primeira vez, a voz na minha cabeça não parecia a de Amelia. Era a minha. Desviei o olhar, como a gente faz quando olha na direção do sol, com medo de que ele possa ferir nossos olhos.

Atrás de mim estava uma família com uma montanha de bagagem e três crianças pequenas que ainda não tinham descoberto a alegria de ficar em uma fila.

— Vocês querem passar na minha frente?

A mãe exausta se adiantou com o carrinho de bebê que pilotava mais rápido do que um piloto de F1 com seu carro.

Dois minutos depois fiz a mesma oferta a um casal de idosos e então a um grupo de mulheres que sem dúvida faziam parte de uma despedida de solteira.

Vinte minutos depois de me juntar à fila, eu na verdade estava mais atrás nela do que quando comecei. Estava abandonando a fila.

— Tem certeza, minha querida? — perguntou uma mulher de meia-idade, incapaz de acreditar que não havia alguma segunda intenção em minha oferta.

— Sim, estou… hum… esperando por alguém e a pessoa está atrasada — respondi, e enfeitei a mentira olhando ao redor do aeroporto, como se estivesse tentando localizar meu mítico companheiro de viagem.

Era uma mentira curiosa que parecia estranhamente verdadeira. Era aquilo que eu estava fazendo? Seria aquele o motivo do sentimento de desconforto de que eu não conseguia me livrar? Estava mesmo esperando que Nick entrasse correndo pelo aeroporto, no último minuto, para impedir minha partida, como acontece nos filmes ou nos livros que editava? Se fosse esse caso, eu estava ainda mais iludida do que minha irmã.

No fim, não havia mais pessoas a quem ceder o lugar. Pior ainda, ao que parecia, minha relutância tinha despertado o interesse do pessoal da companhia aérea. Quando eu era uma das poucas pessoas que restavam na fila, não me sobrou escolha a não seguir em frente quando um funcionário do check-in me chamou até o balcão.

— A senhora está bem em cima da hora — me informou ele, com a mão já estendida para pegar meu passaporte. — O check-in está prestes a fechar.

Fiquei vários segundos olhando para a mão do homem, como se ele estivesse pedindo para que eu lesse sua mão.

Ele suspirou. Imaginei que tivesse sido um longo turno.

— Vou precisar ver seu passaporte, senhora.

O documento estava nas minhas mãos, mas não o passei pela abertura no balcão. Em vez disso, meus dedos apertaram a capa dele com força, como se aquela situação pudesse acabar em um cabo de guerra.

— Na verdade, não, você não vai precisar.

Tinha plena consciência de que, em algum lugar à minha esquerda, uma mulher, segurança do aeroporto, havia se aproximado do balcão.

— Senhora, se não me entregar seu passaporte, não vou poder permitir sua entrada nesse voo. — Ele pronunciou cada palavra com cuidado, como se tanto o idioma quanto o bom senso pudessem ser desconhecidos para mim. — E como já expliquei, está em cima da hora.

— Sim. Eu entendo. Só preciso de mais alguns minutos — falei, me afastando mais uma vez e levando as malas comigo. — Só preciso fazer uma ligação rápida antes do check-in.

— Senhora, está correndo o risco de perder seu voo para Nova York.

Assenti.

— Eu sei. Sinto muito, mas tenho uma forte sensação de que não devo entrar nesse avião.

Um casal de meia-idade que estava na fila atrás de mim levantou os olhos, alarmados.

— Você é vidente? — perguntou a mulher, com um nível de medo que deixava claro que ela não gostava de voar. — Teve uma premonição de que tem alguma coisa errada com nosso avião?

A segurança deu mais um passo em minha direção.

Levantei a mão no que esperava que parecesse um gesto tranquilizador.

— Não. Não é nada disso. Não sou vidente — garanti, ignorando as lembranças de todas aquelas ocorrências inexplicáveis que Amelia e eu já havíamos compartilhado. — Eu só acho que talvez meu namorado venha se despedir de mim.

— Bem, a menos que vocês façam check-in nos próximos cinco minutos, *os dois* podem dar adeus ao avião — constatou o atendente em um tom severo.

Afastei as malas do caminho do casal de idosos, que ainda me encarava com uma expressão preocupada. Talvez se eu ligasse para a clínica The Willows para saber se Nick estava lá ou não, aquilo acabaria com aquela sensação idiota de que seria um erro terrível entrar no avião. Eu nem precisava falar com ele, mas pelo menos assim eu saberia. De um jeito ou de outro.

Busquei o número da clínica, mas, enquanto a ligação ainda estava chamando no meu ouvido, ouvi algo que me fez desligar. Era difícil ter certeza. O aeroporto estava barulhento e o som do sistema de alto-falantes não era nada nítido. Mas pensei ter ouvido meu nome sendo chamado.

Meu primeiro pensamento foi Nick. Será que, no fim, ele tinha ido até o aeroporto, mesmo eu tendo dito para não ir? Será que eu tinha sentido a presença dele por perto e por *isso* que não quis fazer o check-in?

Corri os olhos ao meu redor, em busca de um homem alto, de cabelo escuro e usando óculos que o fazia parecer um herói dos quadrinhos. Mas não vi Nick em lugar nenhum. Mudei o peso do corpo com ansiedade de um pé para o outro, atenta, para ouvir se o chamado seria repetido.

Pela visão periférica, pude ver o atendente no balcão de check-in olhando em minha direção enquanto batia de forma enfática no relógio.

Menos de trinta segundos depois, os alto-falantes do teto ganharam vida mais uma vez.

— Passageira Lexi Edwards, do voo de Londres para o aeroporto JFK, dirija-se imediatamente ao balcão de informações mais próximo.

Levantei rápido a cabeça. Daquela vez, não havia qualquer dúvida. Em um mundo em que os anúncios dos aeroportos eram em grande parte incompreensíveis, aquele tinha sido muito claro.

Não me lembro de ter atravessado o aeroporto. Meu ritmo talvez fosse o de uma pessoa que fazia marcha atlética enquanto eu me dirigia até o balcão de informações. A quinze metros do meu destino, comecei a correr.

— Meu nome é Lexi Edwards. Vocês acabaram de me chamar — falei, ofegante, as palavras saindo tão atropeladas que a mulher atrás do balcão não entendeu nada. — Lexi Edwards — repeti, me forçando a falar de forma mais coerente. — Fui chamada.

Parte de mim estava convencida de que Nick estaria ali no balcão de informações, mas, como era óbvio que ele não estava, meu cérebro começou a imaginar os piores cenários, enquanto a mulher procurava pelo meu nome no computador. Depois do que pareceu uma eternidade, ela ergueu os olhos da tela.

— A mensagem é para que ligue para sua mãe.

Para minha mãe? A mensagem era da minha mãe? Tentei acalmar meu coração acelerado dizendo a mim mesma que ela só devia estar preocupada porque eu tinha me esquecido de ligar para avisar que tinha chegado no aeroporto. Mas será que aquela era mesmo uma boa razão para chamar alguém pelo alto-falante quando essa pessoa já deveria estar dentro de um avião? Enquanto me afastava até um ponto mais tranquilo do aeroporto para fazer a ligação, já sabia que tinha acontecido alguma coisa mais séria. Eu estava toda desajeitada enquanto tirava o celular do bolso.

Removi a notificação acusatória das três chamadas perdidas da tela inicial. Eu devia ter retornado a ligação da minha mãe. Eu me atrapalhei procurando o número dela, como se fosse alguém que nunca tinha segurado um celular antes, muito menos usado um para fazer uma ligação. Foram necessárias três tentativas antes de eu enfim conseguir achar o contato correto e completar a chamada. Meu coração estava disparado enquanto ouvia o toque de chamada vibrando no meu ouvido.

— Lexi. — Era a voz da minha mãe, e ela estava chorando.

Meus joelhos ficaram bambos na mesma hora. O aeroporto movimentado pareceu sair de cena enquanto eu me via voltando no tempo até aquele primeiro telefonema no meio da noite, em meu apartamento em Nova York, meses antes. Foi o pior tipo de déjà-vu ouvir minha mãe confirmar meus maiores medos.

— É Amelia. Ela voltou para o hospital. Os médicos acham que ela teve um ataque cardíaco.

Eu tinha a sensação de estar voltando no tempo enquanto ia do aeroporto até o hospital. Mal permiti que o ponteiro do painel do carro alugado descesse abaixo do limite de velocidade durante a viagem de três horas.

Passei a maior parte do tempo perdida nos meus pensamentos. Uma pergunta recorrente não me dava paz. *Era culpa minha? Nossa discussão tinha provocado a recidiva da minha irmã?*

Eu ficara chocada demais para perguntar qualquer coisa que chegasse perto de ser sensato à minha mãe pelo telefone, por isso não tinha ideia do que havia acontecido depois que deixei Amelia parada ao lado da casa dela, esperando por Sam. Eu estava tão absorta em meu drama pessoal que não tinha percebido os primeiros indícios de que minha irmã estava começando a se sentir mal. *Ela estava um pouco sem fôlego*, me lembrei, mas eu tinha atribuído aquilo ao fato de que ainda estava chateada comigo. E todos aqueles cochilos que achei que eram só para me evitar — será que seriam um sintoma de exaustão porque seu coração estava falhando de novo?

Era o mesmo hospital, mas em uma ala diferente de onde Amelia havia estado antes. Procurei nas placas de direção a indicação de como chegar à Unidade Coronariana. Até o nome da unidade me assustou.

Não estava frio por ali — nunca está —, mas eu estava tremendo quando entrei no elevador. Parecia que cada gota de sangue nas minhas veias havia sido substituída por um pavor líquido. Acompanhei os números no painel superior enquanto eles me levavam até o sétimo andar. Cinco... seis... a respiração ficou presa na minha garganta. *Estou com tanto medo.*

A primeira pessoa que vi foi Tom. Ele estava abaixado, murmurando algo que parecia ameaçador para uma máquina de autoatendimento que parecia ter roubado seu dinheiro. Tom deu um tapa forte que tenho certeza que machucou muito mais a mão dele do que a máquina. De qualquer forma, funcionou, e uma variedade de itens caiu na gaveta. Tom não pegou nenhum, porque ouviu meus passos. Ele lançou um olhar para um corredor que eu não conseguia ver.

— Esme, ela tá aqui. Lexi tá aqui.

Como se seguisse uma deixa de palco, minha mãe saiu para o corredor principal. Seus olhos encontraram os meus de imediato e permaneceram fixos neles enquanto percorríamos o espaço que nos separava. Achei que a estava confortando, mas bastaram alguns segundos em seu abraço para eu perceber que talvez fosse o contrário.

— Como ela está? — sussurrei.

O problema podia ser com o coração de Amelia, mas foi o meu que se recusou a bater até minha mãe responder àquela pergunta.

— Agora ela está dormindo. Conectaram sua irmã a todo tipo de monitores e máquinas. De novo.

Abracei minha mãe com força.

— Ela melhorou antes. E vai melhorar de novo — afirmei com uma convicção que gostaria que fosse real. — Estou tão feliz por você não ter tido que esperar aqui sozinha dessa vez — continuei, enquanto dirigia um sorriso agradecido a Tom.

— Tom chegou aqui antes de mim — contou minha mãe, e se virou para o pescador com um olhar que me disse mais sobre o relacionamento deles do que ela já havia revelado até ali. — Ele veio na ambulância com Amelia. Se recusou a deixar ela sozinha.

Fui até o homem idoso e dei um beijo de agradecimento em seu rosto marcado pelo tempo.

— Muito obrigada por isso.

Ele balançou a cabeça, parecendo constrangido por ser o foco das atenções.

— Você sabe o que aconteceu? — perguntei.

Tom se sentou com dificuldade em uma das cadeiras de plástico dispostas nos dois lados do corredor.

— Amelia disse que estava se sentindo indisposta durante toda a manhã — explicou ele, usando um eufemismo que parecia lamentavelmente inadequado para descrever uma suspeita de ataque cardíaco. — E decidiu tomar um pouco de ar fresco, para ver se ajudava.

Ele baixou os olhos para as mãos nodosas, parecendo surpreso ao vê-las tremendo.

— Não ajudou — continuou com um resmungo. — Encontrei Amelia na rua, ofegante, arquejando, como se estivesse correndo ou coisa parecida. Ela estava com o celular na mão... já tinha chamado a ambulância.

Não sei o que foi pior: ouvir que a própria Amelia tinha precisado ligar para a emergência, ou que ela havia passado por toda aquela aflição sem um único membro da família ao lado. Levantei os olhos e, quando vi uma única lágrima escorrer pelo rosto de Tom, percebi que estava errada. Minha definição de "família" tinha acabado de se expandir.

— Eu não sabia o que fazer para ajudar Amelia, então coloquei meu casaco ao redor dos ombros dela e fiquei sentado na rua ao seu lado até o pessoal da ambulância chegar.

Ele olhou para minha mãe, como se pedisse desculpas por não ter conseguido fazer mais. Ela balançou a cabeça com um sorriso choroso, dizendo sem palavras que ele tinha feito muito.

— Me parece que você fez tudo certo — garanti a ele. — A que horas tudo isso aconteceu?

— Pouco depois das três.

Na hora exata que eu tinha sentido aquela estranha relutância em pegar o voo para Nova York. Amelia estava em apuros naquele momento e, a alguns quilômetros de distância, eu sentira. Ela podia alegar que me queria fora da sua vida, mas os laços que nos uniam eram mais fortes do que qualquer discussão. E tinham me puxado de volta para ela.

Pouco depois da meia-noite, permitiram que minha mãe e eu entrássemos na unidade para ver Amelia. Qualquer que fosse o sedativo que haviam lhe dado, era claro que estava fazendo efeito, porque ela parecia muito inconsciente da nossa presença, mesmo quando seguramos sua mão ou beijamos seu rosto. Para nós, o simples fato de poder vê-la, de ver seu peito subindo e descendo quando ela respirava e de ouvir o sinal reconfortante do monitor cardíaco, já foi conforto o bastante para nos sustentar até de manhã.

Um médico de plantão, que para ser sincera parecia jovem e cansado demais para ser o responsável pela unidade, se aproximou da cama.

— Amelia está estável e confortável — declarou ele, com o tom gentil. — A melhor coisa que vocês podem fazer por ela agora é ir para casa e tentar dormir um pouco. Amanhã, o cardiologista vai poder dar um panorama mais preciso do estado dela.

Eu estava prestes a protestar, a insistir para que ficássemos ali, quando percebi o olhar ansioso que o jovem médico lançou à minha mãe. Ele estava certo. Uma mulher da idade dela não deveria passar a noite em cadeiras desconfortáveis de hospital.

— Parece uma boa ideia — falei, já passando o braço pelo da minha mãe e a afastando com gentileza da cabeceira da filha mais velha.

— Vocês podem ligar para cá ao longo da noite para receber atualizações, mas tenho certeza de que Amelia vai ter uma noite de sono melhor do que qualquer uma de vocês.

Ele não estava errado.

Saí do edifício-garagem do hospital, que estava quase vazio, e virei o carro na direção dos chalés à beira-mar. Minha mãe estava sentada ao meu lado, parecendo a definição de exaustão tirada do dicionário. Eu olhava às escondidas em sua direção cada vez que passávamos por um poste de luz. Como logo ficou claro, não disfarcei assim tão bem.

— Para de se preocupar comigo, Lexi — falou minha mãe, e pousou a mão em meu braço. As juntas dela pareciam disformes e sua pele não era tão flexível como antes, mas ainda era a mão que eu tinha segurado durante toda minha infância. — Sou forte como um touro — declarou ela.

Aquela foi a primeira vez que eu ri em horas.

— Ah, claro. Em um mundo onde os bois não têm mais de um metro e meio de altura e são magros como um bicho-pau.

Ela deu um meio-sorriso antes de dizer:

— Se vocês duas não se parecessem tanto com seu pai, eu acharia que pegaram a placa de Petri errada anos atrás.

Tom cochilava no banco de trás, aproveitando a tranquilidade do carro aquecido — embora tenha passado vários minutos insistindo que não tinha adormecido quando enfim paramos diante dos chalés de pesca.

— Vou acompanhar você até a porta — falei para Tom enquanto saía exausta do banco do motorista.

— Ando para cima e para baixo nesse caminho, sem qualquer ajuda, há uns cinquenta anos. Acho que consigo fazer isso sozinho — respondeu Tom com um pouco do humor insolente que eu associaria a ele para sempre.

Mesmo assim, reparei que o velho pescador não voltou a protestar quando o acompanhei pela rua de areia.

Ele parou na soleira da porta e pegou a chave, que levava presa em um pedaço de barbante velho e surrado, e isso me deu uma vontade inexplicável de chorar.

— Agora vai cuidar da sua mãe — pediu Tom, a voz ainda mais rabugenta do que o normal. Ele estendeu a mão até meu ombro e deu um aperto desajeitado. — E cuide de você também, minha menina.

Por sorte, minha mãe tinha a chave do chalé, porque a minha ainda estava sobre uma mesa no corredor dentro da casa. Eu a peguei e a coloquei de volta no bolso. Eu tinha um pressentimento de que precisaria daquela chave de novo por algum tempo.

— Por que você não dorme na cama de Amelia essa noite?

Minha mãe assentiu, cansada, e desconfiei que ela dormiria no instante em que a cabeça tocasse o travesseiro. Mas ela se deteve com um pé no último degrau da escada.

— Você não se importou que Tom estivesse lá esta noite, no hospital, não é? Não achou que era um desrespeito com seu pai, achou? — perguntou ela, hesitante.

Aquele talvez fosse o momento errado para ter aquela conversa, mas minha mãe já tinha mais do que o suficiente com que se preocupar. Ao menos aquela questão eu poderia descartar com facilidade.

Às vezes, as palavras certas chegam para a gente bem no momento em que mais precisamos delas.

— Meu pai já se foi há muito tempo, mãe. E ele não gostaria que você enfrentasse nada disso sozinha. Além do mais, acho que ele aprovaria Tom.

— Eu só queria que você também tivesse alguém — comentou minha mãe com tristeza. — Você vai ligar para Nick e contar a ele o que aconteceu hoje?

Aquela era uma pergunta que estava rodando há horas minha cabeça, mas a decisão já estava tomada.

— Não. Até onde Nick sabe, estou sobrevoando o Atlântico neste momento. Não há necessidade de saber que nem cheguei a decolar.

29

— O que eles disseram mesmo?
Se eu precisasse de alguma confirmação do nível de nervosismo da minha mãe, isso ficou claro no número de vezes que ela havia me pedido para repetir as atualizações que eu tinha recebido do hospital durante a noite.

— Disseram que ela passou a noite sem dor e que estava confortável e repousando — respondi, enquanto saía de um cruzamento e entrava no fluxo do trânsito matinal.

Eu me sentia muito mais habilidosa de volta ao volante do carro de Amelia do que no carro alugado, que seria recolhido mais tarde naquele dia.

O cardiologista de Amelia tinha terminado a ronda matinal, mas estava esperando pela nossa chegada na enfermaria. Aquilo era um lembrete de que o que tinha acontecido com minha irmã meses antes havia sido único de verdade. Eu duvidava que a família de todo paciente recebesse aquele tipo de tratamento preferencial.

— Lexi, Esme, é bom ver vocês de novo — disse o dr. Vaughan com educação, estendendo a mão quando nos aproximamos.

— Eu gostaria de dizer o mesmo — falei, enquanto trocávamos um aperto de mãos —, mas acho que eu tinha a esperança de nunca mais nos vermos. Sem querer ofender.

— Não ofendeu — respondeu o médico, com um sorriso. Ele esticou o braço, como um garçom nos conduzindo a uma mesa. — Vamos continuar essa conversa no quarto de Amelia?

O dr. Vaughan deu um passo para o lado na porta, para nos permitir um momento de privacidade com Amelia. Eu estava determinada a não chorar. Aguentei uns bons vinte segundos, o que, levando tudo em consideração, foi uma vitória.

— Você deveria estar em Nova York — disse Amelia, estreitando os olhos, quando enfim a soltei de um abraço.

— E você deveria estar em casa assistindo algo água com açúcar na Netflix... com Sam — acrescentei.

Era uma bandeira branca. Eu estava pedindo uma trégua.

Amelia assentiu devagar, entendendo perfeitamente. Talvez ser levada de ambulância para o hospital, com urgência, fizesse a pessoa reavaliar que batalhas valia a pena travar.

— Não havia nada que valesse a pena maratonar.

A resposta atrevida ficou comprometida pela falta de ar que pude ouvir retornando na voz dela. Por baixo da brincadeira, percebi o medo na expressão dos olhos da minha irmã. Peguei a mão de Amelia. Onde quer que a próxima meia hora nos levasse, eu queria que ela soubesse que não estaria sozinha.

Nada do que foi dito foi fácil de ouvir. Saber que minha irmã de 39 anos tinha sofrido um ataque cardíaco já era bastante chocante, mas saber que o dano resultante era tal que uma cirurgia, ou mesmo um transplante, poderia vir a ser a única opção dela, era aterrorizante.

— Mas, nesse meio-tempo, acredito que precisamos revisitar a possibilidade da cardioversão — declarou o dr. Vaughan, com a voz séria.

— Os batimentos cardíacos irregulares de Amelia estão sobrecarregando o coração, que, apesar da medicação, ainda está precisando se esforçar para funcionar como deveria.

Desviei os olhos para minha irmã. Ela tinha sido tão firme na determinação de sequer considerar o procedimento até que Sam voltasse que eu me perguntava como a persuadiríamos a concordar com aquilo.

— Podemos postergar esse procedimento de alguma maneira? — perguntei, e recebi um olhar agradecido de Amelia, cuja pele ainda tinha a cor de um pergaminho velho.

— Em um mundo ideal, eu preferiria aguardar alguns dias, mas, para ser sincero, não acredito que tenhamos essa opção.

Houve um longo silêncio. Eu me perguntei se seria a única que estava prendendo a respiração, na espera de que Amelia insistisse mais uma vez que Sam deveria estar presente para tomar aquela decisão com ela.

— Quando? — questionou Amelia, a voz carregada de medo. — Quando seria feito?

— Hoje. O mais rápido possível — respondeu o dr. Vaughan.

Antes de concordar, Amelia se virou para mim, com os olhos enormes e cintilando com as lágrimas acumuladas.

— Você pode tentar entrar em contato com Sam e avisar a ele?

Acho que todos me ouviram engolindo em seco, mas em nenhum momento rompi o contato visual com minha irmã.

— É claro que sim.

Amelia enfim se virou para encarar o médico.

— Tudo bem — disse com calma. — Faça o que precisa ser feito.

— A que horas eles disseram que viriam me buscar? — perguntou Amelia enquanto seu olhar continuava a se desviar do relógio na parede até a porta do quarto.

— Uma e meia, como antes — falei com gentileza.

— Ah, certo.

Ela assentiu, como se aquela fosse uma novidade, apesar de ter feito exatamente a mesma pergunta pelo menos quatro vezes nos últimos trinta minutos. Foi assim que eu soube que minha irmã não estava apenas nervosa, mas apavorada.

— Vai ficar tudo bem, Mimi. O procedimento tem uma taxa de sucesso muito alta — garanti, citando vários artigos que tinha consultado online.

Não pareceu apropriado acrescentar que, em cerca de cinquenta por cento dos casos, o coração do paciente se recusava a assumir o novo ritmo "normal" e revertia para o ritmo anormal. Como nosso pai sempre gostou de dizer: "Isso parece ser um problema do eu futuro".

Por favor, que Amelia seja um dos casos de sucesso, implorei em silêncio a qualquer deus que pudesse estar ouvindo. *Minha irmã com certeza merece um pouco de sorte, não é mesmo?*

Não ajudou em nada saber que era eu a razão pela qual Amelia conferia sem parar o relógio e o corredor do hospital. Ela acreditava que Sam fora informado do que estava acontecendo e estava esperando que ele se juntasse a nós. Em um filme, aquele era o momento em que o herói entrava pela porta no último minuto, no estilo cavaleiro de armadura cintilante montado no cavalo branco. E nada que eu pudesse dizer convenceria Amelia de que Sam não apareceria. Portanto, achei melhor não falar nada.

A cafeteria do hospital estava fervilhando de atividade. Minha mãe e eu tivemos que dar duas voltas pelo salão antes que eu enfim encontrasse uma mesa livre para nós. Pousei a bandeja com as xícaras de café que nenhuma de nós duas estava com vontade de tomar e olhei para o relógio mais uma vez. Haviam se passado apenas vinte dos sessenta minutos que o procedimento de Amelia deveria levar, e eu já estava ansiosa para voltar à unidade onde ela estava.

— Sua família pode dar um passeio ou visitar a cafeteria enquanto nós a levamos para a sala de procedimento — informou a enfermeira especialista em arritmia a Amelia enquanto lhe entregava o termo de consentimento para assinar.

A mente de Amelia estava claramente vagando, quase tanto quanto seus olhos. Aquilo me fez questionar quanto das informações ela teria sequer ouvido, quanto mais assimilado. A atenção da minha irmã estava concentrada apenas na porta da unidade e em quem passava por ela. Ou, mais importante, quem não passava.

— Você tem alguma dúvida? — perguntou a enfermeira, com um sorriso animado, enquanto pegava de volta a prancheta depois que Amelia assinou depressa no lugar indicado.

Até a assinatura dela parecia diferente naqueles dias — as voltas estavam maiores e desordenadas, e o nome havia escapado do espaço que deveria contê-lo no papel. Não era mais a caligrafia limpa e meticulosa de uma contadora. E vi como ela hesitou antes de escrever o sobrenome, como se não tivesse certeza se deveria escrever Wilson ou Edwards. No fim, acabou usando os dois.

Amelia esperou até que a enfermeira pedisse licença antes de olhar para mim com uma expressão que quase partiu meu coração. Ela parecia pequena e perdida dentro da bata cirúrgica mal ajustada. Depois de semanas de prática, imaginei que estaria acostumada a ver minha irmã em uma cama de hospital, mas descobri que não estava, de jeito algum.

E me dei conta, com um sobressalto, de que daria qualquer coisa para trocar de lugar com ela, o que era irônico, levando em consideração que tinha passado os últimos meses fazendo aquilo mesmo. Não que Amelia soubesse, é claro. E nunca saberia, decidi em um momento tardio de clareza. Aquelas fotos encenadas dela e de Sam tinham sido a causa de nossa briga. A única coisa boa que resultara daquilo foi que sem as fotos eu nunca teria conhecido Nick nem descobriria que era capaz de sentir o tipo de amor em que realmente havia deixado de acreditar.

Eu tinha que agradecer Amelia por aquilo. Mas seria aquele o preço de tudo? Será que nossas vidas ainda estavam tão ligadas, de um modo tão indissociável, que ela teve que perder sua alma gêmea para que eu encontrasse a minha?

Já não líamos com tanta frequência os pensamentos uma da outra, por isso fiquei surpresa ao descobrir que aquela capacidade misteriosa talvez não estivesse perdida por completo.

— Não sinta pena de mim, Lexi — disse Amelia, e pegou minha mão.

— Sinto muita pena de *qualquer pessoa* que tenha que usar uma bata de hospital como essa — retruquei, tentando tirar aquela expressão séria do olhar dela com uma brincadeira sem graça.

Amelia balançou a cabeça.

— Não sinta pena de mim, porque ainda acredito que Sam vai chegar.

— Eu... eu não... eu nunca disse...

Minhas mentiras estavam se desenrolando entre nós como fios puxados.

— Agora não importa por que você fez o que fez. Porque eu sabia a verdade. Aqui, eu sempre soube — afirmou ela, pousando a mão na altura do coração que batia em um ritmo irregular no seu peito. — Sam é real e ele *vai* voltar pra mim. Sei que vai.

Estremeci quando me vi dominada por uma premonição horrível. E se alguma coisa desse errado durante o procedimento? E se aquela fosse a última conversa que teríamos? Eu queria mesmo que as últimas palavras que havia dito à minha irmã fossem uma mentira? Que inferno... eu queria.

— Também acho que ele vai — concordei, enquanto empurravam a cama dela para fora do quarto. — Na verdade, tenho certeza disso.

Voltamos à Unidade Coronariana pelo menos quinze minutos antes de Amelia. Eu tinha deixado minha mãe na cafeteria e corrido até o carro para pegar uma sacola grande no banco de trás. Antes de sairmos de casa, um instinto que não compreendi totalmente havia me dito para pegar a caixa de recordações no lugar onde ficava guardada agora, no quarto de Amelia. Eu não tinha conseguido invocar o marido fantasma para estar ao lado da cama do hospital quando ela acordasse, mas ao menos podia garantir que minha irmã tivesse as fotos dos dois à mão.

Fiquei olhando para as portas do corredor com ainda mais avidez do que Amelia observara, e me levantei de um salto, aliviada, quando enfim a trouxeram de volta. Ela ainda estava mais dormindo do que acordada, resmungando bobagens enquanto posicionavam sua cama no espaço que lhe era devido.

— O médico vai vir mais tarde para explicar tudo a vocês, quando Amelia estiver um pouco mais desperta — informou a enfermeira especialista com um sorriso gentil. — Mas correu tudo muito bem. Ela voltou ao ritmo sinusal depois de apenas um choque.

Aquela era a Amelia que eu conhecia e amava, a mesma que tirava a nota máxima em todos os testes e provas e que nunca fazia nada de errado. O fracasso simplesmente não fazia parte do vocabulário da minha irmã.

Amelia cochilou por cerca de uma hora enquanto minha mãe e eu nos revezávamos para levantar da cadeira sempre que ela murmurava irritada durante o sono. Seu longo cabelo escuro estava espalhado sobre o travesseiro, e toquei de leve os fios castanhos sedosos, tomando cuidado para não a perturbar. Ela dizia alguma coisa que eu não consegui entender, mas, o que quer que fosse, fez sua testa se franzir em rugas profundas.

— Lamento demais que Sam não tenha estado com você hoje, Amelia — falei baixinho. — Mas estou muito feliz por *eu* estar aqui.

De maneira irônica, tanto minha mãe quanto eu estávamos cochilando quando Amelia despertou por completo. Ao que parecia, nossa noite maldormida enfim tinha cobrado seu preço. Não saberia dizer exatamente o que me acordou, mas me endireitei na cadeira e vi minha irmã sentada na cama, parecendo muito melhor do que quando a levaram para a sala do procedimento.

Estava claro que, enquanto dormíamos, Amelia tinha encontrado a caixa de recordações que eu havia deixado na mesa de cabeceira, porque naquele momento as fotos estavam espalhadas pela manta que cobria as pernas dela.

— Como você tá se sentindo? — perguntei, com a garganta seca e áspera, e não só por causa do salão superaquecido.

— Melhor — respondeu ela de forma sucinta.

Do outro lado da cama, vi que minha mãe também havia acordado. Ela me lançou um olhar preocupado enquanto as mãos de Amelia examinavam depressa as fotos.

— O que é isso? — quis saber minha irmã.

Fotografias parecia uma resposta banal demais, por isso substituí por outra que esperava que agradasse mais Amelia.

— Eu trouxe do chalé pra você. Achei que gostaria de ter essas fotos aqui quando voltasse do procedimento.

Um ligeiro vinco marcou a pele lisa da testa dela.

— Por quê?

Engoli em seco, constrangida. Aquele era o momento em que eu teria que explicar por que Sam ainda não tinha aparecido, apesar de eu ter pedido a ele que fosse ao hospital. Mas nunca tive oportunidade de contar a mentira, porque Amelia pegou uma entre as muitas fotos e a moveu para a luz que entrava pela janela.

— Quem é esse? — questionou ela, com uma expressão indecifrável no rosto enquanto se virava para mim. — Quem é o homem nessas fotos?

Eu tinha imaginado mil maneiras diferentes que aquele dia se desenrolaria, mas posso dizer com sinceridade que não havia considerado sequer por um momento que aquela seria uma delas. Aquele era o momento em que Amelia enfim percebia que as fotografias eram de dois impostores?

Engoli em seco várias vezes antes de tentar usar minha voz. Ainda assim, ela saiu aguda demais.

— Você não o reconhece?

Amelia franziu o cenho, concentrada, enquanto pegava outra foto; a que tinha sido tirada no passeio a cavalo.

— Pra ser sincera, não. Ele é algum famoso, um ator?

Balancei a cabeça.

— Não. Então ele não parece alguém que você conhece? Tipo *muito bem*?

Minha irmã voltou a franzir o cenho, agora intrigada de verdade.

— Não. Acho que não. Por que você tá perguntando?

O momento havia chegado e eu tinha a sensação de estar prestes a puxar o pino de uma granada que explodiria tudo.

— Você não acha que esse homem se parece com Sam?

Foram os dez segundos mais longos de toda minha vida até que Amelia deixasse a foto de lado e se virasse para mim.

— Quem é Sam?

30

— Isso é um absurdo. Desculpa, mas o que você tá dizendo não faz o menor sentido.

Olhei de relance para nossa mãe, mas ela parecia ter desenvolvido uma súbita fascinação pelos fios da manta do hospital. De qualquer forma, o olhar de Amelia estava fixo em mim, esperando por uma resposta ou pela explicação que eu mesma procurava havia três meses.

— Por que eu alegaria uma coisa maluca dessa? Ninguém questionou a total falta de provas? — Amelia ergueu a mão e começou a contar nos dedos. — Você me diz que não tem roupas dele no chalé, nem qualquer outro pertence, não tenho aliança de casamento, nada que sugira que eu me casei em segredo e não contei nada a nenhuma de vocês. — Ela revirou os olhos de um jeito sarcástico, parecendo dizer *como se algum dia eu fosse fazer uma coisa dessas*. — E como é que esse suposto "marido" — ela fez aspas no ar ao dizer a palavra — desapareceu da face da terra?

Respirei fundo, ciente de que estava caminhando por um campo minado.

— Mimi, meu bem, nós te fizemos todas essas perguntas e mais umas mil.

— Então por que acreditaram nessa bobagem?

Nossa mãe levantou a cabeça, e quase desmoronei quando vi as lágrimas em seus olhos.

— Não acreditamos, meu amor. Mas você, sim. Você acreditava piamente.

Aquelas palavras aplacaram um pouco Amelia, mas ainda estávamos em águas turbulentas.

— Nos primeiros dias, quando você estava muito mal, os médicos acharam que o delírio era resultado da hipotermia — expliquei, enquanto pegava a mão da minha irmã e a apertava com carinho. Aquela era uma das poucas vezes que conseguia me lembrar em que ela não apertou a minha de volta. — Eles esperavam que aqueles delírios se desvanecessem conforme você ficasse mais forte, mas isso não aconteceu. Sam era muito *real* para você, e você não estava bem. Seria cruel insistir que era um delírio. Os médicos apostavam na ideia de que as lembranças falsas acabariam se tornando menos reais e que você deixaria de acreditar que era casada. — Dei uma risadinha sem humor. — Acho que, no fim, eles estavam certos em relação a isso.

Amelia ainda balançava a cabeça, como se a qualquer momento eu fosse explodir em gargalhadas e dizer "Ihá, primeiro de abril!". Só que não era Dia da Mentira e eu nunca tinha me deparado com nada menos engraçado em toda minha vida.

— Se a mesma coisa tivesse acontecido com *você* — falou Amelia, com um toque de desafio na voz —, eu teria insistido para que me mostrasse uma prova. Pediria para ver a certidão de casamento, postagens no Facebook ou fotos de vocês dois juntos.

Engoli em seco, culpada, enquanto esperava a sequência inevitável daquela conversa. E foi isso mesmo o que aconteceu.

— Ai, meu Deus. *Esse* é o objetivo dessa caixa de recordações? Você estava tentando me fazer acreditar em uma fantasia?

Amelia me fez sentir como se tivesse falhado com ela mais uma vez. Lágrimas arderam em meus olhos, mas me recusei a deixá-las cair.

— Você estava com medo de esquecer Sam. E sua memória tem sido pouco... pouco *confiável*... nos últimos tempos. As fotos foram minha tentativa equivocada de te ajudar a mantê-lo real.

— Embora ele não fosse — retrucou Amelia, mas seu tom já não era inflamado. Graças a Deus, alguma coisa que eu dissera tinha extinguido o fogo da irritação.

A caixa de recordações cheia de fotos ainda estava virada de cabeça para baixo em cima da cama do hospital. Em um tribunal, talvez aquilo servisse como prova.

— Mas não sou *eu* nessas fotos, embora a pessoa nelas se pareça comigo *e* pareça estar usando todas as minhas roupas — comentou Amelia, com apenas uma pitada de insolência no tom brincalhão. Algo dentro de mim começou a relaxar aos poucos. — Essas fotos sem dúvida contam uma história, mas não é minha e de um homem chamado Sam, mas sim a história de como minha irmã enfim se apaixonou.

De volta ao cenário do tribunal, aquele era o ponto em que alguém deveria se levantar e gritar "Impugnação!".

Tentei uma argumentação hesitante.

— Eu nunca disse que estava *apaixonada* por Nick. A gente só estava tendo... alguma coisa.

Por fim, Amelia sorriu, mesmo que fosse um sorriso sarcástico.

— Você pode mentir pra si mesma, Lexi, mas não pra mim. Jamais conseguiria. — Ela passou as mãos pelas fotografias espalhadas. — A verdade está em cada uma dessas fotos. Você não é uma atriz tão boa. Sei muito bem disso, afinal já assisti a muitas peças das quais você participou na escola.

As palavras dela deixaram minha visão turva, enquanto eu ria e chorava ao mesmo tempo.

Muito tempo depois de deixar minha mãe na casa dela e de voltar para o chalé de Amelia na praia, ainda me sentia zonza com o desenrolar dos acontecimentos. Para ser sincera, o fato de Amelia ter esquecido de todo que era casada com um homem chamado Sam era quase tão difícil de lidar quanto o fato de ela ter inventado aquilo, para começo de conversa.

"Você sabe o que isso quer dizer, não sabe?", perguntara minha mãe, ainda com uma das mãos na maçaneta da porta do carro, quando paramos em frente à casa dela.

Talvez fosse significativo que ela tivesse optado por não me fazer aquela pergunta enquanto eu dirigia.

"O que isso quer dizer?"

"Que agora não há nenhum obstáculo que impeça você e Nick de ficarem juntos", declarou minha mãe, em um tom tão alegre que senti a garganta apertada de emoção.

"A não ser, talvez, os quase cinco mil quilômetros que separam a casa dele da minha", lembrei-a.

"Tsc, bobagem", afirmara minha mãe em um tom expressivo. "Esse é um pequeno detalhe se você pensar no obstáculo que estava em seu caminho antes."

"Estou cansada demais para pensar nisso essa noite", menti, e me inclinei por cima do freio de mão para dar um beijo carinhoso no rosto dela.

Mas *é claro* que eu pensaria naquilo. A noite toda, e mais um pouco, imaginei. O que não significava que eu *faria* algo a respeito. Tinha plena consciência de que o retorno de Amelia à normalidade poderia durar pouco. Era óbvio que havia acontecido alguma coisa com ela durante a terapia de cardioversão, algo além da restauração do ritmo cardíaco. De alguma forma, as lembranças verdadeiras dela tinham sido restauradas quando o coração levou um choque, do mesmo jeito que as falsas lembranças tinham criado raiz quando Amelia levara o choque do desfibrilador naquela noite na praia, meses antes.

Mas era de conhecimento geral que os efeitos da cardioversão regrediam em metade dos casos. Se aquilo acontecesse com Amelia, será que ela voltaria a acreditar que era a sra. Sam Wilson? Eu não queria entrar em contato com Nick de imediato. Aumentar as esperanças dele para depois destruí-las de novo seria mais que cruel. Eu precisava esperar até que Amelia recebesse alta do hospital e voltasse para casa mais uma vez antes de sequer pensar em falar com ele.

Mas só a ideia de que, por um milagre, talvez houvesse uma chance para nós me fez adormecer com um sorriso no rosto.

— Ainda me parece que eles estão te dando alta do hospital cedo demais — comentou nossa mãe, preocupada, enquanto me via guardar os sacos cheios de remédios de Amelia em uma maleta.

— No que me diz respeito, não estão, não — declarou Amelia, que balançava as pernas com impaciência na cama enquanto esperávamos permissão para ir embora. — Mal posso esperar pra voltar pra minha casa.

— Por que os médicos precisam falar com a gente de novo? — perguntei, olhando ansiosa para o relógio.

O tíquete do estacionamento só era válido por mais vinte minutos e uma multa sem dúvida tiraria o brilho de um dia que eu tinha esperança de que fosse um marco para nós. Pretendia ligar para Nick assim que voltássemos ao chalé. Meu plano era caminhar até o local onde havíamos nos conhecido e contar a ele que as coisas haviam mudado. Eu só esperava que o que ele sentia por mim não houvesse mudado também.

Nos últimos dois dias, minha mente não parava de vagar por caminhos que nunca havia percorrido antes. Me pegava toda hora tendo vislumbres de um futuro que um dia poderia ser nosso. Se estava ligando a lava-louças, de repente não era a pequena e pitoresca cozinha de Amelia que eu via, mas sim um loft espaçoso em Nova York com vista para o rio Hudson, o lugar que chamaríamos de lar. Ou, se estava empurrando um carrinho no corredor do supermercado, por um momento ele se transformava em um carrinho de bebê, em que um bebezinho, de cabelo escuro e olhos azuis brilhantes, ria para mim.

Eu não era tão tola a ponto de acreditar que eram premonições, mas aqueles eram vislumbres de um futuro potencial que poderia se tornar nossa realidade. Pela primeira vez desde que tinha contado a Nick que estava indo embora, ousei sonhar. E, nossa, como era bom.

O dr. Vaughan deu uma batida firme no batente da porta e entrou no quarto, seguido por um homem mais velho que eu nunca tinha visto antes. Lancei um breve sorriso tranquilizador para minha mãe, apesar de não ter servido muito para disfarçar minha preocupação com o fato de aquele momento exigir mais de um médico. O médico mais velho se virou e fechou a porta com cuidado. Estremeci. Aquilo não era bom.

O dr. Vaughan começou fazendo um resumo do sucesso da cardioversão e enfatizou mais uma vez a necessidade de Amelia se submeter a uma cirurgia cardíaca. Aquilo parecia uma preparação de terreno e, pela forma como os olhos da minha irmã se estreitaram, eu sabia que ela estava achando a mesma coisa. Olhei para os médicos e reparei no que parecia ser uma mudança sutil de protagonismo entre o cardiologista e o médico mais velho.

Eu me virei para Amelia.

— Você sabe o que está acontecendo?

Ela mordeu o lábio, parecendo apreensiva de repente.

— Acho que eles têm mais alguma coisa para nos dizer.

— Você está me assustando pra cacete — falei, sem saber a quem estava dirigindo aquele comentário, mas sentindo que se aplicava a quase todos naquele quarto.

O segundo médico, que eu tinha presumido de modo incorreto que estava ali por causa do ataque cardíaco de Amelia, deu um pequeno passo à frente enquanto o dr. Vaughan recuava.

— Amelia, não sei se você se lembra de mim. Sou o dr. Robinson, neurologista. Nos conhecemos nos primeiros dias da sua última internação no hospital.

— Eu me lembro — disse Amelia. O tom da voz dela agora parecia embotado.

— Entendo que as confabulações, as falsas lembranças, que você teve antes desapareceram, mas outros sintomas incômodos ainda permanecem.

— Não tenho certeza de que, no fim, foram falsas lembranças, doutor. Agora me parecem mais premonições.

Engoli em seco e não ousei olhar para minha mãe.

O neurologista permaneceu imperturbável diante do comentário. Ele pegou a pasta que carregava debaixo do braço, abriu e tirou uma folha com resultados de exames.

— Seus sintomas iniciais foram desconcertantes para nós. — Ele fez uma pausa para dar um sorriso amarelo para Amelia. — Nós, médicos, não gostamos de admitir quando nos sentimos perplexos diante de alguma coisa, e você nos apresentou um enigma. Como você sabe, fizemos muitos exames naquela época.

Naquele momento, a expressão dele era de tamanha compaixão que eu soube, com uma clareza horrível e nauseante, que o que quer que o dr. Robinson estivesse prestes a nos dizer mudaria tudo.

— Isso não tem nada a ver com meu coração, tem? — perguntou Amelia, dirigindo a pergunta ao cardiologista, que estava atrás do colega.

— Não, Amelia, não tem — confirmou o dr. Vaughan.

O neurologista me surpreendeu ao dar um passo à frente e se sentar ao pé da cama de Amelia. Não pareceu o movimento de alguém que estivesse prestes a dar boas notícias.

— A maior parte dos exames que pedimos não nos disse nada, mas recebemos agora há pouco os resultados de um exame de sangue específico que fizemos há vários meses.

— O que houve? O que descobriram?

Minha voz já tinha soado tão assustada antes?

Para minha surpresa, o neurologista não se voltou para Amelia, mas para nossa mãe.

— Senhora Esme, alguém da sua família já foi diagnosticado com mal de Alzheimer?

A expressão da minha mãe era tão confusa quanto imagino que fosse a minha.

— Alzheimer? — repetiu ela. — Não. Não temos nenhum caso na família.

— Está dizendo que eu tenho Alzheimer? Como isso é possível? Eu só tenho 39 anos, pelo amor de Deus.

O neurologista se voltou para encarar Amelia.

— O exame de sangue que pedimos foi um tiro no escuro, na verdade, era mais para *descartar* um diagnóstico. Mas lamento dizer que o que esse exame revelou é inequívoco. Você sofre de uma condição conhecida como DAF, que significa Doença de Alzheimer Familiar. É um tipo muito raro de Alzheimer que afeta apenas cerca de um por cento das pessoas que sofrem da doença. É uma anomalia muito específica, causada por um gene hereditário defeituoso, por isso perguntei se alguém da família já tinha sofrido sintomas semelhantes: perda de memória, esquecimento, confusão. Posso perguntar sobre seu pai? Pelos registros médicos, vi que ele faleceu.

— Ele morreu em um acidente há mais de vinte anos, mas com certeza não sofria de demência — falei.

Minha resposta saiu mais brusca do que eu pretendia, mas eu tinha a sensação de que estávamos sob ataque, por isso logo entrei no modo de defesa.

— Por que está tão convencido de que é isso que eu tenho? — questionou Amelia. — Os exames não podem estar errados?

O neurologista com certeza não estava acostumado com famílias se unindo e se recusando a aceitar um diagnóstico dele.

— Repetimos os exames várias vezes. Receio que sejam conclusivos. Essa mutação genética específica se apresenta repetidas vezes nas famílias afetadas. Há *sempre* uma conexão rastreável de geração em geração. Quando alguém tem esse gene defeituoso, há cinquenta por cento de chance de transmiti-lo.

— Ora, aí está a prova então de que com certeza estão no caminho errado. Nosso pai não teve essa doença.

Eu me virei para minha mãe, esperando que ela concordasse. O que não previ foi a expressão torturada em seu rosto quando se virou para os médicos.

— Meu marido foi adotado quando bebê e nunca conheceu a família biológica.

A informação pareceu pairar no ar, se infiltrando aos poucos em todos na sala como um contágio.

— Certo, tudo bem — falei, já buscando uma solução. — Esse não é um problema intransponível. Deve haver registros de adoção em algum lugar. Sei que essas coisas são confidenciais, mas tenho certeza de que, considerando a importância de descobrir se essa coisa *existe* na composição genética de Amelia mesmo, vamos conseguir acesso.

— Não existe só na *minha* composição genética — disse Amelia baixinho.

Eu me virei devagar para ela, surpresa por ter demorado tanto para compreender as implicações do que o neurologista havia dito. *Qualquer filho de um pai afetado tem cinquenta por cento de chance de herdar o gene.* Se Amelia tivesse aquilo, então havia uma chance de eu ter também.

— Não *há* registros dos pais biológicos dele — explicou nossa mãe, com a voz carregada de tristeza. — O pai delas era o que costumavam chamar de enjeitado. Um bebê abandonado. Ele foi deixado em uma caixa de papelão em um terreno baldio. Não há como saber se alguém da família dele já teve doença de Alzheimer.

Não percebi que tinha afundado numa cadeira até a sentir debaixo de mim.

— Nós sabíamos que meu pai era adotado, mas por que ninguém nos contou sobre as circunstâncias da adoção antes?

— Eu queria contar, mas seu pai não queria que vocês duas soubessem.

— Por quê? Agora parece importante pra caralho que a gente tivesse algum conhecimento do histórico médico da família. — Amelia estava brava, e eu não ficava muito atrás.

— Ele tinha vergonha, Amelia. Não queria que vocês soubessem que tinha sido um filho indesejado.

Um longo momento de silêncio tomou conta do quarto. No fim, foi quebrado pela pergunta que o neurologista esperava com calma para fazer.

— É possível, pensando em retrospectiva, que seu marido tenha apresentado algum dos primeiros sintomas de DAF?

— Não — respondi rápido demais para ter tido tempo de pensar bem no que estava dizendo. — Ele morreu em um acidente bobo quando... — Minha voz morreu na garganta.

—... quando ele se esqueceu de checar o horário da maré alta. O papai se afogou porque se esqueceu de reservar tempo suficiente para conseguir sair da enseada — completou Amelia.

Meus olhos encontraram os dela, então os da minha mãe, quando o significado do que estávamos dizendo enfim me atingiu. Passamos vinte anos sem entender como nosso pai poderia ter cometido aquele erro estúpido que lhe custara a vida. Será que a razão para ele ter se esquecido de checar a maré poderia ter algo a ver com a DAF? Aquilo era tão absurdo quanto sua própria filha sair andando pela restinga no meio da noite, vestindo apenas a camisola, não?

De repente, comecei a chorar.

— A chave dele. Na manhã em que saiu para pescar na enseada, meu pai não conseguiu encontrar a chave do carro em lugar nenhum.

— Perder objetos como chave ou um telefone celular, muitas vezes, é um sintoma precoce da doença — disse o dr. Robinson, com um tom tranquilo.

Os olhos de Amelia estavam marejados, porque ela sabia exatamente o que eu estava prestes a dizer.

— Meu pai não teria saído para pescar naquele dia se eu não tivesse cometido a estupidez de ajudar ele a procurar a chave. Fui eu que a encontrei. Se não tivesse feito isso, ele não teria dirigido até a enseada, e não teria importância se tivesse esquecido da maré ou não. Ele estaria a salvo em casa.

O dr. Robinson estava balançando a cabeça.

— É impossível ter certeza, mas parece que o esquecimento de seu pai pode ter sido um sintoma dos estágios iniciais da DAF.

Havia uma pergunta na ponta das nossas línguas. E eu não queria fazê-la porque tinha medo de já saber a resposta.

— Tem... tem uma cura para isso?

O médico balançou a cabeça muito devagar.

— Sabemos muito mais sobre isso nesse momento do que antigamente, e um dia *vamos* encontrar uma cura.

O quarto ficou em silêncio. Eu só conseguia ouvir meu coração batendo de forma descompassada.

Amelia foi a primeira a falar.

— Se tudo isso for verdade, então meu pai teve sorte, não é mesmo?

Ergui a cabeça como um cervo que tivesse acabado de ouvir um rifle sendo engatilhado.

— Conseguiu morrer antes que essa coisa tivesse a chance de derrotar ele.

O resto da reunião com os médicos passou como um borrão.

— Amelia, vamos providenciar para que você converse com alguém que te dê orientação psicológica, alguém que possa te ajudar a assimilar a situação ao longo das próximas semanas. Tenho certeza de que você deve ter muitas perguntas para fazer.

— Só há *uma* pergunta para a qual quero uma resposta nesse momento. Lexi e eu nascemos de uma mesma rodada de fertilização *in vitro*. Geneticamente, somos quase idênticas. Então, se *eu* herdei esse gene do inferno, isso significa que ela também herdou?

Fiquei observando o rosto da minha irmã enquanto ela esperava que o médico me oferecesse uma tábua de salvação. Ela não estava perguntando sobre o próprio prognóstico ou sobre como a doença progrediria... só pensava em mim.

— As probabilidades continuam sendo de cinquenta por cento — respondeu o dr. Robinson, me lançando um olhar de compaixão. — Um irmão ter o gene não afeta as chances de os outros terem também.

A bile subiu pela minha garganta e, por um momento terrível, achei que não seria capaz de engoli-la de volta.

— A fertilização *in vitro* pode ter ajudado? A Lexi foi crio... crio...

— Aquele era um momento horrível para ela não encontrar a palavra que desejava.

— Eu fui um embrião criopreservado — completei baixinho.

Amelia assentiu, agradecida.

— Isso poderia ter matado o gene defeituoso? Poderia ter ajudado a proteger a Lexi?

— Receio que não. Os embriões de fertilização *in vitro* não são afetados pelo processo de congelamento.

Os médicos ficaram em silêncio por um momento, para permitir que nós três absorvêssemos as palavras. Amelia foi a primeira a falar, e eu deveria saber pela expressão em seu rosto que não gostaria do que ela estava prestes a dizer.

— Lexi, você precisa fazer o exame. Precisa fazer o exame de sangue o mais rápido possível e descobrir se também tem isso.

Quatro cabeças se viraram em minha direção. Para ser sincera, eu não sabia que as palavras estavam na minha cabeça, muito menos que sairiam dos meus lábios com tanta convicção.

— De jeito nenhum. Eu não quero saber.

31

Saí furiosa do chalé e bati a porta atrás de mim. Dez minutos olhando de forma distraída para as ondas que quebravam na praia não adiantaram muito para me acalmar. Ouvi passos na areia atrás de mim e, momentos depois, uma sombra se juntou à minha na praia. Eu não me virei.

— Estou com tanta raiva. Seria capaz de estrangular ela.

As sobrancelhas crespas de Tom se ergueram em uma expressão de surpresa.

— Não achei que você fosse do tipo violenta — murmurou ele, e se inclinou adiante para apoiar os cotovelos na parte de cima da cerca.

Tive a sensação de que ele estava esperando que a fervura da minha raiva baixasse para uma temperatura menos homicida.

— Talvez você deva se acostumar com esse jeito. A menos que eu consiga colocar um pouco de bom senso na cabeça da idiota da minha irmã, há grandes chances de que fique assim por um tempo.

— Acho que ela também está brava com você — disse Tom, enquanto se curvava para pegar um pedaço de alga marinha e a examinava com atenção, como se ela guardasse a resposta para todos os problemas.

— Eu sei — respondi, afastando uma mecha de cabelo que o vento tinha jogado nos meus olhos. — Odeio essa situação em que a gente está agora. Não estou acostumada a brigar com Amelia... bem, não por uma coisa tão importante.

Tom deixou a alga cair de volta na areia e cobriu logo minha mão com seus dedos nodosos.

— Vocês duas precisam parar de tentar nadar contra a maré. Desse jeito, nunca vão chegar à praia.

Dei um sorriso carinhoso para ele.
— Bom conselho. Se eu fosse uma truta, talvez.
Tom riu, todo o seu corpo tremendo com a gargalhada.
— Vocês vão encontrar um jeito de superar isso. Tenho certeza.

Já tinham se passado quatro semanas desde que soubemos que Amelia tinha DAF e eu ainda me sentia fisicamente mal toda vez que pensava naquilo. Se eu estava no supermercado, tentando decidir que tipo de massa queríamos para o jantar, de repente a noção da gravidade da situação me atingia de novo e eu me pegava chorando, bem ali, no meio do corredor do supermercado.

Ou, se acordava no meio da noite, me sentia impelida a ver como ela estava. Eu andava na ponta dos pés pelo corredor, abria a porta do quarto de Amelia e ficava parada nas sombras, imóvel, até ter certeza de que o peito dela estava subindo e descendo com cadência.

Não foi nenhuma surpresa que ela acabasse reclamando comigo a respeito.

"Por favor, para de fazer isso", dissera Amelia algumas manhãs antes. "Você está me assustando de verdade. Tenho medo de que uma noite dessas você acabe colocando um espelho na frente da minha boca para checar se ainda estou respirando." Engoli em seco, constrangida, porque aquela ideia já havia passado pela minha cabeça. "Você gostaria que eu aparecesse no seu quarto desse jeito toda noite?"

"Não é *toda* noite", retruquei, enquanto lhe passava um prato de torradas, que ela dispensou com um gesto. Seu apetite estava demorando a retornar desde que ela havia saído do hospital. "Você sabe muito bem por que estou fazendo isso *e* o que precisa fazer para que eu pare."

Amelia suspirou e passou as mãos pelo cabelo, frustrada.

"Pela centésima vez, Lexi, não vou fazer uma cirurgia cardíaca."

"E eu não vou fazer o teste genético", rebati.

Ficamos nos encarando, uma de cada lado da mesa da cozinha, como metades furiosas das manchas de um teste de Rorschach. De algum modo, todas as conversas que tínhamos — mesmo as que pareciam inofensivas — sempre terminavam na mesma discussão.

"Você não está levando em consideração como sua decisão nos afeta."

"Digo o mesmo a seu respeito", respondeu Amelia.

"Minha decisão de não fazer o teste genético para saber se tenho DAF dificilmente pode ser comparada com você se recusar a passar por uma cirurgia cardíaca que salva vidas. Um tratamento que você *sabe* que vai prolongar a sua vida."

"Você não entende, Lexi... é *por isso* mesmo que não quero fazer a cirurgia", explicou Amelia com ardor. "No jogo da vida, as cartas que recebi em duas rodadas são uma merda. As duas vão dar em resultados terríveis. O que estou fazendo é apenas decidir com qual dessas mãos quero jogar."

"Você não está jogando, está passando a vez", afirmei, continuando com a analogia do pôquer.

"Estou escolhendo como quero passar o tempo que me resta. Você estava lá quando os médicos disseram o que esperar da DAF."

A lembrança que ela evocou me atingiu como uma punhalada no peito. Pedimos a eles que não pegassem leve e, minha nossa, os médicos foram mesmo sinceros e objetivos.

"Não quero acabar desse jeito", afirmou Amelia com tristeza. Ela segurou meu rosto entre as mãos com ternura. "Não quero olhar para esse rosto e não saber que pertence à irmã mais incrível do mundo. Não quero perder tudo o que sei sobre você, a mamãe e tudo o que sei sobre mim."

"E eu só quero que você lute com unhas e dentes pra ficar com a gente", pedi, e meu lábio inferior tremia como o de um bebê. "Pode haver uma cura esperando logo ali, e você não vai chegar a saber disso porque desistiu cedo demais."

"Não estou desistindo. Ainda estou tomando minha medicação, estou fazendo reabilitação cardiovascular, mas não vou fazer a cirurgia nem entrar na lista de transplante. Resolvi deixar o meu coração decidir o que é melhor para mim e quando vai ser o limite para ele."

Tive a horrível sensação de que ela havia dito aquelas palavras no sentido mais literal.

— Sem dúvida, você teve muito trabalho para organizar tudo isso.

Eu tinha deixado Tom voltar para o chalé dele e segui em silêncio até a casa de Amelia. Ela estava sentada diante da mesa da cozinha, com as fotografias da caixa de recordações espalhadas à frente. Vi muitas imagens sorridentes de Nick olhando para mim.

Fui até a pia, mas ainda podia sentir o calor do olhar dele me seguindo.

Sentia falta do brilho nos olhos de Nick, ou do jeito que ele me encarava por cima dos óculos, fazendo algo dentro de mim derreter. Sentia falta do cheiro, da visão e do gosto dele. Era como se todos os meus sentidos estivessem passando pelo pior tipo de abstinência.

Achei que tinha visto Nick ao longe durante minha corrida matinal, dois dias antes, e poderia ter me classificado para as Olimpíadas com a velocidade em que corri no sentido contrário. Era ingenuidade imaginar que nossos caminhos não se cruzariam durante minha licença familiar, mas ainda era muito cedo, e eu estava vulnerável demais para vê-lo.

— Por que você não contou a ele que nunca chegou a ir embora de Somerset?

Olhei para Amelia do outro lado da cozinha.

— Você sabe por quê.

— Não acha que Nick tem o direito de tomar as próprias decisões importantes em relação à vida dele?

As palavras dela foram como dardos envenenados e certeiros. Ninguém sabe como te ferir melhor do que sua própria irmã.

— Não. Essa é uma decisão que só eu posso tomar.

— Você prefere viver sem Nick do que dar a ele a chance de passar a vida ao seu lado, só porque talvez possa ter DAF. O que, aliás, poderia muito bem saber se fizesse o teste… que insiste em não fazer.

Dei um sorriso enviesado. Não tínhamos demorado quase nada para voltar àquele tema.

Amelia balançou a cabeça, com a expressão carregada de tristeza.

— Você sabe que está fazendo a mesma coisa de novo, não é? Mesmo nesse momento, quando sabemos que nosso pai teria morrido de qualquer forma por causa dessa doença, você continua a insistir na mesma atitude.

— Que atitude?

— Se punir pelo que aconteceu naquela manhã. Se culpar por ter encontrado aquela maldita chave. Você continua fazendo todo o possível para não ter um final feliz, porque conseguiu se convencer de que não merece um. Toda vez que começa um relacionamento, logo procura um jeito de pôr um fim nele. Dessa vez, está usando uma doença que talvez nem tenha.

Respirei fundo e, pelo que pareceu a milésima vez, lembrei Amelia com firmeza da minha decisão.

— Não vou entrar em contato com Nick. Não vou fazer o teste. E não vou parar de tentar fazer você mudar de ideia sobre a cirurgia.

O sorriso de Amelia pareceu irônico quando ela começou a juntar as fotos.

— Você é teimosa demais.

— Puxei à minha irmã mais velha — respondi.

Foi Amelia que deu a ideia do almoço de domingo.

— Acho que a mamãe talvez ainda esteja preocupada que a gente não aprove totalmente o relacionamento dela e de Tom — disse ela, baixando a voz para o caso de algum dos septuagenários que caminhavam um pouco à nossa frente estar ouvindo.

Pelo nível do volume da TV que assistiam, aquilo parecia muito improvável. Mesmo assim, me inclinei mais para perto da minha irmã, que continuou:

— Acho que seria bom o convidar para uma refeição em família de verdade. Uma espécie de "seja bem-vindo ao clã".

Gemi baixinho.

— Ai, meu Deus, você não vai questionar o homem sobre a situação financeira dele nem perguntar se tem boas intenções, não é?

Amelia deu de ombros de um jeito travesso.

— Esse é um dos poucos benefícios de estar doente. A gente consegue se safar de quase tudo, até de um assassinato, e todos perdoam.

Nossa mãe superconcordou com o plano. Na verdade, eu parecia ter sido excluída por completo dos preparativos. Minha mãe tinha saído apressada, murmurando alguma coisa sobre a lista de compras e sobre separar a "louça chique". Faltavam apenas dois dias para o domingo e ela era uma mulher com uma missão a cumprir.

— Acha mesmo que isso é uma boa ideia? — perguntei quando minha irmã e eu ficamos sozinhas de novo.

Amelia sorriu.

— Um jantar em família com o pretendente de 75 anos da mãe. O que poderia dar errado?

32

A casa estava tomada pelo cheiro de carne assando. Aquilo me levou de volta aos almoços de domingo da minha infância, o que, em geral, teria provocado uma sensação de nostalgia e conforto. Mas não naquele dia, porque alguma coisa naquele almoço estava me deixando nervosa, e eu não conseguia entender o quê. Amelia parecia preocupada apenas com que roupa usar, e o único medo da minha mãe parecia ser cozinhar demais a carne ou queimar as batatas. Eu era o único membro da família que estava surtando; e não tinha a menor ideia do porquê.

Amelia não era a única estressada com a escolha do que usar. Troquei de roupa três vezes e nada parecia certo.

— Você sempre pode pegar alguma coisa minha emprestada — sugeriu Amelia ao passar pela porta aberta do quarto, antes de acrescentar com um toque de sarcasmo: — Ah, poxa, eu esqueci... você já fez isso. — E entrou no quarto dela, rindo da própria piada.

Fiquei olhando a porta fechada do quarto da minha irmã. Ela estava mais Amelia e, de alguma forma, menos Amelia do que antes de tudo aquilo acontecer. Às vezes, parecia que uma gêmea mais sombria e maligna havia se infiltrado em sua psique e, volta e meia, fazia aparições inesperadas e indesejáveis. Balancei a cabeça diante daquele absurdo, porque parecia o enredo ruim de um romance de ficção científica. Amelia já tinha uma irmã gêmea — eu — e nenhuma de nós era sombria nem má. Mas devia ser verdade que, ao menos por ora, nenhuma de nós voltara a ser como antes; tínhamos cicatrizes e hematomas deixados pelos acontecimentos dos últimos meses, e sentíamos medo do futuro.

Não gostei do rumo que meus pensamentos haviam tomado e procurei uma distração no meio do mar de lenços de papel de seda em cima da cama. Havia me deparado com a liquidação online de uma das minhas lojas de roupa favoritas e coloquei meu cartão de crédito para trabalhar. Tinha prometido a mim mesma que ficaria só com um dos vestidos que comprei, mas todos pareciam tão lindos que foi difícil escolher.

No fim, optei pelo meu favorito: um tubinho em um tom suave de caramelo que quase enganava de tão simples que parecia no cabide, mas acentuava com perfeição os contornos do meu corpo. Era o tipo de vestido que sugeria o que havia por baixo, em vez de gritar. O decote quase não revelava nada do colo, mas ainda assim fez com que eu me sentisse mais sensual do que qualquer coisa emprestada do armário da minha irmã. Arrematei o look colocando brincos de argola de prata nas orelhas e deslizando uma coleção de pulseiras coloridas no pulso; nenhum dos acessórios fazia o estilo de Amelia. Naqueles dias, parecia importante enfatizar as diferenças entre nós, e não as semelhanças.

Chequei uma última vez a maquiagem antes de tirar a presilha do cabelo e soltá-lo com uma sacudida, para que caísse sobre os ombros.

— Como eu posso ajudar? Quer que eu ponha a mesa? — ofereci enquanto caminhava até a cozinha cheia do vapor que saía da coleção de panelas borbulhando no fogão.

— Seria ótimo, Lexi — disse minha mãe, agradecida. — A tarefa era de Amelia, mas ela está ocupada procurando alguma coisa no momento.

Olhei de relance para o corredor e vi minha irmã saindo da sala e indo em direção à escada. Fiquei parada ali, a testa franzida, quando a vi parar para recuperar o fôlego no meio do caminho.

Eu tinha acabado de colocar a última colher de sobremesa no lugar quando Amelia se juntou a nós na cozinha. Ela vestia uma calça preta elegante, uma blusa de seda vermelha com manga comprida e tinha uma expressão de imensa frustração no rosto.

— O que foi? — perguntei, enquanto começava a dobrar guardanapos de papel em algo que lembrasse o formato de uma pirâmide.

— Estou procurando uma coisa — respondeu ela, com uma distração evidente enquanto seu olhar percorria os quatro cantos da cozinha. — Juro que já procurei por toda parte e não consigo encontrar.

Desisti de minha tentativa de dar uma forma reconhecível ao guardanapo.

— O que você perdeu? Eu te ajudo a encontrar.

Amelia sorriu agradecida, abriu a boca, mas logo parou como se alguém tivesse apertado um botão de pausa.

— É, hum... é meu... é...

— Estou quase morrendo aqui com esse suspense — falei, com a intenção de a fazer rir.

Mas aquilo não aconteceu. E quando vi o primeiro lampejo de confusão em seus olhos, de repente também não achei mais graça. Amelia levantou o braço esquerdo e ficou olhando para ele, como um ator que escreve as falas no dorso da mão. Mas não havia nada rabiscado em sua pele lisa.

— É meu relógio de braço — declarou por fim, com uma risadinha aliviada.

Estava quente na cozinha com o forno ligado e todas as bocas do fogão acesas, mas, mesmo assim, senti um arrepio gelado percorrer toda minha coluna.

— Seu o quê?

— Meu relógio de braço — repetiu Amelia, os olhos indo de mim para nossa mãe, como se estivéssemos sendo estúpidas além do normal.

Percebi a preocupação no rosto da nossa mãe e sabia que meu semblante devia mostrar uma expressão idêntica. Amelia olhou de forma significativa para o pulso exposto.

— Você está falando do seu relógio de *pulso*? — perguntei, ciente de que minha voz não parecia totalmente normal. — É isso que você está procurando?

— Sim. Foi o que acabei de dizer — respondeu Amelia, parecendo impaciente comigo de um modo que era raro de acontecer.

— Não, na verdade, não foi. Você chamou de "relógio de braço".

Ela me lançou um longo olhar, como se me desafiasse a retirar o que eu tinha acabado de dizer. Mas não retirei, porque aquilo parecia algo que não podíamos e nem deveríamos ignorar. Amelia deu de ombros com despreocupação.

— É, tanto faz. Você entendeu o que eu queria dizer. Eu só não consegui me lembrar da palavra por um momento. Então, você viu? Viu o meu relógio de *pulso*? — enfatizou a última palavra de forma incisiva.

— Está no banheiro, no parapeito da janela — falei, mordendo o lábio, preocupada, enquanto ela saía da cozinha para recuperar o item perdido.

Esperei até que Amelia estivesse fora do alcance da nossa voz antes de dizer qualquer coisa, mas minha mãe foi mais rápida.

— Não foi nada, Lexi. Ela só tá empolgada demais com o almoço de hoje, só isso.

— Mãe, ela esqueceu a palavra. Dava pra ver Amelia tendo dificuldade pra lembrar o nome, mas ela só não conseguia evocar a palavra.

— Talvez seja o remédio do coração que ela está tomando — sugeriu minha mãe.

— Ou talvez ela esteja começando a piorar — retruquei sombriamente.

Ela não teve a oportunidade de responder porque, naquele momento, ouvimos uma batida oportuna na porta, informando que nosso convidado do almoço havia chegado.

Minha primeira surpresa foi ver o velho pescador de terno. A roupa deixava sua aparência muito diferente. E ele também cheirava diferente. Tom entrou no corredor envolto em uma nuvem da clássica colônia Old Spice e naftalina. O terno estava um pouco brilhoso em alguns lugares, como fica o tecido quando não é retirado do guarda-roupa por muito tempo.

— Oi, Tom — cumprimentei com um sorriso largo, feliz de verdade em vê-lo.

Ele estava segurando um buquê de flores comprado em uma loja e, de alguma forma, aquilo dizia mais sobre o quanto Tom gostava da minha mãe do que qualquer outra coisa.

— É para mim? — brinquei, estendendo a mão para tirar o buquê dele.

— Não seja boba, é para Esme — falou ele, arrastando os pés um pouco desajeitado num par de sapatos que eu poderia apostar que não eram calçados havia muitos anos.

Eu o surpreendi ao me inclinar e dar um beijo rápido na sua bochecha castigada pelo tempo.

— Ela vai adorar — sussurrei. — E você está muito garboso hoje.

— Garboso... — repetiu ele, com o que deveria ser um grunhido de desdém. Mas notei pelo seu sorriso rápido que tinha gostado da descrição.

Tom foi até a cozinha, onde o guincho de prazer da minha mãe logo deixou claro que ele havia acertado na mosca com o buquê. Eu me virei na direção da escada para dar um momento de privacidade aos dois, ainda preocupada com Amelia, quando o som de um carro parando do lado de fora da casa me deteve.

Olhei para a porta da frente, então para Amelia, que descia a escada. Ela ignorou minha expressão de pânico e olhou para além de mim, até a mesa de jantar.

— Você colocou a mesa errado. Tem apenas quatro lugares postos. Somos cinco.

De repente, ficou muito, muito difícil engolir.

— Como assim? Amelia, o que você fez?

Ela me lançou um olhar severo, mas carregado de amor, parecendo não se dar conta de como eu estava próxima de matá-la.

— Alguém tinha que fazer isso.

Ouvi o som de uma porta de carro batendo.

— Fazer o quê? Para quem é o lugar extra?

Amelia balançou a cabeça, parecendo quase desapontada comigo.

— Não seja tonta, Lexi.

Uma batida na porta atrás de mim fez com que o sangue sumisse do meu rosto.

— Vai logo — insistiu ela, apontando para a porta da frente. — Vamos ver esse cara com quem, ao que parece, eu fui casada.

Ainda pega de surpresa, abri a porta. Nick estava parado ali, tão incrivelmente bonito que senti a respiração presa na garganta.

Seu rosto se iluminou com um longo sorriso quando ele me viu. Talvez centenas de pessoas já tenham sorrido para mim ao longo da minha vida — quem sabe até milhares. Mas, o que havia no sorriso de Nick — *e apenas no sorriso de Nick* — que tinha a habilidade de acender aquele fogo dentro de mim? Passei pela porta da frente e a fechei atrás de mim, deixando de fora os membros da minha família que haviam se aglomerado no saguão.

Nick parecia seu disfarce naquele dia, com o cabelo preto bem penteado e os óculos de armação escura no rosto, no lugar das lentes de contato que às vezes preferia. Ele não estava vestido com a mesma formalidade de Tom, mas a combinação de calça e camisa azul estava muito longe dos trajes casuais com que eu estava mais acostumada a vê-lo.

— Oi, Lexi.

Meu Deus, como eu senti saudade dessa voz.

— Pela expressão chocada, acho que ninguém te avisou que eu viria hoje, certo?

Balancei a cabeça em silêncio, enquanto me perguntava quando minha capacidade de falar retornaria.

Nick estendeu a mão e afastou com cuidado a minha do pescoço — para onde ela havia voado no instante em que o vi. Então, em vez de soltar minha mão, ele entrelaçou os dedos nos meus.

— Eu… eu… eu não… eu não estava…

— Aposto que não foi a conversa brilhante da minha irmã que despertou seu interesse — disse uma voz atrás de mim.

Eu me virei e vi que Amelia tinha aberto a porta e estava parada no batente com uma expressão muitíssimo presunçosa no rosto. Também vi Tom e minha mãe esticando o pescoço ao fundo, tentando ver melhor o que estava acontecendo.

— Sou Amelia. A irmã mais velha de Lexi — disse Mimi. Por incrível que pudesse parecer, ela me afastou para o lado e estendeu a mão para Nick. — É um prazer te conhecer pessoalmente. Você não parecia assim tão alto ao telefone.

Os lábios de Nick se curvaram devagar, mas seus olhos continuavam buscando meu rosto, no qual talvez ainda visse uma expressão que ia do choque a consternação sem parar.

Aquele era um momento importante. Não só para mim, mas também para Amelia. Uma coisa era ela considerar um absurdo a confabulação sobre ser casada. Era fácil olhar para uma fotografia e dizer: "Nunca vi esse homem antes". Mas como ela estaria se sentindo ao ver o homem que desenhara de memória com tantos detalhes parado bem ali, na frente dela?

Os olhos da minha irmã percorreram de cima a baixo o homem que eu amava.

— Então, você é Nick — disse Amelia sem rodeios, apertando a mão dele.

— Sou — falou Nick, e por um momento pude sentir uma mudança na pressão do ar. Talvez seja o que acontece quando cinco pessoas prendem a respiração ao mesmo tempo.

— Disseram que sonhei com você.

— Eu também ouvi isso — confirmou Nick.

Eu estava começando a me sentir tonta, talvez pela falta de oxigênio ou pelo suspense do momento.

— É feio dizer que não me lembro mesmo de você? — perguntou Amelia.

— Não é nada feio — respondeu Nick, com olhos gentis enquanto fitava minha irmã.

Cada célula, fibra e tendão do meu corpo, que até ali estava em alerta máximo, recebeu o sinal de que era seguro relaxar. Uma risadinha de alívio escapou de um de nós — ou talvez de todos nós. E foi interrompida pelo alerta do temporizador do forno. Lancei um olhar de pânico para minha mãe por cima do ombro. Eu não podia me sentar à mesa com Nick, não com toda minha família prestando atenção em cada palavra nossa. Mas parece que subestimei demais as capacidades maquiavélicas da minha mãe.

— Esse alerta não era do temporizador, avisando que o almoço está pronto. Mas sim que vocês têm quarenta e cinco minutos antes de eu servir a comida. Imagino que vocês dois devem ter muito assunto para colocar em dia.

Eu ainda sentia como se estivesse flutuando em um sonho, enquanto via Amelia passar por mim e pegar as flores e a garrafa de vinho que Nick havia depositado na mureta baixa ao lado da porta.

— Vou levar isso para dentro, tá? Aproveitem a caminhada — disse ela, e me deu um empurrãozinho para a frente, antes de entrar em casa e fechar a porta.

Sozinha ali de novo, embora talvez ainda estivesse sendo observada através das janelas do chalé, eu me virei para Nick.

— Ensaiei esse momento mil vezes. Eu sabia exatamente o que diria se voltasse a te ver.

— Era bom? — perguntou ele, sorrindo como se nunca mais fosse tirar os olhos de mim.

— Sim. Era excelente.

— Você se lembra de alguma coisa?

— Nem uma única palavra.

A risada dele foi baixa, suave e tudo o que eu achava que tinha esquecido.

— Ora, tudo bem, porque eu também tenho muito pra dizer. Vamos caminhar um pouco? — propôs ele, e me ofereceu o braço.

Saímos da trilha para seguir pela areia e, de alguma forma, seu braço deslizou ao meu redor, me puxando para perto dele. Me deixei levar de bom grado.

As primeiras palavras de Nick me assustaram.

— Eu fui até o aeroporto naquele dia, sabe?

— Foi?

A expressão envergonhada no rosto dele pareceu rasgar o meu coração.

— Não era para te fazer desistir de ir embora. Só queria que você não ficasse lá sozinha. Fiquei parado no aeroporto, vendo seu avião decolar.

— Eu não estava nele.

— Agora eu sei disso — falou Nick, com um sorriso irônico. — Mas não saberia se sua irmã não tivesse me contado. Por que você não me avisou que ainda estava aqui, Lexi?

Aquele era o momento que eu temia. As palavras estavam todas ali, subindo pela minha garganta, mas eu não suportaria fazer aquilo com ele. De novo não. Então, em vez de dizer o que havia planejado, falei as palavras que nunca me imaginei falando, porque, se não as dissesse naquele momento, nunca teria outra chance.

— Antes que eu diga qualquer outra coisa, quero que você saiba que também me apaixonei por você — confessei, repetindo a declaração que ele tinha feito pra mim naquela mesma praia. — Desculpa não ter dito isso naquele dia.

Vi lágrimas marejando os olhos dele por trás dos óculos. Eu tinha feito Nick chorar. Inferno. Prometi a mim mesma que nunca mais faria aquilo. Quantas vezes mais eu partiria o coração daquele homem?

Nick nos fez parar e pegou minhas mãos.

— Preciso que você saiba que Amelia me contou tudo. Sei sobre a DAF e sei que essa é a razão pra você não me querer de volta na sua vida.

Foi minha vez de começar a chorar.

— Não posso fazer isso com você, Nick.

As mãos dele subiram pelos meus braços e pararam nos meus ombros.

— Essa não é uma decisão sua. Você pode decidir não fazer o teste. Pode decidir morar em Nova York, ou em Somerset, ou em qualquer maldito país do mundo. Mas não é você que decide quem eu quero amar pelo resto da minha vida, porque só *eu* posso fazer isso. E eu já me decidi. Essa pessoa é você.

Pousei as mãos na parede sólida do peito dele, tentando absorver um pouco de força das batidas reverberantes do seu coração. Não ousei olhar para o rosto dele. Ver o impacto das minhas palavras teria me tirado do prumo por completo.

— Não é justo com você — falei para os botões da camisa dele. — Você tem o direito de saber se a pessoa com quem está pensando em passar seu futuro vai ter mesmo um futuro.

Nick se encolheu ao ouvir minhas palavras. Senti aquilo em cada célula do meu corpo.

— Sua decisão de fazer ou não o teste não tem *nada* a ver comigo — disse ele, a voz rouca. — Se quiser descobrir, ótimo, vou te apoiar de todas as maneiras que puder. Vou acompanhar você à terapia e vou ficar ao seu lado, seja o resultado negativo ou positivo. Mas quero que saiba de uma coisa: isso não vai fazer a mínima diferença no que eu sinto por você.

— Vai sim, Nick. *Tem* que fazer. Cuidar de um parceiro com Alzheimer não está no contrato.

— No *meu* contrato só tem uma coisa — disse Nick, com a voz embargada pela intensidade dos sentimentos. — E é amar você pelo resto dos meus dias e dos seus. Só há um motivo para você se afastar de mim, Lexi: se você não me amar do jeito que eu te amo. — Ele me puxou com gentileza para os braços. — Nenhum relacionamento vem com uma garantia, Lexi — sussurrou ele. — Não há nenhuma bola de cristal pra isso. Amar alguém é saltar com alegria para o desconhecido. E estou saltando com você.

Na vida de todo mundo sempre vai haver um momento do qual a gente sabe que vai se lembrar até o dia da nossa morte. E eu o estava vivendo.

A cabeça de Nick se abaixou devagar na direção da minha.

— Você vai me beijar agora? — sussurrei contra os lábios dele.

— Vou — respondeu Nick.

E foi o que ele fez.

33

Quarenta e cinco minutos depois de sairmos, estávamos de volta à fileira de chalés à beira-mar, tirando a areia dos sapatos.

— Não tenho ideia de como vai ser esse almoço — disse a ele, olhando preocupada para o chalé de Amelia.

Em resposta, Nick pegou minha mão e a apertou com gentileza. Seu polegar continuou a acariciar minha palma enquanto atravessávamos a curta distância até a entrada. Quando estávamos fora da vista de todas as janelas, ele me beijou mais uma vez, um beijo rápido e intenso.

— Temos tudo sob controle — garantiu Nick, soltando minha mão e capturando de vez meu coração ao mesmo tempo.

Estavam todos reunidos na sala quando entramos. Nick tinha aquele charme tranquilo que eu suspeitava que sempre agradava às mães, e a minha não era exceção. Ela lhe deu uma recepção calorosa e chegou a se mostrar decepcionada por ele não ter trazido Mabel para o almoço.

— Os modos dela à mesa ainda precisam ser aperfeiçoados — explicou ele, com um brilho bem-humorado nos olhos.

— Ah, bem, talvez da próxima vez — respondeu minha mãe.

Com suas boas maneiras à moda antiga, Tom se levantou quando entramos e apertou a mão que Nick estendeu em cumprimento.

— É um prazer ver você de novo — disse Nick.

— Quase não reconheci você vestido, rapaz — retrucou Tom, rindo.

Meus olhos encontraram os da minha mãe enquanto os dois homens trocavam um aperto de mão. Parecia que estávamos todos unidos por um fio invisível e costurados em uma estranha colcha de retalhos. Por um momento me perguntei se eu era o catalisador que nos unia, mas então olhei para Amelia, que sorria satisfeita no sofá, e percebi que o fio que nos unia não era eu, mas minha irmã.

Na melhor hora, o forno apitou na cozinha, daquela vez anunciando que o almoço estava pronto. Houve um ligeiro constrangimento enquanto nós nos sentávamos, com Nick e eu de um lado, minha mãe e Amelia à nossa frente, e Tom, hesitante, assumindo a cabeceira da mesa. Meu olhar capturou o de Amelia e não foi só uma coisa de gêmeas saber que compartilhávamos o mesmo pensamento. Nosso pai já havia partido havia muitos anos e tudo o que queríamos era que nossa mãe fosse feliz. Por mais que Tom pudesse parecer um candidato improvável àquele papel, havia algo no velho pescador que tinha colocado um brilho novo nos olhos dela.

Havia duas coisas com que eu não precisava me preocupar naquele dia. Uma delas era a comida, que estava deliciosa. Minha mãe enrubescia de um jeito muito bonitinho a cada elogio que recebia, embora o rubor talvez fosse um pouco mais intenso quando o elogio vinha de Tom. Minha segunda preocupação era se teríamos assunto para conversar. Por sorte, entre Nick e Tom havia histórias divertidas e casos engraçados o bastante para durar um mês inteiro de almoços de domingo.

Estava tudo indo bem até Amelia decidir que os limites da educação não se aplicavam mais a ela. No meio do caminho entre passar os Yorkshire *puddings*, delícias em formato de pão, para Nick e a molheira para Tom, ela perguntou em um tom descontraído:

— Então, você e Lexi voltaram a namorar?

— Amelia — assobiei, enfatizando cada sílaba do nome dela.

— Que foi? Só estou fazendo a pergunta que está na cabeça de todo mundo. Você e Nick...

As mãos dela balançaram e, por um terrível momento, pensei que minha irmã fosse elaborar com gestos explícitos. Se tivesse feito aquilo, Amelia comprometeria o almoço que até então ela só tinha empurrado de um lado para o outro do prato.

— Estamos juntos — confirmou Nick, e se virou para mim com um sorriso longo e lento que, Deus me ajude, me fez ruborizar como uma adolescente.

— E como isso vai funcionar transatlanticamente, então?

— Essa palavra nem existe — falei, enquanto implorava com o olhar para que ela parasse de falar.

Nick e eu ainda não havíamos discutido a logística e eu não queria mesmo que aquilo se transformasse em um debate em grupo em torno da mesa de jantar.

— Vamos dar um jeito — disse Nick, muito mais ciente do meu desconforto do que minha irmã.

Eu não estava acostumada a ter alguém que me conhecesse melhor do que ela, e meio que gostei daquilo.

Amelia ainda parecia um pouco decepcionada. Ela queria ver todas as pontas amarradas, e eu achava que sabia por quê. O motivo deixou meus olhos marejados. Minha irmã queria se certificar de que todos ficaríamos bem quando ela não estivesse mais com a gente.

— Na verdade, talvez meu tempo em Nova York tenha chegado ao fim, por ora.

Quatro pares de olhos assustados se voltaram depressa para minha direção. Eu não poderia culpá-los. Acho que eu mesma não sabia daquilo até as palavras saírem dos meus lábios.

— Se sou boa o bastante para fazer meu trabalho em Nova York, então também sou boa para fazer a mesma coisa em qualquer outro lugar.

Nick parecia prestes a dizer alguma coisa, mas eu o interrompi.

— Todas as pessoas que eu mais amo no mundo moram neste cantinho aqui de Somerset, e a ideia de estar em qualquer outro lugar agora me parece uma loucura total.

Conseguimos chegar à torta de maçã com sorvete sem maiores constrangimentos. Estávamos quase a salvo, mas então o elefante na sala, aquele que todos estávamos ignorando com cuidado, enfim se libertou.

— Nick, você sabia que Lexi acha que eu te vi passeando com seu cachorro na praia em algum momento e que essa lembrança de alguma forma ficou alojada no meu subconsciente?

Nick assentiu devagar, tão despreparado quanto o resto de nós para a maneira enfática como Amelia balançou a cabeça.

— Eu não acredito nisso. Sei que minha memória tem estado um pouco instável nos últimos tempos, mas duvido que tivesse esquecido de ter te visto. Você é um cara de aparência bastante distinta. — Ela tomou outro gole da taça de vinho à frente antes de continuar: — Imagino que você já tenha ouvido alguma coisa sobre o "Homem de Aço" antes, não?

Nick se voltou para mim com um brilho divertido nos olhos e um sorriso que pertencia só a mim.

— Uma ou duas vezes — respondeu ele, com simpatia.

Amelia assimilou tudo: nosso olhar partilhado e o sorriso secreto que trocamos. E assentiu brevemente, satisfeita.

— E se eu tivesse chegado perto o bastante para gravar sua feição na memória, é lógico que você também teria se lembrado de já ter me visto, não acha?

Era uma pergunta simples, e que eu mesma já tinha feito a Nick, por isso não foi nenhuma surpresa que Amelia tivesse chegado àquilo.

— Talvez — respondeu Nick com uma cautela compreensível.

Como todos nós, ele não tinha muita certeza de aonde minha irmã queria chegar com aquela conversa.

— Até onde se sabe, essa minha fantasia começou quando aqueles dois médicos me encontraram na praia e fizeram meu coração voltar a funcionar.

Houve muito tilintar de talheres e movimentos nas cadeiras enquanto entrávamos juntos em uma área que não nos sentíamos confortáveis em ocupar. Debaixo da mesa, o guardanapo que eu nunca havia moldado na forma de uma pirâmide estava amassado na minha mão.

— Meu corpo recebeu cento e cinquenta joules de eletricidade e acordei convencida de que tinha toda uma história com um homem que era sua cara. E essa certeza permaneceu comigo por meses, até meu coração levar um novo choque que restaurou seu ritmo. E aquela certeza apenas desapareceu.

— Em resumo, foi isso mesmo — falei, já me levantando para começar a tirar a mesa.

Equilibrei um monte de pratos e copos e não tenho ideia de como não deixei tudo cair quando Amelia compartilhou sua conclusão bizarra:

— Passei os últimos meses vivendo dentro de uma lembrança falsa muito elaborada de algo que nunca aconteceu sem que nenhum de vocês percebesse que não era *meu passado* que eu estava vendo. Era o *futuro de Lexi*.

— Muito bem. Só para constar, gostaria de deixar bem claro que, até onde eu sei, a insanidade não é um mal de família.

Nick parou de secar o prato que tinha nas mãos. A louça chique de minha mãe era delicada demais para ser colocada na lava-louças, por isso nós nos oferecemos para a lavar na mão. O que foi uma boa oportunidade para fazermos um balanço do almoço de domingo — que tinha começado bem normal, mas terminara como um episódio de *Além da imaginação*.

— Você não acha que pode haver alguma lógica nessa teoria de Amelia, não é? — perguntei com uma risadinha nervosa, porque aquelas palavras não deviam mesmo ser ditas em voz alta.

Em sua defesa, Nick não jogou a cabeça para trás e riu das mulheres muito esquisitas da família Edwards — o que Jeff com certeza teria feito em seu lugar.

— Sou um veterinário, Lexi, o que significa que sou um homem da ciência. Passei anos estudando coisas que podem ser provadas e explicadas. Procuro respostas na realidade e no mundo cotidiano. E sempre encontro. Por isso, a resposta à sua pergunta é não, não acho que Amelia tenha previsto seu futuro.

Ele era tão pragmático que me fez sentir uma boba por ter sequer aventado a possibilidade.

— *Nós* concretizamos as visões de Amelia, você e eu, fazendo as coisas que ela acreditava ter "visto" no passado. — Ele fez aspas no ar, deixando claro que seu ponto de vista era inabalável naquele caso.

Dei um sorrisinho tímido. Nick era um homem da ciência por profissão e era natural para ele lidar com fatos concretos, que eram apenas pretos ou brancos. Mas eu trabalhava em um mundo de ilusão e faz de conta. E via muito mais tons de cinza do que ele nas palavras de Amelia. Será que minha irmã tinha encontrado a alma gêmea perfeita para mim porque eu mesma tinha feito um péssimo trabalho em conseguir aquilo?

34

— **V**ocê tá acordada?
Algo na voz de Nick me fez pensar que talvez não fosse a primeira vez que ele me fazia aquela pergunta.

— Agora estou — murmurei sonolenta e estiquei o braço para pegar o celular na mesa de cabeceira. — É tão cedo... — falei, enquanto conferia de olhos semicerrados os números na tela, certa de que estava vendo errado.

Nick estava apoiado em um cotovelo, olhando para mim com um sorriso animado e oito horas de barba por fazer no rosto.

— Eu não conseguia dormir. Estou esperando há muito tempo que você acorde.

Arqueei as costas e me aproximei o suficiente para o beijar.

— Só para referência futura, você sempre fica assim na manhã de Natal?

— Assim como? — perguntou Nick, passando a mão pelas minhas costas e colando nossos corpos nus.

— Como se tivesse 6 anos — falei, e minha risada foi interrompida quando ele se moveu de súbito e se encaixou entre minhas pernas.

De repente, ser acordada antes mesmo de o sol nascer não pareceu assim tão ruim.

Um pouco mais tarde, quando ainda estávamos largados na cama, em um emaranhado de membros, Nick afastou o cabelo úmido da minha testa e disse com ternura:

— Feliz primeiro Natal juntos, Lexi.

— Esse foi meu presente? — provoquei, sentindo o gosto salgado de suor quando beijei seu ombro.

Os olhos dele cintilaram de um jeito que ainda me fazia sentir como uma adolescente apaixonada.

— Eu queria te dar algo que você não pudesse devolver — brincou Nick.

Sorri, pensando na pilha de presentes em embrulhos brilhantes, já amontoados embaixo da árvore de Natal na sala de Nick. Na *nossa* sala, me corrigi mentalmente.

Tanta coisa havia mudado nos últimos sete meses que não era de surpreender que meu cérebro tivesse dificuldade em acompanhar os pronomes. E me mudar com Nick ainda era um desenrolar um pouco recente dos acontecimentos.

Depois do diagnóstico de Amelia, eu jamais imaginava querer sair do chalé de pesca à beira-mar. Quando o tempo que temos para passar com alguém é finito, não se quer desperdiçar um único segundo dele.

"Mas tudo é finito, Lexi", me dissera Amelia com uma aceitação calma que me surpreendeu. "Todo relacionamento tem uma data de término; mas as pessoas são como avestruzes, escolhem enfiar a cabeça na areia e não ver. Uma coisa como essa traz a realidade à tona e força a gente a se concentrar no que importa de verdade: família, amizade e amor. É por isso que estou te dando um aviso formal de despejo", concluiu com um sorriso irônico.

"Você tá o quê?", perguntei e me afastei do espelho, onde estava penteando o cabelo antes de sair para me encontrar com Nick.

"Você me ouviu. Cansei de ter você e Nick aqui durante metade da semana e nossa mãe pelo resto do tempo. Vocês estão tratando minha casa como se fosse a porcaria de um hotel."

Deixei o modelador de cabelo de lado, antes que me queimasse.

"Mimi, eu não acho…"

"Você não acha que eu sou capaz de viver sem ajuda?", completou ela com um toque da antiga irritabilidade que eu não via há algum tempo. "Pois tem razão. Eu preciso de ajuda. Foi por isso que pedi à nossa mãe que entrasse em contato com algumas empresas de assistência domiciliar."

Balancei a cabeça.

"Esses lugares custam uma fortuna, meu bem, e você não precisa deles se tem família por perto."

"Eu sei quanto custam, e não precisamos nos preocupar com isso. Eu seria uma péssima contadora se não tivesse investido meu dinheiro com inteligência durante todos esses anos", retrucou Amelia. "E por mais que ame o fato de vocês duas quererem cuidar de mim, *eu* não quero isso, de verdade. *Qualquer* pessoa pode ser meu cuidador, mas só *você* pode ser minha irmã, e é por isso que também estou te demitindo do cargo de cuidadora."

"Despejada e demitida no mesmo dia? Isso deve ser algum tipo de recorde", comentei, tentando dar uma risada que saiu menos convincente do que o esperado.

"Vem cá", chamou ela, e estendeu os braços para um abraço que acho que nós duas precisávamos.

As coisas estavam acontecendo rápido, muito mais rápido do que eu queria admitir. Cada nova etapa horrível da doença era um marco na estrada que levava a um lugar que ninguém queria visitar. No momento havia um cilindro de oxigênio ao lado da cama de Amelia e outro no canto da sala. Ela não precisava usá-los todos os dias, mas sem dúvida recorria cada vez mais a eles. E talvez fôssemos as responsáveis por um enorme aumento na venda de Post-it. Estavam por toda a casa, lembrando Amelia de fazer centenas de coisas que antes ela nunca teria esquecido. Os mais importantes estavam escritos com caneta vermelha: **Confirme se tem água na chaleira antes de colocar para ferver. Desligue o forno. Confirme se a porta dos fundos está trancada.** Mas eram os que tinham sido escritos com caneta azul que partiam meu coração. **Sua roupa de baixo está na terceira gaveta da cômoda. Você coloca dois cubos de açúcar no chá. Escove os dentes antes de ir dormir.**

Tinha sido um alívio quando por fim paramos de discutir por causa de perspectivas divergentes. Acho que ambas percebemos que corríamos o risco de estragar o tempo precioso que nos restava por que estávamos sempre bravas uma com a outra.

Enquanto Nick descia para deixar Mabel sair, aproveitei que o dia tinha começado inesperadamente cedo e entrei no chuveiro. Faltavam várias horas até que todos chegassem para o almoço de Natal, mas ainda havia cerca de cem coisas na minha lista de tarefas.

— Fica tranquila — me acalmou Nick, parecendo esquecer como era raro que eu cozinhasse alguma coisa sem fazer disparar todos os detectores de fumaça da casa.

— Só quero que o dia de hoje seja especial — falei.

Nick me conhecia bem o bastante para entender que minhas preocupações eram mais profundas do que estragar o peru ou ficar sem conhaque. Queria que tudo fosse perfeito porque tinha a dolorosa consciência de que poderia ser o último Natal em que Amelia ainda seria Amelia e não uma estranha com uma memória esburacada.

— Vamos tornar esse Natal inesquecível, eu prometo — disse ele, e me puxou para um abraço. — Vai dar tudo certo.

E talvez desse mesmo. A casa estava decorada com tantas luzes que talvez fosse visível do espaço, ou pelo menos foi o que Nick falou de brincadeira — sendo que ele mesmo tinha passado horas subindo e descendo da escada sem reclamar, pendurando "só mais um punhado de luzes" sempre que eu pedia.

Em um gesto surpreendente de espírito natalino, Natalie concordou que Holly passasse metade do dia com a gente, o que foi tudo para Nick. Eu amava vê-lo em todas as muitas formas — veterinário compassivo, amigo solidário, amante carinhoso —, mas observá-lo sendo pai era o que sempre fazia meu coração derreter.

Infelizmente, era improvável que ele voltasse a desempenhar aquele papel, caso eu tivesse herdado a DAF. Embora Nick nunca tivesse me pressionado para fazer o teste, houve momentos em que minha decisão parecia tão instável quanto uma fila de dominós.

Ele estava me esperando no quarto com uma caneca fumegante de chá e a mesma expressão animada que tinha quando me acordou. Aceitei agradecida a bebida quente e tomei um gole enquanto me aconchegava no fundo das dobras do meu roupão grosso. Havia caído uma geada pesada durante a noite, cobrindo as árvores que davam para a janela do quarto, transformando a vista em um cartão de Natal.

— Já terminou? — perguntou Nick, quando minha caneca ainda estava pela metade. — Porque eu quero te dar uma coisa.

— De novo? — provoquei com um sorriso malicioso, desviando os olhos para o emaranhado de lençóis.

— Esse é um presente *de verdade* — falou Nick. Havia algo em sua voz que era difícil definir. Ficava entre a empolgação e uma expectativa nervosa.

— Você não quer esperar até todos chegarem?

Nick balançou a cabeça com veemência.

— Ah, é *esse* tipo de presente, não é? — indaguei, imaginando na mesma hora algo picante. — Tá certo, espera só um instante até eu ficar pelada.

Levei as mãos ao cinto do meu roupão, mas as de Nick foram mais rápidas, e me impediram de abri-lo.

— Você tá ótima assim mesmo.

Nick estava agindo de um jeito esquisito e sem dúvida estava com pressa para descermos, embora eu tivesse reparado que *ele* teve tempo para vestir uma calça jeans e camiseta azul-marinho. Ele também parecia ocupado enquanto eu estava no chuveiro. A playlist de Natal que eu tinha montado tocava baixinho em todos os alto-falantes do andar de baixo, e Nick tinha até acendido as luzes do enorme pinheiro-norueguês que ocupava um canto do salão.

Quinhentas luzinhas piscantes acenaram para mim do outro lado da sala. Há algo particularmente mágico em uma árvore de Natal cintilante à luz do amanhecer. A nossa estava posicionada ao lado das janelas que se erguiam do piso ao teto e davam para o bosque fechado atrás da casa de Nick. Era difícil dizer o que parecia mais espetacular, se os galhos congelados do lado de fora ou o pinheiro iluminado.

Nick saiu do meu lado e, ignorando a pilha de presentes debaixo da árvore, foi até o aparador de carvalho. Ele olhou por cima do ombro e sorriu para mim enquanto abria a gaveta de cima, onde pegou um pacote grande e achatado, embrulhado para presente.

— Não era o plano te dar isso agora — falou, abaixando os olhos para o presente nas mãos. — Queria esperar até a véspera de Ano-Novo. — Minha curiosidade foi sem dúvida despertada. Ele deu um sorriso de menino que iluminou seu rosto e diminuiu em cerca de vinte anos sua idade. — Mas não consigo esperar mais.

Nick se aproximou de mim e, de repente, percebi que meu coração estava disparado. O que quer que tivesse comprado para mim, com certeza significava muito para ele.

— Adorei — declarei com entusiasmo enquanto Nick colocava o presente nas minhas mãos. — É absolutamente perfeito.

Ele me deu um sorrisinho de lado.

— Você ainda nem sabe o que é.

— Não preciso. Já é meu favorito, só porque foi você que me deu — declarei, enquanto dava um beijo no sorriso que ele ainda exibia, antes de meus dedos começarem a desamarrar a fita do embrulho.

Nick se colocou atrás de mim, as mãos pousadas de leve no meu ombro enquanto eu abria o presente. Pelo peso, já havia deduzido que meu palpite inicial sobre uma lingerie sexy estava errado. Parecia uma pintura emoldurada.

Foi preciso apenas dois puxões para que o papel de embrulho dourado caísse no chão. Atrás de mim, pude sentir Nick prendendo a respiração enquanto eu virava a moldura e a inclinava em direção à luz.

— Ah, Nick, é maravilhoso — falei, aproximando mais o desenho.

Reconheci na mesma hora como uma cópia de uma das nossas fotografias encenadas. Por um momento, eu me perguntei se Amelia poderia ter feito o desenho, mas o resultado excedia em muito o talento da minha irmã. Examinei com atenção a assinatura no canto inferior direito, mas não reconheci.

— Descobri uma artista local e pedi a ela que recriasse a foto do dia em que fizemos o piquenique na praia, naquele frio congelante.

Olhei para o desenho que tinha nas mãos e sorri com a lembrança.

— Sei que temos as fotos que tiramos naquele dia, mas elas sempre foram para Amelia, não pra nós. — Nick passou os braços ao redor da minha cintura e me puxou mais para perto. — Eu queria algo que fosse uma lembrança nossa, porque foi naquele dia que tudo mudou pra mim. Aquele foi o dia em que percebi que estava me apaixonando por você. — A voz dele era pouco mais do que um sussurro no meu ouvido.

— Eu também — confessei, incapaz de desviar os olhos das duas figuras na imagem.

Eram muito parecidas com os originais da foto e, quando olhei para os dois, não vi Amelia e Sam, vi só Nick e eu.

— É realmente perfeito — sussurrei —, embora não seja muito preciso...

Minha voz se apagou enquanto eu olhava mais de perto o desenho. Havia diversas discrepâncias agora que eu prestava mais atenção à imagem. Primeiro, não havia sinal de praia ou mar no esboço, porque a artista havia nos desenhado diante de um cenário de floresta. E havia outras diferenças. As duas pessoas tinham sido representadas com precisão, mas a artista tinha trocado o biquíni minúsculo que eu estava usando naquele dia por um roupão bem menos revelador, e a bermuda de Nick tinha sido substituída por uma camiseta escura e calça, muito parecidos com a roupa ele estava usando no momento.

Olhei para o roupão que tinha vestido depois do banho e quase deixei cair o desenho emoldurado quando enfim percebi o que estava segurando. Aquele esboço não estava capturando uma memória que havia acontecido nove meses antes... a cena estava acontecendo naquele exato minuto. Eu me virei devagar e meus olhos ficaram marejados quando vi dois Nicks: um na moldura que eu segurava nas mãos e o outro bem na minha frente. Os dois estavam apoiados em um dos joelhos, segurando uma caixinha de joias. Contra o cenário da floresta além da janela da sala, Nick pegou minha mão esquerda e abriu o estojo de veludo, revelando um lindo anel de diamante lapidado em formato de pera.

— Eu não sabia que era possível passar a vida toda sem saber que alguma coisa está faltando até o dia em que, de repente, você se depara com o que faltava. E, quando isso acontece, tudo se encaixa e a gente sabe que está exatamente onde sempre deveria ter estado, com a pessoa com quem deveria compartilhar a vida. Eu te amo, Lexi, e sempre vou amar, seja qual for sua resposta, mas espero de verdade que seja um sim. Quer casar comigo?

— Sim — respondi, com a voz entre o riso e o choro.

Os olhos de Nick permaneceram fixos nos meus enquanto ele colocava a aliança no meu dedo. O anel se acomodou no lugar como se sempre tivesse estado lá.

Acabei não riscando a maioria dos itens da minha lista de tarefas de Natal. Era difícil me concentrar em qualquer coisa quando eu parava a cada poucos minutos para ficar olhando encantada minha mão esquerda. Eu estava noiva. Nick e eu íamos nos casar, e eu mal podia esperar para contar a novidade à minha família. Mas havia outra pessoa a considerar também, alguém que já estava muito próximo do meu coração.

— Acho melhor você contar primeiro a Holly, antes que eu diga qualquer coisa à mamãe e à Amelia.

Nick, que, até então, me observava com uma expressão bem-humorada no rosto — enquanto eu colocava o peru no forno com um sussurro de "boa sorte" — murchou um pouco ao me ouvir:

— Você está preocupada que Holly não fique feliz com isso? Porque eu tenho certeza de que ela vai. A menina vem me implorando para te pedir em casamento há semanas. Se eu tivesse esperado mais algum tempo, talvez ela mesma tivesse feito o pedido. — Ele baixou a voz, como se estivesse compartilhando um segredo. — Acho que ela está com a esperança de ser dama de honra.

— O cargo é dela — falei, deixando o forno de lado e me juntando a ele do outro lado da cozinha. — Mas ainda acho que vai ser uma mudança importante para Holly. Não quero que ela se sinta excluída ou se preocupe achando que você não vai mais ter tanto tempo pra ficar com ela, porque você com certeza vai continuar tendo tempo.

— E é *por isso* que eu te amo — declarou Nick. Ele me puxou mais para junto do corpo e beijou a lateral da minha cabeça.

— Não é pelas minhas habilidades de deusa doméstica? — provoquei, desviando os olhos para a bagunça que eu tinha feito na cozinha normalmente arrumada.

— Por mais estranho que seja... nem tanto — respondeu ele, rindo.

Um pouco mais tarde, vestida com o suéter de Natal mais brega que consegui encontrar, passei um pente no cabelo e chequei a maquiagem pela última vez. Ao fechar a gaveta da penteadeira, meu olhar caiu sobre o envelope branco aninhado entre os cosméticos e produtos de higiene pessoal. *Onde você o escondeu*, disse uma voz na minha cabeça. *Onde você o guardou em segurança*, contradizia outra. Curiosamente, ambas as vozes se pareciam com a minha. Tirei o envelope da gaveta. O papel estava um pouco amassado, o que não era de surpreender, levando em consideração o número de vezes que eu tinha lido a carta dentro dele.

Eu podia ouvir Nick terminando de se arrumar no banheiro e guardei com pressa o envelope de volta na gaveta, mas algo me impediu de fechá-la. Parecia o dia errado para guardar segredos um do outro, ainda mais um segredo tão sério. Nick entrou no quarto e, embora minha mente ainda estivesse no envelope com o logotipo do Sistema Nacional de Saúde britânico em um dos cantos, não consegui conter um arquejo baixo. Ele parecia atraente de um jeito devastador, vestindo calça jeans preta e uma camisa justa da mesma cor.

— Prometo que vou usar o suéter de rena no almoço — avisou ele, interpretando errado o motivo da expressão preocupada dos meus olhos.

— Não é isso — falei, mordendo o lábio inferior, me sentindo culpada, enquanto enfiava a mão na gaveta mais uma vez para pegar a carta.

— O que é isso?

— Abre — ofereci, e coloquei o envelope nas mãos dele.

Os olhos de Nick cintilaram quando ele viu meu nome e o logotipo azul conhecido.

— Está endereçado a você — disse ele.

Assenti.

— Eu pensei em te contar sobre isso depois do Natal..., mas então, por causa do que aconteceu... — Meus olhos se desviaram até o anel em minha mão e, apesar da súbita seriedade de nossa conversa, não pude deixar de sorrir. — Quero que você saiba logo.

Nick tinha o cenho franzido e um pequeno músculo se contraía no canto de um dos olhos, ampliado pelas lentes dos óculos. Ele tirou a única folha de papel de dentro do envelope e sei que não imaginei o leve tremor que percebi em sua mão.

Nick lia rápido, e, em geral, chegava ao final de uma página ainda mais rápido do que eu, mas se demorou lendo a carta, como se precisasse ter certeza de que estava compreendendo o que estava escrito.

— Tem certeza, Lexi? — perguntou ele, enfim.

Havia uma expressão em seu rosto que indicava alívio e só então me dei conta de que deveria ter lhe fornecido um pouco mais de informação.

— Tenho certeza — respondi, então me afastei da penteadeira e me coloquei ao lado dele para ler a carta de novo, como se já não fosse capaz de recitá-la de cor. — Vou ter minha primeira sessão de aconselhamento genético depois do Ano-Novo.

Aquele era o primeiro passo em direção a fazer o teste para descobrir se tinha herdado o gene defeituoso.

— O que te fez mudar de ideia?

A perplexidade de Nick era compreensível. Eu não tinha contado a ninguém que, nos últimos meses, havia começado a questionar minha insistência em não querer saber o que o futuro reservava para mim.

— Muitas coisas. Nem todas sérias, mas o assunto pareceu estar ocupando cada vez mais espaço em minha mente até que *não* saber talvez tenha se tornado um peso maior de carregar do que de fato descobrir a verdade. O que você acha?

— Acho que quero o que você quiser. Não há decisão certa ou errada a ser tomada aqui, só o que é certo para você.

Assenti porque ele estava dizendo a mesma coisa que eu havia dito a mim mesma mil vezes.

— Ainda não estou me comprometendo com nada. Só quero conversar com um profissional a respeito, para *então* tomar uma decisão bem-informada sobre o que quero fazer, em vez de seguir minha atitude instintiva de dizer que ninguém deveria saber o próprio futuro. — Fiz uma pausa antes de continuar: — Mas o que eu *não* queria — falei, tirando a carta das mãos de Nick e a guardando de volta no envelope — era que você pensasse que marquei a consulta por causa do que aconteceu hoje. E por isso quis te mostrar a carta nesse momento, para que você saiba que não me forçou. Eu já tinha decidido fazer isso. — Nick me encarou com mais admiração do que eu merecia. — Talvez eu não faça o teste genético, isso ainda pode acontecer. Só quarenta por cento das pessoas que vão a um geneticista seguem até o fim do processo.

Nick deu de ombros, como se nada pudesse ser menos importante. Se fosse possível o amar ainda mais do que já o amava, aconteceu ali mesmo, naquele momento.

— Eu queria ir com você, se quiser que eu vá, é claro.

Assenti, bem no momento em que ouvimos o som de pneus esmagando o cascalho na garagem da casa. Nossos convidados haviam chegado.

Enquanto Nick se ocupava pegando casacos e liberando Amelia, minha mãe e Tom do peso de uma quantidade absurda de presentes de Natal, parei um instante para tirar o anel de diamante do dedo e transferi-lo para uma longa corrente de prata pendurada no pescoço. Coloquei o cordão para dentro do meu suéter e sorri quando o anel pousou bem próximo ao meu coração. Um lugar já reivindicado pelo homem que me dera o anel.

— Não consigo comer mais nada — declarou Tom, enquanto examinava a caixa de bombons em busca do favorito.

O almoço de Natal foi um enorme sucesso, graças à ajuda de Nick e a várias taças de champanhe — ambas as coisas pareceram tornar tudo muito menos estressante. Com uma contenção inédita, minha mãe não tentou assumir o controle e até afirmou que a couves-de-bruxelas fica mais gostosa quando cozinha demais e que o molho de *todo mundo* fica um pouco encaroçado.

Agora, com a lava-louças já funcionando no primeiro ciclo, Nick se levantou e colocou a mão no ombro de Holly.

— Quer me fazer companhia em um passeio com Mabel? — convidou, conseguindo soar bastante descontraído.

Prendi a respiração, sem saber se seria capaz de guardar o segredo por muito mais tempo caso Holly decidisse que o livro que dei a ela no Natal era mais atrativo do que um passeio com o pai. Por sorte, não foi o que aconteceu.

— Você tá bem? — perguntou Amelia depois de os dois já terem saído há cerca de vinte minutos. — Tá parecendo muito nervosa.

— Talvez porque tenha acabado de passar pelo equivalente natalino da final do *MasterChef* — expliquei, desviando os olhos até o sofá onde minha mãe roncava baixinho.

O cenho franzido de Amelia me disse que ela não havia acreditado de todo na minha resposta.

— Você teve um bom dia? — perguntei a ela, porque, no fim das contas, aquilo era tudo que importava de verdade. Era tudo por Amelia.

— Tive. Você tornou tudo muito perfeito — falou ela, virando o corpo no sofá para me encarar. — Se esse for o último Natal de que vou me lembrar direito, não consigo pensar em como poderia ser melhor.

Lágrimas arderam nos meus olhos, mas o olhar determinado de Amelia as impediu de cair.

— Nada disso. Hoje não. Hoje é um dia só para criar lembranças felizes.

Meus ouvidos se aguçaram quando ouvi o som da porta dos fundos se abrindo, seguido pelo deslizar das unhas de Mabel no chão de ladrilhos. Eles estavam de volta. Não precisei perguntar a Nick se ele havia falado com Holly. A resposta estava bem ali, no sorriso de orelha a orelha dela e na maneira como entrou aos pulos na sala. Abri um sorriso tão largo quanto o dela e dei uma piscadela secreta.

— Vou esquentar a chaleira — falei e entrei na cozinha, onde Nick já estava tirando uma garrafa de champanhe da geladeira.

— Acho que podemos brindar a notícia que vamos dar com algo um pouco mais forte do que chá — disse ele com um sorriso.

Arrumei taças em uma bandeja e tirei a corrente de prata do esconde-rijo embaixo do meu suéter. Pela segunda vez naquele dia, Nick colocou o anel de diamante no meu dedo.

— Vamos lá — disse ele.

Minha mãe já estava acordada naquele momento, mas tão concentrada na conversa com Tom que não percebeu a maneira nada sutil com que exibi minha mão esquerda enquanto pousava a bandeja na mesinha de centro.

— Mais espumante? — comentou Tom.

Desconfiava que ele teria preferido uma garrafa de cerveja preta ou um copo de rum.

— Achei que deveríamos — disse Nick, olhando para a filha, que parecia estar correndo o sério risco de explodir.

Ele abriu a rolha da garrafa com a eficiência de um barman, enquanto eu estendia os copos com a mão esquerda. Coloquei dois copos de volta na mesa antes que o grito animado de Amelia me alertasse de que ela enfim tinha visto o anel.

— Ah meu Deus, Lexi — exclamou minha irmã, se levantando do sofá com uma rapidez que parecia desmentir seu problema cardíaco. — Você tá...? Quando você...? Vocês dois estão...?

— Você vai terminar alguma dessas frases? — perguntei com uma risada.

Não tenho ideia do que aconteceu a seguir, mas, de repente, estávamos juntos em um abraço coletivo que parecia mais uma jogada de rúgbi, a que todos — até mesmo Tom — se juntaram. Nunca tinha imaginado antes que a alegria pudesse ser tangível, mas, naquele momento, poderia jurar que conseguia senti-la no ar.

Holly foi quem me agarrou com mais força, passando os bracinhos magros com firmeza ao redor da minha cintura. Retribuí o abraço com a mesma intensidade, já a amando como tinha amado quase desde o dia em que a conhecera.

— Não achei que o dia de hoje pudesse ficar ainda melhor — declarou Amelia, seus olhos indo de mim para Nick, que se colocara ao meu lado.

— Mas acabou de ficar.

— Achei que você tinha dito que não haveria lágrimas hoje — provoquei, enquanto ela passava a mão com força nos olhos.

— Lágrimas de felicidade não contam — retrucou ela, parecendo mais animada do que eu via há meses.

Só aquilo já me faria ficar noiva todos os dias se ela me pedisse.

Holly olhou para o pai, então se virou para mim.

— Eu sonhei com isso acontecendo — admitiu ela em um sussurro tímido.

— Sabe de uma coisa, querida? Eu também — falou Amelia.

35

Eu me lembro de ter lido em algum lugar que os casais levam, em média, doze meses para planejar um casamento. Organizamos o nosso em apenas seis semanas.

"As pessoas vão achar que vocês estão se casando sob a mira de uma arma", comentou Tom quando o informamos da data iminente.

"Só se essas pessoas tiverem sido teletransportadas do século XIX para cá", respondi, e puxei o velho pescador para um abraço camarada.

Coloquei o último convite no envelope e o pousei no alto da pequena pilha em cima da mesa, todos à espera de serem levados ao correio.

"Vai ser logo?", tinha perguntado Amelia, alguns dias depois de saber do noivado.

"Assim que a gente conseguir organizar tudo", respondi, entendendo muito bem por que minha irmã tinha feito aquela pergunta.

Ela assentiu e seus olhos se nublaram com uma breve expressão de tristeza.

"Você está pensando em se casar na igreja?"

"Para ser sincera, Mimi, eu me casaria com Nick no meio de um campo qualquer com todo o prazer, mas não consigo imaginar nossa mãe muito satisfeita com isso. Além do mais, Holly está muito determinada a andar até o altar espalhando pétalas de rosa por toda parte. E, espero, com você bem ao lado dela."

Amelia balançou a cabeça com firmeza diante da minha sugestão.

"Nada no mundo vai me convencer a usar um vestido cor de pêssego parecendo um merengue, cheio de frufrus, nem mesmo você", declarou. "E não preciso ser a madrinha ou, que Deus me livre, a dama de honra", acrescentou ela com um arrepio dramático. "Só te peço para tentar organizar tudo o mais rápido possível, pra que eu saiba em que casamento estou."

Ela fazia aquilo o tempo todo, tentando transformar o agravamento do Alzheimer em uma piada. Eu sabia que era um mecanismo de defesa, mas não facilitava ouvir aquilo.

"Sinto muito que você nunca tenha sido minha madrinha de casamento, como te prometi anos atrás", disse ela, pegando minha mão. "Mas, pelo lado positivo, ao menos nossa mãe vai conseguir ver *uma* das filhas subir ao altar de uma igreja."

Um nó mais ou menos do tamanho de uma bola de golfe se alojou em minha garganta, impossibilitando que eu fizesse qualquer coisa além de assentir violentamente, concordando.

Parecia errado esbanjar demais com o casamento e, embora eu soubesse que Nick teria concordado com qualquer coisa que eu sugerisse, quis manter as coisas simples.

— Você não pode comprar o vestido de noiva no eBay — protestou Amelia quando virei o notebook na direção dela para mostrar um vestido que eu tinha acabado de encontrar no site.

— Posso sim, se for bonito desse jeito — rebati, e cliquei no ícone para ampliar a imagem até que ela preenchesse toda a tela.

Era um vestido sem alças, com decote coração, um minucioso bordado prateado e uma constelação de pequenos cristais espalhados pelo tule. Se eu tivesse experimentado cem vestidos em todas as boutiques chiques de noivas da cidade, ainda teria sido aquele que eu escolheria.

Amelia passou muito tempo olhando as fotos, e percebi pelo sorriso em seus lábios que ela conseguia me visualizar no lindo vestido que eu já amava.

— Você vai ser uma noiva tão linda — falou, com a voz soando embargada.

— E você vai ser a convidada mais linda — retruquei.

— Com meu tanque de oxigênio a tiracolo — brincou ela, lançando um olhar relutante para o cilindro preto ao lado. Então, Amelia mudou por completo o clima da conversa quando acrescentou: — E que só vou levar comigo porque você vai deixar Nick sem fôlego.

Eu não sabia o que esperar da primeira sessão de terapia, embora fosse difícil me livrar da imagem de estar deitada em um divã, enquanto alguém ao lado fazia anotações em uma prancheta. A realidade foi muito diferente.

A primeira surpresa foi descobrir que a terapia genética não era uma terapia *de verdade*, no sentido psicológico da palavra. Era mais um processo de aprendizagem em que me foram apresentados todos os fatos e opções para que eu pudesse tomar uma decisão consciente sobre se queria seguir em frente e fazer o teste.

Fui sozinha à primeira sessão, mas Nick me acompanhou na segunda, algumas semanas depois. Foi naquele dia que eu soube sobre o teste genético pré-implantacional, um tipo complicado de fertilização *in vitro* que dava a casais como nós a oportunidade de ter filhos, se assim desejassem.

— Tenho a sensação de que deveria ter sabido daquela coisa de pré--diagnóstico antes — admiti enquanto voltávamos para o carro de Nick.

— PGT — disse ele, a abreviatura escapando com facilidade dos seus lábios.

— Você já sabia?

— A maior parte dos veterinários são nerds da ciência — explicou Nick, dando de ombros, envergonhado. — E fazemos algo muito semelhante com o gado.

— Não consigo decidir se isso me faz sentir melhor ou pior.

Nick sorriu e parou com o carro a meio caminho de sair de ré da vaga para apertar minha mão.

— O PGT não altera e não deve alterar sua decisão de fazer ou não o teste. A decisão continua a ser cem por cento sua. Você já contou a Amelia sobre as sessões de terapia?

Balancei a cabeça.

— Quero esperar até me decidir, se faço ou não. Não quero que ela crie muitas expectativas só para acabar decepcionada.

— Você sabe que nada do que fizer vai decepcionar sua irmã, não é? — lembrou Nick com gentileza.

No fim, tomar a decisão foi mais fácil do que achei que seria. Eu queria saber. Não pela Amelia, ou pela minha mãe, ou mesmo pelo Nick. Eu queria saber por mim. Nunca havia entendido as pessoas que pulam para o final de um livro porque precisam saber como termina, mas talvez estivesse começando a entender. Saber me daria um certo conforto. A caixa de Pandora estava bem na minha frente e, mesmo apavorada, ainda queria abri-la. Contei a Amelia sobre minha decisão dois dias antes do casamento, e acho sinceramente que ela não teria ficado mais radiante se eu tivesse ganhado na loteria.

— Vai ficar tudo bem, Lexi — falou Amelia, feliz, apertando minhas mãos. — Eu *sei* que seu teste vai dar negativo.

— Não tem como você saber isso, meu bem. Ninguém tem.

— *Eu* tenho — insistiu Amelia. — Do mesmo jeito que eu soube que você e Nick estavam destinados a ficar juntos. — Achei que não seria apropriado lembrar à minha irmã que, a princípio, ela "via" Nick como marido *dela*, não meu. — E, nesse momento, tenho a mesma certeza de que o gene defeituoso te pulou. Nós duas entramos em uma loteria de placas de Petri quando nossos pais fizeram a fertilização *in vitro*, e a única coisa que torna tudo isso suportável é saber que fui eu que herdei essa coisa e não você. Acho que não conseguiria lidar se fosse o contrário.

Bem-vinda ao meu mundo, pensei com tristeza.

— Essa é uma despedida de solteira muito calminha — observou minha mãe enquanto espremia um sachê de vinagre nas batatas fritas.

Olhei ao redor, para a praia, que, embora um pouco fria, parecia particularmente bonita naquela noite.

— O que você estava esperando, mãe?

— Não sei. Talvez alguma coisa um pouco mais animada? — sugeriu ela, hesitante.

Eu já tinha ido a muitas despedidas de solteira animadas o bastante para aumentar a pressão arterial de qualquer um, e não tinha certeza de como Amelia ou minha mãe teriam lidado com uma noite de strippers com os corpos cintilando com óleo e uma sucessão interminável de coquetéis.

— Bem, isso é tudo o que eu queria — declarei, mastigando com satisfação uma batata frita extralonga. — Meu petisco favorito, em um dos meus lugares favoritos, com minhas duas convidadas favoritas.

Peguei a garrafa resfriada de Prosecco que havia enfiado na areia e a agitei no alto em uma pergunta silenciosa.

— Melhor não — disse Amelia, respondendo por ambas. — Se você deixar a mãe bêbada, não vou conseguir te ajudar a carregar ela de volta até o chalé.

Por trás da brincadeira havia um lembrete onipresente. A casa de Amelia ficava a apenas cinquenta metros de distância, mas aquilo era o máximo que ela se sentia confortável para caminhar no momento.

Ficamos na praia até o sol deslizar aos poucos para o mar, então reunimos nossos pertences e jogamos as sobras na areia para as gaivotas à espera.

— É melhor torcer para que Tom não descubra que você fez isso — brincou Amelia, sabendo que aquilo com certeza faria a mãe enrubescer.

Disfarcei o sorriso e resolvi que, no dia seguinte, quando eu jogasse o buquê, seria minha mãe que o pegaria.

O táxi dela chegou pouco depois de voltarmos para o chalé, e Amelia e eu a acompanhamos até o carro, com os braços envoltos ao redor da cintura uma da outra.

— Gêmeas? — perguntou o motorista com o tipo de encantamento que costumávamos provocar o tempo todo quando éramos mais jovens.

Estava escuro o bastante para ele não ter notado a diferença de idade entre nós, diferença que a doença de Amelia havia tornado mais perceptível nos últimos tempos.

— Mais ou menos — disse ela.

— Com certeza — respondi.

Eu adoraria ter passado metade da noite relembrando o passado com minha irmã, mas percebi que o passeio a esgotara. Era difícil se ajustar à forma arbitrária como a DAF mexia com as lembranças de Amelia, deixando as de vinte anos atrás quase intactas enquanto obliterava o que tinha acontecido apenas algumas horas antes.

— Vou dormir cedo, Lexi — avisou ela, parando ao pé da escada, como se reunisse energia para escalar o Everest em vez de apenas subir até o andar superior.

— Quer ajuda?

Ela balançou a cabeça, ainda com uma independência feroz como sempre fora em relação à minha ajuda, embora se apoiasse alegremente nos cuidadores que visitavam o chalé todos os dias.

Amelia parou no segundo degrau e se virou para mim.

— Deixei uma coisinha pra você no travesseiro do seu antigo quarto — informou ela. — Um presente de casamento antecipado.

— Devo esperar para abrir com Nick amanhã?

Amelia voltou a balançar a cabeça.

— Não. Esse é só pra você. E, antes que me diga que é demais, não é, e quero de verdade que você fique com ele.

Num instante, fiquei intrigada o bastante para sentir vontade de seguir Amelia escada acima, mas ela insistiu para que eu esperasse até mais tarde.

— Liga pro seu noivo. Pela quantidade de vezes que você checou o celular hoje, sem dúvida está em abstinência por ficar longe dele só por uma noite.

Aceitei a provocação com bom humor, ainda mais porque minha irmã me conhecia bem o bastante para perceber que eu estava mesmo sentindo falta de Nick. Aquela era nossa primeira noite separados em meses e mal aguentei esperar para ouvir o som da porta do quarto de Amelia se fechando antes de ligar para ele.

— Não estou achando isso nada divertido — confessou ele.

— Obrigada pela parte que me toca. — Ouvi Doug dizer ao fundo, acima da trilha sonora facilmente identificável de um pub.

— Estava me referindo a ficar longe de você — falou Nick ao telefone, abaixando um pouco a voz para que o amigo não pudesse se juntar à conversa.

Eu não queria prendê-lo por muito tempo, por isso conversamos só por alguns minutos, mas ter ouvido o som da voz dele já bastou para me centrar.

— Vejo você na igreja — murmurou Nick baixinho quando nos despedimos.

— Vou estar lá — prometi, me sentindo emocionada de repente. — Vou ser a mulher usando um grande vestido branco.

— Eu vou te encontrar — respondeu ele. — Sempre vou te encontrar.

Na verdade, quando enfim fui me deitar, já tinha esquecido completamente o presente misterioso que Amelia havia deixado para mim. Mas o vi no momento em que acendi as luzes do meu antigo quarto.

— Ah, Mimi — falei com um suspiro.

Fui até a cama, balançando a cabeça, só então entendendo por que minha irmã tinha avisado que não o aceitaria de volta.

Peguei o relicário do travesseiro, a corrente caindo como uma cobra prateada na palma da minha mão. O medalhão era de Amelia desde o aniversário de 18 anos dela e foi o último presente que nossa avó a tinha dado. Era demais para aceitar, mas minha irmã estava um passo à minha frente, pois havia um bilhete ao lado do travesseiro.

"Sim, foi nossa avó que me deu isso e agora estou dando para você. Chame de seu 'algo antigo' ou 'algo novo' para seguir a tradição — mas não considere como algo emprestado, porque quero que guarde com você. Use por mim e vou estar sempre ao seu lado... mesmo quando não estiver."

Lágrimas já escorriam pelo meu rosto enquanto meus dedos trêmulos se atrapalhavam sem jeito com o fecho antes que eu conseguisse abrir o relicário. Sorri com nostalgia ao olhar para a foto de Nick na praia, tirada no dia em que nos conhecemos. Inclinei o relicário para examinar a segunda imagem. E senti a respiração presa na garganta quando me deparei com uma das minhas fotos favoritas de Amelia e eu. Tinha sido tirada três anos antes, em um dia fresco e com vento no Central Park. Uma de nós — não conseguia me lembrar quem — tinha contado uma piada boba assim que o obturador disparou. A foto capturou aquele momento e, de alguma forma, todas as melhores lembranças que eu tinha de nós. Dois rostos idênticos, ambos marcados pelo mesmo sorriso enquanto nossos cabelos se emaranhavam ao vento: éramos iguais, mas ainda assim única e maravilhosamente diferentes. Eu não via aquela foto havia anos e não tinha ideia de como Amelia a encontrara, mas fiquei muito feliz por ter conseguido.

Eu já sabia que, se algum dia estivesse em uma casa em chamas, aquele medalhão seria o que eu resgataria antes de qualquer outra coisa, e que o usaria com orgulho e amor no meu casamento, no dia seguinte.

36

A previsão do tempo anunciou chuva naquele dia. O céu devia estar cinza de uma forma sinistra, com relâmpagos o marcando como uma cicatriz. Mas o sol cintilava através da janela do quarto, e não dava nenhuma pista de que aquele seria o dia em que o mundo mudaria para sempre.

Acordei, como sempre, dentro do espaço seguro dos braços de Nick. Eu nunca me lembrava de ter me aproximado dele durante a noite, mas todas as manhãs era ali que estava, aninhada ao seu corpo.

— Bom dia, esposa — sussurrou ele no meu ouvido, o hálito morno contra minha nuca.

Era daquele jeito que meu marido me cumprimentava todos os dias durante os últimos dois meses e, embora, em teoria, estivéssemos saindo da fase de lua de mel, aquelas palavras continuavam a garantir que eu começasse o dia com um sorriso no rosto.

Apesar de Nick estar de plantão, o celular dele não tinha tocado durante a noite, e eu me lembro de ter tido a sensação de que o dia já começava com uma pequena vitória. Ele saiu da cama e vestiu uma calça de corrida velha e um moletom, e parou na porta do quarto para ficar me olhando enquanto eu me espreguiçava como um gato preguiçoso sob um raio de sol que batia no colchão.

— Quais são as chances de Mabel não estar com vontade de sair para um passeio essa manhã? — perguntou Nick, esperançoso.

— Quase zero — respondi rindo, amando que a relutância em me deixar fosse tão óbvia em seu rosto.

Era uma manhã de quarta-feira bastante rotineira. Um dia nada especial ou digno de nota no meio de uma semana de primavera. Mais tarde, eu me perguntaria por que não pressenti que aquele dia seria o divisor de águas entre o "antes" e o "depois" e por que, de alguma forma, não tive qualquer noção daquilo.

Tomamos um café da manhã rápido como sempre fazíamos, sentados nas banquetas da cozinha ensolarada. Cereal para mim, torrada para Nick e uma tigela de ração para Mabel. Os pensamentos de Nick já estavam na movimentada manhã de atendimento que teria pela frente na The Willows, enquanto os meus estavam concentrados na edição complicada a que eu estava me dedicando. A decisão de trabalhar como freelancer tinha sido uma grande aposta, mas que por sorte parecia estar valendo a pena. Aquilo me permitia continuar trabalhando com o que eu amava sem precisar comprometer a quantidade de tempo que passaria com Nick ou com minha família.

Nos despedimos com um beijo na entrada e talvez eu tenha me agarrado a ele por um pouco mais de tempo do que o normal. Talvez uma sensação de desconforto já tivesse se infiltrado no dia e eu ainda não soubesse por quê.

— Ligo pra você na hora do almoço — falou Nick, me dando um último beijo nos lábios.

Assenti, sem ter ideia de que não estaria em casa para atender a ligação. Coloquei a lava-louças para funcionar e arrumei a cozinha antes de me servir de um último café, que levei comigo para a sala. Havia quartos extras o bastante na casa para que eu reinvindicasse um como meu escritório, mas escolhi colocar minha escrivaninha em um canto da sala, bem ao lado do janelão onde Nick havia me pedido em casamento. Imaginei que chegaria um momento inevitável em que eu afastaria a cadeira e não lembraria do dia em que ele tinha se ajoelhado diante de mim naquele mesmo lugar, mas isso era algo para o futuro.

Logo me vi concentrada na edição, satisfeita com como o texto tomava forma aos poucos. Estava tão imersa nas palavras da autora que, quando meu celular vibrou no modo silencioso em cima da pilha de papéis onde o havia colocado, relutei em deixar a história de lado.

Mas quando vi o nome "Linda" na tela do aparelho, todos os pensamentos sobre o livro em que eu trabalhava foram varridos da minha mente. Peguei o celular com os dedos desajeitados e atendi a ligação.

Contei três batidas irregulares do meu coração antes que a cuidadora de Amelia dissesse meu nome. Três segundos enquanto eu torcia para que ela tivesse ligado para me perguntar onde os sacos de lixo eram guardados, ou algo tão trivial quanto, mas que Amelia não conseguia mais lembrar.

— Não quero que você entre em pânico — começou Linda, com seu leve sotaque escocês soando mais pronunciado do que o normal.

Uma parte pequena e distraída da minha mente se perguntou por que alguém se preocupava em prefaciar uma notícia com aquelas palavras. Sem dúvida era a frase mais inútil do idioma, a profecia autorrealizável derradeira. Entrei em pânico.

— O que aconteceu? — As palavras saíram como balas, disparadas de um lugar de medo absoluto.

O que eu mais gostava na cuidadora de Amelia era sua atitude franca e objetiva. Então, foi estranho ouvi-la escolhendo as palavras com cuidado, como se estivesse em um campo minado de eufemismos.

— Sua irmã teve uma "reviravolta".

Eu tinha quase certeza de que aquela frase não seria encontrada em nenhum dicionário médico. E, como ex-enfermeira, duvidava que a própria Linda fosse usá-la em circunstâncias normais.

— O que significa exatamente "uma reviravolta"?

— Significa que estou um pouquinho preocupada com a respiração dela.

— Você já tentou colocar Amelia no oxigênio?

Era uma pergunta ultrajante para se fazer a uma profissional da saúde, mas Linda era tão boa em lidar com parentes em pânico quanto era em cuidar de seus entes queridos doentes.

— Claro, e isso a ajudou… um pouco. Mas não o bastante para o meu gosto. Por isso chamei uma ambulância.

— Uma ambulância? — repeti, como se não tivesse certeza do que a palavra significava.

— Só para garantir — falou Linda, com o tom cuidadoso, antes de destruir por completo o momento de calma que ela havia criado, acrescentando: — Acho que você deveria ir direto para o hospital, Lexi.

Eu já havia tido aquela conversa antes, mil vezes ou mais. Geralmente terminava comigo acordando de repente, banhada de suor e de medo. Mas aquilo não era um sonho. Era real e não importava quantas vezes eu tivesse ensaiado as falas, não estava pronta para que a cena acontecesse na vida real.

— Você já ligou para minha mãe?

Meus pensamentos giravam como uma centrífuga e fiquei grata por ter conseguido expressar um que ao menos era útil.

— Sim, já. Por sorte, o sr. Tom estava com ela. Ele chamou um táxi para levar os dois ao hospital. Vão encontrar você lá.

Eu tinha uma centena de perguntas para fazer, mas todas foram silenciadas quando ouvi o som distante de uma sirene soando do outro lado da linha.

— Sinto muito, Lexi, preciso ir agora. A ambulância está quase aqui. Você vai ficar bem? Pode ir ao hospital?

Deixei escapar um som. Não sei bem o que pretendia que fosse, mas saiu entre um soluço de desespero e uma risada sem graça. *É claro* que eu estava bem. Não era o *meu* coração que estava falhando. Meu coração estava disparado, como um lembrete obsceno do quão eficiente era em bombear sangue pelo meu corpo. Ao contrário do coração da minha pobre irmã.

Não me lembro de ter encerrado a ligação ou de ter saído da sala, mas devo ter feito aquilo, porque me vi de volta ao quarto, calçando os sapatos, pegando um casaco e a bolsa. Desci a escada em uma velocidade imprudente, e tive sorte de não ter escorregado e chegar ao pronto-socorro em uma ambulância ao lado da de Amelia.

Tentei entrar em contato com Nick enquanto corria pela casa, na pressa de deixar Mabel sair para o jardim e despejar uma quantidade excessiva de comida na tigela dela. Ela olhou para mim com curiosidade, do jeito que os cães fazem quando seus tutores agem de maneira estranha e fora do normal.

— Desculpa. Não sei quando volto — expliquei, agachada ao lado dela.

Só percebi que estava chorando quando a longa língua rosada de Mabel passou pelo meu rosto para secar minhas lágrimas. Enfiei o rosto no pelo grosso do pescoço dela, que apoiou seu peso contra mim, entendendo de algum modo que eu precisava de um abraço.

O celular de Nick continuava caindo na caixa postal — o que não era uma grande surpresa quando ele estava em atendimento —, por isso liguei para o telefone fixo da clínica e deixei um recado com a recepcionista que trabalhava lá há tão pouco tempo que eu não conseguia nem lembrar o nome dela.

— Quem devo dizer que ligou?

— Diz que foi Lexi. Pede pra ele me encontrar no hospital assim que puder — falei, enquanto pegava as chaves do carro e batia a porta da frente.

— Em que hospital? Quer que eu acrescente mais alguma coisa?

— Não, ele vai saber onde e por quê — falei, com uma voz tão instável que eu quase tropeçava nas palavras. — Só... só pede pra ele se apressar — acrescentei, antes de desligar e sair com o carro.

Foi igual à primeira vez que fui ao hospital, pouco mais de quinze meses antes. Embora daquela vez não tivesse havido o voo transatlântico e a longa viagem ao interior em um carro alugado, os sentimentos de impotência e terror eram terrivelmente familiares.

Estacionei em um dos vários andares do edifício-garagem, como com certeza já devia ter feito uma centena de vezes antes, mas, enquanto corria em direção ao saguão, tinha consciência de que alguma coisa parecia diferente. *Essa é a última vez que você vai fazer isso.* A voz na minha cabeça parecia tão real que eu quase podia a ouvir ecoando na escada, ricocheteando nas paredes de concreto. Tentei fugir daquelas palavras, mas elas me seguiram por todos os andares até chegar ao térreo. Eu me forcei a parar um momento para acalmar a respiração antes de passar pela porta giratória do hospital.

Minha mãe e Tom sem dúvida haviam chegado poucos minutos antes. Eles ainda estavam no balcão de informações, esperando saber para onde Amelia tinha sido levada. Caí nos braços da minha mãe, enquanto Tom ficava parado ao lado dela, torcendo as mãos calosas de um jeito que eu nunca tinha visto ninguém fazer na vida real.

— A gente sabe como ela está? — perguntei à minha mãe, conseguindo de alguma forma incluir a mulher atrás da mesa na pergunta.

— Só o que Linda me contou ao telefone. Amelia estava... *indisposta*... quando Linda chegou lá essa manhã.

Indisposta. Uma reviravolta. Todos os eufemismos estavam sendo usados naquele dia, e eu não podia culpar ninguém por usá-los quando as palavras que substituíam eram tão assustadoras.

— Ela foi levada para a Ala Milton. Fica no...

— Sétimo andar. Sim, a gente sabe — falei para a jovem atrás do balcão.

Talvez estivéssemos mais familiarizados com a geografia do hospital do que ela. Minha mãe e eu nos viramos em direção aos elevadores, sem perceber que Tom estava agora vários passos atrás de nós. Apertei o botão para chamar o elevador.

— Talvez seja melhor eu ficar aqui — disse Tom, com a voz rouca e hesitante e nada parecida com seu tom brusco habitual. — Vocês não querem gente como eu se aglomerando lá. Vão querer ficar sozinhas com Mimi.

Aquela foi a primeira vez que eu o ouvi usar o apelido de Amelia, que só a família costumava usar. E o som pareceu perfeito em seus lábios. Talvez tenha sido aquilo que deixou meus olhos marejados, ou pode ter sido a expressão perdida e aterrorizada de Tom.

— Eu sei que ela também vai querer te ver, Tom — afirmei, estendendo a mão para apertar a dele, tão inquieta. — Afinal, você é da família.

As lágrimas não transbordam com facilidade em homens da geração de Tom, e ver o velho marinheiro chorando sem a menor vergonha no saguão movimentado do hospital partiu os últimos pedacinhos do meu coração que ainda não haviam se estilhaçado.

Soube que a situação era ruim antes mesmo de sairmos do elevador. O dr. Vaughan caminhava pelo corredor com uma expressão preocupada no rosto, que se intensificou quando nos viu. Derrota é tudo o que a gente nunca quer ver na expressão de um médico que cuida de alguém que amamos, porém, por mais que tentasse disfarçar, foi aquilo que vi nos olhos do dr. Vaughan enquanto ele se aproximava de nós.

Seu olhar foi da minha mãe para mim e, de repente, achei muito difícil engolir.

— Ela está sentindo dor? — Foi a única coisa que consegui pensar em perguntar.

O médico balançou a cabeça.

— Não. Agora não. Medicamos Amelia e podemos aumentar a dose mais tarde, quando...

Ele mordeu o lábio como se a verdade tivesse escapado sem querer. Seu uso de "quando" em vez de "se" não me passou despercebido.

— Ela está no mesmo quarto de antes — continuou ele.

Aquilo foi o que bastou para que, sem dizer uma palavra, minha mãe saísse correndo pelo corredor a uma velocidade que alguém com metade da sua idade teria dificuldade em igualar.

— Não há *nada* que você possa fazer? — perguntei ao médico, sem perceber que estava segurando a manga do jaleco até ele se desvencilhar de mim com cuidado.

— Podemos manter Amelia confortável, podemos ajudá-la a respirar, podemos...

Balancei a cabeça, interrompendo-o. Aquele homem me *conhecia*. Ele sabia como eu já deveria ter lido com afinco sobre aquele momento nos últimos meses. Eu tinha plena noção do que esperar e do que viria a seguir.

— Sinto muito, Lexi. De verdade.

Não precisaria ter ouvido sua voz falhando ou ter visto as lágrimas marejando seus olhos para saber como estava sendo sincero. O dr. Vaughan estava havia muito tempo conosco naquela jornada, mas, naquele momento, depois de quinze meses juntos, nossa parceria estava chegando ao fim.

— Eu tenho que ir. Preciso ficar com ela — falei, olhando além dele, para o quarto em que minha mãe tinha acabado de entrar.

O dr. Vaughan assentiu e, com um olhar que misturava pesar e impotência, se afastou.

Eu teria achado que estávamos no quarto errado se não fosse pelo leque de cabelo castanho espalhado no travesseiro. A pele de Amelia parecia acinzentada, mas seu cabelo ainda tinha a mesma cor vibrante das mechas que eu tinha escovado naquela manhã, no meu próprio quarto. Todo o resto nela, porém, parecia mais pálido, quase translúcido, como se a imagem espelhada que eu estava acostumada a ver estivesse se dissolvendo pouco a pouco diante dos meus olhos.

Eu não conseguia me mover. Meus pés pareciam colados ao vinil do piso do hospital. Não reconhecia aquela figura frágil e sem cor na cama. Aquela mulher era uma estranha e me assustava. Por um momento, só o que eu queria fazer era sair correndo do quarto. Mas, então, a estranha virou a cabeça e quando viu quem tinha acabado de entrar, abriu o sorriso de Amelia pra mim e me libertou.

Nossa mãe já estava acomodada em sua antiga posição, de um lado da cama, e meus pés me levaram pelo caminho familiar até o lugar de sempre, no lado oposto. Senti a pele do rosto de Amelia quente e seca quando me inclinei para beijá-la e, apesar da cânula nasal garantir um suprimento constante de oxigênio, sua respiração parecia curta de um jeito todo errado.

— Que dia é hoje? — perguntou ela.

Franzi o cenho.

— É quarta-feira.

Amelia assentiu devagar, como se esperasse aquela resposta, então balançou a cabeça, desapontada.

— É um dia tão tedioso pra ir embora. Bem típico de uma contadora.

— Ninguém vai a lugar nenhum — discordei com veemência.

Amelia estendeu a mão ligada a um catéter na direção da minha.

— Vamos fazer uma promessa de só falarmos a verdade uns para os outros? Pode chamar isso de meu último pedido.

Eu estava preparada para muitas coisas, mas não para aquele humor macabro.

— Eu posso fazer isso — disse Tom, com a voz rabugenta, enquanto dava um passo hesitante em direção à cabeceira da cama de Amelia.

— Oi, Tom — cumprimentou minha irmã, com a voz pouco mais do que um sussurro. — Estou tão feliz por você estar aqui, para ficar com a mamãe.

Tom mudou o peso do corpo de um pé para o outro, sem jeito, antes de responder:

— Na verdade, moça, estou aqui pra ficar com você. E você sabe que isso é verdade porque ninguém está mentindo. E vou te dizer mais uma coisa: para um homem que foi solteiro a vida toda e que nunca teve filhos, parece muito que estou perdendo uma filha.

— Ninguém vai perder ninguém — falei. Minha voz tinha aumentado de volume e parecia a de uma criança assustada.

Amelia se virou na minha direção e havia muita ternura em seus olhos quando me encarou.

— Posso ficar um minuto a sós com Lexi? — pediu ela, com o olhar fixo o tempo todo no meu rosto.

Mais ouvi do que vi quando minha mãe e Tom saíram do quarto.

— Você precisa parar com isso — insistiu Amelia, com uma voz surpreendentemente forte, como se ela estivesse guardando a energia só para aquele momento.

— Eu não consigo.

Ela balançou a cabeça com firmeza.

— Você *precisa*, Lexi, apenas precisa. Porque não vou conseguir fazer isso se também estiver preocupada com você.

— Então não faz. Fica. Fica aqui comigo.

As lágrimas escorriam com tanta velocidade pelo meu rosto que não fazia sentido tentar secá-las, mas Amelia levantou uma das mãos e fez o melhor que podia.

— Eu te conheço, Lexi. Sei que quer resolver tudo e melhorar tudo. Mas não tem como resolver essa situação, e a gente já sabe disso há muito tempo.

— Não é justo — lamentei, parecendo a criança que eu já tinha sido, a mesma que admirava a irmã mais velha com amor e respeito inabaláveis. E que ainda se sentia do mesmo jeito.

— Ninguém disse que seria justo, e não se esqueça de que fui eu que escolhi esse caminho.

— Não sei como estar em um mundo que não tem você — confessei. — Nunca fui "só eu". Mesmo antes de eu nascer, éramos duas.

Uma única lágrima escorreu dos olhos de Amelia, fazendo com que a torrente que inundava meu rosto parecesse excessiva.

— Nunca vai ser "só você" — disse ela, e então pegou minhas mãos e entrelaçou nossos dedos com tanta força que era impossível dizer quais eram os dela e quais eram os meus. — Enquanto houver uma de nós, sempre vai haver nós duas.

O tempo é um trapaceiro cruel — corre quando precisamos que ande devagar e arrasta os pés quando queremos que se apresse. Pareceram se passar horas até Nick enfim enviar uma mensagem avisando que estava a caminho do hospital.

— É Nick? — sussurrou minha mãe, preocupada em não acordar Amelia, que estava mergulhada em períodos de sono que pareciam se prolongar cada vez mais. Sempre que ela acordava, parecia um pouco menos presente.

Assenti e passei a mão trêmula pelo cabelo, me dando conta de como tinha me sentido desestabilizada sem ele — precisava de Nick ali, comigo.

Foi difícil não contar as respirações de Amelia enquanto ela dormia, ainda mais porque havia períodos preocupantes de tão longos em que ela parecia parar de respirar por completo. No entanto, embora tenha sido um esforço, ela recusou com todas as forças mudar da cânula nasal para uma máscara facial completa.

— Quero poder conversar com vocês e ver todos vocês direito, e não posso fazer isso com aquela porra. — Ela fez uma pausa e se virou para nossa mãe, esperando para ver se ela reclamaria da blasfêmia. — Vai deixar essa passar, não é? — provocou.

— Vou, caralho — respondeu nossa mãe.

Não achei que alguma coisa fosse conseguir nos fazer rir naquele dia, mas caímos todos na gargalhada naquele momento.

Nos revezamos para pegar café e, quando me levantei para minha próxima ida ao refeitório, Amelia estendeu a mão e segurou meu pulso.

— Eu quero... — Ela fez uma pausa para segurar a respiração seguinte antes que o ar escapasse. — Quero que você faça uma coisa por mim.

Passei os dedos com gentileza pelo seu rosto.

— Qualquer coisa — falei.

— Me tira daqui. Me leva pra casa. Não quero estar aqui... no fim.

Opiniões divergentes ecoaram pelo quarto.

— Acho que você não pode fazer isso. — Ouvi do canto onde estava Tom.

— Não vão deixar, meu bem. — Foi a resposta da nossa mãe.

Ignorei os dois, olhei bem fundo nos olhos da minha irmã, e senti a ânsia neles como se fosse minha.

— Tá certo. Deixa comigo — prometi.

Encontrei a resistência que sabia que encontraria. O que eu estava pedindo era aparentemente "irracional", "tolo" e talvez até "perigoso". Me mantive firme sob o olhar frio de uma enfermeira-chefe que eu nunca tinha visto antes.

— É o desejo da minha irmã ir para casa e vou levar ela para casa. Não estou pedindo que você aprove ou endosse a decisão dela, só preciso que adiante qualquer papelada de alta que ela tenha que assinar para que isso aconteça.

— Isso não é nada convencional e é muito irregular — disse a mulher à minha frente. — Vou ter que chamar o dr. Vaughan para vir conversar sobre isso com você.

— É claro, ligue para ele, mas a verdade é que não tem nada pra conversar. Vou levar Amelia para casa.

Vi a enfermeira respirar fundo, prestes a começar uma nova onda de contestações, mas então ela piscou algumas vezes e as palavras pareceram ficar presas na sua garganta. Dedos quentes envolveram os meus.

— Tudo o que você puder fazer para ajudar minha esposa a honrar os desejos da irmã dela vai ser muito apreciado — falou Nick com uma autoridade tranquila.

Não me abalei, nem mesmo quando vi a mulher recuar com relutância diante do olhar de *não dificulte ainda mais isso* nos olhos de Nick. Já fazia muito tempo que eu não pensava nele como um super-herói, mas foi assim que o vi naquele momento, quando a enfermeira pegou o telefone para chamar o dr. Vaughan. O médico se juntou a nós menos de dez minutos depois.

Nick não soltou minha mão em nenhum momento, mas manteve seu apoio silencioso, sem nunca falar por mim. Mesmo assim, eu sentia sua força como se estivesse vibrando através de nós dois. Aquilo firmou não só minha voz, mas também minha determinação.

— Você tem consciência de que será uma alta à revelia, ela vai estar se dando alta contra o conselho médico, certo? — questionou o dr. Vaughan. — Eu não estaria fazendo o meu trabalho da forma correta se não orientasse vocês contra esse curso de ação.

Parecia que ele estava recitando frases de um roteiro. Era obrigado a dizer aquelas palavras, mas eu podia ver que não fazia do fundo do coração.

— Eu entendo — afirmei, com um tom solene.

— Vou agilizar a documentação — declarou o médico, antes de quebrar todo tipo de protocolo, dar um passo à frente e colocar uma mão gentil no meu ombro. — Leva a nossa garota pra onde ela quiser ir.

Saímos do hospital em dois carros. Houve mais pares de mãos do que precisávamos para ajudar a transferir Amelia da cadeira de rodas do hospital para o banco traseiro do carro de Nick. Vários membros da equipe da enfermaria nos acompanharam até o saguão para dar adeus à mulher que já tinha sido chamada de paciente milagrosa.

Nossa mãe e Tom foram com meu carro de volta para casa, me liberando para seguir com Nick e Amelia. Após cinco minutos no caminho, ficou claro que o outro carro chegaria muito antes de nós. Nick — que nunca foi imprudente ao volante — dirigia como se transportasse nitroglicerina. Naquela velocidade, teríamos sorte se chegássemos antes do anoitecer.

— Estamos com o tempo um pouco apertado aqui, Nick — provocou Amelia, sem fôlego, mas com um tom bem-humorado. — Há uma boa chance de eu morrer de velhice antes mesmo de chegarmos ao chalé.

Vi o sorriso triste de Nick pelo espelho retrovisor e o olhar que ele me lançou. Meu braço estava ao redor dos ombros de Amelia e a puxei um pouco mais para perto. Era *daquele* jeito que eu queria me lembrar dela, encontrando graça mesmo nos piores dias.

Eu a observei durante todo o caminho, enquanto seus olhos se voltavam para a esquerda e para a direita, captando tudo o que passava pelas janelas do carro. Achei que sabia por quê. Ela estava arquivando tudo: o que era sombrio, o chato e o trivial, registrando tudo porque sabia que estava vendo cada uma daquelas coisas pela última vez.

Não deveríamos saber quando a areia está acabando na ampulheta da vida, mas Amelia sabia. E já sabia havia muito tempo. Aquela ideia abalou algo dentro de mim e falei sem pensar, sem me dar a chance de mudar de ideia.

— Tenho uma coisa importante pra te contar, Mimi.

Amelia desviou os olhos das lojas, edifícios e das paisagens que passavam.

Eu respirei fundo.

— Os resultados do meu teste genético chegaram mais cedo do que a gente esperava. — Eu a senti enrijecer em meus braços e me forcei a colocar um sorriso no rosto. — A notícia é boa, meu bem. Eu não tenho a doença. Não herdei o gene defeituoso.

Os olhos de Amelia buscaram os meus, talvez procurando por algum sinal de que eu tivesse acabado de contar uma mentira, mas não encontrou nenhum. Seu rosto, pálido como o de um fantasma, se iluminou com um enorme sorriso. As pessoas falam sobre "sentir alívio" como se fosse apenas uma emoção, mas eu pude sentir aquilo no sentido mais físico e literal enquanto o corpo da minha irmã relaxava contra mim.

— Graças a Deus — disse ela em um sussurro. — Embora eu já soubesse disso, e eu sabia mesmo. Estou muito feliz por vocês dois — acrescentou Amelia, incluindo Nick em suas palavras.

Meus olhos encontraram os dele no espelho retrovisor.

— É mesmo uma notícia maravilhosa — concordou Nick com sinceridade.

Como previsto, minha mãe e Tom tinham chegado primeiro ao chalé. Quando Nick pegou Amelia nos braços e a carregou para dentro, nossa mãe já havia arrumado uma cama improvisada no sofá ao lado da janela, de onde Amelia poderia ver a praia mais além.

Meus passos vacilaram por um momento enquanto eu observava meu marido passar pela porta com minha irmã no colo. De repente, me lembrei de Amelia me contando como Sam a havia carregado no colo por aquela mesma porta depois do casamento. Será que aquela falsa memória ainda permanecia em algum lugar nos cantos empoeirados da mente de Amelia?

O caminho de volta do hospital tinha deixado minha irmã exausta, então enquanto nossa mãe se ocupava em a deixar confortável, ajeitando travesseiros e envolvendo Amelia em mantas, eu saí da sala, murmurando alguma coisa sobre fazer chá. Estava com os olhos fixos na chaleira, esperando que a água fervesse, quando o reflexo de Nick apareceu ao lado do meu no alumínio brilhante. Não fiquei surpresa.

— Você mentiu pra ela — afirmou ele.

— Menti. E não me sinto culpada por isso. Sei que prometemos falar apenas a verdade, mas não me arrependo de ter quebrado a promessa.

Desviei os olhos de nossa imagem borrada no reflexo para encará-lo, porque precisava saber se meu marido estava decepcionado por eu ter mentido. Nós dois sabíamos que o resultado do meu teste genético ainda demoraria pelo menos mais uma semana.

Pareceu um momento importante aquele na pequena cozinha da minha irmã e o alívio que senti quando Nick sorriu devagar e abriu os braços para mim, fazendo meus joelhos ficarem bambos de repente. A água ferveu e depois esfriou, e Nick continuou me abraçando.

— Estou feliz que você tenha feito isso — sussurrou ele baixinho, junto ao meu cabelo. — Era o que ela precisava ouvir.

Amelia oscilou ao longo das horas seguintes. Às vezes, acordada e alerta o bastante para participar das conversas, em outras deitada com os olhos fechados e um ligeiro sorriso tranquilo nos lábios.

— Continuem falando — pediu ela baixinho quando nossa mãe tentou nos calar com um sussurro preocupado, com medo de que estivéssemos incomodando o descanso de Amelia. — Gosto de vocês todos conversando.

Falamos sobre o passado, sobre os Natais e férias de que nos lembrávamos, e dos cachorros que tínhamos amado e perdido ao longo dos anos.

— Talvez eles estejam lá esperando por mim — supôs Amelia com um suspiro melancólico. — Seria tão bom ver todos de novo...

Assenti com determinação e, não pela primeira vez, tive que morder o lábio com força para impedi-lo de tremer. No fim do dia, meu lábio talvez estivesse arrebentado, mas eu estava determinada a permanecer forte por Amelia.

O sol estava começando sua lenta descida em direção ao horizonte, enchendo a sala com uma última explosão de calor, quando os olhos de Amelia se abriram. Havia uma urgência neles que não estava ali antes.

— Quero ir lá pra fora, até a praia.

Olhei pela janela.

— Tenho certeza de que poderíamos colocar uma cadeira pra você na areia... — comecei, antes que sua mão agitada me silenciasse.

— Não. Aqui não. Quero ir ao lugar onde me encontraram naquela noite.

Todos os pares de olhos na sala registraram a mesma expressão preocupada.

— Não acho que seja uma boa ideia, meu bem — disse nossa mãe.

— *Preciso* ir até lá — insistiu Amelia. Seus olhos encontraram os meus e a angústia que vi neles pareceu um laser me cortando. — Por favor, Lexi.

Assenti, sem me preocupar em perguntar a mais ninguém.

— Vou pegar o carro — avisou Nick.

— Tenho algumas cadeiras dobráveis que posso colocar na traseira — falou Tom, seguindo Nick para fora da sala.

Eu sabia que minha mãe tinha dúvidas, mas até ela podia ver como aquilo era importante para Amelia.

— Você vai precisar se agasalhar — alertou ela, cedendo.

Amelia pegou a mão dela e disse com uma risadinha ofegante:

— Eu não ia querer pegar uma gripe, não é mesmo?

Enquanto nossa mãe corria de um lado para o outro, enchendo garrafas térmicas e procurando ainda mais mantas, Amelia se apoiou no meu braço para conseguir sentar.

— Ela vai me enrolar toda, como uma múmia egípcia — brincou, enfiando a mão na minha.

Estava fria. Quase gelada. Eu sabia o que aquilo significava.

— Você vai precisar de luvas.

— E de um gorro — acrescentou Amelia. — Na verdade, tem um no meu quarto que eu comprei há muito tempo e nunca tive coragem de usar.

Segui suas instruções e encontrei o gorro onde ela disse que estaria. Desci a escada carregando a boina amarelo-canário de feltro com um enorme pompom felpudo no alto, e não consegui conter o riso quando a entreguei à minha irmã que, em geral, se vestia de forma conservadora. Ela pegou a boina com um sorriso e colocou na cabeça. Eu a arrumei em um ângulo elegante.

— Como estou? — perguntou ela, a mão indo para o chapéu tão pouco característico.

— Jovial — declarei.

Ela assentiu, satisfeita.

— Exatamente o visual que eu buscava.

Nos apertamos no Range Rover de Nick e seguimos pelo caminho de areia em direção ao nosso destino. Para um grupo que tinha conversado sem parar durante as últimas horas, estávamos todos estranhamente silenciosos. Com um pequeno solavanco dos pneus, Nick tirou o carro da pista e entrou na areia fofa.

— Vou até o mais longe que puder, mas não quero que a gente fique preso na restinga.

Minha mãe estava olhando fixo pela janela e eu só percebi que ela estava chorando pelo tremor do seu ombro. Fui pegar a mão dela, mas Amelia chegou antes de mim.

— Vai ficar tudo bem, mãe, de verdade — tranquilizou ela.

Algo estranho aconteceu com minha irmã durante o caminho até o local onde ela havia sido encontrada. Sim, Amelia estava ficando visivelmente mais fraca, mas havia uma força renovada e uma expressão tranquila em seu rosto que não estavam ali antes.

Nick parou o carro com um aceno de cabeça desolado.

— Isso é o mais longe que me atrevo.

Eu já havia sentido a areia úmida sugando com avidez os pneus e confiava no conhecimento dele das praias locais.

Tom e Nick montaram a coleção variada de cadeiras dobráveis, então todos nos afastamos enquanto Nick tirava Amelia do carro e a acomodava na cadeira mais resistente. Nossa mãe se sentou à direita dela e eu à esquerda. Por acordo tácito, parecíamos saber que o tempo para conversar já havia passado. As gaivotas voavam baixo e o grasnar delas soava triste, como se soubessem por que estávamos ali e lamentassem.

Nick se posicionou atrás da minha cadeira com a mão apoiada de leve em meu ombro, em uma confirmação silenciosa de seu apoio.

— Não acha melhor a gente voltar? — questionou nossa mãe depois de menos de dez minutos. Seu rosto era uma máscara de pânico e desespero. Amelia balançou a cabeça.

— Esme, querida, que tal você e eu esticarmos as pernas por um minuto? — sugeriu Tom, e estendeu a mão enrugada para minha mãe.

Eu lhe dirigi um olhar agradecido, feliz por ele ter entendido que ela precisava de alguns momentos para se recompor. Fiquei observando os dois caminharem devagar em direção à beira da água, a cabeça da minha mãe apoiada no ombro do velho pescador. Eles pararam e ele a puxou para os braços e, mesmo daquela distância, eu podia dizer que ambos estavam chorando.

— Quer ouvir um negócio estranho? — perguntou Amelia, com a voz agora soando tão rouca que parecia quase doloroso. — Acho que eu nunca deveria ter saído dessa praia. Aqueles médicos não deveriam ter me trazido de volta naquela noite.

— Não diz isso — falei, abalada.

— Acho que isso perturbou a maneira como as coisas deveriam acontecer. E foi por isso que voltei tão… *confusa*.

Eu não disse nada, porque sabia que a "confusão" dela tinha sido um sintoma da DAF, mas talvez Amelia tivesse esquecido que tinha a doença. Se tivesse esquecido, eu ficava feliz. Nem toda lembrança merece ser guardada — às vezes, é melhor deixar as ruins irem embora.

— Mas se meu coração não tivesse parado por tanto tempo, então acho que não teria "visto" seu futuro com Nick, depois que me trouxeram de volta. E juntar vocês dois sempre vai ter sido a melhor coisa que eu já fiz.

Meus olhos se voltaram para a praia até o lugar perto da beira da água onde tinha visto Nick pela primeira vez. Não precisei olhar para cima para saber que ele estava fazendo a mesma coisa. Se Amelia precisava acreditar que, de alguma forma, tinha "previsto" nosso futuro, eu não contestaria aquilo. Não naquele dia.

— Estou feliz por ver tudo se tornando realidade, mas lamento perder o resto. Eu adoraria conhecer minhas sobrinhas.

Ergui um olhar preocupado para Nick. Será que ela estava começando a delirar? Ele deu de ombros, impotente.

— Você acha que vou ver o papai? — Os pensamentos dela estavam ficando aleatórios, pulando de um assunto para outro.

— Espero que sim — admiti, e me inclinei para dar um beijo carinhoso em seu rosto. — Não se esqueça de dizer um oi pra ele por mim.

Amelia assentiu devagar, como se estivesse tomando nota de uma mensagem que poderia esquecer com facilidade.

— Estou ficando mesmo muito cansada agora, Lexi. É tão difícil continuar resistindo.

Foi como se algo dentro de mim estivesse se rasgando, destruindo a conexão entre nós.

— Pode ir agora, Mimi, se quiser. Não se preocupa com a mamãe, vou cuidar pra que ela fique bem. Pode confiar em mim.

— Sempre confiei — declarou ela, com um suspiro que pareceu durar uma eternidade.

Seu olhar se desviou para onde estavam nossa mãe e Tom, ainda a alguma distância.

— Você pode ir chamar minha mãe, Nick? — perguntou ela, com a voz começando a tremer.

Uma sensação de terror me dominou. Não podia ser assim. Não podia. Das milhões de conversas que tivemos, eu não estava preparada para que aquela fosse a última.

Minha mãe e eu permanecemos ao lado de Amelia enquanto sua respiração ficava cada vez mais superficial. Então ela engasgou, como se estivesse saindo de uma profundidade insondável de água.

— Sam! — gritou minha irmã, com a voz tomada pelo pânico. — Sam, onde você tá?

Minha mãe deixou escapar um gemido baixo de angústia quando os olhos de Amelia se abriram; estavam vidrados.

— Pra onde você foi, Sam? Não consigo te ver.

Senti o toque da mão de Nick em meu ombro e encontrei seus olhos. Havia uma pergunta neles e eu respondi com um pequeno aceno de cabeça. Ele saiu de trás da minha cadeira.

— Eu tô aqui, Mimi. Tô bem aqui.

Amelia suspirou e desviou o olhar desfocado para o rosto dele. Eu me levantei da cadeira para deixá-lo ocupar meu lugar ao lado dela.

— É você mesmo? — sussurrou ela, levando os dedos trêmulos ao rosto dele.

— Sou eu. — A voz de Nick era gentil.

Amelia sorriu então, muito devagar.

— Estou te esperando há tanto tempo.

— Eu sei. Sinto muito por não ter estado aqui antes, mas agora estou — afirmou ele. — Não vou te deixar de novo.

Meu coração parecia estar se partindo com a dor de amar e perder, mas também havia a sensação de que algo estava sendo corrigido, de que o mundo voltava ao seu eixo.

O vento assoviava uma melodia triste pela areia e, sob os gritos das gaivotas, vi minha irmã dar seu último suspiro com um sorriso tranquilo nos lábios e a mão de Sam na dela.

EPÍLOGO

TEMPOS DEPOIS

A primeira vez foi na lavanderia. Eu tinha acabado de deixar algumas camisas de Nick e já estava planejando a próxima parada da série de tarefas que ainda tinha para fazer.

— Posso anotar um número de telefone para contato? — pediu a jovem atrás do balcão.

Eu estava olhando pela vitrine da loja, me perguntando se a figura uniformizada andando devagar pela rua seria um guarda de trânsito. Distraída.

— Número de telefone? — pediu de novo a atendente.

Eu me virei para pedir desculpa.

— Perdão. É 079... não, é 0971... não, tá errado. É 0779...

Eu me interrompi e franzi o cenho, confusa.

— Não se preocupa — me tranquilizou a garota com uma risada despreocupada. — Ninguém consegue se lembrar do número do celular. A maioria dos clientes precisa checar no próprio aparelho.

Aquela era uma dica óbvia de qual deveria ser meu próximo passo, mas não fiz nenhuma menção de tirar o celular da bolsa.

— Mas eu *sei* o número. Digo ele o tempo todo.

Não havia muito que a garota pudesse dizer sobre aquilo, e percebi que ela estava ansiosa para atender aos clientes que esperavam na fila atrás de mim.

Constrangida e confusa, peguei o celular na bolsa e li o número na tela. Eu gostaria de dizer que me soou familiar na mesma hora. Mas não foi o que aconteceu.

Várias semanas se passaram antes que a mesma coisa voltasse a acontecer. O tempo necessário para que eu já tivesse me convencido de que o incidente na lavanderia havia sido uma ocorrência aleatória e única.

As manhãs em nossa casa eram sempre caóticas. Cheias de "Não esquece o seu…" e "Você pegou a tarefa de casa…" e os habituais suspiros dramáticos e revirar de olhos em resposta, típicos de adolescentes.

Elas esqueciam coisas. Perdiam coisas e eu as encontrava. Era assim que funcionava. Mas não naquela manhã.

— Vocês duas vão se atrasar — avisei, enquanto uma filha pegava uma fatia de torrada da mesa. A outra ainda estava no andar de cima.

Peguei a chave do carro, parei e olhei ao redor da cozinha.

— Você viu meu celular, Cassie?

Minha filha de 15 anos engoliu depressa a torrada que enchia sua boca antes de me encarar com um sorriso atrevido.

— Sabe, se você guardasse suas coisas, não estaria sempre perdendo.

Em qualquer outro momento teria sido engraçado ouvir minhas próprias palavras sendo usadas contra mim, mas não naquele dia.

— Sério, Cassie, você viu?

Talvez ela tenha percebido alguma coisa na minha voz, porque começou uma busca sem entusiasmo, afastando alguns itens que estavam em cima da mesa, sendo que nenhum deles era grande o bastante para que meu celular estivesse escondido embaixo.

— Vou ligar pra ele — avisou Cassie, e pegou o próprio celular na mochila da escola.

O som estrondoso de um estouro de boiadas sacudiu a escada enquanto Jessica, nossa filha mais nova, entrava na cozinha da mesma forma que se movia por toda parte: em alta velocidade.

— O que aconteceu? Por que ainda não tá todo mundo no carro?

— A mamãe perdeu o celular.

— Eu não perdi… só… só coloquei em algum lugar diferente do normal — balbuciei, enquanto me perguntava porque aquele diálogo me parecia tão familiar.

Nós três ficamos olhando em expectativa ao redor da cozinha enquanto esperávamos a ligação ser completada. Quando aquilo enfim aconteceu, o toque soou estranhamente abafado e metálico. Segui o som até o outro lado da cozinha. Atrás de mim, as duas meninas já estavam rindo, sabendo de onde vinha o som. Como um mágico fazendo uma grande revelação, abri a caixa de pão. Dentro dela havia um pão integral fatiado, um pacote de bolinhos e meu celular.

— Por que você colocou ele aí? — perguntou Jessica.

Balancei a cabeça.

— Não coloquei. Quer dizer, não me lembro de ter feito isso. Não tenho ideia de como o celular foi parar ali.

— Bem, é um ótimo esconderijo, mãe — brincou minha filha mais nova, e se aproximou dançando pela cozinha para me dar um abraço rápido. — E não é estranho. Não é nada estranho.

Dei um sorrisinho amarelo, mas não consegui afastar a sensação de desconforto que me dominou.

— Vamos nos atrasar — previu Cassie, empurrando a irmã até a porta dos fundos.

Ela se adiantou para seguir Jessica, então parou e olhou para mim por cima do ombro. Eu ainda estava parada perto da bancada com o celular na mão.

— Você talvez tenha deixado cair ali por engano quando estava arrumando o almoço pra gente levar — sugeriu ela.

— Sim, deve ter sido isso — concordei.

Eu não estava convencida. Era uma sugestão lógica com a qual qualquer pessoa concordaria. Qualquer pessoa que não se lembrasse de ter encontrado um celular desaparecido no fundo de um congelador dez anos antes.

Não mencionei nenhum daqueles incidentes a Nick. Deixei de lado, como se os ignorar pudesse, de alguma forma, diminuir seu significado. Mas aquilo não foi tudo.

Não cheguei a receber os resultados do teste genético para DAF. Quer dizer, em rigor, isso não é verdade: eu *peguei* os resultados, só escolhi nunca os abrir. Eles chegaram uma semana depois do funeral de Amelia, e eu não estava com cabeça para lidar com aquele assunto. Por isso, guardei os resultados em um envelope lacrado.

— Eu *vou* abrir — avisei a Nick, e me perguntei se ele estaria decepcionado com minha decisão.

— A decisão é sua — disse ele. — Sempre foi sua.

— Acho que eu queria esses resultados mais pelo bem de *Amelia* do que por mim. Sempre foi mais importante pra ela do que pra mim.

Naquele momento, eu estava questionando mais uma vez se alguém deveria saber o que o futuro lhe reservava.

— Não se esquece de que vamos estar aqui para te ajudar se ou quando você decidir que está pronta para saber o resultado — garantiu o médico quando peguei o envelope.

Mas nunca fiz aquilo. Dez anos se passaram e, embora tenha havido momentos em que pensei em pegar o envelope de onde o havia guardado, o mais perto que cheguei de quebrar o lacre foi quando, dois anos depois do nosso casamento, Nick e eu decidimos que queríamos filhos.

Tínhamos duas opções claras: Diagnóstico Genético Pré-Implantacional (PGD), que envolveria assistência intensiva de fertilização *in vitro*; ou adoção. Ambas as escolhas faziam parte da história da minha família, mas foi a história da adoção do meu pai que me influenciou no final. Eu soube tarde demais que ele tinha passado a vida toda achando que ser abandonado e indesejado era motivo de vergonha, e me sentia ansiosa para reparar aquele erro.

Cassie e Jessica vieram para nós quando tinham 7 e 5 anos de idade. Na noite em que chegaram em casa, Nick e eu ficamos parados na porta do quarto observando as irmãs dormirem. Aproximamos as camas e elas adormeceram de mãos dadas, o que trouxe de volta lembranças de Amelia e eu. Também me lembrou de algo que pensei ter esquecido há muito tempo.

— Naquele último dia na praia com Amelia, você se lembra do que ela nos disse? — sussurrei para Nick nas sombras do corredor. — Minha irmã falou que adoraria conhecer as sobrinhas.

Estava escuro demais para ver o ceticismo nos olhos de Nick, mas tinha certeza de que estava lá. Eu sabia que ele não conseguiria ou não gostaria de acreditar que Amelia havia previsto que, um dia, seríamos pais de duas meninas.

— Foi um golpe de sorte, só isso — disse ele.

Dei um sorrisinho secreto na escuridão. Só porque a gente ama alguém, não significa que sempre tem que concordar com a pessoa.

As meninas não dividiam mais o quarto e, depois de dar boa noite a Cassie, fiquei parada por um longo momento ao lado da cama de Jessica. A lembrança do que tinha acontecido naquela tarde ainda estava terrivelmente fresca em minha cabeça.
— Sinto muito mesmo por hoje — falei.
Jessica ergueu os olhos do vídeo que estava assistindo no celular.
— Tá de boa, mãe. Não precisa ficar se desculpando.
Eu me inclinei e afastei algumas mechas de cabelo loiro que haviam caído nos olhos dela. Jessica estava me eximindo de culpa muito mais rápido do que eu estava preparada para fazer.
— Bem, ainda me sinto mal pelo que aconteceu.
— Mal o bastante para me comprar um celular novo? — arriscou ela, esperançosa.
Sorri.
— Não. Mas foi uma boa tentativa, meu bem.

Já era tarde quando o carro de Nick enfim parou na garagem. Eu não tinha me dado conta de como a sala já estava escura enquanto permanecia sentada ao lado da lareira com o velho envelope lacrado nas mãos.
Nick parecia cansado, mas exultante, quando se inclinou para me beijar.
— Um potro saudável, nascido em um parto seguro — anunciou ele, e se acomodou na cadeira do outro lado da lareira.
Mesmo na penumbra, meu sorriso deve ter parecido um pouco tenso.
— Tá tudo bem? — perguntou Nick, estreitando os olhos com preocupação.
— Fiz uma coisa ruim hoje.
— Envolveu um cartão de crédito? — brincou ele, mas então viu a expressão no meu rosto e toda sua atitude mudou. — O que aconteceu?
— Esqueci de pegar Jessica no balé.
Eu quase pude ver o alívio se espalhando pelo corpo dele.
— Só isso? Achei que você tinha matado alguém.
Ele estava sorrindo, e eu queria tanto poder fazer o mesmo, mas não consegui.
— Me conta o que aconteceu — insistiu Nick.

Em voz alta, não parecia tão terrível. Eu tinha esquecido que aquele era o dia da aula de balé de Jessica. Quarenta e cinco minutos depois da hora em que eu teria que buscá-la, recebi uma ligação ansiosa da professora dela.

— Mas eu *esqueci*. Não foi só um atraso, Nick, eu esqueci. Pego Jessica naquela aula toda semana. Como pude esquecer?

— Não é como se ela tivesse ficado largada em uma esquina qualquer — argumentou Nick com sensatez. — Ela não correu perigo algum.

— Mas eu *esqueci*. — Eu parecia um disco quebrado, incapaz de superar aquela ranhura vital.

— Essas coisas acontecem — garantiu Nick.

— Acontecem. E têm acontecido cada vez mais comigo recentemente. É por isso que... — Parei de falar e abaixei os olhos para o envelope na cadeira ao meu lado.

O olhar de Nick seguiu o meu e vi que ele reconheceu o envelope branco pelo jeito como engoliu em seco.

— O que mais aconteceu? — perguntou ele.

Foi catártico enfim admitir a série de incidentes que tinham me levado a tirar o envelope da caixa que ficava no alto do guarda-roupa naquela noite. Nick ouviu com atenção enquanto eu falava, sem interromper nenhuma vez. Quando terminei, ele se recostou na cadeira.

— Nada disso parece motivo pra pânico. Foram só alguns momentos de distração em que você talvez estivesse com a cabeça em outro lugar, ou ocupada. Não vou nem levar em conta você ter esquecido onde estava o carro no edifício-garagem do shopping, porque *todo mundo* faz isso.

— Levei *meia hora* pra encontrar o carro — murmurei, preocupada que ele não estivesse levando aquilo a sério mesmo. — E se for assim que tudo começa?

— Sinceramente, Lexi, nada do que você disse fez soar qualquer alarme pra mim. — Ele se levantou, pegou minhas mãos e me fez levantar da cadeira para me abraçar. — Você tem andado muito ocupada nos últimos dias: com o trabalho, correndo atrás das meninas e de olho em sua mãe e Tom. Faz malabarismos com mil bolas e gira centenas de pratos ao mesmo tempo, portanto não é de admirar que alguns deles escorreguem por entre seus dedos. E não ajuda em nada o fato de você ter um marido que claramente não está fazendo a parte dele.

Balancei a cabeça.

— Não vou ouvir uma palavra contra ele.

Nick sorriu.

— Você não pode fazer tudo. Ninguém espera que seja a Mulher-Maravilha.

Toquei o rosto dele com carinho.

— Na verdade, quando se é casada com o Super-Homem, meio que se espera, sim.

Deixei os dedos subirem pelo rosto dele até enfiá-los no cabelo preto e cheio, onde alguns fios prateados já começavam a aparecer nas têmporas.

— Se você decidir que quer abrir o envelope esta noite, eu te apoio cem por cento. Você sabe disso.

Abaixei os olhos para o envelope que guardava as respostas para as perguntas que eu ainda não tinha certeza se alguém deveria fazer ou para as quais deveria ter a resposta. Amelia sempre esteve convencida de que, se ela havia tido DAF, eu não teria. Mas até ela queria provas.

— As pessoas sempre dizem que o futuro está escrito nas estrelas — falei, com a voz baixa e hesitante —, mas o meu está escrito em uma folha de papel dentro deste envelope.

Nick segurou meu rosto entre as mãos com gentileza.

— Seu futuro não está dentro desse envelope. Aí só tem um conjunto de resultados de exame de sangue com que vamos lidar, não importa o que eles revelem. Somos mais fortes do que seja lá o que for que esse pedaço de papel disser. Nada dentro desse envelope poderia chegar nem perto de nos abalar.

Ele me abraçou enquanto nossos olhares tinham uma conversa silenciosa. Uma conversa que aos poucos começou a desfazer os nós de pânico em que eu tinha me enrolado. Nick estava certo. Meu futuro *não* estava naquele envelope. Estava bem ali, na minha frente; também estava num sono profundo em dois quartos pintados de rosa no andar de cima; e ainda em um antigo chalé, desgastado pelo tempo, à beira de uma praia. As pessoas que eu amava — e aquelas que tinha perdido — *eram* minha história: eram meu passado, meu presente e o único futuro que eu queria ou precisava conhecer.

Eu me sentia fortalecida quando saí do abraço de Nick e peguei o envelope. Amelia tinha alegado que já sabia qual seria o resultado do meu exame. Talvez ela soubesse mesmo, mas aquilo não significava que eu precisava saber.

Apesar de todas as tentativas de me tranquilizar, percebi que Nick estava ansioso quando virei o envelope nas mãos. Ele respirou fundo e prendeu o ar enquanto eu caminhava até a lareira.

— Tem certeza disso, Lexi?

Cinco minutos antes, eu não teria conseguido responder àquela pergunta. Mas agora eu conseguia.

— Certeza absoluta. — Sorri. — Vai dar tudo certo.

Então, sem qualquer remorso, joguei o envelope e seus segredos nas chamas.

AGRADECIMENTOS

E screver agradecimentos sempre provoca uma sensação meio agridoce, porque indica que é hora de dizer adeus ao livro com que convivemos por tanto tempo e partir para o próximo. Mas, antes disso, há pessoas a quem eu gostaria de agradecer, pessoas que me ajudaram a chegar mais uma vez a esse momento importante.

A lembrança de nós dois foi um dos meus livros favoritos de escrever, e sei que em parte isso se deve ao apoio e entusiasmo da equipe editorial da Head of Zeus e da Aria. À frente da equipe está a fantástica Laura Palmer, que vem sendo minha editora em cada um dos meus livros publicados pela Head of Zeus, desde *Uma curva no tempo*. Dessa vez, trabalhamos em colaboração com a incrível Lucy Ridout, que, de alguma forma, conseguiu fazer com que até mesmo uma edição estrutural parecesse uma alegria. E essa é uma frase que nunca pensei que escreveria.

Agradeço, como sempre, à minha editora Kate Burke, da Blake Friedmann — sem ela, eu ainda estaria escrevendo livros e os guardando em cartões de memória na gaveta da escrivaninha, e também estaria sempre me perdendo no caminhou para reuniões. Obrigada, Kate, por tudo que você faz, e obrigado também a todos da família BF.

Esse livro é sobre irmãs e, embora eu não tenha uma, tenho sorte de ter uma irmandade incrível de amigas que conheço há muito tempo. Sou muito grata a Hazel e Debbie (que leem os livros quando ainda estão em "estado bruto") e a Sheila, Kim, Christine, Annette, Barb e Heidi, por todos os anos de amizade. Muito obrigada por continuarem encontrando espaço para mim em suas estantes.

Fiz muitas amizades maravilhosas no mundo editorial, e o apoio dessas pessoas significa mais do que sou capaz de colocar em palavras — o que é uma confissão terrível para uma escritora. Agradecimentos especiais a Fiona Ford, Sasha Wagstaff, Faye Bleasdale, Paige Toon, Tamsyn Murray e Gill Paul por toda a diversão que tivemos até agora e pelo que ainda está por vir.

E um agradecimento muito especial à minha melhor amiga escritora, Kate Thompson. Se eu nunca tivesse escrito um livro, nunca teríamos nos conhecido, e só por isso já fico feliz de verdade por nunca ter desistido desse sonho.

Para os leitores, críticos e blogueiros, "obrigada" parece inadequado. Escrever pode ser uma tarefa solitária — escritores são quase uma banda de um só membro. Mas ter a oportunidade de compartilhar as histórias com vocês e saber o quanto gostaram delas faz toda a diferença do mundo. São vocês que tornam tudo possível, e isso é algo que nenhum de nós subestima. Agradeço do fundo do meu coração.

E agora vamos à parte mais pessoal. Quero agradecer à minha família maravilhosa. À minha filha Kimberley, que me ajuda de mil maneiras diferentes e que tem a gentileza de nunca reclamar quando mando e-mails para ela que começam com "Você pode dar só uma lidinha nisso...". Agradeço ao meu filho Luke, que não lê nadinha do que escrevi, mas sente um orgulho silencioso de cada livro. E ao meu marido Ralph, que ouve os livros em prestações diárias, entra na ponta dos pés no escritório para me servir intermináveis xícaras de chá e que, todas as noites, prepara o jantar para nós. Para ser sincera, eu não conseguiria fazer nada disso sem ele.

Excepcionalmente, gostaria de terminar agradecendo também ao meu border collie de 12 anos, Dusty. Ele tem sido meu companheiro constante de escrita na última década. Dusty acompanhou o enredo de cada livro e aguentou ouvir numerosas tentativas de diálogos em nossas caminhadas matinais. Ele está deitado aos meus pés enquanto escrevo isso. Dusty se sente mais conectado a *A lembrança de nós* do que com qualquer outro livro meu, já que, infelizmente, esse vai ser o último livro que ele vai ver. Dusty foi diagnosticado com uma doença terminal e não vai continuar conosco por muito mais tempo. Este livro é dedicado a ele. Obrigada, meu amigo.

Este livro foi impresso pela Vozes, em 2024, para a Harlequin.
O papel do miolo é avena 70g/m², e o da capa é cartão 250g/m².